Heller · Erst die Rache, dann das Vergnügen

Eva Heller

Erst die Rache,
dann das Vergnügen

Roman

Droemer Knaur

Umschlaggestaltung: Eva Heller
Satzarbeiten: Franzis-Druck GmbH, München
Druck und Bindearbeiten: Ueberreuter, Korneuburg
Printed in Austria
ISBN 3-426-19407-4

2   4   5   3   1

1.–100. Tausend · März 1997

1. Kapitel. Letztes Jahr

Ich erzähle diese Geschichte, weil im Leben oft alles anders kommt, als man denkt. Das liegt daran, daß die Leute, die man liebt, oft ganz anders sind, als man denkt.

Nehmen Sie zum Beispiel mich:
Ich heiße Sibylle Eisendraht, ein merkwürdiger Name, der zu mir paßt – ich bin stark, zäh und flexibel. Alter: zweiunddreißig – manchmal schätzt man mich auf fünfundzwanzig, manchmal auf fünfunddreißig. Hängt ganz davon ab, wie ich wirken will.
Meine Haare sind blond, echt blond, glatt und schulterlang. Ja, blaue Augen. Größe und Gewicht: 168 cm, 56 kg.
Bitte kein Neid auf meine Idealfigur und Kleidergröße 38, der Kummer hat an mir gezehrt, letztes Jahr paßte ich knapp in Größe 42.
Ich bin Diplom-Psychologin. Ehe ich erzähle, wie ich lebe und mein Geld verdiene, erst was über meinen Charakter: Man sagt, daß ich witzig und kreativ und optimistisch bin, aber wenn man solche Schicksalsschläge erlebt hat wie ich, kann einem das vergehen.

Im letzten Jahr wurde meine Wohnung ausgeraubt, damals noch die gemeinsame Wohnung von Michael und mir. Sechs Wochen später wurde mir Michael geraubt. Eines Sonntags war er so plötzlich verschwunden, wie er zwei Jahre zuvor eines Samstags eingezogen war. Als ich am 17. September von einem langgeplanten Wochenendbesuch bei meiner Mutter zurückkam, fand ich seinen Abschiedsbrief mit Trauerrand. Er schrieb:

7

»Hallo Sibylle,

ich mußte die ganze Nacht am Computer rumfummeln, um den Trauerrand zu programmieren.« – Als ich das las, dachte ich nur, an mir hat er schon lange nicht mehr die ganze Nacht rumgefummelt.

Dann las ich: »Ich wollte Dir bereits seit einiger Zeit sagen, daß unsere Beziehung nicht mehr wie früher ist, hatte gehofft, leider vergeblich, daß Du es selbst merkst. Hiermit überlasse ich Dir die Wohnung.« – Wie großzügig! Es war immer meine Wohnung gewesen!

Dann ging's erst richtig los: »Ich bin ausgezogen ohne Angabe meiner neuen Adresse, Du in Deiner unemanzipierten Art würdest Dich sonst ewig an mich klammern.« – Was bitte sollte »unemanzipierte Art« nun schon wieder bedeuten?! Sollte Emanzipation bedeuten, daß man keine Gefühle hat? Nur cool lächelt, wenn man cool entsorgt wird?

Als sonstigen Grund für sein Verschwinden kam er mit dieser Frechheit: »Übrigens, meine Schöne, Du könntest mal Deine Figur kritisch betrachten, jenseits vom Orient gibt es nicht allzuviele Männer, die auf Bauch und Hüftspeck stehen.« – Wie bereits gesagt, damals war ich einiges dicker, aber ich weiß, daß er mollige Frauen liebt und dürre Frauen als unerotische abstoßende Stoßstangen empfindet, aber Michael weiß, daß ein Mann immer über die Figur einer Frau lästern darf und immer hat er recht.

Am Ende schrieb er: »Es ist durchaus im gegenseitigen Interesse, wenn wir bewußt getrennte Wege gehen. Auch im Namen meiner neuen Lebensgefährtin darf ich Dich bitten, künftig auf alle Kontakte zu verzichten. Durch sie habe ich die Chance, mein Leben in Bahnen zu lenken, die mir gemäß sind.« – War das ein Vorwurf, ich hätte ihn nicht artgerecht gehalten?!

Seine letzten Worte: »Vielen Dank für Dein Verständnis.«
Unterschrieben mit vollem Namen: Michael Graf.
Fehlte nur der Stempel eines staatlich geprüften Trennungsbeauftragten.
Neben dem Brief lag ein winziges Päckchen, eingewickelt in einen Zettel, darauf stand: »Für Deine Emanzipation in Deinem künftigen Leben.« Wissen Sie, was es war? Eine Packung Kondome. Hach, wie witzig.

Stellen Sie sich vor, nach zwei Jahren Beziehung so ein Brief! Da fragt man sich doch, wie das möglich ist! Es gab keinen Zweifel, die Neue hatte ihm befohlen, das zu schreiben. Denn radikale Brüche, eherne Grundsätze, das ist nicht Michaels Stil. Dazu ist er viel zu charmant. Er nimmt alles nicht so ernst, das war immer das Positive an ihm. Die treibende Kraft war sie.
Ich habe ihm dann über seinen Nachsendeauftrag an die geheime neue Adresse auch ein Abschiedsgeschenk geschickt. Auch aus Gummi. Einen Radiergummi. Und dazu geschrieben: »Für Dein vergangenes Leben.«

Nicht mal unser gemeinsames Lieblingsfoto nahm er als Erinnerung mit. Es war das Foto vom Abend, als wir uns kennenlernten auf einem ökologischen Fest, man mußte sich verkleiden, das Motto war: ›Ich liebe alles, was Grün ist.‹ Viele kamen als Marsmenschen und Seekranke mit grünbemalten Gesichtern. Ich war kreativer – als ich vor dem Fest die Wohnung nach Grünem durchsuchte, fand ich einen Salatkopf, setzte ihn umgestülpt auf wie einen Hut; nachdem ich innen Blätter rausgezupft hatte, paßte er perfekt. Dann klebte ich ihn auf eine alte Bademütze. Dazu ein grünes T-Shirt. Fertig war der Salat.
Und Michael kam als Hase. Er trug einen braunen Anzug

und auf seinen fast schwarzen Haaren eine Kappe mit Hasenohren. Die Kappe war Leihgabe vom Kind eines Freundes, und in der Brusttasche seines Anzugs steckten Möhren, ebenfalls geliehen, die wurden nie zurückgegeben, die Möhren wurden aufgegessen.

Als Michael mich auf dem Fest zur Tür reinkommen sah, rief er:»Da haben wir den Salat!« und bot mir eine Möhre an. Dabei sah er mir mit seinen tiefblauen Augen tief in die Augen. Angeblich entscheiden die ersten sieben Sekunden über alles. Es stimmte: Dies war die berühmte Liebe auf den ersten Blick. Jenes Phänomen, an das man nicht glaubt, bis man es selbst erlebt hat.

Von diesem Blick an waren wir zusammen. Wir waren zusammen und dachten nie wieder darüber nach, warum. Michael war natürlich nicht der erste Mann meines Lebens, doch der erste mit Zukunftsanspruch. Heiraten wollten wir selbstverständlich nicht. Wozu auch? Michael ist zwei Jahre älter als ich, als Anfangsdreißiger fühlte er sich dazu viel zu jung. Heiraten ist für ihn etwas, was man am Ende des Lebens macht, nicht am Anfang.

Damals war Michael ein unverschämt schlecht bezahlter – sagte er selbst – Betriebswirt bei einer Gebäudereinigungsfirma. Damals kam er mehr und mehr zur Überzeugung, daß die herrschende Rentner-Gesellschaft junge Talente unterdrücke, speziell seine Talente. Warum bot ihm niemand den Vorstandsposten einer Aktiengesellschaft an oder sonst was Angemessenes? Einem Mann wie ihm, mit einem Intelligenzquotienten wie Albert Einstein!?

Er hatte auch einen Haß auf seine Eltern, die ein altbackenes Lebensmittelgeschäft in einem Vorort von München haben. Das Geschäft ist im Haus, das den Eltern gehört, sonst wären sie längst pleite, sagt Michael. Wenn er es endlich erbt, will er den Laden sofort an eine

Supermarktkette vermieten, dann bekommt er richtig Geld und hat null Arbeit damit. Oder er verkauft alles, dann hat er das Startkapital für irgendeine große Sache, die wirklich was bringt. Leider hat Michael einen älteren Bruder, der miterbt und alles ganz anders sieht, mit dem spricht Michael schon lange nicht mehr.

Mit seinem Vater ist Michael auch ziemlich verkracht, dafür ist er das Herzblatt seiner Mutter. Wenn man sie hört, ist Michael alles, was ein Mann sein kann. Sie erzählt stolz, sie hätte Michael von klein auf dazu erzogen, bei der Hausarbeit zu helfen – nur stellte ich eines Tages fest, ihm war unbekannt, daß man bei einem Staubsauger ab und zu die Tüte wechseln muß. Er hatte gar nicht gewußt, daß es Staubsaugertüten gibt. Wie erstaunt er guckte! Als hätte er an eine Staubsaugerfee geglaubt, die den Dreck schluckt! Damals fand ich das lustig.

Die Zukunft von Michael und mir lag immer in unbestimmter Ferne, aber wir hatten ein naheliegendes Ziel: Eine größere Wohnung. Meine Zweizimmerwohnung war für zwei zu klein. Als wir endlich genug für Kaution und Mietvorauszahlung zusammengespart hatten – das Sparen fiel Michael viel schwerer als mir – und eine schöne Wohnung gefunden hatten, exakt einen Tag, ehe wir den Mietvertrag unterschreiben sollten, wurde unsere Wohnung ausgeraubt.

Eines düsteren Nachmittags Anfang August geschah es. Geraubt wurden sämtliche Kostbarkeiten, die ich von meinem flotten Großonkel Friedrich-Julian geerbt hatte. Eine Sammlung edler Accessoires für den schwulen Dandy. Ein schweres goldenes Zigarettenetui mit einem Muster aus grün emaillierten Kleeblättern. Antike Tabakdosen aus Silber mit handgemalten Porzellandeckeln. Sechs Paar

Manschettenknöpfe, alle aus massivem Gold, ein Paar mit emaillierten Kleeblättern, ein Paar mit Brillanten, eins mit Smaragden, eins mit Rubinen bepflastert – aus den Manschettenknöpfen wollte ich mir immer Ohrringe machen lassen. Ein Set von Smokingknöpfen aus Platin mit beachtlichen Brillanten – daraus wollte ich mir vielleicht eine Kette machen lassen... aus die Träume. Geraubt wurden außerdem drei Bronzefiguren, die schönste davon war ein wie Gold glänzender nackter Mann. Und eine Serie kolorierter Kupferstiche, auf denen es teilweise bekleidete Biedermeierleute kompliziert miteinander trieben: Gruppensex diagonal, vertikal, horizontal, anal, oral, vaginal. Die Stiche waren antik, waren also Kunst und wertvoll, nicht einfach Pornografie.

Der Verlust all dieser Sachen war emotional betrachtet nicht tragisch, ich hatte Onkel Friedrich-Julian nie gekannt, meine Mutter hatte diesen kleinen Schatz geerbt, und sie fand die Sachen zwar wertvoll, aber nutzlos oder geschmacklos. Als ich zu Hause auszog, gab sie mir alles mit, als einziges Kind würde ich es sowieso erben, und angeblich befürchtete sie, die pornografischen Stiche sonst noch zu verbrennen.

Im nachhinein war uns klar, daß der Schmuck im Schrank und die Mappe mit den Stichen auf dem Schrank für jeden Einbrecher idiotisch leicht zu finden waren. Schrecklicher als der Verlust war die Gewißheit, daß jemand unbemerkt in die Wohnung kam und alles durchwühlte. Denke ich daran, habe ich noch heute das Gefühl, jemand wühlt mir im Magen rum. Die Wohnung war vergewaltigt worden.

Michael wurde nur Geld gestohlen, aber alles, was er hatte. Er hatte seine Hälfte der Kaution und der Mietvorauszahlung für die neue Wohnung schon abgehoben und im

Schreibtisch deponiert. So brach mit dem Einbruch der Traum von der neuen Wohnung zusammen. Mein Schatz war vermutlich mehr wert als die Summe, die Michael geraubt wurde, doch das Geld hätten wir dringender gebraucht.

Michael vermutete, es könnte der Makler gewesen sein, weil der unbedingt bar bezahlt werden wollte, oder ein Handlanger des Maklers, wer sonst hätte ahnen können, daß ausgerechnet an diesem Tag so viel Geld in der Wohnung war? Natürlich verlief die Anzeige bei der Polizei ergebnislos. Und natürlich waren wir nicht versichert.

Michael verlor durch den Einbruch alle Lust an jeder Anstrengung. Wieder und wieder fragte er sich und mich und die Welt, wofür es sich lohne zu schuften. Ehrliche Arbeit jedenfalls lohne nicht.

Wie bereits gesagt: Sechs Wochen später wurde auch Michael mir geraubt. Ehe ich mich über seine Statusziege auslasse, sollte ich erst mehr über mich erzählen. Das ist ein eigenes Kapitel wert.

2. Kapitel

Wie bereits gesagt, ich bin Diplom-Psychologin. Nachdem ich hier in München das Studium abgeschlossen hatte, gab es erwartungsgemäß keinen nur halbwegs anständigen Psychologenjob, man kennt ja die Situation heutzutage. Aber ich bin nicht der Typ, der in Passivität verharrt, ich habe mittlerweile einen Hauptjob, einen lukrativen Nebenjob und einen lustigen Nebenjob.

Der Reihe nach: Bald nach dem Studium fing ich bei einer Agentur für Zeitarbeit an, damals als Interviewerin für Marktforschungsstudien. Die Agentur heißt ›Helfende Hände‹, gehört Gisela Schmidt, Betriebswirtin, neuerdings mit ihrem Christian Lang verheiratet, kinderlos – neuerdings mit dem Zusatz »leider noch«.

Zwischen Gisela und mir hat sich echte Freundschaft entwickelt. Das einzige, worüber wir geteilter Meinung sind, ist Michael. Für Gisela gehört Michael in die Schublade »Erledigt. Wiedervorlage ausgeschlossen«. Wenn sie ihn überhaupt noch erwähnt, nennt sie ihn: »Dein Davongegangener«.

Abgesehen von meiner Haltung gegenüber Michael hält Gisela mich für vernünftig, sie beschäftigt mich deshalb jetzt als Chefin-Assistentin. Das heißt, sie vermittelt mich nicht an andere, ich arbeite für sie in der Agentur. Ich suche die richtigen Leute für angebotene Jobs aus und verhandle mit unseren Auftraggebern. Ein Job, der einer Psychologin durchaus würdig ist.

Meine Arbeitszeit ist bedarfsorientiert, manchmal braucht Gisela mich nur vormittags in der Agentur, zunehmend häufiger den ganzen Tag, manchmal auch gar nicht. Und das ist okay, denn manchmal habe ich keine Zeit, seit letztem Jahr arbeite ich auch als Neid-Erregerin. Jawohl: Neid-Erregerin. Die offizielle Bezeichnung für meinen lukrativen Nebenjob ist allerdings »Kauf-Animateurin«. Zusammen mit meinem Kumpel Volkmar von Vororten, den ich bei diesem Job kennengelernt habe, bin ich ab und zu in einem großen, noblen Modehaus tätig.

Ich bekam den Job ursprünglich über Gisela; der Personalchef des Modehauses suchte eine junge Psychologin, Einfühlungsvermögen in die Psyche der Kunden wurde verlangt. Volkmar bekam den Job über irgendwelche anderen Beziehungen; er hat eine richtige Ausbildung als Schauspieler und kann sich in alles einfühlen. Volkmar ist ein attraktiver Mann, groß, blond, schlank, mit sehr aristokratischer Nase. Wer ihn nicht kennt, hält ihn für reich.

Unser Job ist es, Unentschlossene zum Kauf zu motivieren und jene zu überzeugen, die Angst haben, was aufgeschwatzt zu bekommen. Wenn die Verkäuferinnen und Verkäufer an solchen Kunden verzweifeln, können sie uns per Funktelefon rufen. Wir kommen dann, als Kunden getarnt. Und wir treten auf wie das Traumpaar aus der Werbung: selbstsicher, anspruchsvoll, konsumgeil – unsere noble Ausstattung wird täglich aus neu eingetroffenen Lieferungen zusammengestellt, man darf nichts schmutzig machen. Wenn wir beispielsweise in die Mantelabteilung gerufen werden, weil dort eine Kundin schon ewig unentschieden rumprobiert, begeben wir uns in die Nähe der Entscheidungsunfähigen, dann ruft Volkmar: »Sieh mal, dieser traumhafte Kaschmirmantel, den die Dame gerade anprobiert, der wäre was für dich!«

Worauf ich: »Woran siehst du, daß es Kaschmir ist?«

»Sieht man sofort! Falls die Dame den Mantel nicht nimmt, nimmst du ihn!«

In diesem Moment beginnt jede Kundin das zunächst nur eventuell in Frage kommende Objekt mit echtem Interesse zu sehen. Besonders erfolgreich ist die Masche, wenn der Mantel gerade mal zu fünf Prozent aus Kaschmir ist. Je nachdem wie die Kundin einzuschätzen ist, sage ich zu Volkmar: »Du hast einen Blick für so was. Ich suche schon seit Ewigkeiten so was Elegantes/ Zeitloses/ Ausgeflipptes/ Dezentes/ Preiswertes/ Jugendliches/ Schlankmachendes/ etcetera.«

Reißt die Kundin dann nicht den Mantel wie eine Beute an sich, fahren wir stärkeres psychologisches Geschütz auf. Volkmar besteht darauf, mir diesen Mantel zu schenken.

Nur ein einziges Mal sagte eine Frau: »Dann nehmen Sie es, wenn Männer mal was bezahlen wollen, müssen wir Frauen sie unterstützen.« Volkmar dankte ihr überschwenglich für den übermenschlichen Verzicht auf das Kostüm, das sie anprobiert hatte, und tat, als würde er es tatsächlich kaufen.

Alle anderen Kundinnen erlagen der Faszination, einer anderen etwas weggeschnappt zu haben, erst recht einer, die es geschenkt bekommen hätte. Es ist merkwürdig, welchen Glanz Dinge dadurch bekommen, daß andere sie haben wollen.

Bei Männern funktioniert es genauso. Sage ich zu Volkmar: »Sieh mal, dieser elegante/ zeitlose/ ausgeflippte/ dezente Anzug, der wäre was für dich!« glaubt jeder kleine Dicke zum Adonis à la Volkmar zu mutieren.

Bei älteren Herren arbeite ich effektiver ohne Volkmar. Es genügt, ihnen bewundernde Blicke zuzuwerfen, wenn sie vorm Spiegel den Bauch einziehen. Um mich zu beeindrucken, ignorieren sie krampfhaft das Preisschild. Manchmal sage ich: »Falls Sie den Anzug nicht nehmen, laß ich ihn für meinen Liebhaber zurückhängen. Hoffentlich steht er ihm so gut wie Ihnen.«

Das Modehaus beschreite mit dem Einsatz von Kauf-Animateuren neue Wege der Verkaufsförderung, hatte uns der Personalchef erklärt. Man muß sich was einfallen lassen, um die Kunden zu motivieren. Denn heute gibt es in der Bekleidungsbranche fünf Jahreszeiten, und keine paßt zum Wetter: Im Januar kommt die Frühjahrsmode, ab März die Sommermode, im Sommer die Herbstmode – all das Zeug muß immer dann verkauft werden, wenn die Leute es nicht anziehen können.

Wer sagt, es sei unmoralisch, Leute so zu manipulieren, möge bitte bedenken: Wer hier nicht kauft, kauft anderswo. Und dort wird man nur arrogant behandelt, wenn man nicht kaufen will, was man kaufen soll. Wir dagegen bieten den Kunden kostenlos ein Glückserlebnis.

Und ich habe bei diesem Job gelernt, wieviel Spaß es mir macht, mich zu verwandeln. Und wie einfach es ist: Das Aussehen ist Nebensache, die Ausstrahlung, das Auftreten macht's. Ich kann jetzt reich und erfolgreich wirken – das ist das Allerschwierigste, wenn man es nicht ist.

Und durch diesen Job habe ich auch Volkmar kennengelernt. Und Volkmar hat Beziehungen zu Film und Fernsehen. Durch ihn bekam ich meinen neuen, lustigen Nebenjob: Statistenrollen beim Fernsehen.

In meiner ersten Rolle war ich Kellnerin, durfte sagen: »Kollegin kommt gleich.« Und: »Im Garten nur Kännchen.« Meine zweite und bisher letzte Rolle, das war vor drei Monaten, war eine Leiche, leider keine schöne, sondern eine erwürgte. Der Kommissar mußte bei meinem Anblick sagen: »Sie sieht nicht gut aus, und die richtige ist es auch nicht.« Da ich nur als Leiche auftrat, hatte ich leider keinen Text.

Volkmar verlangte für seine Vermittlungen 25 Prozent meines Honorars, er kann soviel verlangen, denn es gibt hundertmal mehr Statisten als Statistenjobs. Und Volkmar sagt, das sei seine Vermittlungstätigkeit wert, hinter jeder Rolle lauere der Ruhm. So blieben mir als Leiche 75 Mark für sechs Stunden. Eine Stunde wurde ich auf erwürgte Leiche geschminkt, vier Stunden und fünfzig Minuten mußte ich warten. Solche Jobs macht man eben nicht wegen des Geldes, sondern aus Spaß. Wie bereits gesagt, es gefällt mir, mich zu verwandeln. Und schließlich hört man überall, heutzutage müsse man wandlungsfähig sein, um zu überleben.

Der Rest meines Lebens ist schnell erzählt. Ich komme aus einer ganz normalen Familie, meine Eltern sind geschieden. Mein Vater ist Geoingenieur und arbeitet in allen ölexportierenden Ländern, er ist seit Jahren mit seiner Assistentin liiert. Meine Mutter hat sich nach der Scheidung ein Häuschen in einem Urlaubsdorf gekauft, sie vermietet Zimmer, so hat sie Unterhaltung, und es genügt ihr, einmal wöchentlich anzurufen, ob ich was Neues in Aussicht habe.

Damit sie sich keine Sorgen macht und ihren Pensionsgästen was Anständiges zu erzählen hat, habe ich angedeutet, nun mit Volkmar von Vororten enger verbunden zu sein. Sie hofft, ich würde eines Tages mit Volkmar das Geschlecht derer »von Vororten« gründen. Nichts ist unwahrscheinlicher. Erstens ist Volkmar schwul. Er behauptet, er sei »auch hetero«, er will sich für alles offenhalten. Zweitens ist er kein bißchen adlig, ›Volkmar von Vororten‹ ist sein Künstlername, genausogut könnte ich mich ›Sibylle von Stadtmitten‹ nennen.

Wie gesagt, Volkmar ist ein guter Kumpel, und ich treffe ihn auch außerhalb unserer Zusammenarbeit, in seiner Stammkneipe, wo er jeden Abend Hof hält. Während des zweijährigen Glücks mit Michael hatte ich, ohne es zu wollen, alle Bekanntschaften einschlafen lassen, nun hatte ich keine Lust, mich zurückzumelden, um von meinem Unglück berichten zu müssen. Umso dankbarer ist man da für neue Freunde wie Volkmar.

Alles was ich sonst zu erzählen habe, steht wieder auf einem anderen Blatt, denn leider muß ich sagen, daß mein Leben nach dem Verlust von Michael ins Stocken geriet, trotz aller neuen Aktivitäten. Oder um es psychologisch auszudrücken: Trotz aller Trauerarbeit, die ich geleistet habe, fühlte ich mich immer noch als verlassene Frau. Und als verlassene Frau fühlt man sich als Versagerin. Und wer sich als Versagerin fühlt, wird als Versagerin empfunden.

Vielleicht war's deshalb zwangsläufig, daß in der post-Michael-Ära ein One-night-Stand und ein Two-nights-Stand mein Selbstbewußtsein nicht aufgebaut hatten, sondern weiter abgebaut. Dem One-night-Stander stand er im entscheidenden Moment nicht mehr. Das Kondom rutschte runter. Dabei hatte er, ehe er es drüberschob, stolz darauf hingewiesen, er brauche Kondome in Größe XL. Er wollte es dann nochmal versuchen, ohne Kondom, aber mir war der Versuch keine Aids-Test-Zitterpartie wert. Ich wollte es ihm zartfühlend auf die nette Tour sagen, zitierte den Merkspruch einer Aids-Verhütungskampagne für Kindergärten:
»Nackt prangt der Zahn der Bisamratte,
doch Gummi kleidet jede Latte.«
Er fand's nicht so komisch. Egal, ich habe sogar seinen Namen vergessen. Er war ein No-name-Lover.
Beim zweiten Typ gab es diese Probleme glücklicherweise nicht, es gelang mir sogar, einen simultanen Orgasmus zu simulieren, trotzdem meldete er sich danach nicht mehr. Zwei Wochen später tauchte er wieder in dem Lokal auf, wo wir uns kennengelernt hatten, er war charmant, sagte, es sei durchaus ein netter Abend gewesen, und war bereit zum zweiten Mal. Vermutlich durch die gesteigerte Erwartungshaltung war ich dann wie zugetackert. Er wußte auch nicht, was man dagegen tut, verließ mein Bett unverrichteter Dinge. Seitdem habe ich ihn nicht mehr gesehen. So was verunsichert, kann ich Ihnen sagen.

Ich habe beschlossen, ein sexuelles Trauerjahr einzuhalten. Und wenn es regnet, gehe ich spazieren und singe: »I'm single in the rain, just single in the rain...«

3. Kapitel. Dieses Jahr, im Frühjahr

Erstmal mußte ich rausbekommen, wer diese Neue von Michael überhaupt war. Keiner von Michaels Freunden rief je wieder bei mir an, alles Feiglinge. Ich habe Achim, der Michael damals auf das Kostümfest schleppte, der an unserer Bekanntschaft schuld war, so oft angerufen, bis er mir erzählte, wo Michael nun wohnte.

Bei Doktor Agnete Matthias.

Agnete! Was für ein Name! Vermutlich altgermanisch oder altaustralisch, was übersetzt vermutlich bedeutet: »Die mit dem häßlichen Namen.« Und als Nachname ein Männervorname, typisch für eine männerfixierte Frau wie sie.

Sie ist Augenärztin an einer Schickimicki-Privatklinik, wo Schickimicki-Manager ihren jährlichen Gesundheits-TÜV absolvieren. Sie hat einen faulen Job, das hat Achim selbst gesagt, sie behandelt keine Notfälle, macht keine Operationen, alles, was schwierig ist, wird an die Uniklinik überwiesen, sie prüft lediglich, ob ihre Patienten eine schickere Brille brauchen. Obwohl ihr Job intellektuell anspruchsloser als meiner ist, hat sie den Super-Status. Und Agnete scheffelt die Knete.

Sie ist älter als ich, sogar ein Jahr älter als Michael. Schon fünfunddreißig und sieht keinen Tag jünger aus – hat Achim gesagt. Sie hat Eheerfahrung, aber nur kurz und kinderlos.

Und jetzt wohnt Michael bei ihr. Und Michael geht es jetzt viel besser. Er hat einen besseren Job, ist jetzt Vermögens-

berater mit Büro in einer sogenannten Sozietät, feine
Adresse in der Innenstadt. Er habe sich schon einen tollen
Kundenkreis unter Ärzten aufgebaut, dank Frau Doktors
Hilfe. Und er fährt ein neues Auto, einen Jaguar! Keine
angeberische Aufreißerkarre, nein, so eine seriöse Limou-
sine, ein Wagen, der aussieht, als ob er nur von Leuten
gefahren wird, die sich's wirklich leisten können.

Achim mußte zugeben, er wisse nicht, ob Michael glücklich ist, obwohl es ihm äußerlich bessergeht. Denn zum
Charakter von Frau Doktor ist einiges zu sagen: Achim
sagte, man müsse sagen, daß Agnete sehr launisch ist und
sehr, sehr anspruchsvoll. Er war einmal mit den beiden in
einem Edelbistro, da hatte Agnete Ewigkeiten überlegt, was
sie speisen wollte, ließ sich vom Kellner jede Zuberei-
tungsart schildern, hatte dann Menü 3 gewählt, jedoch die
Vorspeise von Menü 2 und das Dessert à la carte. Höhepunkt war ihre Mineralwasserwahl: Erst wollte sie Perrier,
bis ihr einfiel, daß Perrier schwerwiegende Probleme mit
der Größe der Kohlensäurebläschen oder sonstwas Entsetz-
liches hätte, also wollte sie Pellegrino. Dann hatte sie
überlegt, daß dieses italienische Mineralwasser zu einem
französischen Essen ein Stilbruch sei, auch zöge sie grundsätzlich Frankreich wegen der eleganteren Lebensweise
vor, also Evian sei das Mineralwasser ihrer Wahl. Dann fiel
ihr ein, daß sie aus aktuellen eindrucksvollen politischen
Gründen französische Produkte boykottieren wolle. Endlich entschied sie sich für das teure deutsche aus den blauen
Flaschen, um die heimische Wirtschaft zu unterstützen. So
kann man sich in Szene setzen.

So beherrscht sie auch Michael. Sie hat sich in sein
Leben gedrängt, will ihn nach ihren Vorstellungen
umwandeln. Wenn man nur ein bißchen über diese Beziehung nachdenkt, ist sofort klar: Eine gleichberechtigte

Partnerschaft ist das nicht. Es ist nicht mal eine normal-ungleichberechtigte, da wäre sie Sexobjekt, er Statusobjekt. Die beiden haben eine unnormale-ungleichberechtigte Beziehung: Sie hat den Status, und er ist ihre Sextrophäe, ihr Beweis, daß sie auch einen fürs Bett hat. Achim hat selbst gesagt, bösartigerweise könne man sagen, für Frau Doktor Agnete Matthias sei Michael nur ein Statist ihrer Shows.

Nachdem ich wußte, bei wem Michael wohnt, habe ich bei ihm angerufen. Fast immer ging sie ans Telefon, und sobald ich meinen Namen nannte, sagte sie: »Herr Graf ist nicht da.« Ich bat auszurichten, er solle mich zurückrufen. Sie richtete es nicht aus, sie legte auf, ehe ich ausgesprochen hatte. Nur zweimal hatte ich Michael direkt am Apparat. Er sagte beide Male, er könne jetzt unmöglich reden, würde aber so bald wie möglich zurückrufen. Ich wartete erst hoffnungsvoll, dann hoffnungslos.

Eines Abends ging ich schließlich hin, zitternd, zur Selbst-aufgabe meines Stolzes entschlossen, um die Sache endlich aufzuarbeiten. Ich geriet in eine todschicke Gegend, an ein todschickes Haus, mit einer todschicken Sprechanlage, und es war Frau Doktor selbst, die die Tür nicht öffnete. Ich mußte in die Sprechanlage meinen Namen stottern und daß ich bitte nur mal kurz mit Michael sprechen wolle; ich mußte warten und hatte das Gefühl, aus allen Fenstern beobachtet zu werden, dann verkündete sie mir über Sprechanlage, und das ganze Haus durfte mithören: »Ich soll Ihnen ausrichten, daß Herr Graf keinen weiteren Kontakt zu Ihnen wünscht. Ich muß Sie bitten, uns nicht länger zu belästigen.«
Ende der Durchsage.

4. Kapitel. Anfang Juli

Daß überhaupt wieder Schwung in mein Leben kam, lag an Gisela, meiner Chefin und Freundin, die sich zusätzlich als meine klügere, ältere Schwester sieht, obwohl sie ein halbes Jahr jünger ist. Dieser Status der erfahreneren Frau stehe ihr als Ehefrau zu, sagt sie.

Gisela erklärte Michael zum Unmenschen, sofort nachdem er verschwunden war. Ja, er sei charmant gewesen, ja, er sei immer locker und spontan gewesen, ja, er hätte gut ausgesehen, aber nun hätte man ja gesehen. Und Frau Doktor, die ihn nun am Hals hat, verdiene unser Mitleid und sonst nichts. Giselas unerbittlicher Kommentar: »Um so einen Mann trauert man nicht. Stell dir vor, auch du wärst Ärztin, sprich die magischen drei Worte des Erfolgs: ›Der nächste bitte.‹«

Man muß zu Giselas Entschuldigung sagen, daß sie Betriebswirtin ist. Sie glaubt, wenn in einem System ein fehlerhaftes Teil ist, tauscht man es gegen ein Ersatzteil aus, und die Kiste läuft wieder. »Gebrochenes Herz? Im Falle eines Knalles kittet ein neuer Lover alles!« ist die Devise der Betriebswirtin.

Ich dagegen meine, man muß das Problem erst analysieren. Schließlich macht auch jede Betriebswirtin eine Fehleranalyse, ehe sie ein gescheitertes Projekt wiederholt.

Gisela sagt, psychologisches Aufarbeiten sei Zeitverschwendung, vermutlich würde ich eines fernen Tages zu der Erkenntnis kommen, unsere Beziehung sei gescheitert, weil Michaels Mutter während der Schwangerschaft Arztromane las und er davon eine pränatale Fixierung auf Ärztinnen erlitten hätte, die er nun ausleben müsse.

Aus psychologischer Sicht kann ich dazu nur sagen, je weniger Ahnung man von einem Problem hat, desto leichter scheint es lösbar. Und die psychologische Lösung eines Problems besteht nicht darin, daß man eine Bezeichnung für das Problem hat, wie sich das Leute wie Gisela vorstellen. Die Lösung besteht darin, daß man dem unwiderstehlichen Drang, die eigenen Fehler zu wiederholen, widerstehen lernt.

Und außerdem: Wo den nächsten Mann hernehmen? Gisela behauptet, würde ich eine Kontaktanzeige aufgeben, kämen scharenweise Traummänner. Kontaktanzeigen sind ihre Lieblingslektüre, sie liest sie zur Bestätigung der Überzeugung, daß sie den Besten geheiratet hat.

Gisela sagt, das Wichtigste für mich sei zu entscheiden, was ich wirklich will. Eines Tages erzählte sie mir folgendes Märchen:

Zu jedem Menschen kommt ein Mal im Leben eine Fee, die drei Wünsche erfüllt. Die Fee taucht plötzlich und unerwartet auf, und dann muß man ihr sofort die drei Wünsche sagen können. Und zwar ganz präzise. Es genügt nicht, zu wünschen, glücklich, reich und einzigartig wolle man werden. Man muß der Fee präzise sagen können, wodurch man glücklich werden will, wodurch reich, auf welchem Gebiet einzigartig.

Noch eine Bedingung stellt die Fee: Die drei Wünsche müssen in der Reihenfolge genannt werden, in der man sich ihre Erfüllung wünscht. Zuerst glücklich? Oder zuerst reich? Oder zuerst einzigartig?

Gisela sah mich an, als wäre ich doof: »Hast du kapiert, was das bedeutet?«

»Ja. Es ist eine andere Lebensplanung, wenn man zuerst glücklich, dann reich, dann einzigartig werden will, als wenn man zuerst einzigartig, dann reich und dann erst glücklich werden will.«

»Gut«, wurde ich gelobt. »Die meisten Menschen scheitern an der Ungenauigkeit ihrer Wünsche«, fuhr Gisela fort mit Predigerstimme, »sie wissen nicht, was sie sich konkret von der Fee wünschen sollen. Und über die Reihenfolge haben sie sowieso nie nachgedacht. Also, was ist die Moral?«

»Man muß immer drei Wünsche haben für den Fall, daß plötzlich eine Fee kommt«, antwortete ich brav.

Diese Antwort war nicht gut. »Die Moral vom Märchen ist die: Es gibt Menschen, die können in jedem Augenblick ihres Lebens ihre drei Wünsche nennen, und immer erfüllen sich die Wünsche. Sogar in der Reihenfolge, wie es sich diese Menschen vorstellen.«

»Aha.«

»Und zwar erfüllen sich die Wünsche, paß auf, ohne daß die Fee je erscheint.«

Nun hatte sogar ich die Moral kapiert. Wie sagte Faust? »Wer immer strebend sich bemüht ...« Wie sang Desmond Dekker? »You can get it, if you really want, you'll succeed at last ...« Also versprach ich Gisela, mir drei Wünsche zu überlegen, auch die Reihenfolge zu bedenken, um meinem Leben wieder die Ziele zu geben, die man braucht, um glücklich zu werden.

An jenem Abend schrieb ich in meinen Kalender:
1. Ich will wissen, warum mich Michael verlassen hat.
2. Ich will wissen, warum Michael ausgerechnet mit dieser Statusziege zusammen ist.
– Echt Probleme machte 3.: Will ich Michael wiederhaben? Oder wieder einen Mann wie Michael? Will ich überhaupt wieder irgendeinen Mann? Spontan dachte ich: »Mann? Nein danke, ich hatte schon mal einen.« Nach sorgfältiger Überlegung kam ich zu dem Resultat, daß »Neuer Mann« kein Thema für mich war. Die Aufarbeitung von Michael

25

war mein Thema. – Ich wünsche mir, daß Michael diese Statusziege verläßt, so wie er mich verlassen hat. Oder besser: Ich wünsche mir, daß Michael von dieser Statusziege verlassen wird, damit er erlebt, was es bedeutet, verlassen zu werden.

Schließlich entschied ich mich für eine kombinierte Wunschfassung:

3. Ich will, daß die Beziehung zwischen den beiden schnell und katastrophal endet.

Jawohl, das war's, was ich wollte: Rache. Auch ein schönes Gefühl, fast so schön wie Liebe. Ich war so besessen von dieser Idee, daß ich am nächsten Tag, als ich an einer Apotheke vorbeikam, wo im Schaufenster ein Plakat für ein bekanntes Rachenbonbon hing, in meine Gedanken versunken las: »Das Rache-Bonbon. Rache-Gold.«

5. Kapitel

Ich ließ Gisela in ihrem Glauben, mein Ziel sei die Beschaffung eines Ersatzmanns. Ich dankte ihr aufrichtig für ihre Idee mit den drei Wünschen, kein Wort über meine unedlen Motive.

Ob meine nächste Aktion eher zu Wunsch 1 oder zu Wunsch 2 gehörte, war mir egal. Jedenfalls begann ich mit der Klärung der ältesten Frauenfrage der Welt, der Frage, die sich Frauen stellen, seit Frauen erfunden wurden. – Es gibt eine wenig bekannte biblische Geschichte, nach der war Adam, allgemein nur bekannt als Ehemann von Eva, vorher schon verheiratet, und zwar mit Lilith. In einem Seminar über das Frauenbild in der Bibel hatten wir gelernt, daß gleich im ersten Kapitel der Bibel eine

Schöpfungsgeschichte steht, da erschafft Gott Mann und Frau gleichzeitig. Die Frau, die er gleichzeitig mit Adam aus Erde formte, war nicht Eva, sondern Lilith. Eva wird erst im zweiten Kapitel der Bibel aus Adams Rippe gemacht. Gott hatte von Anfang an Probleme mit Frauen, Lilith war Gott zu selbständig. Deshalb bekam Adam eine Neue, Eva, die dann Gott auch nichts recht machen konnte. Lilith wurde verjagt. Sie wurde auch aus den heutigen Bibeln gestrichen; in den alten steht, daß Lilith nie wieder geheiratet hat, sie verwandelte sich in eine Dämonin. Also, als Adam plötzlich mit Eva ankam, was fragte Lilith? Natürlich fragte sie: »Was hat sie, was ich nicht habe?« Das ist die älteste Frauenfrage der Welt.

Morgens um halb acht fuhr ich mit der U-Bahn ins Viertel der Augenziege, schlich zu ihrem Haus, praktischerweise parkte gegenüber ein schicker Geländewagen, hinter dem ich mich verstecken und bequem durch die Autofenster hindurch ihren Eingang beobachten konnte.
In ihrem Viertel will zur Zeit jeder wohnen, der sich für gebildet und geschmackvoll hält. Alle alten Häuser sind aufwendig restauriert, was es an schäbigen Nachkriegsbauten gegeben hatte, wurde abgerissen, durch postmoderne Luxus-Eigentumswohnanlagen ersetzt. Diejenigen, die zuletzt den Trend mitbekommen und keine der Altbauwohnungen mehr ergattert hatten, wohnen in den neuen Häusern, so auch sie.
Ihr Haus ist extra kompliziert gestylt mit Nischen und Erkern, sogar der terrassengroße Balkon vor ihrer Wohnung im ersten Stock hat erkerähnliche Ausbuchtungen, was praktisch ist, so kann die Augenziege im Bedarfsfall kochendes Öl auf unerwünschte Besucher schütten, ohne dabei die Fassade zu ruinieren.

Da ihre Praxis um neun öffnet, hätte sie nach meiner Berechnung spätestens zwanzig nach acht das Haus verlassen müssen, sie erschien zwanzig vor neun. Als sie mit Michael aus der Tür kam, traute ich meinen Augen nicht: Sie war dicker, als ich je gewesen war. Auf den ersten Blick war klar: An ihrem Aussehen kann's nicht liegen. Nicht, daß sie ausgesprochen schlecht aussah, das nicht, nur, um ganz objektiv zu sein: Ich sah besser aus. Sie war eindeutig Jahre älter als ich und ebenso eindeutig Kilos dicker. Und sämtliche Kilos von der Taille abwärts. Ihr Hüftumfang sah nach Größe 44 aus. Falls ich je so dick gewesen bin, mein Übergewicht war eindeutig besser verteilt. Sie hatte schulterlange blonde Haare wie ich, allerdings war bei ihr völlig fraglich, ob sie echt waren, ihre waren in zehn Blondtönen gesträhnt und vermutlich durch eine Dauerwelle zur Lockenmähne aufgebrezelt. Sie war gleichmäßig gebräunt wie eine Kosmetikverkäuferin. Sie trug ein leinenbeiges, sehr kurzes Kleid, das ihre trichterförmigen Oberschenkel und ihre selten häßlichen Knubbelknie groß rausbrachte. Um was Positives über sie zu sagen: Wahrscheinlich stellte sie ihre Knie zur Schau, um ihre Patienten von eigenem Leiden abzulenken.

Kein Wunder, daß neben ihr Michael besser aussah als je zuvor. Er wirkte sogar größer als früher, obwohl er mit vierunddreißig garantiert keinen Wachstumsschub mehr bekommen hatte und immer noch einsvierundachtzig groß war. Er ging irgendwie gerader, oder steifer. Seine Haare wirkten schwärzer und glänzender, als bekäme er bei seinem neuen Frauchen besseres Futter. Sein Polohemd wirkte teurer als alle Polohemden zusammen, die er früher hatte. Er trug keine Jeans, sondern Leinenhosen.

Während sie ein Hochglanz-Papiertütchen, auf das fett JOOP! gedruckt war, in die Altpapiertonne warf, öffnete

Michael mit einer Fernbedienung das Tor zur Tiefgarage.

Sie rief mit überraschend kleinmädchenmäßiger Stimme: »Bring mir meinen Kleinen, mein Schatz.«

Er verschwand antwortlos in der Tiefgarage, sie blickte beifallheischend die Gegend ab.

Michael fuhr raus in einem putzigen weißen Sportwägelchen, das Verdeck öffnete sich automatisch, er stieg aus, hielt ihr die Wagentür auf, sie stieg plappernd ein: »Und ruf sofort Dr. Hanser an, sag ihm, ich habe gesagt, du sollst ihn anrufen. Und sei heute abend ganz pünktlich, und bring was Warmes mit vom Feinkost-Käfer, ich weiß noch nicht, auf was ich heute abend Appetit habe, ruf mich nochmal an, Schatz.« Michael schloß ihre Autotür.

Ich dachte mir meinen Teil: Zu blöd, das Auto selbst aus der Garage zu holen, zu blöd, die Autotür selbst zu schließen. Hätte ich das verlangt, hätte er gesagt, ich soll mich gefälligst emanzipieren. Oder glaubte er, das Publikum aus der Nachbarschaft kauft ihm die Kavaliersmasche ab? Nein, sie führte ihn als ihren Deppen vor. Immerhin konnte sie den Knopf zum Fensterrunterlassen selbst drücken. »Gib mir einen schönen Kuß, mein Schatz!« befahl sie nun.

Michael beugte sich runter, wie ein Kanarienvogel pickte er ihr gehorsam auf die Wange.

»Jetzt hab ich's eilig«, zwitscherte sie.

Michael eilte in die Garage, kam raus in dieser wahnsinnig schönen, stinkseriösen, englischgrünen Jaguarlimousine. Ich konnte sein Gesicht nur kurz sehen, als er ihr hinterherrauschte. Er wirkte angespannt, als wäre er ihr Bodyguard, ihr Lakai, ihre Statustrophäe, die sie hinter sich herzog.

6. Kapitel

Die Diagnose war klar: Eine Frau, die sich so in Szene setzt, das ist eine narzißtische Persönlichkeit. Liebe besteht für solche Menschen bekanntlich nur aus Eigenliebe.

In meinem Psychologie-Reader waren als Charaktermerkmale einer narzißtischen Persönlichkeit aufgelistet:

1. Grandioses Gefühl der eigenen Bedeutung.
2. Verlangen nach ständiger Aufmerksamkeit und Bewunderung.
3. Phantasien von außergewöhnlichem Erfolg auf allen Gebieten, besonders in der Liebe.
4. Kein Einfühlungsvermögen, Unfähigkeit, zu erkennen, wie andere sich fühlen.
5. Der eigene Partner, die eigenen Eltern und eigenen Kinder werden überidealisiert, aber ihre Wünsche werden mißachtet, sie müssen dem grandiosen Selbstbild entsprechen.
6. Typische Reaktion auf Kritik und Mißerfolg: Zerstörerische Wut. Narzißtische Persönlichkeiten neigen stark zu Eifersucht.

Logischerweise beschloß ich, Frau Doktor Agnete Matthias beizubringen, daß sie nicht die Größte war. Auch nicht die einzige in Michaels Leben. Zerstörerische Wut und Eifersucht sollten über sie kommen. Gehörte alles zu Wunsch 3, schnelle und katastrophale Beendigung dieser Beziehung.

Punkt 22 Uhr 00 begann meine Aktion. Ich rief bei ihr an, ließ es dreimal klingeln, wie ein verabredetes Zeichen, legte wieder auf. Ich wartete exakt bis 22 Uhr 01, wählte wieder. Erwartungsgemäß war sie am Apparat, ich hörte ihr kleinmädchenmäßiges »Wer will so spät was von mir?« und legte wieder auf.

Am nächsten Abend, gleiche Zeit, gleiches Klingelzeichen, wurde Michael an den Apparat gelassen. Ich legte nicht auf. »Hallo, wer ist da?« sagte er. Ich schwieg. Seine Statusziege meckerte im Hintergrund: »Wer ist es, mein Schatz?« »Meldet sich niemand«, sagte der Schatz. Ich schnalzte mit der Zunge küßchenähnliche Geräusche. »Hallo, wer küßt denn da?« fragte Michael interessiert.

»Gib mir den Hörer«, sagte sie drohend. Da legte ich auf.

Blöderweise legte Michael am nächsten Abend bei meinem zweiten Anruf um 22 Uhr 01 nach dem ersten Zungenschnalzen auf, garantiert auf Befehl.

Ich mußte ihm künftig mehr Unterhaltung bieten, um ihn am Hörer zu halten. Ich suchte was Passendes im Radio, um es auf Kassette aufzunehmen und ihm vorzuspielen. So kam es, daß ihm beim nächsten Mal eine sehr sexy Frauenstimme die Lottozahlen der Woche verkündigte.

»Na so was!« rief Michael, »wie schön, daß Sie mich anrufen!« Er dachte, es sei die persönliche Information, daß er im Lotto gewonnen hätte. Er spielt jede Woche, jede Woche sechs Falsche. Als er die Zahlen gehört hatte: »Ich glaube, da sind Sie an den Falschen geraten, leider, leider. Warum haben Sie mich angerufen?«

Ich legte auf und überließ ihn und Agnete der Frage, was das zu bedeuten hatte.

Täglich ein geheimnisvoller Anruf wirkt wie das Bemühen einer erfolglosen Verehrerin. Also wartete ich von Freitag bis Dienstag, bis ich mich nach dreimal vorher klingeln wieder meldete.

Er war so schnell am Apparat, als hätte er gewartet. »Hier Michael Graf. Wer ist da?«

31

Es dauerte, bis er drauf kam. Es war der Papst. Seine Heiligkeit wies in seiner Rede wieder mal darauf hin, daß es christlicher sei, ungeborenes Leben zu schützen als geborenes. Der Papst leierte seinen Text ungerührt runter, aber die deutsche Übersetzerin deklamierte seine Bannflüche gegen empfängnisverhütende Mittel so fanatisch, als würde jedes Kondom soviel Leben vernichten wie eine Atombombe. Ihr Pathos zog alles ins Lächerliche, bestimmt machte sie das mit Absicht. Michael lauschte, dann fing er furchtbar an zu lachen: »Du glaubst es nicht! Es ist der Papst, der anruft!«

Die Augenziege glaubte es nicht, wollte es selbst hören, da hatte ich aufgelegt.

Was dann geschah, war nicht schlau, aber es war geschehen: In einem unbedachten Moment hatte ich Gisela gegenüber angedeutet, vage nur, daß es zu meinen Wünschen gehöre, die Qualitäten von Doktor Agnete Matthias genauer zu erkunden. Daß ich deshalb zu ihr gegangen war, um sie mir etwas näher anzuschauen. Ich sagte: »Was findet er nur an ihr? Das ist das letzte Rätsel der Menschheit.«

Gisela reagierte darauf äußerst mißbilligend: »Auf die Frage ›Was hat sie, was ich nicht habe?‹ gibt es nur eine Antwort: Sie hat deinen Ex-Typen. Und wenn du noch einmal vor ihrem Haus rumlungerst, werde ich persönlich dafür sorgen, daß dir dein Psychologie-Diplom aberkannt wird wegen Unzurechnungsfähigkeit.«

Schon am nächsten Tag belemmerte sie mich mit ihrer Universal-Problemlösung: »Gib eine Bekanntschaftsanzeige auf. Es muß keine Spätere-Heirat-nicht-ausgeschlossen-Anzeige sein, bloß eine Bekanntschaftsanzeige in einem flippigen Journal.«

»Damit ich Dutzende flippiger Sadisten im besten Mannesalter am Hals habe, die eine minderjährige devote Sklavin mit Finanzinteressenlosigkeit suchen?« Mein Bekanntschafts-anzeigen-Lieblingswort ist ›Finanzinteressenlosigkeit‹. Wird gern gebraucht von Männern, die alles, alles wollen, bloß auf gar, gar keinen Fall bezahlen. Hat je eine Frau auf so eine Anzeige geantwortet?

»Es sind nicht alles Sadisten auf Sklavinnensuche, die inserieren.«

»Du hast recht. Es gibt auch Masochisten, die bevorzugen erfahrene Frauen. In meinem Alter kann ich finanzinter-essenlose Domina werden.«

»Wer nicht zu hoffen wagt, dem wird das Unverhoffte nie begegnen«, sprach Gisela.

»Große Worte. Wo hast du die her?«

Sie gab es nicht sofort zu. »Aus einer Heiratsanzeige in der ZEIT. Ich habe dir die Anzeigen aus der ZEIT mitgebracht, sieh sie dir unverbindlich ...«

Ich machte Gisela ein weiteres Mal klar, daß ich keine Heiratsanzeige brauche, auch nicht die besonders hoch-wertigen in der ZEIT, sondern einfach nur Zeit, um das Vergangene zu bewältigen. Gisela versprach, sich zu bemühen, das zu verstehen. Dann sagte sie nichts mehr. Und ich sagte ihr nichts mehr von meinen Plänen.

7. Kapitel. 20. Juli

Es war Volkmar, der mir weiterhalf. Ich traf ihn in seiner Stammkneipe, im Hamlet a. D., was ›Hamlet außer Dienst‹ heißt und ›Hamlet ade!‹ ausgesprochen wird. Es gehört einem ehemaligen Theaterschauspieler, der beschlossen hat, seine Karriere endgültig zu beschließen und statt-dessen eine Kneipe aufzumachen. Sein Lebensmotto steht auf einem Schild über dem Eingang: »Mit Shakespeare wurde ich groß, mit Spaten-Bier werde ich reich.« Und reich wird er, sagt er, sobald die Schauspieler, die bei ihm verkehren, erfolgreich werden.

Volkmar von Vororten, der immerhin Schauspieler, Kauf-Animateur und Agent ist, benutzt das Hamlet a. D. als sein zweites Wohnzimmer. Das ist sehr praktisch für ihn, so braucht er seinen Gästen nie was anzubieten, im Gegenteil, seine Gäste dürfen ihn einladen. Man findet ihn immer irgendwo an der endlosen Theke, die sich durchs Lokal windet. »Schön, dich zu sehen«, rief Volkmar mir entgegen.

Er sah an diesem Abend aus wie mindestens Baron Volkmar von Vororten, er trug diesen amerikanischen Designeranzug, den er für – halten Sie sich fest – unglaubliche 350 Mark in unserem Nobelkaufhaus ergattert hatte, korrekter: ergaunert. Volkmar zeigte mir strahlend eine vier Quadratzentimeter große Stelle am Ärmel. Da hatte er in unserem Modehaus heimlich mit der Kante eines kaputten Kleiderständers ein Stück Stoff ausgestanzt; später, als hätte er das Loch zufällig entdeckt, machte er den Abteilungsleiter darauf aufmerksam, was zu Spekulationen über den Tathergang und Telefonaten über die Möglichkeiten und Kosten von Kunststopfen führte, schließlich zur Information, daß man dazu das fehlende Stoffstück brauche. Die gesamte Herrenabteilung suchte danach, konnte es nicht finden, weil Volkmar es in der Tasche hatte.

Am Ende erwarb eine unverdächtige Verkäuferin das schwerbeschädigte Luxusobjekt zum Personalrabatt, im Geheimauftrag von Volkmar. Wir Aushilfskräfte bekommen nämlich keinen Personalrabatt, und die Angestellten haben auch nur eine begrenzte Rabattsumme pro Jahr, sonst könnte ja jeder Angestellte für alle Bekannten alles auf Rabatt kaufen. Diese Verkäuferin war glücklich, Volkmar diesen Gefallen tun zu dürfen. Er belohnte sie mit einem aufrichtigen »Wie schön, daß es noch so gute Menschen gibt wie Sie!« Davon wird sie noch jahrelang zehren.

Nun hatte er das rausgestanzte Stück Stoff mit Klebeband hinter das Loch geklebt. Perfekt. Skrupel hatte er deswegen überhaupt keine. Er spielt sich eben so durchs Leben.

Er hat auch eine traumhafte Dreizimmerwohnung in der Nähe vom Hamlet a. D., groß und traumhaft preiswert, selbstverständlich über Beziehungen. Obwohl es auch für ihn nicht leicht ist, sich über Wasser zu halten. Volkmar sagt von sich, er habe die sehr erträgliche Leichtigkeit des Seins entdeckt, den Genuß ohne Reue.

Warum Volkmar diesen Anzug heute trug: Er hatte heute zum ersten Mal als Synchronsprecher gearbeitet, selbstverständlich über Beziehungen, und sah nun eine kometenhafte Karriere als Synchronsprecher vor sich. Erst auf hartnäckigere Nachfragen erfuhr ich, was er synchronisiert hatte: Einen oberbayrischen Porno. Eine winzige bayrische Filmfirma hatte das Werk produziert und war damit im Videoverleih so erfolgreich, daß der Film für den gesamtdeutschen Markt in Hochdeutsch synchronisiert wurde. Das oberbayrische Gegrunze à la »Glei kimmt's ma!« und »Kimmst a!?« sei für nicht-oberbayrische Ohren lachhaft, in einem Porno darf keinesfalls gelacht werden, sonst ist die Erotik futsch.

Volkmar war innerhalb dieses Tages zu einem Meister erotischen Stöhnens auf Hochdeutsch geworden. »Es kommt auf die funktionalen Nuancen an«, erklärte er, »absolut am lautesten ist anales Stöhnen, das mußte ich ohne bayrische Grunzmelodik rüberbringen, klar gestöhnte Vokale sind erforderlich. Orales Stöhnen ist dagegen naturgemäß gedämpft.« Er führte mir Proben seines Könnens vor, ich mußte so tun, als seien dies die natürlichsten Geräusche der Welt. Ich war froh, als er damit aufhörte und die Handlung des Films erzählte. Höhepunkt war eine oberbayrische Hochzeit, an der Festtafel wurde ein altmodischer Nachttopf rumgereicht, mit Bier gefüllt. Im pißgelben Bier schwamm eine Bockwurst, was aussah wie – ja –, jeder Gast mußte aus dem Nachttopf trinken und ohne Hilfe der Finger von der Knackwurst abbeißen. Der köstliche Spaß endete selbstverständlich in einer Orgie des Stöhnens.

Jemand neben uns sagte: »Ich könnte erst stöhnen! Was ich heute erlebt habe, das kannst du dir nicht vorstellen!«

Es war Katharina. Sie glaubt, sie sei Volkmars spezielle Freundin. Glaubt, sie dürfe alle andern unterbrechen, die mit ihm reden, und dann die andern ignorieren. Denn wenn Katharina kommt, wird nur über Katharina gesprochen. Sie ist Opfer der gesellschaftlichen Verhältnisse, behauptet sie. Die andern behaupten, sie ist Opfer ihrer privaten Blödheit. Sie war mal die sogenannte Identifikationsfigur eines Werbespots für Damenbinden mit Blutrinne. Ein Spot, in dem sie nervtötend erklärte, daß dank dieser Blutrinne nichts mehr überläuft. Dieser Spot war sehr erfolgreich – der Verkauf von Fernsehapparaten mit Fernbedienung nahm damals sprunghaft zu.

Katharina bekam zehntausend Mark für diesen Job und glaubte in ihrem Größenwahn, wenn sie drei Tage arbeitet, sei das eine angemessene Gage. Nur war das keine Gage, sondern eine Berufsunfähigkeitsrente, denn mit diesem Spot war ihre Karriere beendet, keine Werbefirma wollte sie danach für irgendein Produkt einsetzen, an der Frau klebt Menstruationsblut.

Nun muß sie ihre Bindenvergangenheit auch noch

jedem auf die Nase binden. Neulich wollte sie einer auf dem Heimweg vergewaltigen, der Typ versuchte, ihren Stretchmini raufzureißen, da sagte sie: »Ich bin doch die Katharina aus der Fernsehwerbung für die Damenbinden, bei denen nichts mehr überläuft!« worauf der Typ floh. Volkmar hat ihr dringend geraten, was Besseres aus sich zu machen, und da ihre Eltern drei Waschsalons haben, solle sie sich als Unternehmerstochter oder Mitinhaberin einer Kette von Reinigungsunternehmen vorstellen. Das will sie nicht, sie will sie selbst sein.

Also, sie hatte sich zwischen uns gestellt, zeigte Volkmar anklagend die Abendzeitung von gestern, die Seite mit den Gesucht/Gefunden-Anzeigen, und las vor:

»Du, ca. 20, blonde Traumfrau in Jeans, die mich (Lederjacke, Jeans) in der U-Bahn zum Marienplatz angelächelt hat, komm heute um 15 Uhr zu Eduscho am Marienplatz. Ich hatte nicht den Mut, Dich anzusprechen.«

»Wie romantisch«, fand Volkmar.

»Überhaupt nicht. Eduscho war randvoll mit blonden Frauen in Jeans, und da war ein älterer Typ mit Lederjacke, der alle angrinste, dann sprach er nacheinander verschiedene Frauen an, mich nicht. Dabei fahre ich oft zum Marienplatz und trage Jeans.«

Täglich fahren tausend Blondinen in Jeans in die Stadtmitte. Ich auch. Doch Katharina ist überzeugt, sie sei die Auserwählte, auf die die Welt wartet. Seit Katharina ihr Kinderzimmer verlassen hat, erlebt sie immer so schreckliche Enttäuschungen.

Volkmar tröstete sie: »Meine liebe Katharina, ein Lederjackenträger, der eine Traumfrau wie dich zu Eduscho bestellt, das wäre nichts für dich. Das hat keinen Stil.«

Das Gesülze von Volkmar besserte ihre Laune, sie gab ihrem lieben Freund Volkmar das nächste Bier aus.

Dann kam der Clou, Volkmar rief: »Katharina, du bringst mich auf die besten Ideen: Ich werde eine Partnervermittlungsagentur gründen!« Er zog sein Adreßbuch aus der Jackettasche: »Seitenweise außergewöhnliche Menschen, die das oder den oder die Außergewöhnliche suchen. Das ist das Geschäft der Zukunft, der Gegenwart.«

»Ich bin auch außergewöhnlich«, rief Katharina, »ich will auch außergewöhnliche Menschen kennenlernen.«

Als hätte er eine Vision, deklamierte Volkmar: »Ich arbeite für jeden Mann, der eine Frau sucht, die einen Mann sucht, der eine Frau sucht. Und für jede Frau, die einen Mann sucht, der eine Frau sucht, die einen Mann sucht!« Er sah mich an: »Und das wäre auch was für dich, Sibylle.«

»Wieviel Provision gedenkst du zu nehmen? Zahlt man pro Eheschließung oder pro Beischlaf?«

»Pro Begegnung selbstverständlich. Ich stelle dir den Mann deiner Träume vor, du honorierst mich etwas dafür, er honoriert mich etwas dafür, und alle drei sind etwas glücklicher als vorher.« Er tat, als überdenke er seine Sprüche. »Eine Bekanntschaft muß was kosten, sonst denken die Leute, sie sei nichts wert.«

»Woher weißt du, wer der Mann meiner Träume ist?« fragte Katharina.

»Ganz einfach, du sagst es mir. Es kann jeder sein, den du bisher nicht angesprochen hast, ich spreche ihn für dich an. Und wenn sich herausstellt, daß er bisher auch nicht den Mut hatte, dich anzusprechen, dann sprech ich dich für ihn an. Ich werde der Ansprechpartner für alle, die mutlos und befangen sind. Kommt her zu mir, ich will euch verkuppeln.«

»Jemand zahlt dir Geld dafür, daß er mich kennenlernen will?« Katharina war begeistert. »Das ist besser als Anzeigen, das machen wir!«

Plötzlich hieß es »wir«, nach dem Motto: Großartig bin ich allein, Peinlichkeiten werden auf andere verteilt. »Verkauf erst mal Katharina, damit hast du genug zu tun«, sagte ich Volkmar. »Ich bin derzeit nicht im Angebot.«

Volkmar kennt meine Geschichte. Ich erspare hier dem Rest der Welt Volkmars Hinweise auf die vielfältigen Möglichkeiten, mein Glück zu gestalten mit seiner Hilfe als Ansprechagent. Er redete wie Gisela. Ich ließ ihn reden.

Nachdem er meine Chancen, in der Beziehungslotterie den einzig Richtigen zu ziehen, erschöpfend dargelegt hatte, erzählte ich Volkmar meine Wunschziele.

Katharina hörte nicht zu, das tut sie nie, wenn nicht über sie gesprochen wird.

Weil Volkmar absolut diskret ist, erzählte ich ihm sogar von meinen heimlichen Anrufen bei Michaels Statusziege, um sie in den Wahnsinn der Eifersucht zu treiben.

Reaktion von Volkmar: »So wie du das machst, klappt das nie! Anrufen und auflegen kann jede. Und daß andere Frauen an ihm interessiert sind, weiß sie selbst, sonst hätte sie ihn nicht genommen. Einen Mann, den keine will, will keine, jede will einen Mann, den jede will. Sibylle, das müßte dir bekannt sein! Wenn du sie wirklich in den Wahnsinn der Eifersucht treiben willst, mußt du ihr beibringen, daß er bei anderen Frauen ganz anders ist als bei ihr. Zärtlicher, aufmerksamer, großzügiger, genau das, was er bei ihr nicht bringt.«

»Vermutlich leidenschaftlicher«, sagte ich.

»Dann stöhn ihr was vor, nicht ihm!«

Volkmar neigte sich zu meinem Ohr: »Haaa, Michi, das tut gut! Haaa Michi, komm, hahhh! So geht's!« Ich entfernte mein Ohr, was Volkmar beleidigte: »Du kannst das nicht. Dir fehlt es an schauspielerischer Ausdrucksstärke.«

»Ich werde dieses Paar auseinanderbringen«, sagte ich

entschlossen, »und dann darfst du die Tante in deiner Ansprechagentur vermarkten.«

»Bis wann willst du deine hehren Ziele erreicht haben?«

Aus irgendeinem unbewußten Grund sagte ich: »Bis Ende August ist alles vorbei.«

»Wochenlang willst du Chancen an dir vorüberziehen lassen? Der nächste, der diesen Raum betritt, könnte dein Traummann sein.«

»Oder meiner«, Katharina hielt es nicht mehr aus, nicht Gesprächsthema zu sein. Sie hakte sich bei Volkmar unter, drehte ihn mit sich Richtung Tür, glotzte in begeisterter Erwartung.

Herein kam der allseits bekannte Obstler-Rudi, ein volldürrer frauenfeindlicher Vegetarier, der sich ausschließlich von Früchten, die zu Alkohol gemacht wurden, ernährt.

Katharina gab frustrierte Geräusche von sich.

»Der nächste bitte«, sprach Volkmar.

Da kam er, der nächste, ein Unbekannter. Schlaksig, mittelgroß, mittelalt, mittelbraunes Haar, schwarzes Polohemd, helle Hose, gute Schuhe, kein Ohrring, keine Tätowierungen, nicht mal Pickel, alles in allem mindestens sympathisch. Er sah sich um. Als er zu uns sah, winkte ihn Volkmar her. Er zögerte, ob er gemeint sei.

Volkmar begrüßte ihn: »Guten Abend, darf ich mich vorstellen, mein Name ist Volkmar von Vororten, ich könnte dein Partnervermittlungsagent sein, und dein Name bitte?«

Er lächelte schüchtern: »Leonard.«

»Deine sexuelle Orientierung, Leonard? Hetero, homo oder heteromo, also allseits offen?«

»Nur hetero. Ist das schlimm?«

»Wir sind hier sehr tolerant«, sagte Volkmar gönnerhaft. »Dein Familienstand? Verliebt? Verlobt? Verheiratet? Geschieden? Kinder?«

»Nichts.«

»Wird immer besser«, lobte Volkmar. »Gehe ich richtig in der Annahme, du bist auf der Suche nach deiner Traumfrau, wagst aber nicht, sie anzusprechen?«

»Nein.«

»Warum nicht?«

Dieser Leonard sagte, er würde gern bei einem Getränk über die Frage nachdenken. Volkmar winkte einen Kellner herbei, was keineswegs bedeutete, daß er diesen Mann, den er so schamlos ausfragte, einzuladen gedachte. So weit geht Volkmar nie.

Katharina mußte auch mitmischen: »Ich bin Jungfrau. Was bist du für ein Sternzeichen?«

»Schnecke«, sagte er, »weil ich so langsam bin.«

»Sehr schön«, sagte Volkmar, »Langsame lieben länger. Und dein derzeitiges Lebensgefühl?«

»Ich bin ein Versager.«

»Sehr schön, Versager sind bei Frauen extrem beliebt. Versager werden einem geradezu aus den Händen gerissen.«

Ich sah diesen Leonard an. Kein besonderes Gefühl in mir. Er sah mich an. Kein Blitz schlug ein. Kein Traummann für mich.

Katharina sagte: »Ich finde, wenn man ein Versager ist, kann man im Grunde gar nichts dafür, also mir tun Versager immer unheimlich leid.«

Er sagte: »Ich muß erst meine Vergangenheit bewältigen, ehe ich was Neues anfangen kann.«

Hört, der Mann sprach mir wortwörtlich aus dem Herzen!

»Sonst wiederholt man nur die alten Fehler«, sagte ich und sah ihn nochmal genauer an. Auch keine Liebe auf den zweiten Blick.

Katharina begann ihre Selbstdarstellung. Sie erklärte dem Typen, sie kenne das Gefühl, Versager zu sein, als sie damals ihren Werbespot für Damenbinden aufgenommen habe, wie oft habe sie sich bei dem schwierigen Werbetext versprochen! Hundertmal hintereinander hatte sie sagen müssen: »Damit ich mich an meinen kritischen Tagen wirklich sauber fühlen kann, hat meine Binde eine patentierte Blutrinne, da läuft nichts über!« Was sich dieser Leonard staunend anhörte. Dann plapperte sie, daß sie konkret gar nicht wisse, wie ihr Traummann aussehen solle, daß sie für jeden Typen unheimlich offen sei und überhaupt unheimlich spontan sei, daß sie Identifikationsfigur für Damenbinden geworden sei, sei auch ganz spontan gekommen.

Leonard sagte nichts, bis er auf die Uhr sah: »Ich muß gehen, ich habe einen unaufschiebbaren Termin.« Er sah mich an, mit einem gewissen Bedauern, kann man sagen.

Ich dachte mir meinen Teil: Nachts um elf eine Verabredung. Also war er doch irgendwie gebunden. Der stand nicht zur Disposition. Und ich war froh darüber. Ich war damals beherrscht von einem Gefühl, das ich heute kaum mehr nachvollziehen kann, beherrscht von der Unfähigkeit, mir vorzustellen, daß das Leben weitergeht und anders wird, als es damals war. Es gibt Zeiten im Leben, da kann man keine Veränderungen ertragen.

Als er gegangen war, sagte Volkmar ungebrochen optimistisch: »Der nächste bitte!«

Katharina glotzte wieder zur Tür: »Es müßte jemand sein, den ich noch nicht kenne.«

»Da hast du recht«, sagte ich und ging nach Hause.

Auf dem Heimweg rotierten Volkmars Worte in meinem Kopf: Wenn du seine Neue in den Wahnsinn der Eifersucht treiben willst, mußt du ihr beibringen, daß er bei anderen Frauen so ist, wie sie ihn lieber hätte. Jede Wette, sie hätte ihn lieber leidenschaftlicher. Was ich über Michael sicher weiß: Er gehört zu den Stillen im Bett. Er kann unablässig quatschen, bis es losgeht, aber dann ist Ruhe. Was er maximal im Bett bietet, ist ein Soft-Porno für Gehörlose. In Schwarzweiß, dunkel will er es auch haben. Auch falls sein Liebesleben mit der Augentante am Anfang leidenschaftlicher gewesen war als bei uns am Schluß, nachdem sich die beiden nun mindestens seit einem dreiviertel Jahr ständig sexuell zur Verfügung standen, dürfte die Leidenschaft lauwarm geworden sein. Und falls er, aus unvorstellbaren Gründen, bei ihr mehr bot als je bei mir, könnte man ihr trotzdem verklickern, daß er bei anderen noch viel leidenschaftlicher ist.

Es war zwölf, als ich zu Hause ankam, ohne Vorgeklingel bei ihr anrief, bis sie abnahm. Sie sagte nichts, sie schnaufte nur lauernd, klar, daß sie es war.
»Michi«, flüsterte ich, »Michilein, sei nicht böse, daß ich dich jetzt anrufe, obwohl du mir's verboten hast, ich bin ein bißchen beschwipst und wollte dir nur sagen, wie ich mich freu auf dich. Ach, du bist immer so unersättlich, mein Michi. Gib deinem bösen Mädchen ein böses Küßchen.«
Doktor Agnete Matthias schnaufte heftig. Ich schickte ihr stöhnende Küßchen durchs Telefon mit einer Leidenschaft, von der sie bei Michael nur träumen konnte. Zum Abschied flüsterte ich ihr zu: »Träum was Unanständiges.« – Schade, daß Volkmar meine Vorstellung nicht erlebt hat, er hätte mir beachtliche schauspielerische Ausdrucksstärke zugestehen müssen.

Für den Anruf einige Nächte später wählte ich als Hintergrundmusik die alte Platte mit Jane Birkin und Serge Gainsbourg, auf der beide orgasmusmäßig stöhnen »Je t'aime«.

Dieses wunderbare Stöhnen.

Leider kann man solche Telefonaktionen nicht beliebig lange durchführen. Früher oder später lassen die Leute eine Fangschaltung legen. Eifersüchtige früher. Immerhin, ein guter Anfang war gemacht. Rom wurde auch nicht an einem Tag niedergebrannt.

8. Kapitel. 31. Juli

Ich hatte noch keine weitere Idee, wie ich die Eifersucht von Doktor Agnete Matthias anheizen könnte, ich dachte nur, ich muß mir was Neues einfallen lassen, wie bisher geht's nicht weiter, da ging es weiter, und zwar ganz anders.

Dienstag, am 31. Juli, saß ich mit Gisela in ihrer Agentur »Helfende Hände«, einem Büro mit zwei Räumen. Gegen elf war der aktuelle Streß des Tages vorüber. Nach einem Dutzend Telefonaten waren zwei der ständigen Mitarbeiter als Urlaubsbürokräfte vermittelt worden, außerdem Frau Heuss, eine der Perlen der Agentur, die hatte ich zu einem alten Herrn geschickt, dessen viel jüngere Frau, statt ihn bis zum Tod zu pflegen, einfach vor ihm gestorben war, nun saß er hilflos in seinem Bungalow, konnte nicht mal eine Konservendose öffnen, weil er den elektrischen Dosen-öffner nicht kapierte. Solche Fälle gibt es häufiger, wir bekommen die Aufträge durch Bestattungsunternehmen, zu deren Service neben der Versorgung der Toten auch die der Überlebenden gehört. Natürlich hat das seinen Preis.

Gisela machte in ihrem Bürozimmer Abrechnungen und aß dabei einige Mon-Chéri-Pralinchen, die angeblich nicht dick machen, auf jeden Fall nicht so dick, wie man denkt. Da es die Mon Chéri im Sommer nicht gibt, hortet sie im

Kühlschrank ihre Notration für die mon-chérilose Zeit. Gisela bezeichnet sich selbst als Mondfrau: In regelmäßigen Intervallen nimmt sie ab, dann zunehmend wieder zu. Seit sie wegen Kinderwunsch aufgehört hat zu rauchen, stehen die Zeichen zunehmend auf Dauer-Vollmond.

Ich saß im anderen Bürozimmerchen, sah die Stellenangebote im lokalen Anzeigenblatt durch. Dienstags inserieren die, denen am Wochenende einfällt, daß sie ab sofort weniger arbeiten wollen und sofort eine Aushilfe brauchen. Da haben wir oft Angebote. Außerdem war Monatsletzter, ein beliebter Termin zum Inserieren bei jenen, die sich für ihre Entscheidungen möglichst viel Zeit lassen. Und da entdeckte ich ihr Inserat:
»Aushilfe ges. für leichte Putzarb. in gepflegtem Haushalt 2 × 4 Std. pro Wo. Bei Bewährung Dauerstellung mögl. Referenzen erforderl. Tel. ... Praxis Dr. Agnete Matthias...«

Ich ging mit der Anzeigenseite rüber zu Gisela. »Die Schlampe sucht eine Putzfrau.«
Gisela reagierte nicht. Wenn Gisela verblüfft ist, schweigt sie, sieht einen nur stur interessiert an, ihr Schweigen zwingt, weiterzureden, bis sie kapiert hat, um was es geht. Worauf sie auf verstehendes Kopfnicken umschaltet, was sehr chefinnenmäßig wirkt. Ich mußte mich also dazu herablassen, den Namen der Schlampe zu nennen.
»Kann ich bitte das Inserat der derzeitigen Kurzzeitbegleiterin deines Entschwundenen sehen?« – Manchmal sagt sie ›Entschwundener‹, meist ›Davongegangener‹, das gehört zu ihrer Strategie, daß ich mir einen Neuen suchen soll. Sie las das Inserat, schüttelte ihren echtroten Lockenkopf: »Eine Ärztin könnte eine Putzfrau über Empfehlung von Bekannten bekommen, warum muß sie inserieren? Leichte Putzarbeiten – hört sich an nach möglichst-wenig-

45

zahlen-wollen.« Dabei hatte sie schon den Telefonhörer in der Hand und tippte die Nummer aus der Anzeige ein.

»Laß das, Michael weiß, daß ich hier arbeite, er wäre mißtrauisch, wenn jemand von ›Helfende Hände‹ kommt.«

Gisela sagte bereits: »Guten Tag, hier spricht Jerome...«, sie sagte es mit dem Akzent einer Amerikanerin, die perfekt deutsch spricht.

Ich atmete auf. Gisela heißt nämlich keinesfalls Jerome. Sie heißt Schmidt, beziehungsweise jetzt verheiratete Lang. Aber Gisela hat noch viel mehr Namen, wenn wir Inserate prüfen. Manche Leute kommen nämlich auf bemerkenswerte Ideen, suchen zum Beispiel eine Bedienung für ein kleines Lokal und meinen damit ihr Schlafzimmer. Wir checken jedes Angebot, ehe wir jemand vermitteln.

Mrs. Jerome hatte nun Frau Doktor persönlich am Apparat und offerierte ihr Statusgemäßes: »Wissen Sie, mein Gatte ist Konsul, und wir sind in Kürze häufiger nicht in Europa. Eine unserer Haushaltshilfen möchte eine temporäre Nebentätigkeit annehmen. Beste Referenzen sind selbstverständlich.« Pause. »Zu zahlen wäre das Übliche, zuzüglich Fahrtkosten.« Pause. »Gnädige Frau, habe ich Sie richtig verstanden? Ich bitte Sie, für dieses Geld putzt niemand mehr in Westeuropa. Nein, auch ohne Steuerkarte nicht. Ausgeschlossen. Nein, dieses Angebot kann ich nicht unterbreiten. Vielen Dank für das Gespräch.« Gisela legte auf.

Dann lächelte sie mich an, bis man das Zahnfleisch über ihren makellosen Zähnen sah: »Du hast recht, sie hat eine kindische Stimme. So unecht. Und damit vergessen wir die Idee, jemand hinzuschicken, damit du Second-hand-Informationen über deinen Davongegangenen bekommst.«

»Ich hatte nie die Idee, jemand von uns hinauszuschicken.«

Schweigen von Gisela.

»Ich werde selbst bei Frau Doktor als Putzfrau arbeiten.«
Gisela schwieg ungefähr eine Stunde.

»Ich will diese Frau sehen.«

»Du hast sie gesehen.«

»Nur aus der Ferne.«

»Was soll es bringen, sie auch aus der Nähe zu sehen? Warum soll dich dein Davongegangener am Putzeimer seiner derzeitigen Bettgefährtin vorfinden?«

»Er ist tagsüber in seinem Büro. Und falls er mal in der Wohnung sein sollte, wird er mich nicht erkennen.«

»Weil du schlanker geworden bist? Die wenigsten Menschen identifizieren ihre Umwelt nach Umfang.«

Klar denkt Gisela so, sie muß so denken, sonst würde ihr Christian seine permanent ab- und zunehmende Frau nur selten erkennen.

»Ich kann mich verkleiden. Außerdem würde Michael mich als Putzfrau gar nicht wahrnehmen, er hat keinen Hang zum Küchenpersonal, er hat den Hang zum Höheren. Das weißt du.«

»Ich würde dich sofort erkennen, an deinen Augen, an deinen Bewegungen, wie du den Kopf schräg nach hinten legst, wie jetzt zum Beispiel.«

»Dann lege ich eben den Kopf nicht schräg nach hinten, wie jetzt zum Beispiel.«

»Ich wette die große Packung Mon Chéri, daß du die Stelle bei ihr nicht bekommst, du bist nicht der Typ, den man als Putzfrau einstellt.«

»Geh nicht so leichtsinnig mit deinen Mon Chéri um. Erst im September gibt's neue. Und vielen Dank für deine Unterstützung, dein Anruf hat mich schon einen Schritt weitergebracht.«

Ich nahm die Anzeigenseite mit in mein Bürozimmer, wählte wieder die Praxisnummer.

Sie war direkt am Apparat: »Jaha, hier Doktor Matthias.«
Ihre kindische Stimme war eine Zumutung.

»Grüße Gott, du suche Putzefrau!« schrie ich ins Telefon.

»Was du bezahle? Ich putze mit Kind, Kind schlafe in deim Bett, wenn ich putzen.«

Frau Doktor Matthias reagierte reserviert. »Können Sie Referenzen vorweisen?«

»Ich billig, ich schaffe für fünfzehn Mark, Kind gucke fern und schlafe in deim Bett.«

»Ich möchte definitiv feststellen, Sie kommen für diese Position nicht in Betracht.« Frau Doktor legte auf.

Schade, ich wollte ihr gerade noch sagen, daß sie mich mit dem Auto zum Putzen abholen muß. Man kann als Putzfrau schließlich was verlangen heutzutage.

Gisela stand im Türrahmen. »Ich befürchte das Schlimmste.«

»Darauf kannst du dich verlassen. Ich kann doch für den Rest des Tages freinehmen?«

»Das ist kein Problem«, sagte Gisela schwach, »nur alles andere.«

9. Kapitel

Wie verändert man sich, daß einen Freunde und Feinde nicht erkennen? Es gibt einen psychologischen Trick: Jeder, der sich verändert, will besser aussehen – logischerweise ist es die beste Tarnung, schlechter auszusehen.

Der erste Schritt zu diesem Ziel war eine entsprechende Frisur. Ich ging zu einem Salon, der zu einer weltweiten Frisurenfabrik gehört, weil die Friseure dort jeder Frau einen von sechs weltweit gleichen Haarschnitten verpassen, ohne Rücksicht auf Aussehen, Alter und Lebensweise ihrer Opfer. Manche Frauen sehen besser aus, wenn sie bei einem dieser Friseure waren, die meisten sehen nur aus, als seien sie bei einem dieser Friseure gewesen.

Ich hatte keinen Termin, aber Glück, eine Kundin war abgesprungen. Die Rezeptionistin übergab mich einem Friseur, den sie Stylist nannte. Er trug schwarze Lederhosen mit geschnürtem Hosenlatz, ein bis zum Bauch dekolletiertes Muskelshirt, das zeigte, daß dieser Stylist seine Brusthaare total neongrün gefärbt hatte.

»Was machen wir?« erkundigte sich der Stylist.

»Ich wollte meinen Typ ändern.« Ich fragte mich, ob es sinnvoll wäre, ihm deutlich zu sagen, daß ich das Schlechteste aus meinem Typ machen lassen wollte. Er sah nicht so aus, als brächte ihn dieser Wunsch in Konflikt mit seiner Berufsehre.

»Alles ist möglich«, sprach der Stylist.

»Ich will alles. Abschneiden, Dauerwelle, Färben.«

Nun wurde ich belehrt, daß zwar alles möglich sei, aber nicht alles auf einmal, entweder Dauerwelle oder Färben. Er duzte mich, so vermittelte er mir das Gefühl, ihm hilflos ausgeliefert zu sein und trotzdem freundlich und sehr dankbar bleiben zu müssen. Er hob meine Haare von den Schultern, zog sie seitlich waagerecht vom Kopf weg: »Ich mach dir Locken wie bei einem kitschigen Engel, mit Dauerwelle, das wird total geil aussehen.«

Ich beschloß, jede direkte Anrede zu vermeiden, damit er sich nicht persönlich beleidigt fühlte, wenn ich seinen kreativen Visionen nicht folgte. »Bloß nicht, ich finde, ich bin nicht der total geile Typ.«

»Und als welchen Typ hast du dich gefunden?«

Kühn sagte ich: »Ich finde, ich bin eine dunkle Persönlichkeit.« Damit konnte er anfangen, was er wollte.

»Bist du echt blond? Blonde Haare färbt man nicht.«
Als Blondine wird man dauernd gefragt, ob die Haarfarbe echt ist. Wer blond ist, ist zu schön, um echt zu sein. Ich würde die erste Blondine dieser Welt sein, die auf ihren von der Natur verliehenen Sieg über alle Andershaarfarbigen freiwillig verzichtete. Zum Äußersten entschlossen sagte ich: »Ja, ich will meine echt blonden Haare färben lassen. Und zwar total ungeil. In Mausgrau.«
»Mausgrau? Wie das Starmodel von Lacroix? Der hat ein grauhaariges Model, die führt die Klamotten vor bei seinen uralten Kundinnen. Bist du Model für Seniorinnen?«
»Nein. Vielleicht doch nicht Grau, eher Mausbraun.«
Ich wurde belehrt, daß der Farbton Mausbraun nicht vorrätig sei. Und Mausbraun sei total unangesagt. Denn keine der im Salon verwendeten Farben sei im Tierversuch getestet, alle Farben seien auf total pflanzlich-ökologischer Basis, deshalb gebe es auch kein Nerzbraun oder Zobelbraun mehr, das sei total out, man habe jetzt ausschließlich vegetative Kolorationen wie Honigbraun, Zimtbraun, Nugatbrünett, Muskatnußbrünett oder Pfeffersorbet. Auch Tabakbraun sei möglich, allerdings unbedingt out. Er brachte eine Farbkarte.
Wir entschieden uns für ein vegetatives Kackbraun, der Stylist sagte, es handle sich um geiles Schokoladenbraun, geil wie Sachertorte. Trotzdem guckte er angeekelt, während er meine Haare mit der schwärzlichen Pampe einstrich.
Ich hatte das Gefühl, ihm eine Erklärung liefern zu müssen. »Mein Freund mag keine Blondinen, er hat gedroht, wenn ich mich nicht verändere, würde er sich verändern.«
Da jeder Mann überzeugt ist, daß jede Handlung jeder Frau auf einen Mann ausgerichtet ist, schien mir das überzeugend.

»Solche Männer gibt's«, sagte der Stylist auch sehr verständnisvoll, »denen ist es peinlich, mit einer Blondine gesehen zu werden. Dein Freund ist ein Intellektueller, denk ich. Kennst du den Witz: Was ist eine dunkelgefärbte Blondine? – Künstliche Intelligenz.«

Weil ich darüber nicht so lachte, machte er auf ernsthaft: »Weißt du, was Psychologen in den USA wissenschaftlich bewiesen haben?«

Niemals sage ich in solchen Situationen, daß ich Psychologie studiert habe. Jeder Psychologe weiß, daß jeder Laie glaubt, davon mehr Ahnung zu haben. »Was haben die Psychologen bewiesen?« fragte ich gefaßt.

»Sie haben wissenschaftlich bewiesen, daß die schönsten Blondinen mit den größten Titten auf mickrige Männer stehen mit den kleinsten Penissen!«

Jetzt mußte ich lachen. Angeblich haben amerikanische Psychologen schon jeden Schwachsinn bewiesen. Immer, wenn man Ursache und Wirkung miteinander vertauscht, kommt Schwachsinn raus, das lernt man im Studium. Es wäre viel einleuchtender, wenn man beweist, daß die mickrigsten Männer die größten Minderwertigkeitskomplexe haben und prallbusige Blondinen heiraten, um ihre Minderwertigkeitskomplexe zu kompensieren. Mag ja sein, daß Blödmänner Blondinen bevorzugen, nur heißt das noch lange nicht, daß Blondinen Blödmänner bevorzugen! Nur wäre dieses Forschungsergebnis nicht schmeichelhaft für die Männer. Lieber behaupten diese Wissenschaftler, bei Frauen sei Intelligenz an der Haarfarbe erkennbar! Da konnte man nur lachen. Es war zu gefährlich, mit dem Stylisten über psychologische Forschung zu streiten, er hatte die Möglichkeit, abweichende Meinungen an meinen Haaren zu rächen.

Dreißig Minuten später war ich sachertortenkackbraun.

Ehe ich was dazu sagen konnte, hatte er mir ein Handtuch um den Kopf gewickelt und bestand darauf, auch die Augenbrauen zu färben, anders könne er mich nicht auf intellektuell stylen, alle Intellektuellen würden die Augenbrauen betonen, weil dadurch die Stirn betont wird. Und ich müßte lernen, die Stirn in horizontale Falten zu legen, keinesfalls in vertikale Falten über der Nase, das wirke nicht intellektuell, nur kurzsichtig. »Früher war Psychologie mein Hobby« schloß er seine Typberatung ab.

»Ich dachte es mir schon«, sagte ich, »was ist jetzt als Hobby angesagt?«

»Jetzt bin ich in der Leder- und Gummiszene engagiert. Bizarr-Sex, das ist spannender, da weiß man vorher nie, wie jemand ist.«

Er tupfte eine Paste auf die Augenbrauen, ich überlegte vor mich hin, was in den Augen eines Friseurs eine Intellektuelle von einer Putzfrau unterscheidet. Als Kennzeichen einer Putzfrau würde er alle Klischees von dick und doof bis Kittelschürze und haarsträubender Dauerwelle aufzählen. In Wirklichkeit genügt es, einer Frau eine waschmaschinenwaschbare Klamotte anzuziehen, ihr einen Besen in die Hand zu drücken, einen Eimer vor die Füße zu stellen, schon ist sie Putzfrau. Egal ob sie Bischöfin ist oder Briefträgerin oder Bundestagspräsidentin oder du selbst. Immer nach dem Prinzip: Eine kluge Frau kann sich dumm stellen, aber eine dumme wirkt echter.

Die Augenbrauen waren schnell gefärbt. Nun nahm er das Handtuch von meinem Kopf, kämmte die Haare erst aus dem Gesicht, dann ins Gesicht, dann machte er einen Mittelscheitel. Die dunklen Augenbrauen standen wie Minuszeichen in meinem Gesicht. Es schauderte mich. »Wie sehe ich denn jetzt aus?! Wie die Mona Lisa mit dem Mittelscheitel!«

»Da liegst du total falsch«, sagte der Stylist, »die Mona Lisa hat nämlich überhaupt keine Augenbrauen. Der Leonardo fand Augenbrauen nämlich häßlich. Der Leonardo war ein Wahnsinns-Ästhet, wie alle Schwulen.«

Ich hatte nicht gewußt, daß die Mona Lisa keine Augenbrauen hat, daß sämtliche Schwule Ästheten sind, weiß jedes Kind. Um den Stylisten nicht unnötig zu reizen, sagte ich ergeben: »Klar, wäre Leonardo ein spießiger Hetero gewesen, hätte er statt seiner Wandgemälde alles mit Rauhfasertapete tapeziert und kackbraun gestrichen.«

Der Stylist stimmte ernsthaft zu, legte die Hand auf seine neongrünen Brusthaare und schwor, daß ihn der entsetzliche Geschmack der Heteros total fertigmache. Ich hatte andere Sorgen. In stiller Verzweiflung beschloß ich, die kackbraunen Haare im Nacken zusammenzubinden, so sah man am wenigsten davon, und zu einer Putzfrau paßte so eine Frisur sowieso, als der Stylist verkündete: »Jetzt rasieren wir alles ab, exakt acht Millimeter, nur an den Schläfen...«

»Warum!?«

»Du weißt doch: lange Haare – kurzer Verstand. Deshalb haben alle intellektuellen Frauen ganz kurze Haare.«

»Wenn ich kürzere Haare habe als mein Freund, bekommt er Angst, daß ich ihm intellektuell überlegen bin!«

Das Resultat meines Einspruchs war was Halbintellektuelles, kinnlang, asymmetrisch, mit Seitenscheitel links – weil Intellektuelle immer links sind. Die vom Stylisten erklärte Raffinesse dieser Frisur bestand darin, daß ich, falls mal ein Typ an mir interessiert sei, der mit intellektuellen Frauen nichts anfangen kann, den Scheitel auch rechts tragen konnte. Das führte bei dem ungleichmäßigen Schnitt dazu, daß die Haare links viel länger als rechts hinunterhingen. Diese Variante nannte er ›Die Extravagante‹. Ich nannte sie insgeheim ›Die Hirnverbrannte‹.

Es ist verblüffend, wie leicht es ist, sich häßlich zu machen. Durch das dumpfe Braun wirkte mein Gesicht blaß und gräulich. Durch die kinnkurzen Haare erschien mein eigentlich schmales Kinn klobig. Und ich hatte das Gefühl, als sei mein Hals steif. Nun verstand ich, warum Haareschneiden im Märchen und in der Bibel das Symbol ist für Kastration.

Sogar der Stylist kratzte nachdenklich an seinen neongrünen Brusthaaren. »Wenn die Beziehung im Arsch ist, bringt die geilste Frisur nichts.«

Es ist immer schön, wenn allwissende Hobby-Psychologen zugeben müssen, daß auch ihre Fähigkeiten Grenzen haben, dachte ich verzweifelt.

Dann brachte er einen Verbesserungsvorschlag: »Du mußt dir die Lippen schwarz schminken, das paßt zu einer Intellektuellen. Falls dein Freund nichts dagegen hat. Manche wollen lieber weiße Lippen.«

»Da muß ich ihn erst um Erlaubnis fragen«, sagte ich dämlich.

Er erklärte mir weiter, was ich mit Gels und Sprays an der Frisur verbessern könnte. Man kennt das – erst Frauen mit Gewalt häßlich machen und ihnen dann teure Anstrengungen auferlegen, um wieder einigermaßen auszusehen. Das verschafft jedem Mann das Höherwertigkeitsgefühl, es nicht nötig zu haben, sich so fürs Aussehen abzumühen.

»Danke, das genügt«, sagte ich und bezahlte den halben Wochenlohn einer Putzfrau für dieses gelungene Werk der Verhäßlichung. Ich hatte es so gewollt.

Mindestens eine Viertelstunde schlich ich kopflos durch die Gegend. Als ich mich etwas beruhigt hatte, kaufte ich in einer Billig-Boutique ein fades, wadenlanges Kleidchen, bräunlich mit beigen und gelborangen Blümchen. Das hatte mir gerade noch gefehlt. Das einzig Schöne daran: Es war mir sogar in Größe 38 noch zu weit. Ich ließ mein T-Shirt und meine Jeans einpacken, behielt das Kleid gleich an.

Nachdem ich auch diesen Akt der Selbstüberwindung absolviert hatte, sagte ich mir »wenn schon, dann total«, ging in die Theaterpassage, dort ist ein Laden für Theaterschminke. Zuerst kaufte ich einen orangebräunlichen Lippenstift, der viel billiger aussah als er war. Dann entdeckte ich die aufklebbaren Warzen. Es gab sie in zwei Versionen: ›Cindy Crawford's Secret‹ und ›Cindy Crawford's Top-Secret‹. Die Cindy-Crawford-Secret-Warzen hatten einen Durchmesser von vier Millimeter und waren flach, Cindy Crawford's Top-Secrets waren größer und dicker.

Ich nahm je eine Packung mit zwölf Stück. »Brauchen Sie nicht einpacken«, sagte ich der älteren, wie Cleopatra geschminkten Verkäuferin, »ich trage sie gleich.«

Sie erklärte mir erstens, daß sie früher Schauspielerin gewesen sei, einst als Rokokodame Schönheitspflästerchen getragen habe, und daß man Mastix, einen Spezialklebstoff, brauche, um sie sehr haltbar anzukleben. Sie zeigte mir, wie man die Dinger aufklebt, sagte, sie seien von bester Qualität, mehrfach verwendbar. Sie pappte mir eins von Cindy Crawfords Geheimnissen zwischen Nase und Mundwinkel links. »Noch eine?«

»Noch eine, von den dicken, und zwar hier«, ich tippte mir mitten auf die Stirn. Da genau über der Nase sah sie aus wie ein drittes Auge und wirkte total bescheuert und total natürlich. Niemand würde sich an diese Stelle absichtlich eine Warze kleben, deshalb wirkte sie extra echt.

Mit zwei Warzen doppelt so schön wie Cindy Crawford, ging ich zum großen Spiegel beim Eingang, gespannt, wie ich nun als neues Ganzes aussah.

Und dann stellte ich fest, daß ich bereits am Spiegel vorbeigegangen war. Ich hatte mich selbst nicht erkannt.

10. Kapitel

Gisela telefonierte gerade mit ihrem Christian, um die eheliche Abendgestaltung durchzusprechen, die war derzeit stark vom Kinderwunsch geprägt, wobei sich beide bemühten, so zu tun, als sei Erotik die Antriebskraft und nichts aufregender als eine Sommernacht im Ehebett, als es klingelte. Gisela beendete das Gespräch, wie immer wenn sie allein war, mit diversen Küßchen und öffnete.

»Guten Tag, Frau Schmidt, guten Tag, ich, ich ha-ha-be früher bei he-he-helfende Hä-Hä-Hände gearbeitet, Sie erinnern sich? Ich war einige Zeit weg und wollte fragen, ob Sie wieder was für mich ha-ha-ben, im Ha-ha-haushalt.«

»Als was haben Sie bei uns gearbeitet?« lächelte Gisela aufmunternd.

»Als Pu-Pu-Putzfrau.«

»Wir sehn mal in der Kartei nach«, sagte Gisela höflich und ging voraus in ihr Büro. »Wie bitte war Ihr Name?«

»Sibylle Eisendraht.«

Gisela drehte sich zu mir um und schwieg.

»Du darfst deine Mon Chéri behalten. Du mußt nur zugeben, daß du mich nicht erkannt hast.«

»Du bist verrückt! Wie kannst du dich so verunstalten!«

Ich ging nicht drauf ein. »Liebe Gisela, jetzt tu mir einen Gefallen, ruf bei Frau Doktor an, und zwar in der Rolle von Frau Guttmann. Noch ein Anruf, das müßte genügen.«

Gisela raufte sich mit einer Hand ihre roten Locken, griff mit der anderen nach der Anzeigenseite. Frau Guttmann imitieren zu dürfen war verlockender, als mir weitere Moralpredigten zu halten.

Frau Guttmann gehört zur Gattung ›Klassischer Putzteufel‹, vielleicht der letzte dieser aussterbenden Art. Bei ihrer ersten Vermittlung sollte sie bei den Vorbereitungen zu einem Polterabend helfen. Frau Guttmann erklärte der Auftraggeberin, ihr Haushalt müsse zuerst von Grund auf geputzt werden, und polierte einen ganzen Nachmittag die Messingtürgriffe in der Wohnung, bis sie glänzten wie Gold. Das sei zwar sehr schön, andererseits nicht die dringlichste Aufgabe, empörte sich die Auftraggeberin. Bei der zweiten Vermittlung begann Frau Guttmann unten im Küchenschrank. Dort fand sie Dutzende verstaubter Einmachgläser, die sie trotz Spülmaschine von Hand spülte und polierte, um sie zum weiteren Verstauben in den Schrank zurückzustellen. Um den Ruf der Agentur zu retten, war ich in beiden Fällen hingerast und hatte Frau Guttmanns Putzzeiten nachgearbeitet. Von Frau Guttmann haben wir uns in gegenseitigem Einvernehmen getrennt.

»Guten Tag, hier spricht Frau Guttmann, ich bin Hausfrau und Putzfrau. Sind Sie die Frau Doktor?« Dann fragte Gisela anklagend: »Sind Sie berufstätig, Frau Doktor? Bei den berufstätigen Frauen ist der Haushalt immer ein Schweinestall.« Gisela grinste vor sich hin, ich auch. Echt Frau Guttmann, die konnte sich nicht vorstellen, daß Frauen zu anderem nutzen als zum Putzen.

Frau Doktor sagte was. Worauf Gisela, keinen Widerspruch duldend: »Wenn Sie die Bettwäsche und Tischwäsche zum Mangeln weggeben, wird sie nicht richtig glatt, das muß nachgebügelt werden. Und die Spitzendecken müssen nachgespannt werden.« Und dann: »Darf in Ihrer Wohnung geraucht werden? Wenn geraucht wird, müssen die Gardinen zweimal im Monat gewaschen werden. Wenn bei Ihnen

57

niemand richtig geputzt hat bisher, muß erst alles von Grund auf saubergemacht werden. Für den Anfang muß ich jeden Nachmittag vier Stunden kommen. Und jetzt um diese Jahreszeit muß Marmelade eingekocht werden ...« Gisela sah auf den Hörer: »Sie hat das Gespräch beendet.«

»Ich danke dir, du warst fabelhaft. Frau Doktor wird überglücklich sein, mich als Putzfrau zu bekommen.«

»Und wie willst du als Putzfrau heißen?«

»Klothilde? Frau Doktor fände Klothilde überzeugend.«

»Keinen Namen mit eingebauter Lachschleife. Nenn dich Maria.«

»Ausgerechnet Maria?«

»Ein frommer Name ist eine gute Tarnung, klingt sittsam und sauber. Und als Nachname was äußerst Ausländisches, damit man sich den Namen nicht merken kann. Ich empfehle Nüapadpakruam.«

»Wie?«

»Nüapadpakruam haben Christian und ich am Sonntag beim Thailänder gegessen, bedeutet gebratenes Rindfleisch mit Gemüse. Das ist dort vermutlich ein Nachname wie hier Eisendraht.«

»Ich sehe zwar anders aus als vorher, aber nicht gerade thailändisch.«

»Du bist eben mit einem Thailänder verheiratet. Ist doch logisch: Wenn die alten deutschen Männer die jungen Thaigirls wegheiraten, bleibt den Thaiboys nichts übrig, als ältere deutsche Frauen zu heiraten.«

Meine Putzfrauenbiografie wurde Gisela und mir zunehmend klarer: Jung den thailändischen Traummann geheiratet, der so ganz anders war als die anderen Deppen meines Heimatdorfs, zwei bayrisch-thailändische Traumkinder bekommen, wir tauften sie Benjamin und Sirikit; die Kinder nun alt genug, um allein bei McDonald's essen gehen zu können; der Mann arbeitet bei den Stadtwerken, das hört sich solide an und läßt jede Möglichkeit offen vom Verwaltungsdirektor bis zum Straßenkehrer; und nun kann ich endlich als Putzfrau dazuverdienen, damit sich mein Mann einen größeren Mercedes leisten kann... alles so durchschnittlich, daß niemand mehr wissen will.

Gisela, die endlich ihren Widerstand gegen mein Projekt aufgegeben hatte, sagte, ich könne gegebenenfalls ihre neue Privatadresse als meine Adresse angeben. Michael wußte nicht, daß Gisela zu Christian gezogen war, kannte auch dessen Nachnamen nicht, also könnte ich sagen, Gisela sei meine Oma oder Schwägerin oder Schwester, ich würde im gleichen Haus wohnen und sei nur über sie telefonisch erreichbar. Damit waren alle Eventualitäten geklärt.

Ich machte mich auf den Weg, um mich persönlich bei Frau Doktor vorzustellen.

»Viel Erfolg, Maria Nüapadpakruam«, seufzte Gisela.

Ich kontrollierte die Haftfestigkeit meiner Warzen und zückte meinen orangebräunlichen Lippenstift, als wäre er eine Waffe: »Der Zweck heiligt jedes Make-up.«

11. Kapitel

Keiner will eine Putzfrau sein, keiner will eine Putzfrau kennen, jeder will eine Putzfrau haben. Als ich der Rezeptionsdame der Schickmicki-Tagesklinik sagte, ich sei gekommen, um mich bei Frau Doktor Matthias als Putzfrau vorzustellen, ließ sie sofort ihren Bürosessel rotieren, um mir den Rücken zuzudrehen, bemühte sich aber auch sofort, Frau Doktor zu benachrichtigen.

Frau Doktor allerdings schien zu befürchten, eine weitere unmögliche Bewerberin auch noch persönlich abwimmeln zu müssen – die Rezeptionsdame nämlich rotierte mehrmals zu mir rüber, taxierte mich, rotierte mir wieder ihren Rücken zu, um deutlich hörbar ihre Eindrücke weiterzugeben: »Die sieht bieder und ein bißchen unbedarft aus, aber sauber.« Und: »Nein, die hat kein Kind dabei.« »Nein, die spricht Deutsch.« Und: »Nein, die sieht nicht wie eine Verrückte aus.« Es wurde mir gestattet, bei Frau Doktor vorstellig zu werden.

Ihre Praxis war im dritten Stock. Ich war zu aufgeregt, um was anderes wahrzunehmen als sie. Aus der Nähe war klar, mindestens 95 Prozent ihrer Haare waren gefärbt, denn jede Strähne ihrer Löwenmähne hatte einen anderen Blondton. Sie hatte äußerst häßliche Augenbrauen, hell und viel zu dünn. Zu oft ausgerupft, dann wachsen die Härchen nicht mehr nach. Absolut seltsam waren ihre blauen Augen. Sie waren blau wie die eines Schlittenhunds, eines Huskys. Nein, noch blauer, wie dieser giftblaue Likör, ja, sie hatte Augen wie Blue Curaçao.

Und dazu diese Figur! Sie trug ein weißes Shirt mit weißgesticktem Chanelzeichen über dem Busen und einen kurzen weißen Rock, der ihre Knubbelknie der Öffentlichkeit preisgab.

»Guten Tag, Frau Doktor Matthias.« Es macht immer einen guten Eindruck, wenn man die korrekte Anrede, Doktortitel plus Nachname, über die Lippen bringt, das zeigt, daß man sich in diesen Kreisen auskennt und Ärzte nicht für Götter hält, deren Namen man nicht aussprechen darf. Ich wartete, daß sie mir die Hand gab, aber sie hielt es für angemessen, mich keines interessierten Blicks zu würdigen, sie legte ihre Hand auf ihre protzige goldene Halskette. Wollte sie die Kette vor meinem Anblick schützen? Oder hatte sie Angst, daß ich ihr das Ding vom Hals reiße? Oder sie damit erwürge?

Sie blickte zu Boden und sagte: »Ich habe nur eine halbe Minute Zeit.«

Also quatschte ich weiter: »Entschuldigen Sie bitte, daß ich direkt in Ihre Praxis komme, ich arbeite hier in der Nähe bei Frau Baumgarten, deren Mann Ihr Patient war, sie hat mir Ihr Inserat gezeigt, wir dachten, es wäre Ihnen angenehmer, wenn Sie mich nicht am Telefon, sondern gleich persönlich kennenlernen.«

Frau Doktor Matthias nickte nun wohlwollend, es war ihrer narzißtischen Persönlichkeit angenehm, daß man sich Gedanken darüber machte, was für sie angenehm sei. Sie überlegte keinen Moment, ob ein Herr Baumgarten zu ihren Patienten zählte, sie lauschte zunehmend erfreut meinen Erklärungen, daß ich gerne ohne Lohnsteuerkarte arbeiten würde, dafür billiger. Ein Stundenlohn von zehn Mark wäre mehr als genug für mich, wenn Frau Doktor damit einverstanden sei.

Vor lauter Glück über das Angebot wollte Frau Doktor nicht mehr wissen, was, beziehungsweise wen, sie sich da eingekauft hatte. Sie schien überzeugt, daß ich als alleinstehende Putzfrau geboren war und als alleinstehende Putzfrau lebte und als alleinstehende Putzfrau sterben würde. Umso besser: Ich strich sofort Benjamin und Sirikit aus meinem Putzfrauenleben und trennte mich auf Nimmerwiedersehen von meinem thailändischen Mann – je weniger Lügengeschichten ich jetzt erzählte, desto mehr Spielraum später. Jede Lüge zieht weitere Lügen nach sich, wenn man sich verstrickt, hemmt das die Kreativität.

Weil sie überhaupt nichts über mich wissen wollte, mußte ich ihr schließlich sogar meinen Namen selbst sagen: »Ich heiße Nüapadpakruam, mein Geschiedener war Thailänder. Aber alle nennen mich Maria, weil sich niemand diesen Nachnamen merken kann.«

»Maria genügt auch«, sagte sie. »Also, ich bin einverstanden, natürlich unter Vorbehalt. Kommen Sie morgen um 14 Uhr zu mir nach Hause, mittwochnachmittags ist keine Sprechstunde, da werde ich Sie in den Haushalt einführen. Wenn Sie sich bewähren, dürfen Sie mittwochs und freitags kommen.« Sie sprach wie ein Kleinkind, das sich freut, so neckisch.

Ich schrieb ihr einen Zettel mit meinem thailändischen Namen und Giselas Privatnummer, erklärte, Gisela sei von einem Cousin meines geschiedenen Mannes geschieden, wir würden im gleichen Haus wohnen, nur über sie sei ich telefonisch erreichbar; Frau Doktor wollte das alles nicht wissen, und natürlich glaubte sie, daß eine Putzfrau kein Telefon hat.

Sicher rieb sie sich vor Genugtuung über die Erfüllung ihrer Wünsche die Hände, nachdem ich gegangen war. Ich jedenfalls rieb mir die Hände.

Zu Hause rief ich Gisela an, berichtete von meinem Sieg, nahm für morgen frei, was okay war, vor allem schilderte ich Frau Doktor von unten bis oben, von den knubbeligen, trotzdem platten Knien über die Hüftmassen bis zu den jämmerlichen Augenbrauen. »Auch du würdest dich nur wundern, was Michael an ihr findet.«

Gisela sagte gemein: »Er steht eben auf Blondinen, und im Gegensatz zu dir hat sie lange blonde Haare.«

Ganz spontan antwortete ich: »Vielleicht nicht mehr lange.«

Ich war gerade dabei, meine einwandfrei klebenden Warzen abzupopeln, als Volkmar anrief: »Sibylle, sieht man sich heute abend im Hamlet?«

Ich sah hinüber zum Spiegel und erkannte mich nur mühsam. Wie sollte ich Volkmar meinen Maus-Look erklären?

Am besten überhaupt nicht. Eine Frau, die sich für einen Mann, der sie verlassen hat, häßlich macht, ist eine lächerliche Figur. »Ich glaube, man sieht sich nicht.«

»Dieser Leonard vom vorletzten Freitag war wieder da.« Darauf schwieg Volkmar, als bedeute dies Bedeutungsvolles.

Dieser Leonard, na und? Macht es einen Sinn, auf jeden Nächstbesten, der zur Tür reinkommt, Hoffnung zu setzen? Irgendwelche vage Hoffnung? Und dafür alle Ziele zu vergessen?

»Hat er dir für das Vergnügen meiner Bekanntschaft eine größere Summe geboten?«

»Nicht direkt.«

»Hat er nach mir gefragt?«

»Nur indirekt.«

»Warum fragst du dann mich direkt? Deine Rechnung ›Einsame sucht Einsamen zum Zweisamen‹ geht nicht auf. Ich habe was Besseres vor.« Besser allein ins Bett als ein One-night-Stand mit allem Drum und Dran, mit Frustration und Depression.

Volkmar wünschte mir viel Spaß mit dem Besseren, wer oder was es auch immer sein möge.

Was würde dieser Leonard denken, wenn er mich so sehen würde? Wahrscheinlich würde ihm meine Frisur gefallen. Eine echte Versagerfrisur. ›Versager sucht Versagerin zum gemeinsamen Versagen‹ – nein danke.

Ich mußte an der Realisierung meiner Träume arbeiten. Punkt zehn rief ich bei Frau Doktor an, hauchte nach dem bekannten Klingelzeichen sehr sexy in ihr Ohr: »Oh Michi, gib mir ein Abschiedsküßchen auf mein allerbestes Teilchen.« Genug für heute.

Als ich später im Bad wieder in den Spiegel sah, überkam

mich der Wunsch, Frau Doktor die Haare abzuschneiden und kackmausbraun zu färben.

Vielleicht ließ die Fee mit sich handeln und gewährte in begründeten Ausnahmefällen auch vier Wünsche.

12. Kapitel. 1. August

Schon am nächsten Tag begann meine verhängnisvolle Tätigkeit. Es kostete mich einige Überwindung, die zweite Warze wieder mitten auf die Stirn zu pappen, es mußte sein, ich konnte Frau Doktor nicht mit einer Wanderwarze kommen.

Unterwegs kaufte ich bei Woolworth Ohrclips, viele rosa Plastikperlchen baumelnd an einem Plastikknopf mit Straßherzchen, Clips von zweifellos zweifelhaftem Geschmack. Einen Clip deponierte ich in meiner Hosentasche, den anderen entsorgte ich sofort in einer Plastikmülltonne.

Dann begab ich mich per U-Bahn zu Frau Doktors Apartmenthaus mit der schicken Haustür aus naturweißem Holz mit eingelassenen Glasfacetten, am allerschicksten das Klingelschild, auf Gold graviert ›Dr. A. Matthias‹, darunter graviert ›M. Graf‹. Er hatte es weit gebracht.

Sie sah auf die Uhr, als ich vor ihr stand. Ich war fünf Minuten zu früh, wurde dafür aber nicht gelobt. Hoheitsvoll sagte sie: »Grüß Gott, Maria.«

Ich demutsvoll: »Guten Tag, Frau Doktor Matthias.« In Gedanken nannte ich sie ›narzißtische Natter‹.

Die narzißtische Natter trug heute einen welkgrünen bauchspeckfaltenengen Body mit über dem Busen eingesticktem JOOP!, welkgrüne Leggings mit auf dem Hintern eingesticktem JOOP!, ihre welkgrünen Wildlederslipper quäkten optisch ebenfalls JOOP! JOOP!. Ja, da paßte alles zusammen. Nur ihr Armband hatte kein Designerlabel, es war eine simple Aneinanderreihung gleichgroßer Brillis. In der Reklame eines Juweliers hatte ich gelesen, daß man so was ›Tennisarmband‹ nennt, und neben der Abbildung stand: »Frauen wollen lieber ein Tennisarmband als einen Tennisarm.« Für Frauen wie Frau Doktor offenbar ein überzeugendes Kaufargument. Ihre falschblonden Haare waren die Ohren frei umwallend frisiert, so konnte man ihre langweiligen Protzbrilliohrringe nicht übersehen.

Ich trug, außer meinen Warzen, undefinierte Jeans, ein T-Shirt, über dessen Hersteller man schweigen kann, und meine sogenannte Frisur war über Nacht in sich zusammengefallen. Ich fühlte mich wie eine Maus neben einem Löwen.

Sie führte mich durch die Wohnung. Ich mußte ihrem Leggingshintern hinterherstarren, den Kerben, die ihr Body in ihre Arschbacken drückte. Im Schritt standen ihre Beine so weit auseinander, daß unter ihrem Hintern ein offenes Dreieck zu sehen war. Fand sie diesen aufdringlichen Hinweis auf die Zugänge zu ihren Körperöffnungen etwa erotisch? Ich wandelte ihr lautlos über hellbeigen, dickflorigen Teppichboden hinterher. »Echt Schurwolle, sehr pflegeleicht«, erklärte sie.

Der riesige Wohnraum war noch postmoderner verwinkelt, als das Haus von außen schon vermuten ließ. Links eine schräge Nische mit Kamin, das Ding war mit einer Glastür geschlossen und sah aus wie ein Mikrowellenherd, rechts ein Erker mit Eßtisch und Stühlen mit ganz hohen, stoffbezogenen Lehnen. In der Mitte des Raums ein supergroßer, superflacher Fernseher und zwei schwarze Ledersofas plus zwei Ledersessel. Sofas und Sessel sahen auf dem beigen Teppich aus wie Rhinozerosse im Sandkasten. »Echt Büffelleder, sehr pflegeleicht«, sie zeigte auf ein goldenes

Siegel, das an einer Ecke der Rhinozerosse baumelte. Auf dem Siegel stand: »Echt Büffelleder, sehr pflegeleicht.«

Auf einem der Glastischchen lagen drei Kunstbände. Zuunterst einer von Andy Warhol, darauf einer von Rembrandt, obendrauf ein Fotoband von jenem berühmten Fotografen, der Frauen künstlerisch verfremdet, indem er sie zu Paketen fesselt, Männer verfremdet er künstlerisch, indem er ihre Körper fotografiert, als wären es dramatische Landschaften, jede Falte eine Schlucht, jeder Muskel ein Berg, jeder Hintern ein Gebirge. Das war ihre Kunstbuch-Abteilung. Welch umfassendes Kulturangebot!

Daneben lag noch ein Taschenbuch ›1000 ganz legale Steuertricks‹. Vermutlich ihre Hobby-Abteilung.

Auf einem anderen Glastischchen ein silbergerahmtes Foto von Michael und ihr. Er trug sie auf Händen, eine Treppe hinunter – interessante Symbolik! Sie lächelte eitel, er grinste angestrengt, kein Wunder bei ihrem Gewicht. »Mein Mann liebt dieses Foto«, sagte sie, als ich das Bild ansah. »Ist es nicht wunderschön?«

»Ja, alles ist wunderschön hier«, sagte ich, »wie im Möbelprospekt.« Sie merkte meine Frechheit nicht, sie hielt eine Putzfrau für zu blöd, um ironisch zu sein. Also gab ich ihr gleich noch eins drauf: »Ich mache Ihnen überall die Preisschilder ab«, sagte ich und zeigte auf das Designeretikett an der Halogenstehlampe. Auch auf den Glastischchen pappten Designeretiketten, auf der Chrom-Obstschale pappte ›Alessi‹, auf dem Obstmesser neben der Schale ›Rosenthal-Studio-Line‹, auf jedem der vier Äpfel in der Schale ein Schildchen ›EA‹, was vielleicht ›Echt Apfel‹ bedeutete, oder diese Äpfel waren von ›Emporio Armani‹ designt.

Bei der Vorstellung, ihren Objekten das Designeretikett abzureißen, hielt sich Frau Doktor die Hand vor die Brust, als hätte ich vorgeschlagen, ihre JOOP!-Reklame aus dem Shirt rauszuschneiden. »Die bleiben dran!« rief sie. »Bitte fragen Sie grundsätzlich vorher zuerst mich!«

Ich entschuldigte mich devot. »Wenn Sie die Äpfel gegessen haben, sollen dann die übriggebliebenen Etiketten woanders draufgeklebt werden? Oder essen Sie die Etiketten mit?«

»Die Obstetiketten werden natürlich weggeworfen«, sie seufzte über meine Blödheit, »aber bei den Möbeln und Wohnaccessoires wischen Sie sorgfältig um die Etiketten herum, die sind sehr wertvoll.«

Dann durfte ich mir die weiteren Räumlichkeiten vorführen lassen. Ihr Luxusbadezimmer hatte sogar ein Bidet. Boden, Wände, Wanne, alles aus weißem Marmor mit grauen Strukturen. Die Handtücher in Blaßblau mit graumelierten Kanten. Was sonst herumstand, war silbern, silberne Zahnputzbecher – auf denen sieht man jeden Fingerabdruck, dachte ich putzfrauenmäßig –, eine silberne Kleenex-Box, silberner Klopapierhalter.

»Wir haben übrigens eine Gästetoilette«, sagte sie. Ihr »übrigens« bedeutete, daß ich im Bedarfsfall diese aufzusuchen hätte. Damit verließ sie das Bad wieder. Ich hatte keine Zeit, mir die Etiketten anzusehen, von weitem erkannte ich oben am Stil der gedrechselten Klobürste das ! von JOOP!.

Selbstverständlich hatte Agnete auch ein Zimmer für sich allein. Darin Schränke mit Spiegeltüren so weit die Wände reichten, natürlich sehr pflegeleicht, und ein Schuhschrank mit zweiunddreißig Klappfächern. An der einzig schranklosen Stelle ein Tischchen, darüber zwei kurze Regalbretter mit Frau Doktors Bibliothek. Zwanzig Zentimeter medizinische Fachbücher, vermutlich ihre gesamte Studienausstattung. Der Rest waren Bestseller von der Art, die man von

Bekannten geschenkt bekommt, die ihre literarischen Ansprüche beweisen wollen: Böll, Brecht, Grass, Handke, Kundera und Konsorten. Sie hatte die Bücher alphabetisch geordnet, und die Bücher in der oberen Reihe waren alles teure, gebundene Ausgaben, die Schutzumschläge zeigten keine Gebrauchsspuren. Nur »Der kleine Prinz« von Saint-Exupéry hatte Knickfalten.

In der unteren Regalreihe standen nur Taschenbücher: Agatha Christie, P. D. James, Ingrid Noll, Dorothy Sayers, Fay Weldon.

»Alles von Frauen«, sagte ich verblüfft.

Agnete erklärte: »Ich lese gern Krimis von Frauen, ich finde, Frauen können sich so wundervoll in niedere Instinkte einfühlen.«

»Ihre gebundenen Bücher sind aber alle von Männern geschrieben.«

»Natürlich, das ist ja auch Literatur.«

Aha. Offenkundig gehörte Agnete zu jenen Frauen, die nur Männer zu Höherem für fähig halten, aber jede Frau zu jedem Verbrechen.

Putzfrauenmäßig sagte ich: »Sie sind eine Intellektuelle. Hat Ihr Mann nichts dagegen, daß Sie so viel lesen?«

Sie stand nun mit ausgestellter Hüfte und durchgedrückten Knubbelknien vor den Spiegeln und sagte zu ihrem Spiegelbild: »Leider komme ich nur im Urlaub zum Lesen. Da lese ich ein Buch nach dem andern. Bald ist es wieder soweit, ich freu mich schon so.« Darauf prüfte sie mit erhobenem Kinn ihre Frisur, drapierte einige Strähnen, seufzte: »Mein Haar macht, was es will!«

Alles war pflegeleicht, nur ihr Haar nicht, die einzige Substanz mit eigenem Willen in ihrer Welt.

Endlich wurde ich in »unser Schlafzimmer« geführt. Das Polsterbett, in dem Michael mit ihr schlief, hatte getrennte

Matratzen. Trotz der Stoffbordüre außenrum und den garantiert geschmackvoll gemusterten Yves-Saint-Laurent-signierten Bettbezügen sah es nicht aus wie ein sexueller Abenteuerspielplatz, nur wie ein Ehebett.

Über dem Kopfende des Betts ein abstraktes Gemälde, Farbschlieren, die danach strebten, so schnell wie möglich das Bild zu verlassen. Vielleicht sollte es einen explodierenden Gemüseeintopf darstellen, oder es war ganz was Wertvolles, ein Originalentwurf für einen Bettbezug von Yves-Saint-Laurent.

Wenn die beiden im Bett lagen, betrachteten sie die gegenüberliegende eichenschwarze Schrankwand. Was war in diesem Schlafzimmer los? Ich checkte die Beleuchtung: Alle Deckenstrahler waren auf die wertvolle Schrankwand gerichtet. Was taten sie, außer die Schrankwand zu beobachten? Der einzige Spiegel im Schlafzimmer hing ohne Blickkontakt zum Bett. Die Nachttischchen, kitschig vergoldete Gestelle mit Glasplatten, boten kein Versteck für Sex-Toys oder Pornohefte.

Von ihm lag ein Pyjama auf dem Bett, von ihr war nichts zu sehen an Nachtbekleidung. Wahrscheinlich trug sie was Welkgrünes von JOOP!. Dieses Schlafzimmer war der klare Beweis, daß Sex kein Trennungsgrund gewesen war. Was Michael von mir nicht bekommen hatte, hier bekam er es auch nicht.

Es ist ein eigenartiges Gefühl, muß ich sagen, im Schlafzimmer deines Ex-Lovers zu stehen, sein neues sexuelles Wirkungsfeld zu betrachten. Noch eigenartiger ist das Gefühl, wenn man sich dabei mit der Frau im Schlafzimmer befindet, mit der er nun das Bett benutzt. Eigentlich beneidete ich sie überhaupt nicht. Michael war nie ein bedeutender Liebhaber gewesen, je länger wir uns kannten, desto sexfauler wurde er. Theoretisch, hörte man ihn reden, war Sex total wichtig für ihn, wenn man ihn live im Bett erlebte, war ihm jede Bewegung zuviel. Michael schob alle Schuld auf mich. Ich müßte gefälligst aktiver, aufregender werden, im Bett sei ich nicht emanzipiert genug!

Er sah im Fernsehen begierig jede Sendung zum Thema »Heimlich sehnt sich die Emanze doch nach einem echten Schwanze« – angebliche Tatsachenberichte über das Liebesleben der Emanzen, die, wenn sie mal einen angeblich richtigen Mann ins Bett bekamen, massiv Rambazamba machten. Ich sagte, wäre ich nur halb so emanzipiert, wie er es gern hätte, ginge ich nicht mit ihm ins Bett, sondern fremd. Da ich das nicht tat, konnte er weiter nörgeln.

In den letzten Monaten unserer Beziehung kam er mehrmals darauf zu sprechen, jeder seriöse psychologische Sexberater würde deutlich sagen, daß jede emanzipierte Frau auf Fellatio stehe. Und deshalb hätte er leider, leider den Eindruck, daß mit mir was nicht stimme, ich hätte wohl einen psychischen Defekt. Auf jeden Fall sei ich nicht emanzipiert genug.

Ich hatte gesagt, es sei mir leider, leider nicht klar, was Fellatio mit Emanzipation zu tun hätte. Im Gegenteil, ich sei der Überzeugung, Emanzipation im Bett bedeute die Chancengleichheit, zum Orgasmus zu kommen. Er hätte da wohl leider, leider einen logischen Defekt. Und da bekannt ist, daß die meisten Männer keine Ahnung haben, wie eine Klitoris aussieht, erklärte ich ihm freundlich, daß die Klitoris nicht im Mund ist, das hinten im Mund ist das Gaumenzäpfchen.

Und ehrlich: Wenn für Frauen Sex nur noch ein Animationsjob sein soll, wo bitte bleibt dann der eigene Spaß? Soll Sex für Frauen eine ehrenamtliche karitative Tätigkeit sein, belohnt allein durch das Gefühl, an Unterprivilegierten wohltätige Werke verrichtet zu haben? fragte ich. Er fing trotzdem wieder damit an, wohlgemerkt immer, ohne die geringste Gegenleistung dafür bieten zu wollen.

Eines Nachts las er mir aus einem Herrenmagazin eine Untersuchung vor, in der das Herrenmagazin wissenschaftlich bewies, daß in sämtlichen modernen Frauenromanen Frauen durch Fellatio glücklich werden. Genußvoll las er mir aus Frauenromanen Dutzende von Zitaten vor, in denen artige Frauchen alles runterschluckten, was Männer ihnen boten. Ich sagte, es sei typisch, daß es in all diesen Glücksgefühlsbeschreibungen nur um den männlichen Orgasmus geht, aber der Orgasmus der Frauen keine Erwähnung wert ist. Also würd's mich auch nicht interessieren.

Dann fand ich heraus, daß sein seriöser psychologischer Sexberater ein häßlicher Stockschwuler war, der in Fernsehsendungen in Perücke und Tuntenfummel auftritt und Frauen belehrt, was Frauen alles bieten müßten, damit man sie überhaupt an einen Mann ranläßt. Fellatio sei die von Emanzen so heißerwünschte Gelegenheit, als Frau endlich ungeniert den Mund aufmachen zu dürfen. Ich empfahl Michael, sich vorzustellen, er müßte das Ding von dem häßlichen Stockschwulen in den Mund nehmen.

Michael wurde dann durch meine Emanzipationsverweigerung impotent. Ich habe es als Erektionsverweigerung interpretiert, sagte, er sei selber schuld. Und als er lange genug impotent war und mal wieder wollte, wurde er auch ohne therapeutische Maßnahmen wieder potent. Wie gesagt, viel war nie los.

Und hier in diesem Schlafzimmer auch nicht. Vielleicht war's sogar Mitleid, jedenfalls begann ich in Gedanken Agnete zu duzen: Du arme narzißtische Natter.

Agnete führte nun ihren Luxusstaubsauger vor: Er konnte

sprechen. War er verstopft, Agnete demonstrierte es, indem sie das Saugrohr zuhielt, schaltete sich der Staubsauer ab, es ertönte ein dreimaliger Gong: Bom! Bomm! Bommm!, und eine männliche Computerstimme nuschelte: »Mein Rohr ist verstopft.« Worauf Agnete kindisch kicherte. Entsprechendes gebe er auch von sich, falls die Staubsaugertüte oder der Filter gewechselt werden müßten oder sich das automatisch aufrollende Kabel verknotete. Auch das war vorführbar. Sie machte einen Knoten ins Kabel, trat auf die Aufrolltaste: Die Aufrollung stoppte. Bom! Bomm! Bommm!, der Mann im Staubsauger nuschelte: »Mein Kabel ist verklemmt.« Agnete kicherte wieder.

»So ein Staubsauger ist ideal«, sagte ich, »wenn man wie ich keinen Mann im Haus hat, da hat man immer Unterhaltung.«

»Ja, da hat wirklich jemand ernsthaft nachgedacht, was sich Frauen wünschen.«

Nach abgeschlossener Bewunderung des Staubsaugers fragte ich: »Sie sagten vorher, daß Sie in Urlaub fahren, wohin fahren Sie?«

»In ein bezauberndes Hotel in der Provence. Es gehört zur Relais-et-Châteaux-Kette, das sind alles Luxushotels, da können Sie sicher sein, vom Massentourismus verschont zu bleiben. Dieses ist ein intimes Landhotel bei Avignon. Ich war da schon oft. Ein Geheimtip, falls Sie Massentourismus so verabscheuen wie ich.« Sie fand es vermutlich sehr großzügig von sich, daß sie ihrer Putzfrau einen Luxushotel-Geheimtip gab.

»Und wann fahren Sie?«

»Ich fahre in drei Wochen. Mein Mann fährt allerdings schon eine Woche früher mit dem Wagen hin, ich komme mit dem Flieger nach. Mein Mann ist Vermögensberater und Anlageberater, er hat dort geschäftlich zu tun, der internationale Immobilienmarkt ist für ihn immens wichtig.« Sie dachte nach, was es zum Thema Urlaub noch zu sagen gäbe, dann fiel's ihr ein: »Wir werden Sie in dieser Zeit natürlich nicht brauchen.«

Natürlich. Relais et Châteaux für sie, für mich hire and fire.

Das nächste Zimmer sah aus wie ein Büro. Schreibtisch, Computer, Aktenschränkchen, an der Wand ein Jahresplaner, eingetragen waren viele Namen, fast jeder mit Doktortitel davor, es war Michaels Handschrift.

»Der Raum meines Mannes.« Ausnahmsweise fügte Agnete nicht hinzu, daß er sehr pflegeleicht sei, sondern: »Mein Mann ist tagsüber nicht hier, er hat jetzt sein Büro in einer sehr renommierten Sozietät.«

Mußte sie immer, wenn sie von Michael sprach, ein besitzanzeigendes Pronomen einfügen?!

Ich konnte mir nicht verkneifen, sie darauf hinzuweisen, daß sie nach geltender Rechtsprechung keinen Anspruch hatte, jeden Bettgefährten als ›mein Mann‹ zu titulieren.

»Sind Sie richtig verheiratet? Sie haben doch zwei Namen am Türschild.«

Sie lächelte, betrachtete ihren riesigen Vierkantbrillant, den sie am Eheringfinger trug: »Wir sind natürlich nicht verheiratet. Aber ich war natürlich schon verheiratet, eine Jugendsünde sozusagen.« Sie lächelte noch selbstgefälliger: »Ich war die erste aus meinem Abiturjahrgang, die sich scheiden ließ.«

Prima emanzipiert, so sammelt man bei Michael Pluspunkte. »Und Sie wollen nie wieder heiraten?«

Wieder Lächeln. »Wissen Sie, in unseren Kreisen bringt eine Heirat steuerlich keine Vorteile mehr.«

»In Ihren Kreisen heiratet man nicht mehr?«

»Von Ausnahmen abgesehen. Meine Freundin Corinna

heiratet am Wochenende wieder, sie hat als Zahnärztin so viele Schulden, daß es sich wieder lohnt. Natürlich ist es ihr zweites Mal. Sie heiratet in Lachsrosa. Mein Mann sagt, Lachsrosa würde mir auch hinreißend stehen und ich soll ihn bitte in Lachsrosa heiraten. Ist das nicht reizend?« Sie lächelte, daß einem übel werden konnte.

»Michael will Sie heiraten?!«

Sie merkte nicht, daß ich vor Schreck seinen Vornamen genannt hatte. »Natürlich.«

›Natürlich‹ war ihr Lieblingswort. Warum wollte Michael, der nie heiraten wollte, sie natürlich heiraten?

»Möglicherweise werden wir diesen letzten Schritt ...« Sie beendete den Satz nicht, möglicherweise in Ermangelung eines passenden Schlußworts, sie schritt hinaus.

Ich folgte ihr, wie erschlagen von der Möglichkeit einer Ehe zwischen Michael und Agnete. Das wäre natürlich das Allerletzte.

Im Wohnraum nahm sie vom Marmorfenstersims eine pompöse Briefkarte. ›Unser zweites Ja‹ war draufgedruckt, sie klappte die Karte vor meinen Augen auf, ich durfte lesen, daß eine Corinna mit Doppelnamen und ein einfachnamiger Mann zu einem Hochzeitsfest am Samstag ab 19 Uhr in ein Nobelrestaurant einluden. Drunter stand, kleingedruckt: »Statt Geschenken bitten wir um Spenden für den OSS e.V. (Gemeinnütziger Verein für die Opfer der Schlechten Steuerberater).«

Agnete sagte: »Corinnas Mann ist Kieferorthopäde, er hat alles verloren durch Steuerspar-Investitionen. Entsetzlich. Und dafür hat man jahrelang studiert.«

Ich war entsetzt. Ich mußte eine Heirat zwischen Agnete und Michael verhindern.

Sie zeigte mir die restlichen Räumlichkeiten. In der Luxusküche war, wie im Bad, verchromt, was zu verchromen war, was mit einer Granitplatte belegt werden konnte, war mit einer Granitplatte belegt. Der Rest war Weiß.

Vielleicht brachte sie das Weiß auf die Idee, wieder von Heirat zu plappern: »Ich habe meinem Schatz gesagt, unser Urlaub in Avignon, das werden unsere unehelichen Flitterwochen!«

Es war höchste Zeit, meine Aktion ›Katastrophales Ende einer unerwünschten Beziehung‹ zu starten. »Dann wollen wir endlich anfangen«, sagte ich und rollte den Staubsauger ins Wohnzimmer.

Ich saugte eines der pennenden Rhinozerosse mit der von Agnete vorgeschriebenen Echt-Büffelleder-Absaugdüse. Als ich ihrer teilnehmenden Beobachtung sicher war, entdeckte ich in der Spalte zwischen Sitz und Lehne den glitzerrosa Plastikohrclip. Ein simpler Trick, ich legte ihn in dem Moment in die Ritze, als ich ihn fand. »Oh, jetzt werden Sie sich freuen, Frau Doktor«, rief ich, »ich habe einen Ihrer Ohrringe gefunden«, und hielt ihr den Nuttenohrring hin. »So was habe ich früher auch getragen!«

Agnete zuckte zurück. »Wo haben Sie den gefunden? Im Sofa? So was würde ich niemals tragen!«

»Wenn er von einer andern ist — wie konnte sie einen so großen Ohrring verlieren und es nicht merken?«

Agnete dachte nicht darüber nach, sie schritt zum Telefon, tippte eine Kurzwahl, flötete gleich darauf: »Hallo, mein Schatz, ich dachte, du möchtest gern wissen, wie's mir geht.«

Michael flötete ihr etwas zurück.

»Übrigens«, sagte sie dann, »übrigens, ich unterweise gerade die neue Putzfrau, und die hat im Sofa einen Ohrclip gefunden, dessen Herkunft mir Rätsel aufgibt.«

Ich staunte, daß sie vor meinen Putzfrauenohren Michael nach diesem Corpus delicti fragte — sie schien sich ihrer

Sache, beziehungsweise ihres Schatzes, sehr sicher zu sein. Wahrscheinlich sollte ich deshalb mithören.

Sie lieferte eine angewiderte Beschreibung des billigen, geschmacklosen, ordinären Plastikteils. Der Höhepunkt war: »Meine thailändische Putzfrau trug so was früher!«

Dann sprach Michael, ich hörte leider nur ihre Reaktion: »Du hast mir nie von ihr erzählt!« »Warum?« »Es ist bestimmt nicht die, die ständig anruft?«

Längeres Schweigen, also längeres Gerede von Michael. Und größeres Staunen von mir. Michael schien nichts abzustreiten, im Gegenteil, er übernahm die Verantwortung, wie man so sagt, für den Ohrring.

Dann wieder Agnete: »Aber wie kann eine so ordinäre Person über beträchtliche Vermögenswerte verfügen?«

Wieder längeres Gerede von Michael, und das selbstgefällige Lächeln war wieder auf ihrem Gesicht: »Du hast recht, Geld und Geschmack gehören leider nur selten zusammen. Ich versteh dich, diese lächerlichen alten Schachteln schrecken vor nichts zurück. Also, bis heute abend, mein Schatz.«

Dankenswerterweise wurde ich umgehend über den von Michael geschilderten Sachverhalt aufgeklärt: »Das ordinäre Stück gehört einer Mandantin meines Mannes. Er hat eine reiche alte Schnepfe am Wickel, er würde sie natürlich nicht mal mit der Beißzange anfassen. Er hat sie hierher eingeladen, als vertrauensbildende Maßnahme, damit sie unser privates Ambiente kennenlernt. Ehe die Leute einem ihr Geld überlassen, wollen sie sehen, in welchen Verhältnissen man selbst lebt. Nun bekommt er von ihr in Kürze einen Großauftrag. Es sollte natürlich eine Überraschung für mich sein.«

»Eine Überraschung für Sie sollte das sein?«

»Mein Mann ist neu in der Branche, und anfangs ist es

nicht leicht, bedeutende Klienten zu überzeugen. Aber mein Mann hat phänomenale Erfolge.« Sie transportierte den Clip mit ausgestreckten Fingern in sein Zimmer.

Ich starrte ihr hinterher. Großartig, wie Michael es geschafft hatte, sie zu überzeugen. Seiner Allerwertesten gefiel es, daß er andere Frauen belog und betrog. Na warte.

13. Kapitel. 3. August

Selbstkritisch mußte ich mir eingestehen, daß der Ohrclip zu geschmacklos war, um Agnete echt zu irritieren. Ich mußte mich an stilvolleren Damen orientieren. Michael würde sich nicht noch einmal mit einer Schnepfe, die er nicht mit der Beißzange anfaßt, rausreden können.

Das für weitere Aktionen erforderliche Material lieferte Gisela, wenn auch nicht freiwillig. Erst als ich mit Kündigung des Arbeitsverhältnisses plus Freundschaft drohte, ließ sie sich zwanzig ihrer glänzenden, roten Lockenhaare ausreißen. Sie mußten einzeln ausgerissen werden, denn falls Agnete sie unterm Mikroskop betrachtete, würden abgeschnittene Haare sie stutzig machen. Nur in leidenschaftlicher Umarmung ausgerissene Haare bieten der Eifersucht die richtige Nahrung, wenn die Metapher erlaubt ist.

Das zweite sehr persönliche und ebenfalls über Geschmacksfragen erhabene Requisit bekam ich, als Gisela beim Öffnen einer Dose Diät-Erdnüsse vom perfekt gefeilten und elegant tiefrot lackierten Nagel des Zeigefingers so richtig gemein ein halber Zentimeter abbrach. Gisela warf das abgebrochene Stück unter Verwünschung aller Diäten in den Papierkorb. Ich holte es sofort wieder raus.

Ich wußte, daß man damit bestimmt was machen konnte. Was, wußte ich allerdings noch nicht.

Freitag nachmittag war ich wieder zum vierstündigen Putzen bestellt. Agnete, im gräulichen Outfit, diesmal von DKNY etikettiert, überreichte mir mit hektischen Erklärungen eine Liste zu erledigender Arbeiten, die kein Roboter in vier Stunden schaffen konnte. Sie klagte, sie müsse wegen der morgigen Zweithochzeit ihrer Freundin Corinna dringend zur Kosmetikerin, und das würde dauern. Außerdem mußte ich meinen Putzfrauenlohn quittieren.

»Ich weiß noch gar nicht, als was ich Sie von der Steuer absetzen kann, weil Sie ohne Lohnsteuerkarte arbeiten. Das ist ja alles so kompliziert«, sagte sie. »Ich muß immer alle Belege sammeln.«

»Maria Nüadpadpakruam« unterschrieb ich, mit Buchstaben so groß und rund wie ein Erstkläßler. Meine lumpigen zwei Zwanzigmarkscheine lagen im Flur unter einem verchromten Kunstobjekt à la Keith Haring mit buntem Designeretikett. Dann ging sie. Und wenn ich ginge, sollte ich einfach die Tür ins Schloß fallen lassen.

Also konnte ich in Ruhe handeln. Ich holte aus meiner Putzfrauenhandtasche, einem vergammelten Kunstlederbeutel, meinen präparierten Brief. Agnetes Kreisen gemäß hatte ich teuerste Briefumschläge gekauft von der britischen Traditionsfirma Smythson of Bond Street mit eingeprägtem Firmennamen, dazu Briefkarten mit vergoldeten Kanten.

Außerdem hatte ich einen Lippenstift von Revlon gekauft, das Rot nannte sich ›Cherries in The Dark‹ – Kirschen im Dunkeln, und so sah's auch aus. Erst nach diversen Versuchen, die jeweils eine teure Briefkarte kosteten, war es mir gelungen, einen idealen Lippenabdruck auf eine Karte zu knutschen. Man muß dazu den Mund zu einer Tülle spitzen, den Mund kurz und kräftig auf die Karte pressen, nur so entsteht ein Abdruck mit sexy leicht geöffneten Lippen.

Auf den Umschlag hatte ich im Büro getippt:

Herrn Michael Graf

sehr persönlich

Ich hatte den Umschlag liebevoll mit viel Spucke zugeklebt, dann oben wieder aufgerissen und alle Kanten etwas angeknickt. Dadurch sah der Kußbrief aus wie mehrmals gelesen – sofern man einen Kußbrief lesen kann –, wie eine heiße Erinnerung, von der man sich nicht trennen will. Michael war zwar zu derartigen Sentimentalitäten kaum fähig, doch dieser Aspekt war zu vernachlässigen, es genügte, wenn Agnete zu entsprechender Eifersucht fähig war.

Wichtig war nun, meine Briefbombe so zu deponieren, daß sie Agnete zufällig in die Hände fiel und nicht Michael. Auf der Suche nach einem Plätzchen entdeckte ich zunächst im Luxusbadezimmer das Geheimnis von Agnetes likör-blauen Augen: Kontaktlinsen. Sie lagen in einem silbernen Kästchen, viele Kontaktlinsen in verschiedenen Farben. Nicht mal ihre Augenfarbe ist echt.

Ich inspizierte ihre Kleiderschränke. Die Klamottenetiket-ten waren eindrucksvoller als die Klamotten. Weiße und beige und graue und dunkelgraue und schwarze Lappen von Jil Sander, Armani, Krizia, JOOP!. Von Saint-Laurent, Lagerfeld, Versace. Sachen in Trübblau, Altrosa, Welkgrün. Farben so unentschieden wie Agnetes Charakter.

Den optimalen Platz für meinen Kußbrief fand ich erst, als ich mich an die vorgeschriebene Bügelarbeit machte. In Agnetes Zimmer lag die Aufmachung bereit, in der man sich bei der Zweithochzeit zu präsentieren gedachte. Ein weißes Ripskostüm Größe 42 von Escada, mit sinnlos vielen kugeligen Straßknöpfchen. Ich probierte ihr Kostüm an, echt 42, mir viel zu weit. Es war nagelneu, hatte nur schlappe Falten, wie sie vom Hängen im Schrank kommen. Bemerkenswert, daß Agnete auf der Hochzeit ihrer Freundin in Weiß aufzutreten gedachte, der Farbe, die der Braut vorbehalten ist, auch wenn die Braut Lachsrosa trägt. Agnete gefiel die Vorstellung, Braut zu sein.

Nachdem ich es mit Seidentemperatureinstellung gebügelt hatte, hängte ich es wie befohlen an den Haken außen am Schrank. Für Michael waren ein weißes Boss-Jackett und eine dunkelblaue Hose zu bügeln. Auch das weiße Jackett war neu, früher hatte er nicht die Gelegenheit gehabt, so was zu tragen, und nicht das Geld, so was zu kaufen. Die Hose hatte er schon getragen, die war sehr zerknittert. Und die ließ ich genau so auf dem Stuhl liegen, Agnete sollte denken, ich hätte die Hose zu bügeln vergessen. Den Kußbrief knöpfte ich in die hintere Hosentasche ein. Da es außerhalb menschlichen Vorstellungsvermögens lag, daß Michael bei Agnete Bügeln gelernt hatte, würde nun sie die Hose bügeln müssen, da führt kein Weg an dieser Hosentasche vorbei.

Und das bedeutete, daß sich Agnete einige Fragen stellen würde, zum Beispiel: Wann hatte Michael diese Hose zuletzt getragen? Seit wann hatte er diesen Brief? Seit wann betrog er sie? Mit wem? Mit wem? Mit wem?

»Ich wünsche euch ein schönes Wochenende, Wochenende, Wochenende«, sang ich vor mich hin.

Als ich am Abend anrief, kreischte Agnete schon beim ersten Küßchen: »Verschwinden Sie!«

80

14. Kapitel. 4. August

Samstag, am späten Nachmittag, als zu vermuten war, daß sich das Paar für seinen Auftritt kostümierte, und dies, wie außerdem zu vermuten war, reichlich verstimmt, rief ich an. Dreimal klingeln, eine Minute warten, das Zeichen, daß diese Person es wieder wagte... »Michi, ich freu mich so, bis bald«, gurrte ich in den Hörer.

Worauf sie: »Wer sind Sie?!« Und ich auflegte.

Es gab noch viel zu tun an diesem Samstag. Diese Hochzeit war die Gelegenheit, eine Menge Frauen als Verdächtige ins Spiel zu bringen und gleichzeitig Agnete klarzumachen, daß die Verdächtige in ihren eigenen Kreisen zu suchen war.

Gegen neun, kurz vor Einbruch der Dunkelheit, kam ich mit dem Fahrrad im Nobelrestaurant an. Ein Landgasthaus, bekannt für seinen schönen Garten; den Sommer über war ein großes Festzelt aufgebaut, in der Gesellschaftsklatschspalte der Zeitung wurde ständig berichtet, wer hier gefeiert hatte, wer es sich leisten konnte.

Ich entdeckte Michael schneller, als mir recht war. Als ich mein Rad hinter dem Restaurantgebäude abstellen wollte, sah ich ihn im hinteren Hinterhof mit zwanzig, dreißig Leuten bei den Mülltonnen. Ich bremste vor Schreck, kurvte um die Ecke, flüchtete ins Toilettengebäude vom Gartenrestaurant.

Vom Toilettenfenster hörte ich Stimmengewirr, ich mußte mich auf den Klodeckel stellen, um raussehen zu können, konnte dann ausgezeichnet die Festgemeinde beobachten. Zum Glück gab es genügend Klokabinen, um eine blockieren zu können. Draußen waren alle furchtbar schick, jeder ein Beweis, daß bei ihm oder ihr Geld und Geschmack zusammengehörten. War nur die Frage: Warum feierten sie zwischen den Mülltonnen?

Allmählich wurde klar, daß die Versammlung aus Rauchern und deren Sympathisanten bestand. Die Braut hatte gebeten, im Festzelt nicht zu rauchen. Sie hatte die frohe Botschaft verkündigt, daß sie rechtzeitig zur Hochzeit schwanger geworden sei, ihr Ungeborenes solle nicht zum Passivraucher werden. Darauf hatte eine Freundin der Braut noch froher verkündigt, sie würde demnächst sogar stolze Oma und sie müsse darum bitten, auch im Umkreis des Festzeltes nicht zu rauchen, denn käme sie mit nach Nikotin stinkenden Kleidern nach Hause, bekäme sie von ihrer frischgeschwängerten Tochter Hausverbot. Die Raucher hatten sich darauf Champagner samt Kübel geschnappt, sich im hinteren Hinterhof niedergelassen, wo sie nun fidel auf die Gesundheit der Nichtraucher tranken und rauchten.

Der Bräutigam rauchte auch. Es wurde diskutiert, ob eine Ehe zwischen Raucher und Nichtraucher gutgehen könne. Man erging sich in philosophischen Betrachtungen: Als es noch geistige Werte gab, hätten Raucher und Nichtraucher problemlos miteinander gelebt, da es heute nur noch körperliche Werte gebe, Fitneß und Fruchtbarkeit Religionsersatz geworden seien, sei das undenkbar geworden. Niemand sah längerfristige Chancen für seine Ehe mit einer Nichtraucherin.

Der Bräutigam beschwichtigte eine dunkle Schönheit, die verlangte, Rauchverbote müßten auf Einladungen gedruckt werden, um Raucher vor intoleranten Gastgebern zu schützen. Und den politisch korrekten Nichtrauchern, die aus moralischen Gründen Rauchern nicht mal einen anständigen Sitzplatz bieten, denen wünsche sie allesamt eine ganz korrekte Steuerfahndung an den Hals.

Der Bräutigam legte seine weiße Smokingjacke über eine Mülltonne, sagte, er täte alles, um ihr einen korrekten Sitzplatz zu bieten, hob die Schöne an der Taille hinauf, küßte sie dabei auf den Hals, wofür sie ihn neckisch ausschimpfte. Er brachte ihr Champagner, sie prostete ihm zu: »Auf deine Vergangenheit.«

Er lachte: »Auf alles, was künftig schöner ist, weil es verboten ist.«

Michael stand nun abseits mit einer Raucherin. Sie hatte fabelhafte rote Haare. Überhaupt waren diverse Rothaarige im Hinterhof versammelt und jede jünger und besser aussehend als Agnete. Frohlockend verließ ich das Klo, um nach ihr zu sehen.

An den Büschen entlang, die den Gasthof umgaben, schlich ich zu dem großen weißen Festzelt in einem abgegrenzten Teil des Gartens. Ein schöner Anblick, das mit Lichterketten behängte Zelt auf dem tadellosen Rasen. Auf jeder Seite des Zelts waren Planen mit Schleifen zusammengerafft, um Luft hineinzulassen. Ich stand im Dunkeln neben einem der Eingänge, sah hinein und stellte verblüfft fest, daß das Fest in vollem Abbruch war. Dabei war es erst halb zehn.

All die lachsrosa gedeckten Tische waren verlassen, obwohl auf dem Buffet in der Mitte des Zeltes jede Menge Luxusfutter stand. Auf allen Platten, in allen Schüsseln war etwas in Lachsrosa, Weiß oder Hellgrün: Lachs, Spargel, Melonenscheiben. Die Krönung waren zwei sich aufbäumende, sich umarmende Hummer, einer trug eine lachsrosa Rose in seiner Schere.

Vor dem Buffet stand die Braut, als solche erkennbar durch eine vollerblühte lachsrosa Rose im Blondhaar, passend zu ihrem lachsrosa Satinkostüm. Das war allerdings reichlich zu eng, zog tiefe Falten überm Bauch, das war die

Schwangerschaft. Mit unglücklichem Gesicht schüttelte die Braut ein etwa dreijähriges Mädchen auf ihren Armen auf und ab. Das Mädchen war angezogen wie eine lachsrosa Märchenprinzessin, oben Spitzen und Rüschen, unten Volants, quengelte aber unprinzessinnenmäßig: »Ich will Pommes mit Ketchup.«

Unterm Buffet kam ein älteres Mädchen, ebenfalls im Märchenprinzessinnen-Look, vorgekrochen: »Ich will weg. Mir ist stinklangweilig.«

»Wir gehen ja sofort, Chanele«, sagte eine Blaugekleidete, die neben der Braut stand. Auch sie schüttelte ein Kind auf ihren Armen, einen Jungen im blauen Samtanzug, der einem alten Gemälde entsprungen schien und prompt auch quengelte: »Ich will auch Ketchup und will auch weg.«

Eine dritte Frau mit einem Kind auf dem Arm, das sich völlig apathisch schütteln ließ, sagte: »Wir müssen jetzt auch unbedingt gehen, ich kann den Noah nicht länger tragen, mir fallen die Arme ab.«

»Laß ihn doch auf den Boden«, sagte die Braut.

»Dann rennt er rum, macht sich die Schuhe schmutzig, dann will er wieder auf meinen Arm und macht mir das Kleid schmutzig.«

Dazu wußte die Braut keine Lösung. Verzweifelt sagte sie: »Aber es wurde noch nicht mal getanzt!«

»Die Kinder wollen jetzt nicht tanzen. Die wollen was Anständiges essen. Das hätten die vom Restaurant euch sagen müssen, daß man Kinder mit Hummer und dem Zeug scheuchen kann. Die Stephanie hat was probiert, obwohl wir ihr gleich gesagt haben, daß sie Hummer nie mag, und dann spuckte sie alles dem Georg auf die Jacke.«

»Und so wie die hier Spargel machen, ißt das die Chanele nie! Zu Hause schneide ich für sie Spargel auf Pommes-Länge und färbe sie mit Safran im Kochwasser gelb, damit sie aussehen wie Pommes frites. Nur so kann sie Spargel essen. Mit Ketchup.«

»Die Kinder können Dessert essen, das mögen Kinder.«

»Du hast keine Ahnung von Kindern. Noah ißt nur das Schokoladeneis mit Karamel von Häagen Dazs.«

»Und die Chanele nur das Pommes-frites-mit-Ketchup-Eis von unserer Eisdiele. Die formen Vanilleeis wie Pommes frites, dazu Himbeersauce als Ketchup.«

Eine vierte Frau im schwarzen perlenbestickten Kleid, das eine Schulter frei ließ, nahm der Braut die Prinzessin vom Arm. »Kinder darf man zu nichts zwingen.«

Die Braut, die nun ohne Kind dastand, senkte unter den vorwurfsvollen Blicken der Mütter beschämt das rosengeschmückte Haupt.

Ich wechselte den Standort, schlich auf die andere Seite des Zelts und entdeckte Agnete. Sie stand in einer Ecke vor einem Podium, auf dem eine Musikanlage aufgebaut war, mit der man die Stadt hätte beschallen können. Bei ihr zwei maximal dekolletierte Frauen und ein Mann, der in seinem dunkelroten Anzug aussah wie ein zu großer Gartenzwerg. Sie sprachen nichts, sie standen nur herum, als hätten sie vereinbart, noch wenige Minuten durchzuhalten. Ich mußte mich beeilen.

Ich schlich zum Parkplatz. Meine Vermutungen bestätigten sich, man war mit Michaels Jaguar gekommen. Ich malte mit meinem Revlon ein perfektes Herz auf die Scheibe, drückte ins Herz hinein einen Kußmund, hakte vier von Giselas wertvollen Haaren am Scheibenwischer fest, als seien sie beim Herzchenmalen da hängengeblieben, und verschwand wieder ans Klofenster.

Es dauerte tatsächlich nicht lange, bis Agnete in den Hinterhof stöckelte und Michael befahl, sofort zu gehen, sie leide unter Kopfschmerzen, und alle anderen seien schon gegangen. Die Raucher protestierten, sie seien noch voll da. Agnete beharrte, wer bisher nicht gegangen sei, gehe jetzt sofort.

»Agnete, bleib bei uns, ich bring dir Champagner«, rief ein perfekt aussehender Mann im perfekten Smoking.

Agnete lächelte geschmeichelt, von diesem Mann zum Bleiben gebeten zu werden, jammerte trotzdem, sie könne nicht bleiben, unter Rauchern bekäme sie Kopfschmerzen.

»Du hast doch bereits Kopfschmerzen«, sagte der perfekt Aussehende.

»Wir würden gern noch bleiben«, sagte Agnete.

»Aber noch lieber wollt ihr gehen«, sagte der perfekt Aussehende, drehte sich weg und gab einer perfekt Aussehenden Feuer. Agnete guckte beleidigt, zischte Michael einiges zu.

Ich ging schon mal auf den Parkplatz, wartete zwischen den dortigen Büschen. Minuten später hörte ich die beiden.

Agnete machte Michael Vorwürfe: »Du hast dich den ganzen Abend nicht um mich gekümmert!«

»Schatz, ich hatte wichtige geschäftliche Kontakte mit Rauchern. Du hättest ja zu uns kommen können.«

»Ich war den ganzen Abend wie vor den Kopf gestoßen von dieser unverschämten Tiffany.«

»Denk nicht mehr daran, Tiffany ist nur ein Kind.«

»Mein Leben lang werde ich nicht vergessen können, wie sich dieses Kind vor mich hinstellt und schreit: Kindermund tut Wahrheit kund, drum tu ich jetzt allen kund, daß du dir von deinem Schweinebauch hast Fett absaugen lassen, und dein Kinn ist geliftet!«

»Das hat sie von ihrer Mutter, der dicken Dietlinde, die ist nur neidisch, weil sie sich das nicht leisten kann. Das Lifting ihres Mannes war ja so teuer.«

»Natürlich! Aber alle stehen rum und lachen blöd! Du auch!«

Auch ich grinste heiter im Gebüsch.

»Glaub mir, ich hätte dieses kleine Arschloch liebend gern verprügelt«, sagte Michael, »aber das tut man nicht. Der Vater ist Star-Anwalt.«

Dann Agnete wieder: »Die können alle was erleben, wenn ich ein Kind habe! Als erstes bringe ich meinem Kind bei, daß es Dietlinde sagt, sie mit ihrem Dinosaurier-Hintern sollte keine Leggings tragen. Und daß sie sich nichts darauf einbilden muß, mit einem Schwulen verheiratet zu sein. Und Yvonne, die kein Wort mit mir geredet hat, wird es sagen, daß sie sowieso den Mund halten sollte, solange sie es nicht für nötig hält, ihre Vampirzähne richten zu lassen. Und Jutta wird dann in deutlichem Kindermund gesagt, daß ihre Tochter eine dumme Nutte ist, wenn sie mit achtzehn schwanger wird. Jutta macht doch nur deshalb auf stolze Großmutter, damit die Leute sagen: ›Was, Sie in Ihrem Alter schon Großmutter?!‹ In drei, vier Jahren sieht Jutta sowieso wie eine Oma aus. Die Schwangerschaft ihrer Tochter ist Juttas letzte Chance in diesem Leben, ein Kompliment wegen ihres Aussehens zu ergattern.«

»Du hast völlig recht«, sagte Michael ergeben.

»Und vor allem bin ich stinksauer auf Corinna. Plötzlich ist sie schwanger. Letzten Monat hieß es noch, daß wir gemeinsam zur Fruchtbarkeits-Sprechstunde gehen. Immer muß sie mich übertrumpfen, um mich fertigzumachen!«

Nun war das Paar direkt vor mir, auf der anderen Seite meines Busches. Da blieb sie stehen: »Ach Michael, wenn ich doch endlich ein Kind hätte!«

Mir wurde schwer schwummrig.

»Jetzt bitte nicht wieder darüber streiten«, sagte Michael,

»du kennst meine Meinung. Nichts überstürzen. Das muß nicht sein.«

Sie will ihn mit einem Kind an sich klammern. Er weigert sich. Na also.

Damit waren sie beim Jaguar, stiegen ein, im Schein der Innenbeleuchtung glühte das Herz auf der Scheibe. »Na so was«, sagte Michael und stieg wieder aus.

Auch Agnete hielt es nicht auf ihrem Sitz. »Das ist ...«, japste sie, »die war also auch hier! Es ist doch eine, die ich kenne!« Dann entdeckte sie die Haare am Scheibenwischer: »Da, sieh mal, da, Haare!« Sie riß die Haare ab, hielt sie unter der Innenbeleuchtung gegen ihr weißes Kostüm. »Ist das Rot? Das ist Rot! Jetzt weiß ich's, das ist die geile Schubert, die trägt diesen Lippenstift!«

»Stimmt nicht, die trug sehr hellen Lippenstift.«

»Ach, das weißt du genau! Wenn nicht die Schubert, wer dann? Gib es endlich zu!«

»Irgendeine meiner Verehrerinnen, ich weiß nicht, welche. Auch andere Daddys haben Töchter und sind froh, wenn die Töchter heiraten.«

»Fang nicht wieder damit an! Du und die Schubert! Was hat die dir zu bieten – nichts!«

Michael fuhr los. Das letzte, was ich aus dem Wagenfenster hörte: »Ist es die neurotische Zimmerer? Oder die ständig besoffene Riechling?«

Kurz sah ich Michaels Gesicht. Er sah zufrieden aus. Und das war merkwürdig.

15. Kapitel. 8. August

Am folgenden Mittwoch nachmittag war Agnetes gleichmäßig gebräuntes Gesicht von Argwohn überschattet. Als ich mich erkundigte, wie es auf der Hochzeit war, äußerte sie sich äußerst verärgert über die dort versammelten Damen, die nichts anderes im Kopf hätten als ihre Kinder und die Männer anderer Frauen. Man könne sich das nicht vorstellen. Ich tat, als könne ich mir das nicht vorstellen.

»Mütter, die hinter Männern her sind?!«

»Diese Hyänen sind verrückt nach ihm.«

»Nach Ihrem Derzeitigen?« rief ich.

»Aber die haben keine Chance. Er ist total fixiert auf mich.«

Schwierig, ein Gesicht zu machen, als könnte ich mir das vorstellen. Ich wandte mich von ihr ab, räumte die Geschirrspülmaschine ein. Woher hatte Agnete dieses Selbstbewußtsein? Kaufte sie es im Ärztebedarf, in großen Anstaltspackungen?

»Er weiß, daß die anderen, die hinter ihm her sind, ihm nichts bieten können. Er sagt selbst, daß er bei denen seine Begabungen nicht entfalten könnte.«

»Seine Begabungen?« Am ausgeprägtesten war wohl Michaels Begabung, Probleme so lange zu verschieben, bis sie sich von allein lösen. Oder andere sie für ihn lösen.

»Mein Mann ist hochbegabt, er hat einen enormen Intelligenzquotienten. Er ist ein geborenes Genie.«

Ach so, natürlich hatte er auch bei ihr mit seinem Intelligenzquotienten angegeben. Er hat nämlich als Kindergartenkind einen Intelligenztest gemacht und dabei weit über dem Durchschnitt abgeschnitten. Er hatte mir erzählt, er habe einen IQ von 121, ich als Psychologin müßte wissen, was das bedeutet. Ich wußte nicht, was das bedeutet, hatte in der psychologischen Literatur über Intelligenztests nachgelesen und festgestellt, 120 bis 130 ist der normale IQ eines Abiturienten. Michael sagte, wenn das nur normal sei, dann erinnere er sich eben nicht mehr genau, seine Mutter könne bestätigen, daß sein IQ im Geniebereich lag, die Kindergärtnerin hatte gesagt, sein IQ sei so hoch wie der von Einstein.

Ich las dann in einem anderen Buch über Intelligenzforschung, daß Einstein einen IQ von 173 hatte. Als ich das Michael erzählte, sagte er, genau 173 sei's gewesen, rief seine Mutter an, die erinnerte sich dann, als sei es gestern gewesen: Genau 173 hatte die Kindergärtnerin gesagt, 173 war Michaels IQ! – Obwohl ich die IQ-Story nie ganz ernst nahm, so exakt, wie Laien glauben, sind die IQ-Messungen nämlich nicht, trotzdem muß ich zugeben, daß ich irgendwie beeindruckt war. Agnete war es noch immer.

Sie unterbrach meine Gedanken: »Die Kristallgläser dürfen nicht in die Maschine. Die muß man von Hand spülen.«

»Ich weiß«, ich hatte sie auch nicht eingeräumt, »an den Gläsern sind empfindliche Etiketten.«

Sie stand immer noch hinter mir und beobachtete, wie ich die Spülmaschine füllte. Sie hatte seit Freitag nichts aufgeräumt, nur schmutziges Geschirr verstreut, damit ihre überbezahlte Putzfrau in den vier Stunden nicht gelangweilt rumsaß. »Mein Michael braucht das Ambiente, das ich ihm biete, diese Wohnung, wenn er Kunden empfängt, ich kann ihm Kontakte vermitteln, die seine Wege ebnen. Immerhin hat er eine sehr anspruchsvolle Karriere geplant.«

»Was hat er gemacht, ehe er Sie kennenlernte? Er hatte doch früher auch eine Frau?« Die Frage aller Fragen, was hat er über mich erzählt? Vor Aufregung klapperten die Teller in meiner Hand.

»Seine Ehemalige wollte nur versorgt werden, ohne was zu

bieten. Mit ihr konnte er sich nicht weiterentwickeln. Sie war ein Bremsklotz! Er mußte sie jahrelang aushalten. Als wir uns kennenlernten, behielt sie die Wohnung, alles. Er stand vor dem Nichts. Er mußte ganz von vorn anfangen.«

»Sind Sie sicher?« sagte ich, die Ehemalige, die Ausgehaltene, der Bremsklotz.

»Natürlich. Zuerst hatte er gar kein Geld, weil er sogar noch ihre Miete bezahlte. Und dann kam sie sogar mal hier vorbei, um Geld von ihm zu fordern.«

»Hat er das gesagt?!«

»Es war ihm peinlich, darüber zu reden. Ich wußte es, mir konnte er nichts vormachen, so sind diese Frauen, die nur ausgehalten werden wollen.«

Die volle Wut stieg in mir hoch. Gern hätte ich sämtlichen Kristallgläsern die Etiketten abgerissen. Agnete war genau die Frau, die alles Übel dieser Welt anderen Frauen in die Schuhe schob.

In mir stieg auch die volle Erkenntnis hoch, wie falsch meine bisherigen Aktionen waren: Bisher hatte ich Agnete bewiesen, daß andere Frauen hinter Michael her waren. Das stärkte nur ihr unverwüstliches Selbstbewußtsein. Agnete brauchte Beweise, daß Michael hinter anderen Frauen her war. Deutliche, konkrete Beweise.

Die konnte sie sofort haben. Ich war fertig mit der Küche, sollte jetzt das Bad machen; Agnete zog sich in ihr Zimmer zurück, ließ aber die Tür offen, um jederzeit zur Kontrolle anschleichen zu können.

Im Bad hing an einem Haken ein Hemd von Michael. Ich holte aus meiner Putzfrauenhandtasche meine Requisiten, wischte mit dem Finger über den Revlon-Lippenstift, wischte den Finger am Saum des Hemds ab. Aus dem Umschlag mit Giselas Haaren nahm ich zwei, wickelte sie um einen Knopf am Kragen.

Nach kurzem Nachdenken erschien mir das allerdings strategisch nicht optimal, ich riß die Haare wieder ab, nahm zwei neue aus dem Umschlag und wickelte sie nun um den Hemdknopf ganz unten.

»Frau Doktor Matthias! Das Hemd von Herrn Graf, das im Bad hängt, soll das in die Wäsche?«

»Wenn es getragen ist, natürlich«, rief Agnete aus ihrem Zimmer.

»Soll ich den Lippenstiftfleck am Hemd vorwaschen? Oder meinen Sie, er geht bei der Wäsche raus? Na, da unten am Hemd wird man den Lippenstift sowieso nicht sehen, da ist ja das Hemd in der Hose. Normalerweise.«

»Lippenstiftfleck?« Agnete eilte herbei, grapschte sich das Hemd.

Auf der feinen weißen Baumwolle kamen Giselas Haare gut zur Geltung. Auf Agnetes Stirn steile Falten, sie starrte die Haare an, als wären es rote Schlangen und sie selbst ein likörblauäugiges Kaninchen. Dann verschwand sie mit dem Hemd in ihrem Zimmer.

»Wenn Sie sich selbst um den Fleck kümmern wollen, putze ich jetzt mal das Bidet«, rief ich ihr hinterher, »so ein praktisches Fußbad hätte ich auch gern zu Hause.«

Damit überließ ich es Agnetes Phantasie, sich auszumalen, wie Lippenstift an den Saum eines Herrenhemds kommt. Und in welcher Position sich Haare im untersten Hemdknopf verfangen. Was empfingen die Kundinnen von Michael, die Michael in der Wohnung empfing?

16. Kapitel. 10. August

Als ich Freitag wieder kam, lauerte mir eine Frau aus dem Erdgeschoß auf. Sie sei eine Vertraute von Frau Doktor und dürfe mir die Wohnung aufschließen, und sie würde kontrollieren, wann ich ginge, denn Frau Doktor käme erst spät zurück, sie hätte viele dringende Erledigungen heute und sei bereits bei ihrer Kosmetikerin.

Schon wieder zur Kosmetikerin. Mußte sie so viele Streß- falten ausbügeln lassen? Elend schade, daß sie nicht da war, ich war so gespannt, wie Michael auf das Hemd reagiert hatte. Noch viel ärgerlicher war, daß ich meine geplante Aktion verschieben mußte, ohne Agnete ging's nicht.

Enttäuscht stellte ich im Küchenschrank zwei Champa- gnerkelche zu den Wassergläsern und den Champagner- kübel zu den Kochtöpfen. Irgendwann würde es Agnete schon merken und sich fragen, wer, wann mit wem Champagner genossen hatte. Dann popelte ich an Michaels Schreibtischlampe das blaue Designeretikett ab, klebte stattdessen das blaue Etikett einer Banane hin. Sie würde Michael bezichtigen, ein Wohnaccessoire entweiht zu haben.

Ich saugte gerade den Flur, als jemand direkt hinter mir sagte: »Ach, ich dachte, es wäre niemand da.«

Ich hörte die Stimme durch das 750-Watt-Staubsauger- geräusch und zitterte. Obwohl ich überzeugt gewesen war, daß Michael nie in der Wohnung sein würde, wenn ich putze, hatte ich mir in sämtlichen Details vorgestellt, wie cool ich im Begegnungsfall meine Rolle als Putzfrau durch- ziehe, wie ich mich ganz anders bewege als sonst und sehr langsam spreche, dabei nachdenklich-doof eine Hand an den Mund halte, um meine Oberlippenwarze optimal zur Geltung zu bringen, und wie ich an meiner Stirnwarze kratze. All dies gelang mir ganz und gar nicht. Nun war Michael da, und alles war vergessen.

Ich drehte mich um, starrte ihn an, er trug mit beiden Händen einen Karton und betrachtete diesen. Ich senkte den Blick auf seine teuren Schuhe. Ich klammerte mich ans Staubsaugerrohr, und in einer unbewußten Handlung, die mir in diesem Moment total sinnlos, später psychologisch total passend erschien, drehte ich das Rohr um, hielt die Hand drauf, als wollte ich den Staubsauger zur Ruhe bringen, worauf der Staubsauger sich prompt abschaltete, gongte und nuschelte: »Mein Rohr ist verstopft.«

Michael starrte mich an, ich starrte angestrengt auf das blinkende Rotlicht des Staubsaugers.

Michael sagte nichts.

Schließlich sagte ich und bemühte mich, wie der Staubsauger zu nuscheln: »Ich bin die Putzfrau... Ich heiße Maria...«, da fiel mir mein Putzfrauennachname nicht mehr ein. Verdammt, es war was Eßbares gewesen. Maria Makkaroni? Nein, nix Italienisches. Was zum Teufel heißt »gebratenes Rindfleisch mit Gemüse« auf thailändisch?!

»Dürfte ich jetzt mal vorbei?« Michael schob sich mit einem Platz-da-Sie-Trampel-sehen-Sie-nicht-daß-ich-einen-Karton-schleppe-Gesicht an mir vorbei in sein Zimmer. Und knallte mit dem Schuh die Tür hinter sich zu.

In meinem Kopf war ein Gefühl, von dem ich immer geglaubt hatte, so ein Gefühl könne man nicht allein haben, so ein Gefühl müßte eine Kraft sein zwischen zwei Menschen. Zum erstenmal seit elf Monaten Michael zum Anfassen nah. Er hatte mich keines Blicks gewürdigt, mich nur als Bremsklotz auf seinem Weg wahrgenommen.

Es waren Minuten der Wahrheit. Ich mußte mir eingestehen, daß ich insgeheim den wahnsinnigen Traum geträumt hatte, ein Wiedersehen mit Michael, und alles wäre wie früher. Liebe auf den ersten Blick, zweimal mit dem gleichen. Ich mußte mir eingestehen, daß dieser Traum völlig daneben war.

Trotzdem beschloß ich eine weitere Herausforderung des Schicksals und klopfte an Michaels Tür.

»Ja?« Es klang ärgerlich.

»Bitte entschuldigen Sie, ich soll hier das Fenster putzen, soll ich es jetzt machen, oder ist es Ihnen später lieber?«

Michael hätte nie gemerkt, daß das Fenster frisch geputzt war, der Unterschied zwischen frisch geputzt und neulich geputzt und muß dringend wieder geputzt werden hatte für ihn nichts mit objektiver Wahrnehmung zu tun, sondern mit subjektiven Wahnvorstellungen: Nach seiner Überzeugung ist das Auge eines Mannes nicht in der Lage, solche Unterschiede zu sehen.

Michael kramte in seinem Schreibtisch, er hatte eine Schublade rausgenommen, sie stand auf dem Schreibtisch.

»Frau Doktor Matthias sagte mir, daß Sie nachmittags nie hier sind.«

»Ich bin auch sofort wieder weg«, sagte er nervös. Und noch nervöser: »Ich bin überhaupt nicht hier. Sie brauchen meiner Bekannten nicht zu sagen, daß ich hier war. Sie würde sich unnötige Gedanken machen.«

Wie distanziert er Agnete als ›meine Bekannte‹ titulierte! Wie war ich von Herzen bereit, mich mit ihm gegen sie zu verbünden. »Verstehe, Sie wollten nur schnell was herbringen. Sicher ein Geschenk für Frau Doktor.«

»Genau«, sagte Michael dankbar für die angebotene Ausrede und nickte dem Karton zu, den er gebracht hatte.

»Ist es ein Hochzeitsgeschenk für Ihre zukünftige Gattin?«

»Wie kommen Sie denn darauf?« Ehrlich verblüfft war er.

Ich zwang mich zu jener vornehmen Sprache, die eine Putzfrau für gebildet halten würde und für angemessen, um den Herrn Grafen von Gehörtem in Kenntnis zu setzen: »Die Frau Doktor bemerkte unlängst mir persönlich gegenüber, daß eine zweite Eheschließung durchaus im Rahmen des Möglichen stünde, und Frau Doktor strebte diesen Schritt an, so habe ich Frau Doktor verstanden.«

»Da haben Sie sie falsch verstanden, eine Heirat kommt nicht in Betracht.« In seiner Stimme war Wut, er tat, als würde er lässig aus dem Fenster sehen.

»Sie fühlen sich zu jung für diesen Schritt, Herr Graf?«

»Sie will ein Kind von mir. Das ist alles.«

»Sie will nicht heiraten?«

»Nur mit Ehevertrag und sämtlichen Verzichtserklärungen auf ihre Erbschaften. Für sie und ihre Familie ist nur wichtig, daß ihr Geld gesichert ist. Gefühle sind sekundär.«

»Und Ihre Gefühle, Herr Graf?«

»Entweder eine Ehe ohne Vertrag oder kein Kind. Meine Eltern sind auch seit ewig ohne Vertrag verheiratet. Das sind meine letzten Worte.« Dabei hob er den Karton unten in seinen Schreibtisch, wo er die Schublade rausgenommen hatte, schloß die Tür ab, steckte den Schlüssel ein und ging. Was war es, was er so sorgfältig abzusichern hatte?

»Weiterhin frohes Putzen«, sagte er mißmutig zum Abschied.

Ich beobachtete vom Küchenfenster, wie er mit seinem Jaguar aus der Tiefgarage fuhr. Sie wollte ihn nicht heiraten – er wollte sie heiraten! War denn die Welt aus den Fugen geraten? Liebe war es nicht, die Michael in diese Lage gebracht hatte. Wollte er sein Leben an der Seite einer Statusziege als Statustrophäe verplempern?

Der einzig konkrete Gedanke in meinem Kopf war auch der einzig richtige: Wenn es Michael nicht schaffte, sich von ihr zu lösen, würde ich eben Agnete dazu bringen, ihn aufzugeben.

Und zwar schnell. Nach den Eintragungen auf Michaels Jahresplaner fuhr er am 17. August, schon am nächsten Freitag, nach Frankreich. Agnetes Abfahrt war für Mittwoch den 22. eingetragen. Zu den unehelichen Flitterwochen mit Agnete durfte es nicht mehr kommen.

Ich ließ im Schlafzimmer die Jalousien einen halben Meter runter, so daß es aussah, als hätte Michael sie tagsüber runtergelassen zwecks geheimer Aktivitäten im Dunkeln und sie hinterher versehentlich nicht ganz hochgezogen. Es bestand Hoffnung, daß Agnete bereits sensibilisiert genug war, um solche Feinheiten wahrzunehmen. Fremdgehen am Nachmittag ist verwerflicher, weil leidenschaftlicher als nachts im Suff.

Falls sie nichts merkte, war's auch egal, wenn sie am Mittwoch wieder da war, würde sie etwas deutlich genug zu sehen bekommen.

17. Kapitel. 15. August

Am Mittwoch konnte ich meinen finalen Coup landen. Unter Aufsicht von Agnete, die mißgelaunt in ihrer schwarzen Schrankwand herumkramte, putzte ich das Schlafzimmer. Ich hatte noch nie unterm Bett staubgesaugt, es war ringsum durch einen Stoffvolant abgeschottet, aber Agnete bestätigte meine Meinung, daß ab und zu unterm Bett gesaugt werden muß, Hausstaub-Allergien drohen bekanntlich.

Unterm Bett links, auf der Seite, auf der Michael schlief, würde ein Slip liegen, knallrot, in Größe S. Der Slip ging brav bis zum Bauchnabel hoch, der Beinausschnitt brav bis zum Oberschenkel runter, doch er war im Schritt geschlitzt, und der Schlitz war mit roten fransigen Marabufedern besetzt. Das Ding nannte sich Slip ouvert.

Es war ein Ding, das zu denken gab. Nicht nur: Wer trägt so was? Auch: Was macht man damit? Unter praktischen Gesichtspunkten gehörte der gefederte Slip zu jenen Klamotten, in denen man nichts anderes machen kann als rumstehen und dabei gut aussehen. Der Schlitz entsprach zwar der Designermaxime ›Form folgt Funktion‹, aber die Marabufedern waren im praktischen Einsatz nur unpraktisch – bei slipgemäßen Aktivitäten würden abgerissene Federfusseln an der Trägerin überall anpappen, oder der Lover hätte die Fusseln im Mund.

Für diesen Slip betrat ich erstmals einen Sexshop. Ich hatte ihn im Schaufenster gesehen, da lag er neben Handschellen und einer Peitsche und einem Schild, auf dem stand: »Wir bitten um Verständnis, daß im Schaufenster nur Artikel dekoriert werden dürfen, die nicht jugendgefährdend sind.« Der nicht-jugendgefährdende Slip ouvert hatte 89 Mark gekostet und war sein Geld wert. Ich hatte ihn einen Abend lang getragen, denn wenn man so was unterm Bett vorfindet, sind Gebrauchsspuren erforderlich.

Das Gefühl, einen marabufederbesetzten Schlitzslip zu tragen war besser als erwartet und anders. Es inspirierte mich zu meinem Erstaunen zu Phantasien sexueller Dominanz statt, wie lehrbuchmäßig zu erwarten gewesen wäre, zum Gefühl, ein degradiertes Lustobjekt zu sein. Beim Tragen wurde auch die Funktion der Federn sinnfällig: Sie waren nicht dazu gedacht, um vom Partner abgerissen und abgegessen zu werden, sondern um die Trägerin nett zu kitzeln. Ziemlich stimulierend.

Noch etwas hatte ich im Sexshop gekauft: Farbige Kondome. Es gab sie in der politisch korrekten Farbmischung Schwarz, Rot, Grün. Ich hatte für meine Aktion das rote gewählt, erstens paßte es optimal zum Slip, und rote Kondome sieht man besser. Ich hatte das Kondom zu Hause ausgerollt, mit den Fingern gedehnt, es liebevoll zwischen den Beinen durchgezogen, um den penetranten Himbeergeruch zu neutralisieren und eine plausiblere Duftnote einzubringen.

Überlegungen, das Kondom mit spermaähnlicher Flüssigkeit zu füllen, hatte ich verworfen. Wenn es zum totalen Kampf käme und Agnete oder Michael veranlaßten eine Sperma-Herkunftsanalyse, dann würde der Laborbefund, es handle sich bei der im Kondom gefundenen Flüssigkeit um Feuchtigkeitslotion, Sonnenmilch oder flüssiges Waschpulver, unnötige Fragen aufwerfen und letztlich ganz unnötigerweise Michaels Unschuld beweisen.

Als ich den Bettvolant hob, warf ich das rote Kondom dem Staubsauger zum Schlucken vor, der schaltete sich erwartungsgemäß sofort ab, gongte Bom! Bomm! Bommm! und nuschelte: »Mein Rohr ist verstopft.«

»Nanu«, machte ich, kniete vors Bett, sah drunter. »Da liegt was.« Ich zog den Schlitzslip ans Sonnenlicht, hob ihn bewundernd in die Höhe, hielt ihn Agnete entgegen: »Wie wäscht man denn die Federn?«

Sie wußte es nicht. Als hätte das Knallrot des Slips magische Kraft, wurde auch sie knallrot.

Also las ich ihr das eingenähte Etikett mit der Waschanleitung vor: »Kalt waschen und Federbesatz bei schwacher Hitze trockenfönen.« Ich sah die knallrote Agnete ungerührt an: »Wissen Sie, Frau Doktor Matthias, auch als Putzfrau lernt man nie aus.«

»Was ist das?« flüsterte Agnete, griff aber nicht danach.

»Frau Doktor Matthias, wenn es Ihnen und Herrn Graf gefällt, kann keiner was dagegen sagen. Jeder soll nach seiner Perversion selig werden.« Ich hielt ihr wieder den Slip hin, mit beiden Händen, hielt ihn mit dem Schlitz nach oben, zog den Schlitz auseinander. Widerwillig nahm sie ihn an einer Feder. »Er lag genau da«, ich zeigte unters Bett, wie Leute im Reality-TV auf Katastrophenschauplätze zeigen.

Agnete wurde von ihren Gefühlen überwältigt. Wie unter Zwang sah sie in den Slip hinein, roch sogar daran. »Das Stück ist getragen.« Sie ließ das Stück auf den Boden fallen. Die Federn bewegten sich, als wären sie lebendig. »Dieses Stück gehört mir nicht! Was denken Sie!« fegte sie mich plötzlich an, als wäre ich dran schuld.

»Frau Doktor, ich denke doch überhaupt nichts.« Dabei legte ich die Stirn in Falten, wie es Leute tun, die Denken für eine sehr schwierige Tätigkeit halten. »Ich frage mich nur, warum ist der Staubsauger verstopft?« Ich schaltete ihn wieder ein. Wie erwartet, schaltete er sich wieder ab, gongte Bom! Bomm! Bommm! und nuschelte von seiner Verstopfungsproblematik.

»Also, nach meiner Erfahrung, Frau Doktor, da ist was im Staubsauger.« Ich sah in die Düse hinein, es hing gleich vorn: »Ah, raten Sie mal, was es ist!«

Sie riet es nicht.

»Es ist noch was Rotes!« Ich zog das Kondom aus der Düse, legte es auf den dunkelblauen Teppich, der zwischen Bett und Fenster auf dem hellbeigen Spannteppich lag. Mit der Schuhspitze schob ich das Kondom auseinander, entfaltete es in voller Länge. Durch den blauen Teppich erschien das transparente Rot des Gummis violett, eine sehr erotische Farbnuance.

»Was ist das?« fragte Agnete verstockt.

»Frau Doktor, der Papst darf's nicht wissen, aber Sie können sich auf mich verlassen, ich sag's ihm nicht.« Ich fand, von einer Putzfrau namens Maria war in dieser Situation ein katholischer Kommentar angemessen.

»Was ist das?« sagte sie nochmal, wobei sie nun unsinnigerweise die Hand vor Augen hielt.

»Es ist getragen«, sagte ich, »das wäscht man aber nicht, das wirft man weg. Der Staubsauger müßte es eigentlich aufsaugen können.«

»Aber das kann er gar nicht, er kann doch gar nicht«, sprach Agnete fassungslos.

»Er war zu schwach eingestellt, ich probier's mal mit tausend Watt«, da ertönte in meinem Kopf ein Gong, der meine psychologischen Fähigkeiten weckte – »Sprechen Sie vom Staubsauger oder von Herrn Graf?«

Sie wollte nicht antworten, also mußte ich ihr auf die Sprünge helfen: »Ist Herr Graf impotent? Wissen Sie, das kommt in den besten Familien vor. Das hat man heutzutage oft.«

Agnete stöhnte: »Halten Sie es für möglich, daß mein Mann mich hintergeht?«

Man konnte nur staunen. Brauchte sie noch ultimativere Beweise für Michaels außerbeziehungsmäßige Beziehungen? Ihre Abwehrkräfte funktionierten großartig.

»Wie kann mein Mann mich hintergehen, wenn er ein chronisches Erektionsproblem hat? Natürlich ist sein Problem streßbedingt. Nur was bedeutet das Kondom?«

Ich schwieg mit mitleidsvoller Miene.

Es war folglich Agnete selbst, die zur Erkenntnis kam: »Er hat sein Problem nicht bei allen Frauen. Andern kann er ein Kind machen!«

»Nicht mit Kondom. Mit Kondom geht's nicht. Meistens nicht.«

»Ich war überzeugt, im Urlaub würde es klappen, wenn der Berufsstreß von ihm abfällt, übermorgen fährt er nach

Frankreich, und ich komme nächsten Mittwoch nach, allerdings unter diesen Umständen... das kann ich mir nicht bieten lassen... was mache ich jetzt?«

Ich staunte, was sie jetzt machte: Sie öffnete den Staubsauger, riß die Tüte raus, ging damit in die Küche.

Meinen Überlegungen überlassen, dachte ich vor mich hin. Sobald Michael weg war, würde ich hier nicht mehr putzen. Alle fahren in Urlaub, warum nicht auch ich? Bei Gisela in der Agentur war jetzt im Hochsommer relativ wenig los. Was würde ich tun?

Da längere Zeit nichts von Agnete zu hören war, ging ich schließlich in die Küche. Da kniete sie auf dem Boden, neben sich ein Messer. Vor sich die aufgeschlitzte Staubsaugertüte. Sie stocherte mit einer Gabel in den Dreckflusen, sie suchte weitere Indizien. Der Wahnsinn der Eifersucht hatte sie voll gepackt. Endlich.

»Jetzt gehen Sie der Sache wirklich auf den Grund«, lobte ich, »haben Sie noch was gefunden?«

»Was Sie gefunden haben, genügt auch!«

»Wofür?«

»Ich werde ihn zur Rede stellen!« Sie schritt ins Wohnzimmer zum Telefon. Ich folgte ihr, sie sagte nichts, sie wollte Publikum. Hoffte sie wieder auf eine wunderbare Erklärung von Michael, alles sei nur Teil seines Kundinnendienstes? Sie tippte Michaels Sozietätskurzwahl ein, es dauerte ewig, bis sich jemand meldete, und es war nicht Michael, denn Agnete sagte: »Dann werde ich bei Doktor Hanser anrufen. Geben Sie mir die Nummer.« Das war offenbar nicht möglich, denn Agnete sagte dann: »Schon gut, ich habe die Nummer selbst.«

Sie fand auf einem Sideboard im Erkerbereich ihr repräsentatives ledergebundenes Telefonverzeichnis, erklärte mir: »Er ist bei einem seiner wichtigsten Kunden, ich selbst habe ihn bei Doktor Hanser eingeführt.« Herr Doktor Hanser war schnell am Apparat.

»Schönen Tag, ich bin's, Ihre Agnete Matthias. Wie geht's?« Und ohne eine Antwort abzuwarten: »Ich höre, mein Mann, Herr Graf, ist gerade bei Ihnen, ich muß ihn sprechen, es ist dringend.« Darauf sagte sie aber eine Weile nichts mehr. Nur mehrmals »Oh«. Später: »Unverantwortlich riskant?« »Unrealistisch?« und »Oh, ich bin nicht ganz auf dem laufenden, ich habe so viel zu tun« und »Oh, auf Wiederhören«.

Agnete mußte sich darauf auf eines ihrer Rhinozerosse setzen. Sie fächelte sich mit der Hand Luft zu. Sie fächelte mit dem Handrücken gegen mich, wie eine Königin, die ihren Hofschranzen befiehlt zu verschwinden.

Ich tat, als hätte sie mich hergewunken, setzte mich auf das Rhinozeros ihr gegenüber und fragte mitleidsvoll: »Er war gar nicht bei Doktor Hanser? Warum nicht?«

»Doktor Hanser sagt mir, er hätte bereits vor Monaten auf weitere Beratungen durch Michael verzichtet, seine Anlagestrategien seien zu... zu...«

»... unverantwortlich riskant und unrealistisch«, half ich.

»Jedenfalls ist er nicht dort.« Sie wählte wieder die Sozietät: »Wo könnte Herr Graf sonst sein?« Und wieder: »Das macht nichts, ich habe die Nummer selbst.«

Wieder ein Herr Doktor. Weniger forsch als vorher erkundigte sie sich nach seinem Befinden, ließ den Angerufenen sogar sekundenlang reden, ehe sie fragte: »Ist mein Mann, Herr Graf, bei Ihnen?« Pause. »Sie erwarten ihn nicht?« Pause. »Sie waren nicht zufrieden?« »Keine weiteren Geschäftsbeziehungen zu ihm erwünscht?« Kleinlaut kam Agnete zur Schlußfolgerung, daß Herr Doktor dann auch nicht wisse, wo Herr Graf zu erreichen sei.

Sie drückte energisch auf die Aus-Taste ihres Mobiltelefons, ging energisch in die Küche, klapperte rum, kam zurück mit einem Glas, ließ energisch die cognacbraune Flüssigkeit darin rotieren und sagte energisch: »Dann werde ich ihm heute abend eine Szene machen.«

»Um wieviel Uhr?«

»Er kommt immer um sieben«, sagte sie auch noch energisch, dann befahl sie mir säuerlich: »Gehen Sie jetzt. Ich muß nachdenken. Und rufen Sie mich an, ehe Sie wiederkommen, ich weiß im Moment nicht, wo mir der Kopf steht.«

Ich bekam nur das Geld für zweieinhalb Stunden. Zum Abschied legte ich Giselas abgebrochenen Fingernagel in ein Glas, das auf der Spüle stand, weil es von Hand gespült werden sollte. Agnete würde es eigenhändig spülen müssen, als Belohnung für die Hausarbeit würde sie den schönen roten Fingernagel finden.

Ich lächelte das Lächeln einer Ex-Geliebten, die weiß, daß es die Neue nicht mehr lange macht.

18. Kapitel

Die Szene begann erst gegen Viertel vor acht. Jedenfalls war es da so laut, daß ich – ich saß direkt unterm Balkon ihres Schlafzimmers auf einer Treppe, die zum Keller führte – ohne Anstrengung das Kampfgeschrei aus der ersten Etage mithören konnte. Gelegentlich störte Rumgerenne oben die Verständlichkeit; da jede Beschimpfung öfter als genug wiederholt wurde, machte das gar nichts.

Agnete verzichtete an diesem Abend auf den mädchenhaften Sound, sie brüllte. Michael brauche ihr nichts zu sagen, sie wisse alles. Unlogischerweise wollte sie trotzdem wissen, wem das Nuttenteil gehöre.

Nachdem Michael schließlich kapiert hatte, um was es eigentlich ging, brüllte er, das sei wohl ein Witz. Oder ein Vorwand, um ihn rauszuwerfen? Ob sie einen neuen Zuchtbullen geleast hätte? Und nach Agnetes Maßstäben spiele es überhaupt keine Rolle, wem das Teil gehöre, Hauptsache, die Besitzerin hätte es nicht von Agnetes Geld bezahlt!

Agnete begehrte ultimativ zu wissen, wo Michael am Nachmittag war.

Michael brüllte, auch das spiele keine Rolle. Hauptsache, er hätte die Zeit verbracht, ohne Agnetes Geld auszugeben.

Worauf Agnete brüllte, Michael betrüge sie mit einer Nutte, ihre Stimme überschlug sich: »Wie kannst du mir das antun! Wie stehe ich vor den anderen da!«

Michael brüllte, er verbitte sich die Unterstellung mit der Nutte, er habe es weiß Gott nicht nötig, Frauen zu bezahlen.

Worauf sie mit ihrem Refrain kam: »Wie kannst du mir das antun! Wie stehe ich vor den anderen da!«

Das Merkwürdige aber war: Michael versuchte nicht, ihr zu beweisen, daß er Slip und Kondom nie gesehen hatte beziehungsweise nie getragen. Glaubte er, alles sei nur Agnetes Spinnerei? Oder kamen ihm die Beweise, daß er fremdging, gelegen, weil damit bewiesen wäre, daß nur sie an seiner Impotenz schuld war?

Agnete kreischte: »Sogar meine Putze sagt, ich müsse den Dingen auf den Grund gehen!«

»Sogar deine Putze ist klüger als du!« schrie er zurück.

Ich konnte dem nur zustimmen.

Michael brüllte weiter, falls Agnete den Dingen wirklich auf den Grund ginge, würde sie folgendes erfahren: Nämlich, daß sie keinerlei Einfühlungsvermögen besitze – ich nickte wieder zustimmend, und im Sommerabendwind nickten auch die Büsche im Garten –, außerdem, daß sie Rechte anderer mißachte – wieder allgemeines Nicken ringsum –, und vor allem verlange sie, daß er all ihre Ansprüche erfülle, aber was biete sie dafür? Die Höhepunkte von Michaels Geschrei: »Du willst, daß ich als dein rechtloser Zuchtbulle auftrete, als Spermaspender, den du nach Gebrauch entsorgen kannst. Da hast du dich getäuscht!«

Worauf sie wieder idiotisch: »Wie kannst du mir das antun!«

Und er: »Du machst mich seelisch und körperlich zum Krüppel!« Und endlich: »Du brauchst mich nicht rauszuwerfen, ich gehe von allein. Und zwar sofort!«

Es war wahr. Nur wenige Beschimpfungen später kam Michael aus dem Haus mit zwei Koffern, fuhr den Jaguar raus, warf die Koffer rein, ging nochmal ins Haus, brachte den Karton, den er letzte Woche angeschleppt hatte, ging nochmal rein, kam mit noch einem Karton, dann kam Agnete aus der Tür, plötzlich flehend: »Geh nicht! Das kannst du mir nicht antun!«

»Du hast es so gewollt«, schrie Michael, »du kannst mir deine jeweils aktuellen Forderungen per Fax zukommen lassen.« Und startete den Jaguar.

Sie kreischte: »Der Wagen gehört mir!«

Er ließ das Fenster runter: »Du irrst dich, mein Schatz, er ist nur geleast.« Und rauschte ab.

»Aber mit meinem Geld«, schrie sie ihm hinterher.

Im Haus gegenüber stand jemand am Fenster und beobachtete die Szene. Falls es jemand in der Nachbarschaft noch nicht geahnt hatte, nun war es Gewißheit: Kein Mann hielt es freiwillig mit Frau Doktor aus. Das hätte sich jeder gleich denken können. Sie hatte auch Michael nur geleast.

19. Kapitel

Eine halbe Stunde wartete ich hinterm Haus, er kam nicht wieder. Ich rief Gisela aus der nächsten Telefonzelle an, erzählte ihr meinen Coup vom geschlitzten Slip bis zur aufgeschlitzten Staubsaugertüte und das triumphale Ende: Michael weg in Wut, Agnete verlassen, vor Eifersucht rasend, an beiden Fronten irreparable Gefühlsschäden. Und damit, nun gestand ich es Gisela, hatte sich mein Hauptwunsch an die Wunschfee erfüllt. Schon so gut wie ganz erfüllt.

Statt mir zu gratulieren, tat Gisela nur unbeeindruckt: Erstens sei es blöd von mir, wenn ich nun nicht mehr bei Agnete auftauchte, eine Frau wie Agnete würde eine verschwundene Putzfrau immer als Diebin verdächtigen, irgendwas fehle ihr garantiert, Agnete würde mich anzeigen, eine Suchaktion auslösen... den Rest dürfte ich mir selbst ausmalen.

»Hör mal, ich habe nichts geklaut.«

»Hör mal, was du dir geleistet hast, ist auch strafbar. Unter falschem Namen treibst du Unfug mit einer bemitleidenswerten Ärztin, die dir nichts getan hat, nur deinen Davongegangenen mildtätig aufgenommen hat. Falls du dich informieren willst, es steht im Strafgesetzbuch unter grober Unfug.«

Gisela kann nichts dafür, sie ist nicht so humorlos, nur ist ihr Mann Jurist, das färbt ab. Und es war was Wahres dran. Na gut, ich würde Agnete eine Erklärung nachliefern, daß ich wegen schwerer Krankheit in meiner Familie oder wegen eines Lottogewinns künftig nicht mehr in der Lage sei, bei ihr für lächerlichen Lohn zu putzen.

Zweitens, so Gisela, frage sie mich, was eigentlich erreicht sei. Michael wäre sowieso in Urlaub gefahren, nun sei er zwei Tage früher gefahren, na und? Und bis nächste Woche könne Agnetes Wut verpufft sein, bei ihrem wankelmütigen Charakter sei das sogar sicher. Dann werde Agnete auch nach Frankreich ins Luxushotel fahren, und nichts sei so schön wie die Versöhnung nach einem großen Krach. Die Schönheit einer Versöhnung steige proportional mit der Größe eines Krachs. Sie ärgerte mich noch mehr: »Agnete wird es dir zu verdanken haben, wenn er ihr dort ein Kind macht, das berühmte Versöhnungskind. Denk an meine Worte!«

Um auch Gisela einen ungebetenen Rat zu geben, empfahl ich ihr, sich zwecks Kinderwunsch sofort mit ihrem Mann zu streiten, und wünschte ihr noch einen schönen Abend.

Als ich zu Hause ankam, hörte ich das Telefon durch die Tür klingeln, bis ich dran war, war's vorbei. Sehr vermutlich war's meine Mutter – auch aus ihrer Sicht hätte ich keine Erfolge zu verbuchen, also hatte ich keine Lust, sie zurückzurufen. Zehn Minuten später klingelte es wieder.

»Und drittens«, sagte Gisela, »fällt dir eigentlich nicht auf, daß an diesem Michael was oberfaul ist? Er hat tatsächlich wieder eine andere. Deine schlauen Aktionen kamen ihm sehr gelegen, um geheimzuhalten, mit wem er in Wahrheit fremdgeht. Wo war er, als er nicht bei seinen Geschäftspartnern war? Du kannst jetzt mit Agnete gemeinsam rausfinden, was die nächste hat, was ihr beide nicht habt. Meine Empfehlung: Gründet die Interessengemeinschaft der von Michael Graf Betrogenen. Schönen Abend noch.«

Weitere Aktionen waren notwendig, da hatte Gisela recht. Wenn stimmte, was Gisela vermutete, dann wollte ich wissen, traf er sich mit der Nächsten im Urlaub? Hatte er vor den unehelichen Flitterwochen eine Fremdgehwoche eingeplant?

Ich entwickelte einen neuen Plan, er war großartig. Gisela hatte recht, daß es sinnvoll war, mit Agnete zusammenzuarbeiten. Obwohl sich Gisela das anders vorstellte als ich. Ich mußte nochmal zu Agnete.

Donnerstag versuchte ich ab 17 Uhr Agnete anzurufen, ich wollte fragen, ob ich morgen wieder kommen sollte, und sie in ein Gespräch verwickeln, es war ohne Pause besetzt. Sie mußte Doktor Hinz und Doktor Kunz von ihrem Schicksal berichten. Mühelos konnte ich mir vorstellen, was man ihr empfahl: »Such dir einen anderen... du hast es nicht nötig, dir das bieten zu lassen... eine Frau wie du... Männer gibt's genug... du mußt nur wollen, dann hast du sofort einen neuen.« Die Umwelt will lieber einen neuen geboten bekommen statt einen aufgewärmten alten, die Umwelt will wissen, wie schnell Ersatz zu beschaffen ist, von welcher Qualität der derzeit verfügbare Ersatz ist. Ich konnte mir auch Agnetes Gefühle dabei vorstellen, jetzt ging es ihr wie mir damals. Man ist gelähmt und hofft, wenn man gelähmt abwartet, bis die Katastrophe vorbei ist, passiert nichts Schlimmeres, als abwarten zu müssen.

Freitag schon ab Mittag endloses Telefonieren. Dann war sie weg, dann telefonierte sie wieder. Nach acht Uhr abends hielt ich ihre Telefoniererei nicht mehr aus, pappte mir meine Warzen ins Gesicht und fuhr hin.
Sie öffnete mir im grauen Knitterleinenkleid von Jil Sander, es brachte ihr Selbstmitleid gut zur Geltung. Sogar ihre Kontaktlinsen waren heute blaugrau. War das ihre normale Augenfarbe, oder waren es Trauerkontaktlinsen? Sie hielt das Telefon in der Hand, hatte aber das Gespräch beendet, als sie öffnete.
»Sie sind es«, sagte sie mit enttäuschter Kinderstimme. Kein

Wort davon, daß ich eigentlich nachmittags zum Putzen hätte kommen dürfen.

»Ich habe mir Sorgen um Sie gemacht, deshalb wollte ich mal vorbeischauen, ob ich was für Sie tun kann.«

»Sie, etwas für mich tun?«

Da sie mich nicht aufforderte reinzukommen, ging ich unaufgefordert rein, vermutlich saß sie vorher neben dem Glastischchen mit dem fast leeren Cognacglas, ich setzte mich auf das Rhinozeros gegenüber. Sie guckte erstaunt, daß ich mich so gleichberechtigt zu ihr setzte.

Ich ließ ihr keine Zeit für einführende Klagelieder, damit ersparte ich mir auch Erklärungen, woher ich meine Informationen hatte: »Hat sich Herr Graf mittlerweile bei Ihnen gemeldet?«

»Sofort nachdem er gestern angekommen ist, er ist die Nacht durchgefahren«, sie betrachtete ihr Glas, ohne auf die Idee zu kommen, mir was anzubieten, »habe ich ihn erreicht. Er will nachdenken. Auch ich muß nachdenken. Wenn meine Liebe zu ihm nicht stark genug ist, um ihn zu heiraten, will er die Beziehung sofort beenden, sagt er. Es ist schwierig für mich, mich in einen Mann einzufühlen, der so romantisch ist. Das muß ich ihm zugestehen. Ich habe da eventuell ein Defizit. Natürlich ist meine Mutter daran schuld, die ist vollkommen unromantisch, sie stammt aus einer Dynastie von Großbäckerei-Besitzern, in den Adern meiner Mutter fließt kein Blut, sondern Teig!«

Aha. Das war die Version, die sie ihren Bekannten geliefert hatte. »Und werden Sie ihm nächste Woche nachfahren?«

»Ich weiß es nicht. Er will zuerst eine klare Entscheidung. Wenn ich will, heiratet er mich auch kirchlich. Er träumt davon, meinen Namen zu tragen.«

»Er will Matthias heißen?!« – Er hatte immer behauptet, kein Name passe besser zu ihm als Graf.

110

»Er möchte einen Doppelnamen tragen: Graf Bindestrich Matthias.«

»Den Bindestrich spricht man nicht mit.« Graf Matthias! – Das könnte ihm so passen.

»Unser einziges Problem ist, daß er strikt gegen jeden Ehevertrag ist, er empfindet das als Mißtrauen. Michael sagt, eine Ehe soll auf Liebe gegründet sein, nicht auf Verträge. Und ohne Ehe kein Kind. Aber mein Daddy enterbt mich, wenn ich einen Mann ohne Geld ohne Ehevertrag heirate. Mein Daddy ist aus einer Dauergebäck-Dynastie, da ist es nur logisch, daß er so langfristig denkt und sich strikt am Preis-Leistungs-Verhältnis orientiert. Michael sagt, wenn wir erst verheiratet sind und ein Kind haben, wird sich mein Daddy einkriegen.« Sie trank ihren Cognac aus, blickte mich blöd bekümmert an.

Gnadenlos fragte ich: »Wissen Sie schon, wer die Frau ist, mit der Herr Graf derzeit den Urlaub verbringt?«

»Wie kommen Sie auf diese Unterstellung?«

»Machen wir uns nichts vor. Alles spricht dafür, nichts spricht dagegen.«

Sie schwieg, sie wußte auch nicht, was dagegen zu sagen wäre.

Und nun erzählte ich ihr, was sie wirklich hören wollte:

»Sie müssen unbedingt rausfinden, wer diese Person ist. Vermutlich eine naive Göre, die Ihnen nicht das Wasser reichen kann. Das kann nicht lange gutgehen. Sie müssen alles über diese Person wissen, damit Sie weitere Schritte planen können.«

Sie nickte ständig zustimmend, während ich redete, als gäbe es eine ernsthafte Alternative zu einer endgültigen Trennung. Dann fragte sie: »Möchten Sie was trinken?«

Ich akzeptierte einen Cognac. Sie goß sich die doppelte Menge in ihr Glas. Ich fing wieder an: »Sie müßten ihm hinterherfahren, um diese Person kennenzulernen. Aber das ist unter Ihrem Niveau. Sie würden sich erniedrigen. Ich darf gar nicht daran denken, was Ihre Bekannten denken würden.«

Wieder zustimmendes Dauernicken, ich war die einzige, die sie wirklich verstand.

Nun hatte ich sie soweit: »Frau Doktor Matthias, ich muß Ihnen jetzt etwas erzählen...« Ich hüstelte herum, als wüßte ich nicht, wie ich es sagen sollte, benahm mich wie die Putzfrau, die endlich was Wichtiges sagen darf. »Ich habe früher für die Freundin der Frau des französischen Botschafters gearbeitet, ich darf keinen Namen nennen, ich kann nur verraten, es war eine Marquise«, ich machte eine dramatische Pause, »bitte verstehen Sie mich nicht falsch, ich meine eine echte Marquise, keine Sonnenschutzblende.«

Agnete reagierte darauf nicht, sie betrachtete sorgenvoll die Knitterfalten ihres Kleides.

»Und ich habe für die Marquise Erkundigungen über den Marquis eingeholt und dessen Seitensprung. Es gelang mir, das Schlimmste zu verhüten.«

»Ah?« Nun war Agnete sehr aufmerksam.

»Ich habe damals der jungen Geliebten ins Gewissen geredet, sie in ihre Schranken verwiesen, ihr im Namen der Marquise die Konsequenzen ihrer Oberflächlichkeit deutlich gemacht, und wie ein geprügelter Pudel zog das Dämchen ab. Auf Nimmerwiedersehen.«

»Und dann?« fragte Agnete gierig.

Okay, wenn sie noch mehr große Worte hören wollte: »Der Marquis kehrte reumütig zu seiner Marquise zurück. Er schenkte ihr als Trostpflästerchen ein fünfreihiges Perlenkollier von Cartier, und der Sohn, der neun Monate nach der Rückkehr des Marquis geboren wurde, besucht jetzt das internationale Gymnasium für Diplomatenkinder, und die kleine Tochter geht in den Waldorf-Kindergarten der internationalen Diplomatenschule. Sie haben sicher gelesen, daß die Einrichtung des Diplomaten-Kindergartens von Karl Lagerfeld persönlich gestaltet wurde. Und die Marquise und der Marquis sind immer noch verheiratet, miteinander.« Ende des Märchens.

Agnete sagte gedankenverloren: »Sie meinen, Sie könnten mit dieser Person sprechen. Falls sie es gewagt hat, mit ihm zu fahren...«

»Ich könnte auf jeden Fall mit Herrn Graf sprechen, er kennt mich nicht, und das Gespräch mit einem unabhängigen Dritten wirkt in solchen Fällen bekanntlich Wunder.«

Sie sah mich trotzdem wieder skeptisch an. »Er ist in einem First-Class-Hotel. Könnten Sie sich einer solchen Umgebung überhaupt anpassen?«

»Das habe ich bei der Marquise gelernt.« Gemäß der Erkenntnis der Wahrnehmungspsychologie, daß man die Wahrheit selten am großen Ganzen überprüft, sondern vom Detail aufs Ganze schließt und, wenn das Detail stimmt, auch den Rest für wahr hält, erzählte ich ihr das einzige, was ich in sechs Jahren Französischunterricht über französische Tischkultur gelernt hatte: »Ich weiß, daß in Frankreich vieles anders ist. Dort werden Gabel und Löffel andersrum gedeckt, die Gabelzinken müssen aufs Tischtuch zeigen, und bei den Löffeln liegt die Wölbung nach oben, deshalb ist bei französischem Besteck das Dekor auf der Rückseite, bei deutschem auf der Vorderseite.«

Das hatte sie nicht gewußt, es interessierte sie auch nicht, aber überzeugte sie.

»Nur habe ich leider keine Zeit hinzufahren«, sagte ich tückisch. Hätte ich ihr nämlich gleich verraten, daß ich die Absicht hätte, in ihrem Auftrag, von ihr bezahlt, Michael ins schöne Frankreich zu folgen, um dort ein bißchen Urlaub zu machen, sie hätte garantiert nein gesagt.

So begann sich Agnete für meine Idee zu erwärmen. »Es wäre ja keine große Sache, Sie fahren kurz hin und schaffen Klarheit, wie man so sagt, und erstatten mir Bericht. Mit dem Auto sind Sie im Handumdrehen dort.«

»Ich habe kein Auto. Und, wie gesagt, leider keine Zeit.«

»Dann fahren Sie mit der Bahn.«

Nett, daß sie mich nicht im Handumdrehen mit dem Fahrrad hinschicken will.

»Es ist alles so einfach für Sie: Ich übernehme die Fahrtkosten, und Sie dürfen auf meine Rechnung in diesem wunderschönen Hotel übernachten. Es liegt in einem unverdorbenen Dörfchen bei Avignon, abgeschottet vom Massentourismus, man macht sich keine Vorstellung, wie einfach dort die einfachen Menschen leben. Und die Landschaft erst! Von unverdorbener Schlichtheit. Und überall diese Steine! Kennen Sie die Steine der Provence? Jeder ist anders!«

Ihre Reiseprospekt-Lyrik und die unverdorbenen Steine der Provence machten mich nicht weich. »Ich habe keine Zeit, leider.«

Jemanden zu haben, dessen Interessen sie ignorieren konnte, brachte Agnete auf Trab, sie grapschte nach ihrem Telefonverzeichnis. Während sie die Nummer ins Telefon tippte, jammerte sie: »Mein Mann sollte mir die Hotelnummer einspeichern, damit ich ihn bequem anrufen kann, er hat es in der Eile vergessen.« Dann rief sie »Alo, alo« ins Telefon, was sehr französisch wirkte, allerdings fragte sie darauf: »Sprechen Sie Deutsch?« Nach einer Pause fing sie wieder an: »Alo, alo, hier spricht Doktor Matthias. Ist das kleine Zimmer frei, das für mich zusätzlich zu Zimmer 18 als Ankleidezimmer reserviert wurde? Oui, ich hatte es erst ab dem zweiundzwanzigsten reserviert, nun brauche ich es schon früher, oui. Non, Herrn Graf nix informieren, eine Überraschung, verstehen Sie? Oui, la petite chambre de la chambre dix-huit. Ich schicke Ihnen jetzt eine Bekannte, sie will da kurz wohnen. Der Name der Dame? Habe ich im Moment vergessen. Sie buchen alles auf meine American-Express, Sie haben die Nummer, kein Problem. Nix Herrn Graf informieren, au revoir.« Stolz knipste sie ihr Telefon aus. »So einfach ist das.«

»Sie haben mich überrumpelt«, heuchelte ich. Ich nahm einen Schluck Cognac. Nun war die Zeit gekommen, ich sah ihr cool in die heute graublauen Augen: »Bei solchen Aufträgen fallen allerdings andere Honorare an als beim Putzen.«

»Fahren Sie erst mal hin, dann sehen wir, was dabei herauskommt, über Geld reden wir hinterher.«

Geld war für sie kein Thema, wenn sie's rausrücken sollte. Darauf konnte ich mich nicht einlassen. »Sie müssen bedenken, dies ist ein Sechzehn-Stunden-Job pro Tag.«

»Wieso?«

»Glauben Sie, daß sich Herr Graf in seinen Aktivitäten an die üblichen Bürozeiten hält?«

Die Vorstellung, was er außerhalb der Bürozeiten machte, gefiel ihr nicht. Sie schwieg verstockt.

Total objektiv betrachtet wäre die Beschattung Michaels doppelt so zeitaufwendig wie ein Bürojob – nicht nur tagsüber, nachts müßte ich erst recht im Einsatz sein. Ich rechnete: ein Tag Anreise, mindestens zweimal wollte ich übernachten, einen Tag Rückreise, machte mindestens vier Tage. Ein anständiger Wochenlohn wäre angemessen... natürlich wäre das der geizigen Agnete zuviel. Ich mußte so tun, als könnte ich viel mehr verlangen, als würde ich für sie für die Hälfte arbeiten. »Ich verstehe Ihre Situation und möchte Ihnen helfen«, sagte ich, »also, ich mache es.« Nun lächelte sie.

»Und weil Sie es sind, mache ich es für die Hälfte.«

Nun lächelte sie noch mehr.

»Für 750 Mark.«

Es wäre falsch zu sagen, daß sie aufhörte zu lächeln. Was ist das Gegenteil von Lächeln? »750 Mark!?« Sie schrie fast. »Soviel verdiene ich kaum!«

Wie bitte?! In der Minute, in der sie einen Patienten abserviert, verdient sie mehr als ich pro Stunde. Für 750 Mark bekommt sie eine halbe Designerklamotte. Ich verzog nur leicht die Mundwinkel, um anzudeuten, daß sie mir so nicht kommen konnte.

Aufgeregt sagte sie: »Ich arbeite vielleicht keine sechzehn Stunden pro Tag, aber bei meiner Qualifikation ist das was anderes!«

»Dann geht es nicht. Ich dachte mir gleich, daß es zu teuer ist, für Sie. Der Marquise war es das wert. Da Ihnen Ihre Beziehung nichts wert ist...«

Sie seufzte: »750 Mark pro Tag.«

Ich vergaß zu atmen. Hatte sie echt »pro Tag« gesagt? Ja: »pro Tag«. Ich nahm einen großen Schluck Cognac, prustete etwas, damit sie nicht merkte, daß ich vor Aufregung rot wurde. Ganz ruhig bleiben. »Bei jeder Detektei müßten Sie mindestens das Doppelte bezahlen, pro Tag.«

»Ich habe keine andere Wahl.« Ihr Seufzen klang nun sogar echt. Natürlich hatte sie genausowenig Ahnung wie ich, was ein Privatdetektiv pro Tag kostet.

Ich glaube an die Gerechtigkeit. Es war schon immer meine Überzeugung, daß auch denen, die glauben, sie bekommen alles umsonst, eines Tages die Abrechnung präsentiert wird. Für Agnete war dieser Tag gekommen.

Dann wechselte ich das Thema, um sie von ihrem Elend abzulenken: »Was wäre sonst zu besprechen?«

»Was werden Sie anziehen, wenn Sie sich im Hotel bewegen?« Sie blickte beleidigend auf mein namenloses T-Shirt-Kleid.

Was trägt man denn als Detektiv? Trenchcoat, Schlapphut und filterlose Zigarette? Und im Luxushotel JOOP!-Trenchcoat, JOOP!-Sonnenbrille und Cartier-Zigarette? Ich sagte nur: »Ich kann mich den Gegebenheiten anpassen«, wuschelte zum Beweis meine Haare durcheinander, zupfte die Haare ins Gesicht, über die Stirnwarze, um statt des brävlichen Scheitels die vom Stylisten vorgeschlagene extravagante Variante meiner Frisur herzustellen.

Es schien einigermaßen zu funktionieren, sie sagte: »Das sieht aparter aus.«

Nun konnte ich wieder Forderungen stellen. »Allerdings kann ich ohne Geld nicht losfahren. Sie müssen mir Vorschuß geben, ich werde Auslagen im Ausland haben, und ich brauche eine Fahrkarte.«

Sie ging in ihr Zimmer und kam zurück mit vier Fünfhundertmarkscheinen. Und ihrem Quittungsblock. Ich bestätigte den Erhalt von 2000 Mark, unterschrieb schön deutlich mit »Maria Nüapadpakruam«, sagte cool: »So, das ist der Vorschuß für zwei Tage und ein Spesenanteil, den Rest rechnen wir später ab. Mit zwei Tagen komme ich nicht hin, das wissen Sie.«

Sie reagierte nicht darauf, sie betrachtete meine Unterschrift. »Übrigens, Maria, fast hätte ich es vergessen«, sagte sie nervös, »Sie müssen unter einem anderen Namen mit Herrn Graf arbeiten.«

Schon wieder ein anderer Name? »Warum?«

»Mir fällt gerade ein, daß er Ihren Namen kennt von den Quittungen für Aushilfsarbeiten. Er hilft mir bei der

117

Steuererklärung, er hat mir gesagt, daß er ein ganz neues Computerprogramm hat mit sensationellen Steuerspartricks. Und wenn Sie mit ihm sprechen, erinnert er sich möglicherweise an Ihren Namen.«

»Hm«, machte ich nur.

»Wie würden Sie denn gerne heißen?« fragte sie hastig.

Was hatten wir denn schon? Sibylle... Maria... das nächste, was mir einfiel, war »Merian«. Maria Sibylla Merian, meine Namensvetterin auf den Fünfhundertmarkscheinen. Aber Merian ist kein Vorname. Also nahm ich den ähnlichsten: »Marion.«

»Marion? Statt Maria?« In ihrer Stimme Verachtung, nur eine Aushilfsputze konnte so blöd sein, Marion heißen zu wollen, statt Jil, Tiffany, Chanele oder Joopine!!

»Marion ist mein zweiter Vorname«, erklärte ich, worauf sie sich etwas beruhigte. »Und mit Nachnamen heiße ich Manteuffel, das ist mein Mädchenname.« Irgendwie fiel mir der Name ein, er paßt zu Marion, und im Studium hatte ich einen Kommilitonen, der Manteuffel hieß. So wie er bei jeder Gelegenheit seinen Namen erklärt hatte, sagte ich zu Agnete: »Manteuffel bitte mit ff, wie das uralte Adelsgeschlecht. Meine liberalen Vorfahren allerdings haben den Adelstitel zu Zeiten der Bürgerlichen Revolution abgelegt.«

Agnete war verblüfft. Plötzlich war ich eine andere. Nicht mehr die thailändische Putze. Nur mit einer Namensänderung sozial aufgestiegen wie eine Rakete.

»Marion Manteuffel, den Namen kann ich mir viel besser merken«, sagte sie.

Dann überschlugen sich ihre Aktivitäten. Nachdem sie durch einen Anruf bei der Zugauskunft geklärt hatte, daß nur ein Sonderzug am Nachmittag direkt nach Avignon fährt, verlangte sie, wenn ich erst nachmittags fahre, solle ich vormittags die Fahrkarte bei ihr abholen, sie würde sie in ihrem Reisebüro besorgen, das sei besser. Vermutlich aus steuerlichen Gründen. Sie rief nochmal im Hotel an, um mich als Marion Manteuffel ab Sonntag auf ihre Rechnung anzumelden.

Währenddessen betrachtete ich das Foto, auf dem Agnete von Michael die Treppe runtergetragen wurde, als müßte ich mir das Aussehen eines nie gesehenen Menschen einprägen.

Dann ging ich völlig aufgekratzt ins Hamlet a. D.

20. Kapitel

Wochenlang konnte ich nicht ins Hamlet a. D., es wäre zu peinlich gewesen, bekennen zu müssen, daß ich mein Aussehen verändert hatte aus niederen Motiven verschmähter Liebe. Nun konnte ich berichten, daß ich mein Aussehen aus höchsten Motiven verändert hatte, nämlich für 750 Mark pro Tag. Was für ein Unterschied, wenn man für seine Mühen bezahlt wird!

Volkmar stand am Tresen, er war mit intensivem Zuhören beschäftigt, ein Mann neben ihm redete unaufhörlich. Leider stand auch Katharina dabei, sogar sie tat, als hörte sie zu.

Da der Tresen den ganzen Schankbereich umrundet, stellte ich mich Volkmar gegenüber, drei Meter von ihm entfernt. Wie lange würde es dauern, bis er mich erkannte? Ich warf ihm hypnotisierende Blicke zu, er sah zu mir rüber – und wieder weg.

Nach zehn Minuten ging ich zu ihm. »Guten Abend, kennen wir uns nicht irgendwoher...«

»Tja, woher kennen wir uns und wohin gehen wir? Und vor allem: Warum?« antwortete Volkmar reichlich unhöflich, wie es sonst nicht seine Art ist.

»Ich bin's, Sibylle Eisendraht.«

»Mein Gott, du, Sibylle! Hast du eine Umschulung gemacht, arbeitest du jetzt als Hexe?«

Katharina gaffte mich an, als hätte sie mich noch nie gesehen.

Der unterbrochene Dauerredner ging, um weiteres Bier zu bestellen. Volkmar raunte mir zu, der Mann sei was Bedeutendes beim Film, ein Producer. Er trug einen grauen Leinenanzug, ein graues Knitterhemd und pinkrosa Wildlederschuhe, mit denen er sich wohl als Kreativer outen wollte. Leider war er sofort wieder da und sah mich gelangweilt an. Die zweitausend Mark in meiner Tasche gaben mir das Recht, ihn auch uninteressant zu finden, ich redete weiter mit Volkmar, ohne die Erlaubnis des Producers einzuholen. »Ich habe einen Wahnsinnsauftrag«, sagte ich, »die Beschattung eines untreuen Lovers. Der Superjob...«

Der unterbrochene Dauerredner unterbrach mich: »Ich hatte neulich einen Superjob zu vergeben...«

Katharina sagte: »Ich hatte damals den Super...«, ich sprach einfach weiter: »Rate mal, was ich verdiene? Ich bekomme 750 Mark pro Tag!«

Der Producer guckte interessiert.

Katharina rief: »Ich habe damals zehntau...«

Volkmar rief: »Du brauchst einen Assistenten! Zufällig habe ich Kapazitäten frei. 500 Mark pro Tag?«

Nun wollte man mich weitererzählen lassen, das wollte ich aber nicht vor dem Unbekannten und Katharina, ich zog Volkmar weg, hinter eine Säule. »Ich fahre morgen in die Provence, in ein Luxushotel, wird alles bezahlt.«

Ich verschwieg Volkmar, wen ich zu beschatten hatte. Das Ganze war mir doch irgendwie peinlich. Was ich da tat, das tat man nicht, aber nun war ich eben reingeschlittert. Ich sagte Volkmar nur: »Ich mußte mein Aussehen ändern, die Person, die ich beschatten muß, darf mich später nicht mehr erkennen. Es handelt sich um eine Familienangelegenheit.«

Volkmar sagte begeistert: »Als provenzalische Bäuerin verkleidet, dazu paßt die Frisur! Und diese genialen Warzen! Dir fehlen nur High Heels mit Kreppsohlen!«

»High Heels mit Kreppsohlen?«

»Alle Detektivinnen tragen Stöckelschuhe, und die Kreppsohlen brauchst du, damit du dich lautlos ins Zimmer des Treulosen schleichst, dann reißt du die Bettdecke von den dampfenden Leibern, und peng! Beweisfoto! Und blitzartig und lautlos wie du kamst, bist du wieder verschwunden.«

»Auf High Heels mit Kreppsohlen die Fassade runter.«

Volkmar engagierte sich mal wieder total: »Bitte denk daran, wenn man im Dunkeln blitzt, bekommen die Leute auf den Fotos häßliche rote Kaninchenaugen.«

»Ich werde die Nachttischlampe vorher anmachen, damit sie auf den Fotos besser aussehen.«

»Ein Akt der Nächstenliebe wäre das. Auch die Treulosen haben ein Recht auf schöne Fotos.«

In diesem Moment sah ich Leonard. Leonard der Versager, den Volkmar Freitag vor ziemlich genau einem Monat für seine Ansprechpartner-Agentur hatte anbaggern wollen. Dieser Leonard, der in der Zwischenzeit nach mir gefragt hatte, jedenfalls indirekt, wie Volkmar behauptet hatte. Er war gerade reingekommen, sah sich nur kurz um, wie es Leute tun, die wenig Hoffnung haben, Bekannte zu treffen, und noch viel weniger Mut, sich zu Unbekannten zu setzen. Solche Leute setzen sich an leere Tische, in einsame

Ecken, um niemandem ihre Anwesenheit aufzudrängen. Leonard verschwand aus dem Blickfeld.

»Das war doch dieser Leonard«, sagte ich zu Volkmar, »den wolltest du mir als Männer-Material deiner Ansprechpartner-Agentur anbieten.«

Er winkte ab: »Die Ansprechpartner-Tätigkeit ist beendet. Nur Ärger damit. Die Idee war großartig, aber die Leute, die sich dafür interessierten, waren nicht kompatibel.«

»Was heißt das?«

»Du kennst die beiden Mütter, die hübsche und die häßliche, die immer mit ihren Biestern herkommen?«

»Klar.« Jeder kennt die Kinder. Sie toben durchs Lokal, schrauben die Deckel der Zuckerstreuer auf, damit der gesamte Zucker in die Tasse rauscht, oder kippen einem den Zucker in die Jackentasche. Und überall schnorren sie Pommes frites. Die Mütter schicken sie immer zu anderen Gästen, damit sie in Ruhe über Kindererziehung fachsimpeln können.

»Als die beiden von meiner Agentur hörten, kamen sie und verlangten, ich soll beiden je einen Traummann besorgen. Ich frage also ausführlich, was gewünscht wird. Auf nichts eine konkrete Antwort, nur: Hauptsache treu.« Volkmar mimte den Angewiderten: »Warum kaufen sich diese Frauen keinen Hund, der ist treu! Und billiger und pflegeleichter als Babys! Warum bezahlt das Sozialamt diesen Frauen kein Hundefutter? Soviel Elend ließe sich vermeiden!«

»Hör auf, Volkmar! Neulich hast du die Mutterschaft als Höhepunkt weiblichen Lebens geschildert, und jetzt Anti-Mutti-Tiraden. Du bist unmoralisch!«

»Das muß schon letztes Jahr gewesen sein«, sagte Volkmar. »Letztes Jahr war politische Korrektheit angesagt. Dieses Jahr ist man politisch inkorrekt.« Dann zündete er sich auch noch eine Zigarette an und grinste frech.

Volkmar hat nie Probleme, seine Meinung zu ändern. Er sagt, sein Leben ist Veränderung, also nur logisch, daß sich seine Meinungen ebenfalls ändern.

»Haben sich auch Männer bei dir gemeldet? Hatten die mehr zu bieten?«

»Im Gegenteil. Ein älterer Freund, schwul, der auch nie Geld hat, suchte einen gewalttätigen Jüngling, der ihn aus echter Liebe foltert, also gratis.«

»Aus reiner Finanzinteressenlosigkeit. Was hast du dem gesagt?«

»Ich mußte ihn auf seine beschränkten finanziellen Möglichkeiten verweisen und daß ohne Geld bei Jünglingen überhaupt nichts zu holen ist. Ich habe ihm als kostengünstige Lösung die hübsche Mutter vorgeschlagen. Hat ihm eingeleuchtet, daß eine zwanzig Jahre jüngere Frau auch nicht zu verachten ist, und er wollte sich mit ihr treffen. Am nächsten Abend habe ich dann mit der Hübschen diplomatisch geredet, ihr gesagt, so schwul sei mein Freund gar nicht, und sie war auch bereit, ihn zu treffen. Eine Viertelstunde später macht ihre häßliche Kollegin alles rückgängig. Die gab zu bedenken, daß der sechsjährige Sohn der Hübschen bei Mami im Bett schläft. Und wenn mein Freund tendenziell schwul ist, würde der sich an den Sohn ranmachen, das sei nicht gut fürs Kind. Die Häßliche hat sich in ihre Phantasien reingesteigert, was im Bett der Hübschen ablaufen könnte, schließlich haben beide gegeifert, wenn ich nochmal ihre Kinder an Schwule verkupple, zeigen sie mich an! Zwei Tage später kommt die Hübsche allein zu mir, sagt, sie wäre eventuell doch bereit. Wenn ich irgendeinen reichen Mann für sie hätte, könnte er auch schwul sein, auch impotent wäre angenehm. – Ich bitte dich, Sibylle, das gäbe doch nur wieder Ärger.«

»Hm.« Seine Wut war verständlich. »Und was machst du jetzt? Unser nächster Kauf-Animationseinsatz kommt erst nach dem Sommerschlußverkauf im September.«

»Im Moment habe ich nichts. Dieser Producer, mit dem ich gerade rede, ist ein Hoffnungswert. Ich muß mich jetzt wieder um ihn kümmern.«

»Falls nichts klappt, ruf bei meiner Agentur ›Helfende Hände‹ an. Wenn ich nicht da bin, sag Gisela einen Gruß von mir, vielleicht hat sie was.«

Dann wandten wir uns wieder dem Hoffnungswert zu. Er belaberte jetzt Katharina, kaum war Volkmar wieder bei ihm, sah er nur noch Volkmar an, während er seine bedeutende Vergangenheit bei bedeutenden Filmfirmen darlegte. Wir erfuhren, daß er sich mit bedeutenden Menschen duzte, mit Peter Maffay sogar schon Pizza gegessen hatte und dabei dem Peter klipp und klar gesagt hatte, daß es so nicht geht. Und der Peter Maffay hatte sich das schwer zu Herzen genommen und zu ihm gesagt: »Rolf, du hast recht.«

Mehr als Rolf der Bedeutende interessierte mich Leonard der Versager. Wo war er abgeblieben? Ich ging um die Ecke, da stand er, allein. »Hallo, wie geht's denn so, Leonard?«

Er, verwirrt: »Hallo, wie geht's dir?«

Ich merkte, daß er krampfhaft überlegte, woher er mich kannte, aber nicht zu sagen wagte, daß es ihm nicht einfiel. Typisch Versager: Immer ein schlechtes Gewissen. »Wie geht's der Aufarbeitung deiner Vergangenheit?« fragte ich frech.

Es war ihm noch peinlicher, daß ich so Privates über ihn wußte und er nicht mal, wer ich bin. »Es hat sich nichts geändert, weil ich mich nicht geändert habe. Es kann sich nichts ändern, weil ich mich nicht ändern kann«, sagte er langsam. »Aber du kannst dich ändern, wie ich sehe. Und zwar unwahrscheinlich.«

Ich mußte lachen, nun hatte er mich doch erkannt.

Er lachte auch verlegen und schielte unauffällig nach meiner Stirnwarze. »Ich hab dich vorher schon von weitem gesehen, aber nicht erkannt. Und jetzt habe ich dich nur erkannt, weil ich gehofft hatte, dich zu treffen. Und warum hast du dich so verändert?«

Ich hatte keine Lust, ihn in mein Geheimleben einzuweihen.

»Ein Versuch zur Vergangenheitsbewältigung«, sagte ich orakelhaft, »entweder man überwältigt die Vergangenheit, oder man wird von ihr überwältigt.«

»Man muß sich von der Illusion trennen, daß die eigenen Probleme grundsätzlich unlösbar sind«, sagte er.

Ich fragte mich, was wir da eigentlich redeten, aber irgendwie verstanden wir uns. Ich erzählte ihm von Volkmars Flop mit der Ansprechpartner-Agentur, wollte mir gerade noch ein Bier bestellen, da sah er demonstrativ auf seine Uhr: »Ich habe einen unaufschiebbaren Termin. Ich muß leider bald gehen.«

»Ich muß leider sofort gehen.« Ich wollte seiner nächtlichen Verabredung nicht im Weg stehen, und ich hatte schließlich genauso Unaufschiebbares zu tun. »Ich muß morgen nachmittag dringend nach Avignon, und muß vorher unheimlich viel erledigen.«

»Wie?«

»Was wie?«

»Fährst du mit einem Freund?«

»Nein, mit einem Zug.«

»Machst du dort Urlaub?«

»Arbeit.«

»Allein?«

125

»Ja.«

Dann gab er einen ganzen Satz von sich: »Morgen nachmittag nach Avignon«, sagte er, als sei das die Lösung eines
Rätsels. Dann sah er wieder auf die Uhr.

»Und tschüs«, sagte ich und ließ ihn stehen, ehe er mich
stehenlassen konnte.

Ich ging rüber zu Volkmar, wollte mich verabschieden, der
Bedeutungsvolle machte keine Pause. Er duzte sich auch
mit Hildegard Knef, und Hildchen hatte zu ihm gesagt:
»Rolf, du hast recht!«

Ich verschwand mit wortlosem Winken.

An der Tür drehte ich mich nochmal um und sah diesen
Leonard plötzlich neben Volkmar stehen. Volkmar machte
abwehrende Gesten.

21. Kapitel. 18. August

Was sollte ich mitnehmen? Nicht viel, keinen Koffer, meine
schwarze Reisetasche war stilvoller für eine Detektivin.
Tragen Detektivinnen schwarze Unterwäsche? Oder gar
keine? Noch nie habe ich in einem Krimi gesehen, daß ein
Detektiv die Unterwäsche wechselt. Die putzen sich auch
nie die Zähne.

Dem Sommer und Avignon gemäß packte ich Jeans ein,
T-Shirts, und mein Schwarzseidenes. Das Kleid für alle Fälle:
Man kann damit in den Supermarkt, ins Theater, auf ein
alternatives Straßenfest oder auf eine Beerdigung, dieses
Kleid ist immer richtig. Es ist aus dichtgewebter knitterfreier
Seide, war sehr teuer, jedenfalls der Originalpreis. Es war
ein Nebenerwerb aus meiner Kaufanimationstätigkeit, um
fünfhundert Mark reduziert, da es unter der Knopfleiste
grünliche Flecken hatte, die waren zwar nicht zu sehen,

wenn das Kleid zugeknöpft war, trotzdem konnte man es so nicht verkaufen. Ich habe dann die grünen Flecken tadellos mit schwarzem, wasserfestem Filzstift übermalt. Volkmar tat, als hätte er die Flecken reingezaubert, aber es war wirklich ein Fabrikationsfehler. Und meine Neuerwerbung packte ich ein, einen riesengroßen Luxusschal: Auf samtig mattem Rot schillernde Schmetterlinge. Ein Meisterwerk der Seidenweberei, wurde mir versichert, leider war kein Grund feststellbar, um es reduzieren lassen zu können. Schweigen wir über den Preis. Ab und zu muß man sich was gönnen. Als ich ihn kaufte, hatte ich keine Ahnung, wozu und wann ich ihn tragen wollte. Jetzt auch nicht, er war so federleicht, daß es blöd gewesen wäre, ihn nicht mitzunehmen.

Außerdem einen Fotoapparat zur Herstellung der Beweisfotos, mein Opernglas zur Observierung der Opfer, ein deutsch-französisches Wörterbuch und meine Cindy-Crawford's-Secret-Warzen und Cindy-Crawford's-Top-Secret-Warzen.

Sobald die Läden aufmachten, eilte ich zum Drogeriemarkt, ich mußte noch die Haare nachfärben, Agnete hatte die blonden Millimeter nicht bemerkt, Michael würde mich bestimmt genauer ansehen. Bei der Wahl des Farbtons, der meinem Kackmausbraun entsprach, schwankte ich zwischen Altbraun und Rehbraun, nahm schließlich Teakholzbraun. Ich färbte nur den Ansatz nach, was gut klappte, stylte dann die Frisur meiner neuen Identität gemäß auf extravagant, so daß sie die Stirnwarze überdeckte.

Um zwölf war ich wie verabredet bei Agnete. Sie trug eine Bluse mit Antilopen drauf, die um den Namen Versace rumhüpften.

Ich hatte befürchtet, daß sie sich alles wieder anders überlegt hatte. Im Gegenteil, sie war wild entschlossen.

»Ich habe alles organisiert«, rief sie aufgeregt, gab mir ein Kuvert mit Adresse des Hotels, der Zugverbindung und der Fahrkarte, natürlich nur zweiter Klasse.

Abfahrt 16 Uhr 07, was ich noch nicht gewußt hatte, war die Ankunftszeit: 3 Uhr 24 morgens. »Was mache ich mitten in der Nacht in Avignon?«

»Nachts ist die Luft der Provence am unverdorbensten, dieser Duft der Lavendelfelder, da gehen Sie in diesen Vorort, in dem das Hotel liegt.«

»Zu Fuß?«

»Oder mit dem Bus. Fragen Sie die Einheimischen, wie Sie hinkommen. Ich habe keine Ahnung, ich komme immer mit dem Auto oder mit dem Flieger.«

Ihr Flugzeug landete nicht vor dem Hotel. Ich konnte nur gespannt sein, wieviele Busse sonntags morgens um halb vier in unverdorbene Vororte fahren. »Ich werde gegebenenfalls ein Taxi nehmen«, sagte ich. Als hochbezahlter Detektivin stand mir ein Taxi zu. »Und ich brauche von Ihnen eine schriftliche Bestätigung meines Honorars und die Bestätigung, daß Sie meine Spesen erstatten.«

»Ich muß mich erst erkundigen, wie ich Sie verbuchen kann, das hat Zeit, bis Sie zurück sind. Sie bezahlen einfach mit Ihrer Kreditkarte, der Franzose bezahlt grundsätzlich nur mit Karte.«

Ich besitze eine Kreditkarte, sie hat nur einen Fehler: Es steht Sibylle Eisendraht drauf. Mit dem Problem konnte ich ihr allerdings nicht kommen. Ich mußte bar bezahlen, es wird in Frankreich noch erlaubt sein, bar zu zahlen.

»Wichtig ist nur, daß Sie mich auf jeden Fall sofort anrufen, wenn Sie da sind.«

»Morgens um halb vier?«

»Sofort, wenn Sie die Person ausfindig gemacht haben. Wahrscheinlich liegt sie mit Michael am Pool rum.«

»Das Hotel hat einen Pool?« Und ich hatte keinen passenden Badeanzug.

»Natürlich hat es einen Pool.« Sie sah mich an, als hätte ich gefragt, ob das Hotel Klos hat.

Um weitere Fragen zu vermeiden, die mein Image als welterfahrene Putzfrau und Beziehungsknatschberaterin gefährden könnten, sagte ich, ich hätte noch unheimlich viel zu erledigen, und machte, daß ich wegkam.

»Sie rufen mich sofort an!« rief sie mir hinterher.

Eigentlich sollte ich meine Mutter von meiner überraschenden Reise unterrichten, ich entschied mich dagegen, es war besser, ihr aus Frankreich eine Postkarte zu schicken. Das ersparte mir jetzt umständliche Erklärungen, Lügen und peinliche Geständnisse. Außerdem würde eine Karte von einem Luxushotel mehr Eindruck schinden als alles, was ich zu sagen hätte. Meine Mutter könnte ihren Pensionsgästen erzählen, daß ich manchmal spontan in Urlaub fahre, ganz nach Lust und Laune, und ihnen die Karte zeigen: »In diesem Luxushotel macht meine Tochter Urlaub!« Endlich könnte sie mal wieder mit mir angeben.

Unbedingt aber mußte ich Gisela anrufen und ihr die neueste Sensation mitteilen. Als ich ihr sagte, daß ich für einige Tage nach Frankreich fahre, kapierte sie erst nichts: »Toll. Du hast dir Urlaub verdient. Willst du nicht die ganze Woche bleiben?« Dann kam das Mißtrauen in ihre Stimme: »Wieso fährst du plötzlich nach Frankreich?«

»Weil mir Agnete dafür schlappe 2000 Mark gegeben hat. Und das ist nur Vorschuß. Ich soll Michael beschatten. Sie bezahlt mir 750 Mark, pro Tag! Plus Übernachtung, Essen, alles.«

Gisela schimpfte: »Du könntest was Sinnvolleres tun, als ihm auch noch hinterherzufahren!«

»Am sinnvollsten wäre es, wenn ich alle Männer gleich blöd
fände. Soweit bin ich noch nicht.« Dann machte ich Gisela
klar, daß sie eigentlich an allem schuld war. Sie hatte gesagt,
mit der Abfahrt von Michael sei die Sache nicht erledigt.
Sie hatte gesagt, an der Sache sei was oberfaul. Und sie
hatte gesagt, ich hätte mir Urlaub verdient. Und da nun
Agnete meinen Urlaub bezahlte, müßte Gisela endlich
zugeben, daß meine Rache sinnvoll war.

Dann wollte Gisela die Nummer vom Hotel, um ständig
informiert zu sein. Als ich ihr sagte, es sei zu riskant, mich
anzurufen, und daß ich außerdem umständehalber ein
neues Pseudonym angenommen hätte, nun als Marion
Manteuffel agierte, flippte sie aus: »Was soll das bedeuten?
Wie Mann und Teufel?«

Interessant, dieser Zusammenhang war mir bisher nicht
aufgefallen, mein Unterbewußtsein hatte sich mal wieder
selbständig gemacht. Ich fand, mein Unterbewußtsein
hatte gute Arbeit geleistet. »Jawohl, genau wie Mann und
Teufel. Und ich hoffe, daß es nichts Gutes bedeutet.«

22. Kapitel

Eine dreiviertel Stunde vor Abfahrt war ich am Bahnhof.
Reiselektüre und Proviant wollte ich für die zehnstündige
Fahrt kaufen, mußte Geld wechseln, um nicht Sonntag-
früh franclos in Frankreich zu landen. Da vor dem Geld-
wechselschalter nur drei Männer warteten, beschloß ich
verhängnisvollerweise, zuerst das zu erledigen.

Hinterm Schalter ein unendlich dicker Mann am Com-
puter, er blickte in die Ferne. Der Mann, der vor ihm vorm
Schalter stand, zeigte ebenfalls sein Profil, sah ebenfalls ins
Unbestimmte. Der Wartende hinter ihm betrachtete den

Fußboden, als sei er Archäologe und habe die Hoffnung, hier auf dem Bahnhof eine altbayrische Keilschrift zu entdecken. Der dritte, der Mann vor mir, las Reader's Digest. Nichts geschah.

Nach dem Streß des Aufbruchs genoß ich die Ruhe. Ich hatte noch einen alten Bikini gefunden und diverse Accessoires, die kaum Platz wegnahmen, nur alle zusammen die Reisetasche bis zum Rand füllten. Ich hatte auch eine Handtasche eingepackt. Es gibt Frauen, die leben ohne Handtasche, das beweist nur, wie vielfältig Frauen sind. Ich hatte eine schwarze für alle Gelegenheiten dabei, groß genug, um alles mit mir rumschleppen zu können.

Nach einigen Minuten ein Piepsen aus dem Schalterraum, aus dem Computer schob sich ein Papier, eine Kasse vor dem Computer öffnete sich, der unendlich Dicke nahm ausländische Geldscheine raus, zählte sie, drehte sie durch den Drehteller dem Mann vorm Schalter zu. Es gab mir zu denken, daß der die Scheine ansah, als seien sie die große Überraschung, mit der er nie gerechnet hätte. Aber ich hatte noch eine gute halbe Stunde bis zur Abfahrt. Der Mann nahm sein Geld und ging davon.

Durch den Mann, der hinter ihm die Kratzspuren des Bahnhofsbodens studiert hatte, ging ein Ruck, als sei er erwacht. Er legte seine Kreditkarte und einen Ausweis auf den Drehteller: »Für tausend Mark italienische...«

»Eins nach dem anderen«, sagte der unendlich Dicke und tippte die Nummer der Kreditkarte in den Computer. Worauf nichts geschah. Dann tippte er eine ungefähr sechsunddreißigstellige Zahlenkolonne vom Personalausweis ein. Dann wieder nichts.

Ich hatte mal gelesen, daß jeder Mensch ein Fünftel seines Lebens mit Warten verbringt. Es gibt unterschiedliche Arten des Wartens. Das Warten auf einen bekannten Zeitpunkt, auf den man hinarbeitet oder nebenbei weiterarbeitet, wie das Warten auf den Feierabend oder sonstiges Erfreuliches, das also sinnvoll ist. Ein anderes Warten ist das Warten auf das Ende eines Schreckens, der jede andere Aktivität sinnlos macht. Auch mein Leben war in den letzten Monaten so ein Warten auf einen unbestimmten Zeitpunkt gewesen. Dieses Warten hier war wieder anders. Es war das Warten als solches, als Konzentrat. Ich popelte meine Warze an der Stirn ab, zu Hause hatte ich keine Zeit mehr dazu gehabt.

28 Minuten vor Abfahrt fragte der Dicke am Computer: »In welcher Währung wollen Sie das Geld?«

»Italienische Lire.«

Jede Informationsverarbeitung braucht ihre Zeit. Der Tageskurs der Lira mußte abgerufen werden.

»Warum dauert das so lang?« fragte der Mann höflich.

»Heute ist Samstag«, sagte der Dicke, »da arbeiten nicht alle Computer, die, die arbeiten, sind überlastet.« Es war nicht seine Schuld, daß Samstag war.

Ich beschloß, auch die kleine Warze über der Lippe abzupopeln, zwecks Hautberuhigung. Erst wieder eine ankleben, wenn ich sie brauchte, wenn ich Michael begegnen würde. Ich ließ die Warze auf den Bahnhofsboden fallen, als Studienobjekt für künftig Wartende. Ja, man verändert sich auch, während man wartet. Obwohl keiner meine spontane Warzenheilung zur Kenntnis nahm.

23 Minuten vor Abfahrt sagte der Dicke: »Ich habe nur große Scheine in Fremdwährung. Tausend Mark ist keine Summe, die nach Tageskurs in italienischer Währung glatt aufgeht. Sie können entweder für 978,56 Mark Lire haben oder für...«, es dauerte nur einen Tastendruck und höchstens dreißig Sekunden, bis der Dicke sagte: »1021,44 Mark.«

»Machen Sie, was schneller geht«, sagte der Mann, »außerdem brauche ich spanische Peseten, ebenfalls für etwa...«

»Eins nach dem anderen.«

Da geschah das Unerwartete. Der Mann vor mir, der Reader's Digest las, klappte das Reader's Digest zu. Ein Thema des Hefts war auf dem Titel zu lesen: »Kampf dem Herzinfarkt«. Er steckte es in seine Jackettasche und ging ruhig weg. Eine gute Zeitschrift, dachte ich, bietet ihren Lesern echte Lebenshilfe.

19 Minuten vor Abfahrt war das italienische Geld bereits ausbezahlt. Wieder Eingabe von sechsunddreißigstelligen Zahlenkolonnen... aber jetzt war ich als nächste dran. Meine Gedanken schweiften entspannt ab. Ich hatte auch gelesen, daß heute das Abenteuer des Reisens nicht mehr darin besteht, fremde Länder und fremde Menschen kennenzulernen, sondern fremde Nahverkehrssysteme und fremde Automaten. Zum Beispiel unsere. Unsere Fahrscheinautomaten beweisen, daß jeder Mensch fast überall Ausländer ist, überall da, wo es ihm nicht gelingt, einem Fahrscheinautomaten den richtigen Fahrschein abzutrotzen. Es fängt damit an, daß alle Fremden erst mal auf den Verkehrsplänen über den Automaten ihre Fahrtziele in der Stadt suchen – manche kapieren nie, daß die gar nicht eingetragen sind, nur die Vororte. Irgendwann werfen sie wild ihr Geld in die Automaten und bekommen einen Streifen Papier, bestehend aus numerierten Abschnitten, denn je nach Fahrtziel, Fahrtzeit, mitfahrenden Kindern, Hunden, Fahrrädern braucht man einen bis zwölf Abschnitte. Eingeschüchterte kaufen die längste, teuerste Streifenkarte und werden, wenn ein Kontrolleur kommt, trotzdem wegen ›Beförderungserschleichung‹ – unser Amtsdeutsch für Schwarzfahren – bestraft, denn die Streifen hätten an wieder einem anderen Automaten ab-

gestempelt werden müssen, damit die Fahrkarte gültig ist. Dabei gibt es vier Möglichkeiten, die Streifen in die Abstempelautomaten reinzuschieben, aber nur eine einzige zulässige. Dann sagen die Leute, bei ihnen in Tirol, Tokio oder Tupfingen sei alles anders. Sollen sie eben vor der Reise einen Nahverkehrssystemnutzungskurs machen.

Allen Fremden, die uns per Bahn verlassen und mit der S-Bahn zum Bahnhof fahren, bieten wir zum Abschied das: Normalerweise kann man nur auf einer Seite aussteigen, aber am Bahnhof kann man rechts und links aussteigen. Ausländer ignorieren gern die Durchsage: »VerehrteFahr-gästezudenFernanschlüssendierechteAusstiegsmöglichkeit-benützen!« und steigen links aus, weil da weniger Gedränge ist, da können sie ihre Koffer besser ausladen. Die beiden Rolltreppen, die sie dann links und rechts neben der Treppe sehen, fahren beide nicht nach oben, wo es zu den Bahn-zügen geht. Sie suchen die nächste Treppe, die nächsten zwei Rolltreppen fahren auch nicht nach oben. Sie schleppen ihre Koffer weiter zu weiteren zwei Rolltreppen, die nicht nach oben fahren. Unbeirrt schleppen sie ihre Koffer bis ans Ende des Bahnsteigs, auch da führen zwei Rolltreppen nicht nach oben. Dann einen Kilometer zurück ans entgegengesetzte Ende des Bahnsteigs, auch diese letzten Rolltreppen dort führen nicht nach oben. Nun beginnt der kofferschleppende Aufstieg zu Fuß, drei steile Treppen. Freundliche Einheimische versuchen Fremden klarzumachen, daß sie auf die nächste Bahn warten sollen, ihre Koffer in den Wagen reinheben und auf der andern Seite des Wagens wieder rausheben, denn auf der andern Seite gehen sämtliche Rolltreppen nach oben, keine einzige nach unten. Fremden, die kein Bayrisch verstehen, bleiben die Raffinessen unseres Nahverkehrssystems auf ewig verborgen.

12 Minuten vor Abfahrt kamen die Peseten aus dem Computer. Ich war dran. Ich ließ einen Tausender durch den Drehteller rasen: »Nur in französische Francs wechseln, bitte.«

Er nahm den Tausender und steckte ihn in den Computerschlitz. »Es ist keine Kreditkarte!« rief ich entsetzt, »es ist Bargeld!«

»Eingereichtes Bargeld muß auf Echtheit geprüft werden.«

»Wie lange?«

»Tausender dauern am längsten. Der Computer hat sämtliche Tausendernummern registriert, die bei Entführungsfällen als Lösegeld bezahlt wurden.«

8 Minuten vor Abfahrt des Zuges spuckte der Computer den Tausender wieder aus, weil er echt war. Falschgeld und registriertes Lösegeld, hatte mir der Dicke mittlerweile mitgeteilt, behält der Computer.

»Wie lange wird die restliche Prozedur dauern? Mein Zug fährt in acht Minuten!«

»Heute ist Samstag, da ist der Computer überlastet.«

Hinter mir hatte sich einer angestellt, einer, der sehr kontaktfreudig war, er drängte sich so hautnah hinter mich, daß ich ihn an meinem Hintern spürte, er pöbelte: »Mach vorwärts, ich hab's eiliger als du.« Ich ignorierte ihn.

»Wir können es versuchen«, sagte der Dicke am Computer, »aber falls ich aus Zeitgründen den Bearbeitungsvorgang abbrechen muß, müssen Sie trotzdem warten, die Geldrückgabe wird aus Sicherheitsgründen verzögert, für den Fall eines Überfalls.«

Was die Sicherheit des Geldes betraf, war wirklich an alles gedacht worden. Ich dachte an das Taxi in Frankreich, das ich ohne Francs nicht bezahlen konnte. »Wo kann ich sonntags in Frankreich einen Tausender wechseln?«

»In Paris im Bahnhof.«

»Ich fahre nicht nach Paris.«

»Dann ist es schlecht.«

»Unterhalte dich mit deiner Selbsterfahrungsgruppe, wenn's dir langweilig ist«, pöbelte der Kontaktfreudige hinter mir.

»Ohne Francs kann ich nicht mal ein Croissant zum Frühstück kaufen.«

Den Dicken überkam das Mitleid. »Ich kann den Tausender in kleine Scheine wechseln, falls Sie in Frankreich jemanden finden, der Ihnen wechselt, mit kleinen Scheinen geht's einfacher.«

»Wie lange würde das dauern? Jetzt habe ich nur noch fünf Minuten.«

Der Dicke griff unter sein Pult und legte neun Hunderter und zehn Zehner in den Drehteller. Er zwinkerte mir mit seinen dicken Augen zu.

»Das ist sehr nett von Ihnen. Vielen Dank.«

Der hinter mir schob mich zur Seite. »Für so'n bißchen Geldwechseln hält die Tante stundenlang die Menschheit auf.« Er knallte eine Kreditkarte hin: »Ich brauche ungarische Ören oder wie das heißt...«

Ich sagte nichts, der Computer würde ihn strafen.

Ohne Francs, ohne Lektüre, ohne Proviant warf ich mich und meine Reisetasche in den allerersten Wagen. Ich stand noch im Vorraum, versuchte ruhiger zu atmen, es kam die Lautsprecherdurchsage, daß sich die Türen selbsttätig schließen, ich konnte mich nicht erinnern, daß sie sich jemals nicht selbsttätig geschlossen hätten, ich sah raus auf die Bahnhofsuhr, als der Sekundenzeiger von 16 Uhr 07 und 0 Sekunden wegruckte, fuhr der Zug los. Exakt wie der Start einer Weltraumrakete.

Dann merkte ich schnell, was mir außerdem fehlte: eine Platzreservierung. Der Zug war randvoll mit Kids, fast nur Jungs. Die meisten sahen aus wie fünfzehn, die älteren wie unter zwanzig. Ich hüpfte im Gang über ihre Rucksäcke, Schlafsäcke, Musikinstrumente und Beschallungszubehör. Es war ein altmodischer Zug, Abteile mit sechs Plätzen, ziemlich vergammelt. In manchen Abteilen waren nur zwei Typen, die pennten quer über die Sitze. Man konnte keinem zumuten, seine Beine unters Knie zu packen, damit für mich noch Platz wäre. Die Stimmung unter den Kids war eh nicht gut. Einer im Gang meckerte: »Scheißzug das, kein Großraumwagen mit Fernsehen. In Skandinavien hat's in jedem Zug Fernsehen.«

»Da läuft aber nur Scheiße auf allen Kanälen. Ich mach nach Marseille runter, da gibt's im Bahnhof Nonstop-Pornos, so was haste noch nicht gesehen.«

Im nächsten Wagen spielte einer furchtbar laut Gitarre mit Verstärker und sang furchtbar dazu, der Rest des Abteils hatte Walkmen auf den Ohren und zuckte demonstrativ in einem anderen Rhythmus als der Gitarrenspieler.

Einige Wagen weiter schienen sämtliche älteren Reisenden zusammengepfercht, sie starrten feindabwehrend hinter geschlossenen Abteiltüren vor sich hin wie eine geschlossene Gesellschaft. Ich wagte nicht, eine Tür zu öffnen und zu fragen, ob was frei ist.

Je weiter ich im Zug nach hinten kam, desto langsamer ging's voran. Pro Wagen brauchte ich fünf Minuten. Diejenigen, die in den Abteilen jeden Platz mit ihrer Ausrüstung belegt hatten, standen nun in den Gängen und ließen Bierdosen knacken.

Im nächsten Vorraum blockierte ein ineinander verschlungenes Pärchen den Weg. Er hatte ihr seinen Zeigefinger tief in den Mund gesteckt, stieß ihn heftig raus und rein, sie saugte leidenschaftlich dran. Alte Freudianer würden eine Kompensation des Abschiedsschmerzes von der Mutterbrust diagnostizieren. Ich quetschte mich mühsam vorbei.

Und jeder schien jeden schon irgendwo getroffen zu haben. Es wurde geklärt, wer alles in Athen war, als dort der Bahnhofskiosk aufgebrochen wurde und sich jeder Zigaretten holte, ehe die Polizei kam, wer in Brüssel war, als in der Schalterhalle der bekiffte Glatzkopf eine Lesbierin zur Heterosexualität zu missionieren versuchte. Ich fiel über einen zerbeulten Vogelkäfig mit regenbogenfarbenem Tragegurt, glücklicherweise ohne Inhalt.

Nach einer Dreiviertelstunde war ich erst in der Mitte des Zuges, dort ein versiffter Buffetwagen. Hungrig kaufte ich teure Baguettes, ein sehr großporiges aufgeweichtes Käsebaguette und ein kleinporiges versteinertes Salamibaguette. Die im Buffetwagen versammelten Kids tranken Dosenbier, als gäbe es ab morgen nur noch Kakao. Ich schleppte mich mit meinen Notnahrungsmitteln weiter, bis ich endlich in einen Vorraum bei den Zugtüren und beim Klo kam, der nicht mit Gepäck vollgestellt war, setzte mich auf meine Reisetasche. Erst mal Pause.

Wenn man das Oberteil des aufgeweichten Baguettes mit dem Unterteil des steinharten kombinierte, ergab sich ein fast normales Kaugefühl. Ich kaute nicht lange, da kamen drei Jungs, stolperten voll über mich, einer rüttelte an der Klotür, als müßte er sie aufbrechen, die Tür war aber offen. Sie blieb auch offen, als der Typ drinnen kotzte. Einer der beiden anderen stand so dicht vor mir und so breitbeinig, daß ich zwischen seinen Beinen saß. Hielt ich mein Baguette waagerecht, würde es als dickes Phallussymbol zwischen seinen Beinen stehen. Den Gefallen tat ich ihm aber nicht. Er trug eine Diesel-Jeans mit eckigem

Loch am Arsch und rundem Loch in der Kniekehle, der andere zeigte einen lochlosen 501-Jeans-Arsch.

Der 501-Arsch sagte: »Der kotzt, weil er Zugfahren nicht gewohnt ist. Der mußte bisher jede Ferien mit seinen Alten rumkutschen. Ätzend.«

Der Diesel-Arsch: »Meine Alten machen gerade auch durch die Staaten. Leihwagen ab New York, dann machen sie runter nach Key West, dann rüber nach Frisco, weil meine Mutter unbedingt auch den Grand Canyon mitnehmen will und der Alte Las Vegas. Dauert zwei Wochen, schneller ist das nicht zu machen bei dem tierischen Tempolimit dort. Und Mutti hat's an der Bandscheibe, die kann pro Tag nicht mehr länger als zehn Stunden im Auto sitzen.«

Der 501-Arsch: »Sind deine Alten schwul? In Key West sind nur Schwule.«

»Echt?« Betroffenes Schweigen der Löcherjeans, er schämte sich für seine unschwulen Eltern.

Der 501-Arsch gab ihm noch eins drauf: »Ich find's eh beschissen, nach Amerika zu fahren, mir persönlich hat China wahnsinnig mehr gegeben.«

Der im Klo hatte sich ausgekotzt, er kam raus, er war etwa zwei Meter groß, trug ein zerfranstes Unterhemd und verkündete: »Wenn's nicht regnet, übernachten wir in Kassel. Da treffe ich den Typen, dem ich in Helsinki zwanzig Mark geliehen habe.«

»Du schnallst nix mehr«, sagte der Diesel-Arsch, »wir kommen von Kassel, wir fahren nach Avignon.«

»Habt ihr Einstein gesehen?« fragte der, der nix mehr schnallte.

»Wird auftreten, wenn er Hunger hat«, sagte der 501-Arsch. Dann zogen sie ab.

Ich hatte aufgehört zu essen, es ist ein komisches Gefühl,

aufgeweichtes Baguette und steinhartes Baguette durcheinander zu kauen, wenn neben einem jemand kotzt.

Plötzlich klopfte mir einer von der Seite auf die Schulter, ich sah nicht nach oben, ich wollte nicht wissen, welche Marke der nächste Arsch trug.

»Sibylle! Da bist du!«

Ich sah langsam hoch. Es war keine Jeans, es war eine normale Hose, ein weißes Hemd, eine Krawatte, es war Leonard, der Versager.

»Na so was«, sagte ich, »du auch hier.«

Er lachte verlegen.

»Und du sogar als Fahrkartenkontrolleur.«

»Fahrkartenkontrolleure gibt's nicht mehr. Und ich bin nur sogenannter Aushilfszugbegleiter.«

»Und was machst du als Aushilfszugbegleiter?«

»Fahrkarten kontrollieren.«

»Wunderbar, wie weit man es im Leben bringen kann«, sagte ich sarkastisch, meinte es aber nicht so, ich, auf dem Boden vorm Klo mit würgendem Magen, hatte auch nicht das Gefühl, es im Leben besonders weit gebracht zu haben. Ich rappelte mich hoch, suchte meine Fahrkarte raus, gab sie ihm.

Er betrachtete sie interessiert: »Hast du eine Bahn-Card?«

»Nein.«

»Das ist schade«, sagte er. »Deine Fahrkarte ist nämlich nur mit Bahn-Card gültig, deshalb hat sie auch nur die Hälfte vom Normalpreis gekostet.«

»Ich hab die Karte nicht gekauft. Meine Auftraggeberin hat sie für mich besorgt. Ich muß arbeitsmäßig nach Avignon, wie ich dir gestern gesagt habe. Ich hab nicht mal einen Sitzplatz.« Vielleicht gab's dafür Ermäßigung. Ich wußte nicht, was ich sonst sagen sollte. Sehr sparsam von Agnete, mich mit einer halbungültigen Fahrkarte loszuschicken.

Würde Leonard mich jetzt dem Schienenfahrzeugs-kommandanten, oder wie der Lokführer auf Bahndeutsch hieß, als Beförderungserschleicherin übergeben? Das würde ich Agnete heimzahlen. »Und was jetzt?«

»Jetzt müßtest du nachzahlen, ich müßte ein Formular ausfüllen, also mußt du verschwinden. Komm mit.«

Ich hinter ihm her, durch ein Abteil nach dem anderen, auch durch zwei Liegewagen, wo herumliegende Kids, herumliegende Klamotten und Gepäck ein höheres Stadium von Chaos erreicht hatten, bis ans Ende des Zugs. Bis zu einer verschlossenen Waggontür, die er mit einem Spezialschlüssel öffnete. Und wieder hinter uns abschloß.

Mit einem anderen Schlüssel öffnete er ein Abteil, auf nur einer Seite eine Polsterbank, auf der anderen ein Klapp-tisch, in der Ecke ein mahagoniverkleidetes Waschbecken. Richtig hübsch. Sah nicht aus wie eine Gefängniszelle für Schwarzfahrerinnen.

»Hier bist du vor meinem Kollegen sicher. Für den Schlaf-wagen erster Klasse bin ich heute zuständig.«

Sollte ich nun den restlichen Fahrpreis mit sexuellen Dienstleistungen abarbeiten, zuzüglich Erster-Klasse-Zuschlag? Er sah harmlos aus, aber man kann nie wissen: »Muß ich nicht nachzahlen, oder?«

»Der Zug ist voll mit Junior-Rail-Ticket-Typen und Discover-Europe-Card-Kids und Gruppen-Sondertarif-Leuten, jeder kriegt's irgendwie viel billiger. Stell dir vor, ich wäre für dich die Ausgleichende Gerechtigkeit.«

»Eine schöne Vorstellung.«

»Setz dich, ich bring dir Tee, ich kann vorn heißes Wasser machen. Zur Zeit habe ich nichts Dringendes zu tun.«

»Toller Service«, sagte ich dankbar, und »interessanter Job«. Ich machte es mir gemütlich in den grünen Plüsch-sitzen. Die personifizierte Ausgleichende Gerechtigkeit ging, kam eine Viertelstunde später mit einem Tablett, darauf zwei Becher mit Tee und viele Kekse, paarweise in Cellophanhülle.

Ich nahm ein Kekspärchen, fragte kekskauend: »Sind wir die einzigen im Schlafwagen?«

»Ja. Die Abteile waren für eine Gruppe reserviert, die sind nicht gekommen, Zug verpaßt. Kommt häufiger vor. Theoretisch können wir die Schlafwagenplätze jetzt an andere Interessenten vergeben, aber seit die nur noch über Computer reserviert werden, um Personal zu sparen, fällt das flach. Ist auch besser bei einem Zug wie diesem, wenn wir vierzehnjährige Liebespaare ins Schlafwagenabteil lassen, kann's Ärger verschiedener Art geben. Bierleichen machen grundsätzlich viel Ärger und viel Arbeit.«

»Wohin fahren all die Jugendlichen hier im Zug?«

»Zuerst nach Avignon, wie du.«

»Die machen alle dort Ferien?«

»Die allermeisten wollen ins Bahnhofscafé, das ist nämlich durchgehend geöffnet. Tagsüber kann man auf dem Bahnhofsvorplatz pennen. Dann fahren sie weiter nach Santiago de Compostela. Das ist ein weltberühmter Pilgerort in Nordspanien.«

»Und dort?«

»Dort ist die Bahnhofscafeteria auch die ganze Nacht geöffnet. Und tagsüber kann man auch in Bahnhofsnähe im Freien pennen.«

»Und sonst?« Ich nahm noch zwei Kekse.

»Gibt es von dort gute Zugverbindungen in die Türkei und in die Schweiz. In Zürich kann man auch gut am Bahnhof pennen, jedenfalls im Sommer. Berlin ist den meisten zu heavy, da sind einige auf dem Bahnhof überfallen worden. Die meisten sind brave Kinder, die wollen in den Ferien nur ihr Kilometersoll erfüllen.«

142

»Wie hoch ist das Kilometersoll?«

»Vierzigtausend Kilometer, einmal um die Erde.«

»Mit dem Zug?«

»Die Junior-Cards gelten für ganz Europa, einen Monat unbegrenzte Kilometer. Man schafft mit dem Zug tausenddreihundert, tausendfünfhundert Kilometer pro Tag oder Nacht. Also in dreißig Tagen leicht vierzigtausend Kilometer.«

»Aber immer nur hin- und herfahren.«

»Im Prinzip nicht anders als immer vorwärts fahren und dann immer zurück. Die Kids wollen ihren Eltern, die per Auto ihre Kilometer abarbeiten, zeigen, daß sie das auch können. Die sind alle in dem Alter, in dem sie Autofahren ablehnen, weil der Individualverkehr die Umwelt belastet, aus moralischen Gründen also. Insgeheim sind sie dagegen, damit sie nicht mehr mit ihren Eltern in Urlaub fahren müssen und die Eltern als Moralschützer dabeihaben. Der Individualverkehr der Eltern wirkt sich hemmend auf den Geschlechtsverkehr ihrer Kinder aus.«

Ich mußte lachen. »Warum hast du gestern abend nicht gesagt, daß du in diesem Zug arbeitest? Und woher weißt du überhaupt meinen Namen?« Er war wieder dran, ich konnte die nächsten Kekse aufmachen.

Er, sehr verlegen: »Gestern wußte ich noch nicht, daß ich heute in diesem Zug bin. Und deinen Namen weiß ich von Volkmar von Vororten.« Er sah mich bewundernd an: »Heute siehst du wieder ganz anders aus.«

Er kam nicht drauf, daß ich abgesehen von anderer Haarfarbe und Frisur bei der ersten Begegnung keine Warzen hatte, bei der zweiten zwei Warzen, jetzt bei der dritten wieder keine Warze. Ich ließ ihn gern im Glauben, aufgrund meiner facettenreichen Persönlichkeit ganz anders zu wirken. Ich lächelte sibyllinisch – so nennt man gebildeterweise ein Lächeln, das bedeuten soll, daß der, der lächelt, mehr weiß als der, der nicht lächelt. »Und was hast du sonst von Volkmar erfahren?«

»Es sei schwierig, ein Treffen mit dir zu arrangieren, du seist Diplom-Psychologin und sehr anspruchsvoll, und er müßte dich erst überzeugen von der Notwendigkeit, dich mit mir zu treffen. Und er hätte seine Ansprechpartner-Agentur aufgelöst, nur in begründeten Ausnahmefällen könnte er eventuell...«, wieder verlegenes Lachen, »... also, das Treffen konnte ich selbst arrangieren. Ich habe mit einem anderen Aushilfszugbegleiter den Dienst getauscht.«

»Meinetwegen?«

»Ich fand's toll, daß du mich angesprochen hast gestern, obwohl ich dich nicht erkannt hatte, also dachte ich...«

Er sagte nicht, was er gedacht hatte.

Hatte er gedacht, daß ich nur Männer anspreche, mit denen ich in den Schlafwagen will? Dann hatte er sich einmal mehr im Leben getäuscht. Seine Nähe war mir nicht unangenehm, aber er hatte bestimmt einen fremdartigen Geruch an sich. Seine Haare sahen frisch gewaschen aus, trotzdem. Und er hatte auf dem Handrücken zwei kraterartige Narben. Vielleicht war sein ganzer Körper von Akne gelöchert. Nachdenklich aß ich den nächsten Keks.

»Ich bin ziemlich schüchtern«, sagte er, »jedenfalls immer, wenn ich Angst vor Enttäuschungen habe. Das ist mein Problem.«

Aha, er wollte therapiert werden. Erwartete er, daß ich seine Ängste vom Geburtstrauma bis zum Rentenschock zwischen München und Avignon löste, für einen Schlafplatz und Kekse? Ich fragte nur: »Arbeitest du schon lange bei der Bahn?«

Schüchtern fragte er zurück: »Glaubst du, daß ich das immer mache?«

Viele Leute glauben, Psychologie sei Hellseherei. Eigentlich hatte ich nur das Thema wechseln wollen. »Vielleicht machst du's nicht immer«, sagte ich diplomatisch.

»Stimmt.«

Na also. Ich nahm noch einen Keks, machte einen neuen Themenvorschlag: »Was macht deine Beziehung?« Das bringt jede Konversation in Gang.

Er überlegte. Bis er endlich sagte: »Meine Freundin hat mich verlassen«, hatte ich den Keks gegessen. Dann sagte er: »Ich entspreche nicht ihrem Anforderungsprofil. Sie will mich als Macher, dynamisch wie aus der Bausparkassenreklame. Immer rasant vorwärts, immer aufwärts.«

Ich pellte die nächsten zwei Kekse aus der Cellophanhülle: »Was macht deine Ex-Freundin jetzt?«

»Sie ist in Urlaub. Reisen ist ihr Hobby. Und von Beruf ist sie Reisekauffrau. Sie will möglichst bald ein eigenes Reisebüro eröffnen. Ihr Ziel ist es, möglichst schnell möglichst viel zu verdienen, damit sie möglichst schnell nicht mehr arbeiten muß und möglichst schnell nur noch in Urlaub fahren kann.«

»Und du fährst eben lieber im Zug hin und her.«

»Stimmt. Eigentlich bleibe ich auf der Stelle. Nur die Zeit geht weiter.«

Ich fragte mich, ob das psychologisch oder philosophisch gemeint war oder nur so gesagt.

Da fragte er: »Und du bist auch Single?«

»Kann man so sagen.«

»Single aus Zufall? Aus Überzeugung? Aus Schicksal? Oder Single in der Warteschleife?«

Der Mann konnte Fragen stellen. »Kann man auch mehrere Möglichkeiten ankreuzen?«

»Ich tipp auf Single in der Warteschleife«, sagte er hartnäckig.

145

»Warum nicht. Wer nicht zu hoffen wagt, dem wird das Unverhoffte nie begegnen«, zitierte ich Giselas Heiratsanzeigen-Weisheit. Und gab ihm einen Keks.

Er aß ihn nachdenklich. Ich auch noch einen. Plötzlich wildes Rütteln gegen die abgeschlossene Tür des Schlafwagens. Aus dem Rütteln wurde Wummern.

»Ich muß nachsehen«, sagte Leonard. Ich setzte mich an die Abteiltür, sah ihm hinterher. »Ruhe bitte«, rief er, während er aufschloß.

Vor der Tür stand der Zwei-Meter-Knabe im zerfransten Unterhemd, in der Hand den leeren, zerbeulten Vogelkäfig mit dem regenbogenfarbenen Tragegurt, schrie: »Wo ist Einstein?«

»Wer ist Einstein?«

»Mann, das ist meine Ratte!« schrie der Zwei-Meter-Knabe, »so'ne Ratte ist wahnsinnig intelligent, deshalb heißt sie Einstein! Klar, Beamter?! Die ist wie ein Kind für mich. Sie muß hier irgendwo sein!«

»Selbstverständlich werden wir sofort den Zug stoppen und nach ihr suchen.«

»Extra den Zug stoppen?« Der Typ wurde deutlich gedämpfter.

»Klar, ich sage sofort dem Zugführer Bescheid. Keine Sorge, wir werden Ihr Rattenkind schon finden. Gehn Sie auf Ihren Platz, wir melden uns bei Ihnen.«

Der Typ zog ab. Leonard schloß ab.

»Hast du Angst vor Ratten?« fragte er mich.

»Theoretisch wenig, praktisch wahrscheinlich mehr.«

»Keine Angst, hier ist sie nicht. Viele Leute bekommen die Panik, wenn diese Freaks mit ihren Ratten auftreten.«

»Du hast ihm gesagt, daß der Zug gestoppt wird, um seine Ratte zu suchen.«

»Um sein Wichtigtuerbedürfnis zu befriedigen. Gleich

kommt ein Tunnel, da hat dieser Zug eine längere Wartezeit. Der Rattenfreak wird glauben, das sei seinetwegen. Außerdem bekommt er dann Angst, daß ihn die Sache was kosten könnte, das wirkt Wunder.«

»Du machst das gut.«

»Ich übe hier für meine Zukunft als Gymnasialbegleiter.«

»Gymnasialbegleiter?«

»Eines Tages, genauer gesagt, eines Jahres, werde ich naturwissenschaftlicher Lehrkörper am Gymnasium sein. Das zweite Staatsexamen hab ich schon. Jetzt habe ich ein Promotionsstipendium bekommen. Und nebenbei studiere ich hier meine künftige Kundschaft.«

»Du bist gar nicht Aushilfszugbegleiter.«

»Nicht immer. Wer ist heute noch immer das gleiche? Sieh dich an.«

Ich lachte. »Stimmt.«

Der Zug stoppte. Es war kurz vor acht. »Jetzt muß ich durch den Zug gehen«, sagte Leonard, »es gehört zu meinen Pflichten, in regelmäßigen Intervallen das Chaos zur Kenntnis zu nehmen. Das kann zwei Stunden dauern. Soll ich dir das Bett machen?«

»Jetzt schlafe ich noch nicht. Und das Bett mache ich selbst.«

Er brachte aus einem Kabuff am Wagenende eine Bettdecke, Leintuch und Kissen. Toll. Und dann brachte er ein weiteres Dutzend Kekspaare, ein Glas und eine kleine Flasche französischen Rotwein. »Mehr kann ich dir leider nicht bieten.«

Es war mehr, als ich mir erträumt hätte.

Ich aß alle Kekse, trank ein Glas Wein, der Zug fuhr nun wieder. Manchmal trifft man einen netten Mann, unterhält sich rundum nett, und trotzdem funkt es nicht. So ungerecht sind Gefühle. Ich sah in die Dämmerung hinaus und versuchte, mir meine Zukunft vorzustellen. Alles, was mir einfiel, war meine Vergangenheit. »Die Zeiten ändern sich, und wir ändern uns in ihnen.« – Irgendein Weiser hat das gesagt, aber er hat auch nicht gewußt, wie wir uns verändern. Liebe vergeht, weil sich die Leute verändern; wenn sie sich nicht verändern, ist es auch schlecht.

Irgendwann kam Leonard wieder, brachte neue Kekse und ein neues Weinfläschchen. Die Ratte sei bisher nicht aufgetaucht, erzählte er. Ihr Besitzer mache auf verzweifelt, alle anderen hofften heimlich, das Ekeltier sei aus dem Zug gesprungen und hoffentlich plattgefahren worden. Wir analysierten, daß die Trauer des Rattenpapis Wut war über den Verlust seines Terrorinstruments, das zur Gattung der animalisch-biologischen Waffen gehörte.

Die Kekse hatten eine stimulierende Wirkung, vielleicht war's auch der Wein, jedenfalls kamen wir von Einstein auf Einsteins Intelligenzquotienten und schließlich auf Michael. Ich begann von meiner Mission zu erzählen, daß ich im Auftrag der Derzeitigen meines Einstigen den Einstigen beschatten sollte. Ich zeigte Leonard sogar die Packungen mit den anklebbaren Warzen. Er fand mich toll raffiniert.

Warum ich ihm alles erzählte? Psychologisch gesehen war er für mich der unabhängige Dritte, bei dem man leichter über seine Geheimnisse spricht als bei jedem, den man kennt.

Zum ersten Mal seit langem hatte ich nicht das Gefühl, als verlassene Frau meine Existenzberechtigung beweisen zu müssen. Ich erzählte Leonard sogar locker, daß ich Michael zu wenig emanzipiert war – allerdings verschwieg ich meine von Michael beklagte sexuelle Unemanzipiertheit, das war mir zu peinlich, ich erzählte aber gern, daß nach Michaels Überzeugung wahrhaft emanzipierte Frauen keineswegs ihre Männer wegen Mithilfe bei der Hausarbeit annörgeln, sondern cool auf eigene Kosten eine Putzfrau einstellen, siehe Agnete.

»Läßt sich eine emanzipierte Frau von einem Mann vorschreiben, was Emanzipation ist?«

»Ich dachte eben, der Klügere gibt nach, so lange, bis ich selbst die Dumme war.« Es machte mir nichts aus, mich selbst als die Dumme darzustellen, aber was bringt es, die Vergangenheit zu rekonstruieren? Von den vielen Problemen, die mit der Liebe zusammenhängen, ist das das bekannteste: Warum liebt man ausgerechnet diesen Menschen? Nicht zum Beispiel den, der direkt daneben steht? Kann man tatsächlich einen Menschen lieben, der einen für unemanzipiert hält und einem sexuelle Defekte unterstellt? Oder hat man ihn nur solange geliebt, wie das nicht klar war? Oder liebte man ihn solange, wie anderes wichtiger war? Ich aß noch zwei Kekse.

Auch Leonard machte sich so seine Gedanken: »Wenn man sich in einer Beziehung auseinanderentwickelt hat, weiß man am Ende nicht mehr, warum man am Anfang zusammen war.«

»Vielleicht war's nur der magische Moment am Anfang...«, und dann erzählte ich Leonard, wie ich als Salat verkleidet auf Michael als Hasen verkleidet traf und es schien, als seien wir füreinander gemacht.

»Phantastisch!« Leonard war begeistert von der Geschichte.

Ich versuchte mir vorzustellen, daß auch Männer wie Leonard solche Momente erleben können. Es fiel mir schwer. Ich betrachtete ihn unauffällig. Er hatte blaue Augen. Waren die Augen von Michael blauer? Die Erinnerungen wurden von Fußtritten gegen die Vordertür des Schlafwagens weggewummert.

Wieder der Rattenpapi. »Wo ist meine Ratte?« lallte er Leonard an und lallte weiteres, aus dem hervorging, daß die Ratte seine einzige wahre große Liebe sei.

»Wo würdest du hingehen, wenn du so intelligent wie eine Ratte wärst?« fragte Leonard mit der professionellen Freundlichkeit eines Lehrers, der ein Kleinkind auf die richtige Antwort bringen will.

»Hey Beamter, verstehste nicht, ich hab Gefühle in die Ratte investiert! Die kann nicht einfach weggehen!«

»Denk dran, du mußt der Ratte eigene Verantwortung übertragen, ihr Freiräume lassen. Es ist nicht gut für sie, als Einzelratte aufzuwachsen. Ratten sind gesellige Tiere wie du auch.«

»Ich schmeiß mich aus dem Scheißzug, wenn ihr Beamtenärsche mir meine Ratte nicht wiedergebt!«

»Haben dir deine Eltern auch mit Selbstmord gedroht, wenn du ohne sie wegfährst?« Als Antwort war ein Tritt gegen die Tür zu hören. Leonard sagte schnell: »Paß auf, ich rede nochmal mit dem Zugführer, mach ihm deine Problematik klar. Warte hier.«

Er schloß die Tür wieder ab, kam ins Abteil zurück, sah auf die Uhr. Es war elf. »Jetzt laß ich ihn eine Viertelstunde warten. Das tut ihm gut. Dann erzähl ich ihm, wir hätten in Avignon für seine Ratte einen Suchtrupp angefordert, mit einem Suchhund oder einem provenzalischen Trüffelschwein oder einer Suchkatze.«

Ich lachte.

Leonard holte noch ein Fläschchen Wein aus dem Kabuff. Ein Gläschen später ging er wieder zur Tür.

Der Rattenpapi lag auf dem Boden, eingepennt, Leonard weckte ihn: »Jetzt kannst du auf deinen Platz zurück. In Avignon wirst du die Ratte wiedersehen. Der Zugführer hat für Avignon per Funk eine Suchkatze angefordert.«

»Eine Suchkatze? Für meine Ratte? Gibt's denn so was?«
»Sicher, die Welt ist voll verlorener Ratten.«
Der Typ zog ab.
Wir amüsierten uns eine Weile über das Drama des genialen Kindes mit dem genialen Haustier. Die Stimmung wurde immer vertrauter. Leonard merkte, daß ich manchmal auf die Narben auf seiner Hand sah. »Von diesen Narben hab ich noch sechs nachfolgende«, er deutete mit hüpfenden Fingern seinen Arm hinauf, »seit ich achtzehn Monate alt war. Reiseandenken aus Venedig. Mein Vater hatte damals eine neue Filmkamera und wollte auf dem Markusplatz sein Baby filmen, von Tauben umzingelt. Damit sein Film mehr Action bekommt, damit die Tauben an mich rankommen, bewarf er mich mit Taubenfutter. Und da hat eine mein leckeres Babyärmchen angepickt. Große Aufregung, als sich die Taubenbisse entzündeten, Tollwut befürchtete man. War's zum Glück nicht, es gab nur diese Narben. Das Gesundheitsamt von Venedig hat damals meinem Vater mitgeteilt, daß die Tauben von Venedig normalerweise nicht in Babys picken, man hätte aber gern den Film, um ihn als Beispiel für die Blödheit der Touristen in Schulen vorzuführen. Mein Vater hat darauf aus Wut den Film vernichtet, was auch blöd war. Heute könnte man bei ›Bitte lächeln‹ ein paar Mark für das Werk bekommen. Auf jeden Fall wurde ich früh ein Opfer des Tourismus.«
Leonard war so lebhaft und lustig, wenn er erzählte.
»Du bist doch gar nicht schüchtern«, sagte ich.
»Hier im Job bin ich nicht schüchtern, da weiß ich, was getan werden muß. Aber wenn ich für mich selbst entscheiden muß, lähmt mich die Angst zu versagen, abgelehnt zu werden. Vermutlich bin ich zu wenig emanzipiert.«

»Dieses Problem können wir heute nicht mehr lösen«, sagte ich schnell, denn was es Allgemeines zu diesem Problem zu sagen gibt, war nicht interessant, und die spezielle Problemlösung, daß ich ihn nicht ablehnen würde, wenn er sich jetzt mit mir emanzipieren wollte, war nicht drin. »Noch drei Stunden bis Avignon, wenn ich den Schlafwagen nutzen will, dann jetzt.«
Ohne Verzögerungstaktik ging er, wünschte mir eine gute Nacht, versprach, mich eine halbe Stunde vor Avignon zu wecken.
Ehe ich einschlief, kam mir zum ersten Mal die Idee, daß ich eines Tages Michael verlassen hätte, er war mir nur zuvorgekommen. Und nun war mir klar: Ich fuhr ihm nicht hinterher, um ihn zu mir zurückzuholen.

Vor Aufregung wachte ich schon vor drei auf. Draußen war es finster, hinter einer schwach beleuchteten Straße, die an den Gleisen entlanglief, waren Felder von Sonnenblumen, sie hatten die Köpfe gesenkt, als würden sie schlafen.
Um drei Uhr klopfte es vorsichtig an meine Tür.
Leonard hatte sogar ein Kännchen Kaffee für mich und eine Sammlung nahrungsmittelidentischer Substanzen, alle schwer verpackt, Knäckebrot und Marmeladenähnliches und ein Foliendöschen Leberwurstähnliches. Reizend.
Und er hatte noch eine Überraschung für mich. Er hatte bei seinem Kollegen für 300 Mark Francs eingewechselt, zu einem sehr günstigen Kurs. Damit war meine Taxifahrt gerettet. Ich wußte nicht, wie ich mich bedanken sollte, für soviel Fürsorge und Nettigkeit. »Wenn ich zurück bin und wir treffen uns wieder im Hamlet, lade ich dich ein.«
»Ich würde mich freuen.«
»Ich weiß allerdings noch nicht, wann ich zurück bin.«
»Ja.«

»Ja.« Gestern hatten wir so locker gequatscht, heute war es, als wäre alles zwischen uns gesagt.

Um nicht nur belangloses Zeug zu reden, sah ich aus dem Fenster, im gleichen Moment, als ein Schild, auf dem ›Avignon‹ stand, auftauchte, bremste der Zug, daß es mich fast vom Sitz warf.

»So weckt unser Lokführer die Bierleichen.« Leonard öffnete mir die hintere Tür des Schlafwagens, trug meine Reisetasche raus. Wie ein VIP betrat ich französischen Boden.

Die Wagen vor uns entleerten sich mit Getöse. Manche ließen sich auf den Bahnsteig plumpsen, als wollten sie da weiterpennen, andere sprinteten zur Unterführung, die zu ihrem hellerleuchteten Ziel führte, zur Cafeteria auf Bahnsteig 1.

Einige Wagen weiter stieg ein Uralt-Hippie mit schlohgrauem Pferdeschwanz aus, zwischen seinen Sandalen wuselte was Weißliches raus. Ehe ich richtig erschrocken war, war es über den Bahnsteig geflitzt, den nächsten Gleisgraben hinunter. Andere hatten es auch gesehen. »Da ist die Ratte! Da ist Einstein.«

Wer die Ratte gesehen hatte, ging zum anderen Gleisgraben, um sie dort wieder zu sehen. Da saß sie auf dem Schotter, schmutzweiß, sah aber aus der Entfernung nicht so eklig aus, wie sie aussehen sollte. Sie tappte unentschlossen von einer Pfote auf die andere, während oben nach ihr gerufen wurde. Der Rattenpapi kam angerannt mit seinem Vogelkäfig am Regenbogengurt. »Hier bin ich, Einstein!«

Die Ratte neigte den Kopf, als überlege sie, ob sie reagieren sollte. Sie drehte den Kopf in seine Richtung. Plötzlich rannte sie los, zurück in die Richtung, aus der der Zug gekommen war. »Die will wieder nach Hause«, rief einer.

Da blieb die Ratte stehen. Sie schnupperte. Automatisch schnupperte ich mit, oh ja, die Luft war mild in der Provence. Da drehte sich die Ratte um, raste wie ferngesteuert zurück, an ihrem Besitzer vorbei, weiter so schnell, daß sie sofort in der dunklen Ferne verschwand. Nur einmal noch, wo am Ende des Bahnhofs der Gleisgraben von einer Bogenlampe beleuchtet war, sah man sie als Punkt, und die Bogenlampe beleuchtete ein Schild, darauf stand, wohin sie floh: ›Direction Nice‹. Ab nach Nizza.

»Damit wäre dieses Thema erledigt«, sagte Leonard neben mir.

Der Ex-Rattenpapi ließ seinen Vogelkäfig auf den Boden scheppern. »Das ist totale Scheiße! Voll Scheiße!« Er zog den Rotz hoch, ein gräßliches Geräusch, das Schluchzen darstellen sollte. »Ich brauch die Ratte! Die war wie ein Kind für mich!«

Einige versammelten sich um ihn. »Alles ist relativ«, sagte einer eifrig. »Du darfst nicht nur fragen, was die Ratte für dich tun kann, du mußt auch fragen, was du für die Ratte tun kannst.«

»Verpiß dich, du Streber-Arschloch«, rotzte der Ex-Papi.

Ein anderer Typ sagte: »Wenn sie dein Kind war, mußt du lernen, es loszulassen.«

»Erst muß er seine Gefühle rauslassen«, sagte ein Mädchen.

Der Ex-Papi trat gegen den Vogelkäfig. Dann setzte er sich auf den Boden, klemmte den Kopf zwischen die Knie und starrte auf seinen Hosenlatz.

Der Uralt-Hippie kam zur Gruppe, sprach würdevoll: »If you love something, set it free – if it comes back, it's yours, if it doesn't, it never was.« Er machte eine segnende Geste über dem Ex-Rattenpapi: »We all love you.«

Die Umstehenden entschieden, es sei am besten, den Trauernden allein zu lassen, und zogen ab zur Cafeteria.

Der Alt-Hippie sprach plötzlich schwäbisch: »Für des Rättle isch des au net oifach.«

»Also dann, vielen Dank nochmal«, sagte ich zu Leonard. Warum fragte er nicht nach meiner Telefonnummer? Egal, ich würde ihn im Hamlet wiedertreffen. Irgendwann, das war sicher. Ziemlich sicher. Relativ sicher. Schließlich sagte ich doch: »Wenn du willst, kannst du bei meiner Agentur anrufen, da bin ich am besten zu erreichen. Oder meine Freundin Gisela weiß, wo ich bin, wir stehen im Telefonbuch unter ›Helfende Hände‹.«

All das hatte ich ihm schon gestern erzählt. Er sagte nichts dazu. Er sagte: »Ich hoffe, du wirst deinen Auftrag zur Zufriedenheit deiner Auftraggeberin erledigen. Und zu deiner Zufriedenheit.«

Ähnliches hatte er gestern abend auch gesagt; wir hatten vermieden, darüber zu reden, durch welche speziellen Tatbestände meine Zufriedenheit erreicht sein würde.

Er stieg wieder ein, winkte aus der Tür wie ein Schutzengel, wie die Ausgleichende Gerechtigkeit. Er rief: »Ich werd's mir merken: Wer nicht zu hoffen wagt, dem wird das Unverhoffte nie begegnen.«

Die Türen schlossen selbsttätig.

Ich winkte ihm hinterher, bis der Zug aus dem Bahnhof war. War das der Beginn einer wunderbaren Freundschaft? Oder war damit auch dieses Thema erledigt?

23. Kapitel. 19. August

Im Bahnhof alle Schalter geschlossen. Vor dem Bahnhof etwa zweihundert Kids. Neuangekommene stolperten zwischen schlafenden rum. Eingetroffen war auch eine

Musikgruppe, einer spielte Gitarre, einer blies auf was Mundharmonikaähnlichem, mehrere trommelten auf Blechdeckeln, was viel Bäng Bäng machte. Als sie anfingen, wie ein Kinderchor zu singen, erkannte ich den Song, es war ›Lost in France‹, einst gesungen von Bonnie Tyler. Auch bei uns wurde es in letzter Zeit oft im Radio gespielt, es war der Oldie-Hit dieses Sommers:

»I was lost in France,
in the fields the birds were singing.
I was lost in France,
and the day was just beginning.
I just stood there in the morning rain,
I had a feeling, I can't explain...
Ula la la, ula la la, dance!
Ula la la, I'm dancing!«

Der Refrain war begleitet von extra viel Bäng Bäng und eignete sich auch zum Mitgähnen für diejenigen, die dadurch geweckt wurden.

Ich übersetzte in Gedanken: »Ich war verloren in Frankreich, auf den Feldern sangen die Vögel, und der Tag begann gerade. Ich stand einfach im Regen, ich hatte ein Gefühl, das ich nicht erklären kann.« – Abgesehen davon, daß es nicht regnete, war alles sehr passend, falls die Vögel auf den Feldern noch geschlafen hatten, waren sie nun durch die Musik wach, und ich hatte wirklich ein Gefühl, das ich nicht erklären konnte: Es war nicht das Gefühl, in Frankreich verloren zu sein, ich hatte das Gefühl, in Frankreich etwas wiederzufinden, was ich verloren hatte.

Ich suchte überall nach einem Stadtplan, ging auf den Bahnsteig zurück, traf dort ein älteres Ehepaar. Es waren Engländer, die Lady fragte mich auf Englisch, ob ich helfen könnte, einen Koffertransportroller loszubekommen aus einer aneinandergeketteten Kolonne von Koffertransportrollern vor der Wand des Bahnhofsgebäudes. Ihr Mann betrachtete die Koffertransportroller-Kolonne, als wäre es Kunst am Bau. Sie berichtete, sie hätten vorher den Zug verpaßt, weil es ihnen nicht gelungen sei, einen dieser Transportroller loszuketten, deshalb war es ihnen nicht möglich, das Gepäck rechtzeitig auf den Bahnsteig zu transportieren. Der nächste Zug Richtung Nizza ginge in zwei Stunden, sie sei der Meinung, man könne in dieser Zeit das Gepäck Stück für Stück rübertragen, doch ihr Mann wollte unbedingt das Geheimnis der Koffertransportroller lösen.

Man mußte eine Zehnfrancmünze einwerfen, dann den Bügel des Rollers runterdrücken, dann konnte man die Kette aus dem Schloß ziehen, alles klar, das stand auch auf dem Schild am Bügel. Das Problem war: Wo die Münze einwerfen? Oben war das Schloß mit der Kette, normalerweise, bei uns, ist der Einwurfschlitz direkt daneben, hier nicht. Hier war der ganze Transportroller übersät mit möglichen Einwurfschlitzen: Der Bügel des Rollers bestand aus blauem Plastik mit tiefen Rillen, jede Rille exakt so breit wie ein Zehnfrancstück. Auch seitlich am Wagen überall Plastikteile mit diesen tiefen Rillen. Der Mann winkte ab, er hatte bereits versucht, in jede einzelne Rille die Münze zu schieben, sie paßte in jede, rutschte aber bei keiner durch. Nun erprobten wir ein seitlich mit Schrauben befestigtes Blech unbekannter Funktion als Einwurfschlitz, es gelang dem Mann, sein Zehnfrancstück zwischen zwei Schrauben zu pressen. Mit der Nagelfeile, die seine Frau glücklicherweise in ihrem Beutel fand, schaffte er es, die Münze wieder rauszustochern. Um einen Wutausbruch seiner Frau zu verhindern, kapitulierte er schließlich, ging in die Cafeteria, um dort Einheimische zu fragen.

Er kam zurück mit der Miene eines Menschen, der auf die

Frage nach dem Sinn des Lebens eine ziemlich gute Antwort weiß, hob die Hände, um uns schweigendes Staunen zu gebieten, ruckte mit Gewalt die ganze Kolonne der Koffertransportroller einige Zentimeter von der Wand weg, quetschte seine Hand mit der Münze seitlich runter, drückte den Bügel. Frei war der letzte Transportroller. Also, der Einwurfschlitz der Koffertransportroller auf dem Bahnhof von Avignon befindet sich unten neben dem Rad, hinter dem Plastikteil, auf jener Seite, die gegen die Wand gerichtet ist, an die man nicht rankommt.

»Why?« fragte die Frau.

Ihr Mann hielt uns einen gebildeten Vortrag: Wer gelernt habe, alles auf die Möglichkeiten der Logik und Vernunft zu reduzieren, könne hier erkennen, daß die Dummheit unendliche Möglichkeiten schafft. Und grundsätzlich sei Reisen das Erlebnis der Abhängigkeit von Dingen, die man sonst als selbstverständlich hinnehme. Kluge Worte.

Ich verabschiedete mich mit einem echt französischen »bon voyage« und setzte meine Suche nach einem Stadtplan fort, fand endlich einen hinter einer Säule bei den Schließfächern.

Ich stellte fest, daß der Vorort von Avignon, in dem mein Hotel war, nicht vor den Toren Avignons lag, sondern weit weg, auf der anderen Seite der Rhône. Viel zu weit, um zu laufen. Also Taxi.

Vor dem Bahnhof war keins. Als der Kinderchor wieder anfing, ›I was lost in France‹ zu singen, sang ich mit: »I had a feeling, I can't explain. I was lost in France.«

Auch hinter dem Bahnhof kein Taxi in Sicht. Ich sah auf einem Fahrplan, daß in der nächsten Stunde kein Zug kam, das bedeutete: auch kein Taxi. »Wer jetzt kein Taxi hat, der braucht lange keines mehr« – das ist, jedenfalls so ähnlich, von Rilke. Ein Schild wies Richtung ›Centre Ville‹, ich ging durch einen kaum beleuchteten Tunnel, schade, daß ich Turnschuhe trug, stilvoller wäre das Geklacker von High Heels gewesen. Dann sah ich die beleuchtete Stadtmauer von Avignon, eine Mauer wie die einer Ritterburg, die die ganze Stadt umschließt. Vor einem Stadttor ein einsames Taxi.

Der Taxifahrer taxierte mich durchs Fenster, öffnete es nur so weit, daß ich ihm meinen Zettel mit der Hoteladresse reinschieben konnte, dann entriegelte er die Türen, ich durfte einsteigen. Er raste los.

Ich sah in alle Richtungen aus dem Fenster, um mein Frankreichbild zu aktualisieren. Abgesehen von Kurzausflügen ins Elsaß war ich zweimal in Frankreich gewesen. Einmal nach dem Abitur in Paris mit Leuten aus meiner Klasse. Später in der Ardèche mit einem längst vergessenen Freund Patrick und seiner Clique. Patrick hatte dort ein Häuschen gemietet und zwang uns, jeden Tag auf einen anderen Berg zu wandern. Und oben auf jedem Berg sagte Patrick: »Schade, daß es so diesig ist.« Es war sein innigster Wunsch, möglichst weit zu sehen, denn je weiter man sieht, desto mehr hat man von der Welt gesehen. Wir fragten uns: Wenn man bei guter Sicht hundert Kilometer weit sehen kann, an wie vielen Punkten der Welt müßte man dann bei guter Sicht einmal ringsum geblickt haben, um die ganze Welt gesehen zu haben? Das war schon einige Jahre nach dem Abi, und keiner war mehr in der Lage, es auszurechnen.

Wahrscheinlich fiel mir das ein, weil es hier auch diesig war, allerdings auf eine andere Art: Außer dem Taxi waren nur Wasserwerfer unterwegs, die den Dreck der Straße an den Straßenrand sprühten. Hinter den Wasserwerfern schritten Straßenkehrer in giftgrünen Anzügen mit giftgrünen Plastikbesen. Welch fotowürdiger Anblick, diese fremdartigen Trachten. Und das Grün so viel eleganter als die orange Straßenkehreruniform in Deutschland. Mein Versuch, mit dem Taxifahrer ein Gespräch über den berühmten guten Geschmack der Franzosen in Gang zu bringen, scheiterte an seiner Funkanlage, die französisches Geschrill absonderte. Zusätzlich klingelte sein Telefon, anders als die deutschen, nicht brutal Bimm! Bimm! Bimm, sondern melodisch duelue, duelue, duelue und der französischen Lebensfreude entsprechend auch viel lauter. Es dueluete endlos, er nahm nicht ab, sondern trat wütend aufs Gas.

Eine halbe Stunde raste er durch die schlafende Gegend, die Fahrt kostete fast zweihundert Francs. Ich überreichte ihm zwei meiner eleganten Hundertfrancscheine, ein Porträt des Malers Delacroix ist drauf, die Scheine sehen aus wie handgemalt. Ich brauchte eine Quittung. Was ist das französische Wort für ›Quittung‹? Aus dem Französischunterricht fiel mir ein Satz ein in klassischer Vergangenheitsform: »Jadis les débiteurs négligents furent jetés sans merci dans la prison de dettes.« – Heißt: »In einstigen Zeiten wurden säumige Schuldner ohne viel Federlesens in den Schuldturm geworfen.« Ich versuchte einen Satz zu konstruieren à la: »Bitte überreichen Sie mir ohne viel Federlesens jenes Stück Papier, welches ich in heutiger Zeit benötige, um nicht im Schuldturm zu schmachten.«

Der Taxifahrer antwortete: »Service non compris«, »Trinkgeld nicht inbegriffen«.

Ich wiederholte meinen Satz, zeigte ihm meinen Block, auf dem ich alle Ausgaben notieren wollte, machte eine schreibende Handbewegung. Er winkte ab: »C'est pas nécessaire en France.« Würde ich ihm sagen, daß ich die Quittung für eine deutsche Abrechnung brauche, würde er mich persönlich für den Zweiten Weltkrieg haftbar machen. Agnete würde ohne Quittung glauben müssen, daß ich zum Hotel nicht gelaufen war.

›Hotel aux Vieux Jardins‹ stand in goldenen Buchstaben über dem Portal. ›Hotel zu den alten Gärten‹ – von der Straße aus war keiner davon zu sehen. Und die Tür war verschlossen. Morgens um sechs kommt man nicht an.
Ich schleppte meine Tasche die Straße hinauf. Zwei Kreuzungen weiter entdeckte ich einen größeren, rechteckigen Platz mit Bänken, ringsum Geschäfte, Cafés und Restaurants mit gestapelten Plastikstühlen davor, sah aus wie der Marktplatz. Ich döste auf einer Bank, bis mich Geratter aufschreckte, in einem Geschäft gingen Blechjalousien hoch. ›Boulangerie‹ stand auf der Fensterscheibe, es war eine Bäckerei, hinter der nun geöffneten Tür ein Vorhang aus verschiedenfarbigen Plastikstreifen. Ich sog diese typisch französische Impression in mich auf: Dieser fremdartige Schriftzug, diese bunten Streifen – welch ein Motiv für den Hobby-Fotografen und die Aquarellmalerin!
Eine Frau ging in die Bäckerei und verließ sie wieder mit einem Baguette. Dann ein Kind, etwa fünf Jahre alt, sein Baguette war länger als es selbst. In den nächsten Minuten kam einer nach dem anderen und kaufte Baguettes. Ich beschloß, mir auch ein Baguette anzuschaffen, um mich den Einheimischen anzupassen. Wer hier ohne Baguette rumläuft, ist Tourist. Die Engländer sagen: »When in Rome, do as the Romans do«, ein Sprichwort, für das es keine deutsche Entsprechung gibt.
Ich begab mich also in die Bäckerei, sagte perfekt: »Bon matin, une baguette, s'il vous plaît.«
Die Verkäuferin sah mich an, als wäre ich ein Mehlwurm, stellte sich schützend vor ihre Baguettes: »Madame, elles sont toutes réservées.«

Alle reserviert. Hm.

Sie fragte vorwurfsvoll: »Allemande, Madame?« Aus Deutschland? Jedenfalls verstand ich das. Und es fiel mir ein, daß man in Frankreich immer ›Madame‹ oder ›Monsieur‹ anfügen muß, sonst gilt man als Barbar. Also sagte ich: »Oui, oui, Madame.«

Darauf nahm sie zwei zentimeterhoch mit glacierten Mandeln beschichtete Törtchen, die sehr haltbar aussahen, aus dem Schaufenster, wickelte sie in Papier und verlangte eine unverständliche Menge Francs.

»Pourquoi, Madame?« fragte ich verblüfft.

Dem folgenden wütenden Wortschwall entnahm ich, daß ich schließlich Deutsche sei und ich als Deutsche dies verlangt hätte und sie mir als Deutsche dies gegeben hätte. Ich zahlte und machte, daß ich wegkam.

Da ich irgendwas tun mußte, aß ich erst ein Mandeltörtchen, dann das zweite. Dabei dämmerte mir, daß »Mandel« auf französisch »amande« heißt, also ähnlich wie »allemande«. Werden diese Mandeltörtchen hier extra für Deutsche gemacht, weil man glaubt, daß Deutsche immer Mandeltörtchen verlangen?

Und dann mußte ich aufs Klo, so schnell wie menschenmöglich. Es ist ziemlich blöd, wenn man in einer fremden Stadt sonntagmorgens aufs Klo muß. Und wenn man, wie ich, von den Bahnhofstoiletten zweihundert Francs entfernt ist, kann man leicht in Panik geraten. Ich ging in die Richtung, aus der ich mit dem Taxi gekommen war, entdeckte einen Weg hinunter zum Flußufer. Ein Radfahrer kam mir entgegen, er hatte auf dem Gepäckträger sein Baguette festgeklemmt, quer. Ich sprang zur Seite, um nicht vom Baguette umgehauen zu werden. Auf Gepäckträgern sollte man Baguettes der Länge nach transportieren, mit einem roten Wimpel hintendran.

In der Ferne sah ich eine Gruppe von Büschen und beschleunigte meine Schritte. Hinter den Büschen ein Citroën, darin ein Paar, das, typisch französisch, l'amour machte. Ich konnte mich schlecht daneben niederlassen, um hinzukacken. Als typisch deutsch wäre das gewertet worden. Also retour.

Diesmal suchte ich den Marktplatz gründlicher ab, denn wenn es auf dem Marktplatz keine öffentliche Toilette gibt, dann gibt es überhaupt keine. Ich suchte auch den hinteren Teil ab, da war eine Kirche, auf den ersten Blick nicht als Kirche zu erkennen, denn sie war ohne Abstand zwischen die alten Bürgerhäuser gebaut, und direkt davor standen zwei Telefonzellen. Und dort, schräg dahinter, einen Meter von der Kirchenwand entfernt, stand eine metallisch glänzende zwei Meter hohe Konservendose, sah aus wie eine Mini-Kapelle, obendrauf war jedoch kein Kreuz, sondern eine silberumrandete Glasplatte, auf der war eingraviert ›toilette‹. Auf der Dose aufgedruckt Anweisungen, wo man, wie man, wieviel Geld man einzuwerfen hätte, immerhin fünf Francs. Ging das auf Spesenrechnung?

Hastig warf ich die Münzen ein, ein grüner Knopf leuchtete auf, Musik ertönte, im Innern der Kapellendose begann Wasser zu gurgeln. Drei alte Frauen und ein jüngerer Mann nahten, blieben bei mir vor der Dose stehen. Die Frauen erklärten dem Mann, offenbar ein heimgekehrter Sohn, das sei neu. Und vor dem Papstpalast in der Stadt seien noch mehr davon zu besichtigen, alle nur für die Touristen. Der Mann guckte mißbilligend auf die Kackdose und auf mich. Ich guckte auch mißbilligend, erstens hatten nicht deutsche Touristen die Kackdose erfunden, sondern ein französischer WC-Couturier, zweitens wollte ich für mein Geld endlich rein. Das Gurgeln im Innern verstärkte sich zu Spülgeräuschen. Dann schob sich die gebogene Tür auf, die Musik war lauter zu hören, die Einheimischen gafften, wie ich hineinging.

Wenigstens innen ein Griff, um die Tür zu schließen. Auch innen alles aus Edelstahl, vom Klobecken bis zum Waschbecken. Die Erleichterung, endlich ein Klo zu haben, war überschattet von der Sorge, ob ich je wieder rauskäme. Auf der Tür weitere Gebrauchsanweisungen aufgedruckt, mehrmals kam darin das Wort ›automatique‹ vor. Automatique funktionierte die Spülung, automatique öffnete sich die Tür – automatique fünfzehn Minuten nach Münzeinwurf.

An den Wänden klebten Fetzelchen von Klopapier, auf dem Boden in einem trüben Wasserfilm schwammen Fetzelchen von Scheiße. Ich hielt meine Tasche auf dem Schoß und die Beine gespreizt, um zu verhindern, daß meine Jeans mit dem Boden in Berührung kamen. Neben dem Sitz lag was sehr Dunkles, wenn's ein Tier war, war's wenigstens tot. Müßte ich fünfzehn Minuten hier warten, bis ich zusammen mit der Scheiße an die Wand gespült würde? Oder würde ich durch die sich automatique öffnende Tür wie Jonas aus dem Bauch des Walfischs in einer Kloake den Kirchgängern vor die Füße gespült? Die Musik dudelte lauter als vorher, man hätte in einer Kackdose vor einer Kirche Orgelmusik angemessen gefunden, es dudelte aber eine Instrumentalversion von ›I can't get no satisfaction‹ dann ohne merklichen Übergang Edith Piafs ›Non, je ne regrette rien‹. Draußen vor der Tür palaverten die Franzosen.

Wenigstens war's ein modernes Klo. Von früher kannte ich die typisch französischen Klos, wo man sich über ein Loch im Boden zu hocken hat, vorm Umkippen nur gehindert durch die Angst, in die Scheiße zu fallen oder irgendwas mit irgendeinem Körperteil zu berühren. Es war schon übel genug, daß man mit den Schuhen auf durchgeweichtem Klopapier stehen mußte. Die Franzosen scheinen so was zu lieben, sie haben sich nur schwer von ihren alten Abtritten getrennt.

Ich hatte mal in einer psychologischen Doktorarbeit gelesen, wäre Sigmund Freud Franzose gewesen, hätte er kaum seine Idee der Analfixierung aufgebracht. Analfixierung bedeutet, daß man auf seine Exkremente fixiert ist, bedeutet in übertragenem Sinn, daß man nichts von sich hergeben will. Als Kind macht jeder eine Phase der Analfixierung durch: Wenn man nämlich lernt, aufs Töpfchen zu gehen, wird man für seine Aa-Leistungen gelobt, ist stolz darauf und will das Aa gar nicht hergeben. Wenn diese anale Phase zu lange bestehenbleibt, gibt das nach Freud einen analen Charakter, das ist ein Mensch, der alles für sich behalten will, ein Geizhals. Aber zum Entstehen einer analen Fixierung gehörten eben auch – das war die Theorie dieser Doktorarbeit – die typisch österreichischen und deutschen Klos, bei denen man das, was man hinter sich von sich gibt, bewundernd betrachten kann, statt es ungesehen in ein Loch fallen zu lassen. Freudianer diskutieren solche Theorien ausführlich, geben aber zu, daß sie nichts Genaues wissen über Völker, die es balancierend über bodenlosen Löchern tun.

Glücklicherweise ließ sich die Tür auch nicht-automatisch öffnen. Enttäuscht betrachteten mich die Sensationslustigen, als ich wieder rauskam, noch dazu sauber und trocken. Ich nickte ihnen zu, als sei ich von einer Weltraummission zurück. Ich hätte ihnen gern ein Interview gegeben, aber sie wandten sich ab.

Ich ging um die nächste Ecke und stand wieder vor dem Hotel. Jetzt war's natürlich offen. Hinter der Rezeption saß eine Frau in weißer Bluse mit roter Schleife um den

Kragen, was sehr munter wirkte, nur gähnte die Frau endlos, während ich meinen französischen Satz aufsagte, daß ich Marion Manteuffel sei und Madame Doktor Matthias für mich reserviert hätte.

Sie war zu müde, irgendwas nachzusehen. Sie sah auch mich nicht an. Eine Frau, die so früh morgens in einem Hotel ankommt, ohne Auto, ohne Mann, ist sowieso eine VUP, eine Very Unimportant Person. Sie sagte nur: »Ich spreche Deutsch.« Dann gähnte sie wieder und sagte: »Frau, es ist keine Person da. Frau, Sie warten.« Dann sprach sie nicht mehr.

Ich hatte also Zeit, mich umzusehen. Es war alles rustikal, trotzdem edel, weil alles antik war. Alte Schränke, ein Garderobenständer aus verschnörkeltem Messing, vornehme Teppiche. Ich setzte mich in eine provenzalisch gemusterte Sitzecke, mit vielen provenzalisch gemusterten Kissen, orange-braun-violett-gelb-blau gestreift und geblümt. Man kennt die Muster von den Stoffsäckchen, in denen Lavendel verkauft wird. Nachdem ich eine halbe Stunde zwischen den Lavendelsäckchen geruht hatte, ging ich wieder zur Rezeption: »Wie lange muß ich noch warten, Madame?«

»Frau, Mann wird kommen.«

Zur Abwechslung wollte ich draußen warten, kam auf eine große Terrasse, von prachtvoll bewachsenen Mauern umgeben, da standen weiße Tische und verschnörkelte weißlackierte Stühle. Nun sah ich, warum das Hotel ›Zu den alten Gärten‹ hieß: Hinter der Terrasse rosenumrankte Bögen wie im Barockschloß, zwischen den Rosenbögen geometrisch abgezirkelte Beete, abwechselnd Blumen und Kräuter, es roch wie im Naturkosmetik-Shop nach Lavendel, Rosen, Thymian, Nelken, Rosmarin, um nur die zu nennen, die ich kannte. Rechts endete der Garten in einem überdachten Wandelgang, darunter Bänke, deren schmiedeeiserne Lehnen aussahen wie Farnblätter. Links eine Mauer, aufgeschichtet aus großen, kleinen, runden, eckigen, flachen und hohen Steinen in jeder Farbe, die ein Stein haben kann, durcheinander aufeinander gelegt, alle miteinander verkeilt. Wenn man einen Stein herauszieht, fällt die ganze Mauer zusammen.

Vom Ende des Gartens hatte man die ganze Rückseite des Hotels im Blick. Jedes Zimmer hatte einen Balkon, auf einem saß ein Mann und frühstückte. Michael war es nicht. Trotzdem duckte ich mich hinter einem Busch mit orangeroten trompetenförmigen Blüten, schlich die Mauer entlang. Sie führte um eine Ecke.

Und da war der Swimmingpool. Richtig groß, luxuriös mit runden Plättchen in verschiedenen Türkisblaus gekachelt, ringsum Rasen und Liegen. Perfekt. Auf den Türen eines Nebengebäudes entdeckte ich Schilder, hier waren die Madame- und Monsieur-Umkleidekabinen. Kurzentschlossen ging ich rein, holte meinen schwarzen Bikini aus der Reisetasche. Er war mir zu weit wie alle Klamotten meiner Vergangenheit, aber das Unterteil war seitlich geknotet, die Knoten ließen sich enger machen, das Oberteil war hinten und im Nacken geknotet und konnte meiner neuen Figur ebenso angepaßt werden. Nur ein figurunabhängiges Kleidungsstück ist ein zeitloses Kleidungsstück.

Das Wasser war ziemlich kalt, nach drei Runden fühlte ich mich wie neu. In den Kabinen lagen Handtücher bereit, perfekter Service, hier sollte man Urlaub machen, dachte ich. Wenigstens konnte ich, bis meine Arbeit als Beschatterin begann, eine Weile in einer Liege ruhen.

Ich hatte aber nicht mal zu ruhen begonnen, als ein Kellner mit langer weißer Schürze erschien. »Bonjour, Madame désirez?«

Spontan wollte ich ihm klarmachen, daß ich nicht Madame Désirée bin und noch kein Zimmer habe, dann kapierte ich, er wollte wissen, was ich wünschte. Also mußte ich was wünschen: »Une Coca-Cola, s'il vous plaît.«

»Oui, Madame.«

Ich überlegte, was ›Kellner‹ auf Französisch heißt. Die Worte, die man wirklich braucht, weiß man nie. Dann fiel's mir ein: Kellner heißt ›garçon‹; doch ›garçon‹ heißt auch ›Junge‹. Äußerst unpassend, diesen eleganten Kellner mit »Hallo, Junge« zu titulieren. So dämlich, wie bei uns eine weibliche Bedienung mit ›Fräulein‹ anzureden. Ich sage immer ›Frau Ober‹, und alle Bedienungen finden das gut – natürlich gibt es eine Sorte Männer, die das furchtbar komisch findet. Also, was heißt auf Französisch ›Ober‹? Stattdessen fiel mir das unnötigste französische Wort ein, das ich je gelernt habe, nämlich das Wort für ›Oberlicht‹. Ein Oberlicht ist ein Fenster über einer Tür, heißt auf Französisch ›vasistas‹, und es wird ausgesprochen Was-ist-das? Daher auch der Name. Die Franzosen sahen Oberlichter zum ersten Mal in Deutschland und fragten immer: Was ist das? Wir hatten damals im Französischunterricht diskutiert, ob Was-ist-das? die einzigen deutschen Worte waren, die Franzosen je lernten? Und das einzige, was sie in Deutschland je zum Staunen brachte, Fenster über den Türen waren? – Ich entschied, den Ober mit »Monsieur« anzureden. Da macht man nichts falsch.

Fünf Minuten später kam der Monsieur mit einem Champagnerkübel. Nicht zu fassen! Wollte er mir erzählen, wenn Deutsche ›Coca-Cola‹ sagen, verstehen Franzosen ›Champagner‹? Empört sah ich in den Kübel. Da lag gebettet auf feingeschrotetem Eis eine winzige Flasche Coca-Cola. Dazu ein gefrostetes Glas. Ich war erleichtert. Bis er mir den Bon gab – für eine Cola umgerechnet fünfzehn Mark!

Mußte Agnete kleine Erfrischungen zahlen oder ich?! Da er mir massenhaft Kleingeld zurückgab, gab ich ihm auch noch drei Mark Trinkgeld.

Darauf sagte er auf Deutsch: »Gestatten Sie, wenn ich mir erlaube, Ihnen Ihr Zimmer zu zeigen.« Er nahm meine Reisetasche: »Wenn Sie die Güte haben wollen, mir zu folgen!«

Nicht ohne meine Cola! Ich schnappte den Champagnerkübel und folgte ihm zu einem Nebeneingang. »Sind Sie sicher, daß es das Zimmer ist, das für Manteuffel reserviert ist?« Er antwortete nicht. Vielleicht war ihm das zu direkt gefragt, unsere Französischlehrerin hatte ständig erklärt, daß die Franzosen, so viel eleganter als wir Deutschen, ihre Reden mit Komplimenten und geistreichen Arabesken einleiten, ehe sie zur Sache kommen. Also fing ich nochmal an: »Sie sprechen besser Deutsch als ich, und Ihr Akzent klingt viel schöner, wo haben Sie das gelernt?«

»Ich besuchte in Dublin ein altsprachliches Gymnasium und erwarb in Oxford einen Magister für Linguistik. Außer Englisch beherrsche ich Deutsch, Französisch, Spanisch, Japanisch, alle bedeutenden Touristensprachen dieser Erde. Ich nehme Trinkgeld in allen Währungen. Alle Angestellten hier sprechen mehrere Sprachen, ausgenommen die französischen Angestellten, diese sprechen ihrer Natur gemäß nur Französisch.«

War dieser Mann ein akademischer Kellner oder ein kellnernder Akademiker? Die Welt ist voll von Leuten, die was anderes sind, als sie hätten werden sollen. Ich gehöre auch dazu. Früher hätte eine Diplom-Psychologin in meinem Alter längst einen lebenslänglichen Job gehabt, im Zweifelsfall lebenslänglich Ehefrau und Mutter. Wäre das besser? Ich finde, mit Entscheidungen fürs ganze Leben sollte man sich ganz viel Zeit lassen. Mit solidarischen

Gefühlen folgte ich dem Magister zwei Stockwerke hinauf, dann durch einen verwinkelten Flur. An den Wänden antike Spiegel und antike Ölgemälde, antike Kommoden standen herum, und der Fußboden war aus antik-braunen Tonkacheln.

Er schloß eine Tür auf, die im Gegensatz zu den anderen Zimmertüren kein Messingschild mit Nummer hatte. »Dies wurde für Sie reserviert. Die Kammer zu Zimmer 18. Wir nennen es ›la chambre de la femme de chambre de la chambre dix-huit‹.«

›Femme de chambre‹ ist ein Zimmermädchen oder eine Kammerzofe. Es war also das Zimmermädchenzimmer oder die Kammerzofenkammer. Es war winzig: Ein Bett, ein Stuhl, ein Hocker, ein Tischchen, ein Waschbecken. Rechts von der Tür noch eine antike Holztür, mit einem Riegel verschlossen. Ich schob den Riegel auf, die Tür blieb zu.

»Ist das der Schrank?«

»Dort, gnädige Frau.« Er deutete auf vier Kleiderhaken mit vier Kleiderbügeln an der Wand.

»Wohin führt diese Tür?«

»Zum Badezimmer.«

»Und wie geht sie auf?«

»Die Tür ist dann offen, wenn sie von beiden Seiten geöffnet wird. Normalerweise wird diese Kammer gemeinsam mit Zimmer 18 vermietet.«

Ach so. Sehr interessant. »Gibt es hier sonst ein Bad? Und eine Toilette?« Merkwürdig, wie sehr man in der Fremde damit beschäftigt ist, die einfachsten Dinge des Lebens zu sichern.

Der Magister deutete nach draußen: »Am Ende des Flurs, links. Was kann ich sonst für gnädige Frau tun?«

»Nichts, danke.« Ich mußte noch was für ihn tun, nämlich ihm Trinkgeld geben. Vorsichtshalber gab ich ihm sogar zwanzig Francs, wir Detektive arbeiten ja viel mit dem Hauspersonal zusammen. Es war mir etwas peinlich, einem Magister der unvorstellbar ehrwürdigen Universität von Oxford Trinkgeld zu geben, ihm gar nicht, es anzunehmen. Trinkgeld ist Trinkgeld.

Da war ich nun. Dort, nur eine einseitig verriegelte Tür von mir entfernt, war Michael. Lag er allein im Bett? Oder mit wem? Ich prostete ihm zu, mit meiner Cola aus dem Champagnerkübel.

24. Kapitel

Von nebenan nichts zu hören, nichts zu sehen. Von meinem Fensterchen konnte ich seinen großen Balkon einwandfrei überblicken, auch die Terrasse unten, wo nun Gäste frühstückten.

Viertel vor zehn hörte ich ihn endlich nebenan – pinkeln. Dann surrte ein Rasierer, plätscherte Wasser, die nächsten identifizierbaren Geräusche waren das Abschließen seiner Zimmertür, seine Schritte auf der Treppe. Unten tauchte er wieder auf der Terrasse auf, setzte sich an die kletterpflanzenberankte Mauer. Obwohl ich ihn genau sah, holte ich mein Opernglas. Da war er zum Greifen nah, schon knusprig gebräunt und rundum gutaussehend. Und Agnete war weit weg. Er verdrückte zwei Croissants, eine Riesenportion Rührei, ein Vollkornbrötchen mit Pastete, eins mit Marmelade. Die Wespen umsurrten ihn, tranken von seinem Orangensaft. Welche Gefühle hatte ich für Michael? Ich hörte in mich hinein. Das waren keine Schmetterlinge im Bauch. Mein Magen knurrte.

Dann kam er wieder rauf, und tat was? Er ging wieder aufs Klo. Gut, es ist normal, aber konnte dieser Mann nicht ein bißchen spannender sein? Nachdem das erledigt war, hörte ich Scharren von der Fensterseite, er hatte sich auf seinem Balkon im Liegestuhl niedergelassen, in Boxershorts. Mit meinem Opernglas konnte ich die Haare auf seiner Brust zählen. Er schrieb in ein kleines blaues Notizbuch und tat, als wenn er für die pantomimische Darstellung eines Menschen, der denkt, bezahlt würde. Er strich sich über die Stirn, bohrte in der Nase, kratzte an der Brust, an den Beinen, zwischen den Beinen. Es ist nervtötend, einen Menschen zu beobachten, dem Denken solche Mühe macht.

So konnte es nicht weitergehen. Ich beschloß, ihm einen Besuch abzustatten. Nichts lag näher, als mich als Zimmermädchen zu tarnen, mittlerweile beherrschte ich die Auftritte als Angehörige des niederen Dienstleistungsgewerbes. Ich nahm mein Schwarzseidenes aus der Tasche, es war kaum zerknittert und ideal als Outfit eines Zimmermädchens vom Luxus-Hotel.

Michael kann kaum Französisch, er war auf einem naturwissenschaftlichen Gymnasium, also konnte ich als echt französisches fremdsprachenloses Zimmermädchen auftreten. Aber ich brauchte Requisiten. Das lernt man als Statist: Je weniger Text man hat, desto mehr braucht man Requisiten, um eine Rolle rüberzubringen. Der Champagnerkübel war ideal. Aus dem jämmerlichen Lämplein überm Bett schraubte ich die Glühbirne, weil mir einfiel, daß Glühbirne auf französisch ›ampoule‹ heißt, nicht ›poire brûlante‹, wie ich mal in einem Französischaufsatz zusammenfabuliert hatte, zur Erheiterung der Klasse. Unsere Französischlehrerin hatte gerufen: »Verlangen Sie nie in einem Elektrogeschäft eine ›poire brûlante‹ – das ist flambiertes Birnendessert. Für den Franzosen ist es unvorstellbar, zwischen elektrischen Birnen und eßbaren Birnen eine Gemeinsamkeit zu entdecken!«

Weitere Requisiten fand ich auf der Toilette am Ende des Flurs. Dort pappte über dem Klodeckel eine Plastikbanderole mit dem Aufdruck ›protection hygiénique‹. Sah aus, als müßte man im Gebrauchsfall die Banderole mit einer Schere durchschneiden und dabei sprechen: »Hiermit erkläre ich diese Toilette für eröffnet.« Die Banderole war ebenfalls ein ideales Requisit, so was trägt nur das Personal durch die Gegend. Außerdem nahm ich ein großes glattes Handtuch mit, das ich wie eine Kellnerschürze umband, und eine originalverpackte Rolle ›papier hygiénique de luxe‹. Das genügte.

Direkt neben der Toilette gab es ein Etagenbad, die Badewanne war nicht mit einer Banderole geschützt, trotzdem strahlend sauber. Vor dem großen Spiegel dort kämmte ich die Haare straff aus der warzenlosen Stirn, übte die Rolle der dörflich Doofen. Mund halb offen, Augen halb zu, faßte ich mich ans Ohrläppchen und sagte »pardonmonsieur«, »nonmonsieur«, »ouimonsieur«.

Er würde mich nicht erkennen. Wenn man einen Bekannten an einem Ort trifft, an dem man ihn nie vermutet, erkennt man ihn nicht. Man bemerkt zwar eine Ähnlichkeit, aber wenn der Bekannte so tut, als wäre er ein anderer, dann ist es eben nur eine verblüffende Ähnlichkeit. Um mich zu beruhigen, erklärte ich meinem Spiegelbild eine der Grundwahrheiten der Psychologie: »Man denkt und sieht nur, was man für möglich hält.«

Ich sah ein letztes Mal lange in den Spiegel, es gab wirklich keinen Grund, mich aufzuregen: Marion Manteuffel sah der letztjährigen Sibylle Eisendraht von den Haaren bis zur Hüfte nirgendwo mehr ähnlich. Und meine Beine waren auch schlank und schön wie nie zuvor.

Also packte ich das Klopapier in den Champagnerkübel, hängte die Klo-Banderole über den Arm und klopfte energisch an Zimmer 18. Als er aufmachte, hielt ich ihm mit halb geschlossenen Augen die Glühbirne vor die Nase: »Bonjour, Monsieur, contrôle ampoule.«

Natürlich sagte er nichts außer »Bonjour« und ließ mich rein. Leute, die was bringen, läßt man immer rein. Er stellte sich lässig an der Balkontür auf, sah nach draußen, nicht zu mir. Er steht nicht auf Putzfrauen, nicht mal auf französische.

Sein Zimmer war mindestens viermal so groß wie meins. Ein prächtiges französisches Bett, ein blau-gelb provenzalisches Sofa und Polstersessel, ein gigantischer antiker Schrank, ein großes Fenster mit blau-gelben Vorhängen. Alles, was mein Zimmer nicht hatte, gab es hier: Licht, Luft, Luxus.

Aber nichts, was auf eine Frau hindeutete. Ich knipste überall das Licht an, murmelte jedesmal »ampoule parfaite«. Ich schüttelte sein Kopfkissen, haute einen Karateschlag aufs Kissen, damit es die Zipfel wie Katzenohren aufstellte, beugte mich blitzschnell zum Kissen runter, es roch nicht nach Parfüm. Zwischen seinen Schuhen, die er an der Wand aufgereiht hatte, kein Paar in einer kleineren Größe. Im Bad kein längeres Haar im Waschbecken, kein Make-up an den Handtüchern, auf der Ablage überm Waschbecken kein Haarspray, kein Festiger, keine Spülung, keine Haarkur, kein Spezial-Shampoo, nur das Shampoo-Fläschchen vom Hotel. Ich ließ den Deckel vom Klopapierhalter schnappen, murmelte »papier hygiénique de luxe parfait«, sagte »bel jour encore« – was vielleicht tatsächlich »schönen Tag noch« bedeutet, und war wieder weg.

Laut klapperte ich auf den Tonkacheln den Flur entlang, retournierte das papier hygiénique, schlich zurück in mein Chambre. Eins war sicher: Heute nacht war keine Frau bei ihm gewesen. Wie sollte ich das Agnete erklären?

Da klingelte nebenan das Telefon, ich sofort zum Fenster. Er war nicht mehr auf dem Balkon, und gleich darauf schloß er sein Zimmer ab. Auf den Kacheln war jeder seiner Schritte zu hören, ich folgte ihm barfuß im Abstand von eineinhalb Stockwerken.

Und dann sah ich ihn mit einer dunkelhaarigen Frau auf dem Rosenpfad wandeln. Sie gingen eng nebeneinander, sprachen angeregt, als sie ihm das Gesicht zuwandte, sah ich ihr hübsches Profil, zierliche Nase und so. Ihr Alter war kaum zu schätzen, fünfundzwanzig oder fünfundvierzig, alles war möglich. Sie gingen nicht zum Pool, sondern links hinten zur Mauer, öffneten dort eine Tür, waren verschwunden. Dann hörte ich zwei Autos wegfahren.

Die Tür führte zum Parkplatz, und die sich entfernende Staubwolke war sein Jaguar, er folgte einem schwarzen Sportwagen, der sehr eigenartig aussah, plötzlich erinnerte ich mich, wo ich diesen Wagen schon gesehen hatte – in alten Gangsterfilmen, es war auch ein Jaguar, ein E-Typ. Alle Achtung. Sie fuhren den Hügel hoch, irgendwann waren sie nicht mehr zu sehen.

Nun konnte ich Agnete was erzählen.

25. Kapitel

Hungrige Detektive telefonieren nicht gern. Es war sinnvoller, zuerst Mittagspause zu machen. Als ich auf den Marktplatz kam, waren nicht nur die Cafés und alle sonstigen Stätten der Gastlichkeit in Betrieb, auch alle Läden waren geöffnet, obwohl es Sonntag war. Frankreich und andere echt katholische Länder unterscheiden sich von Deutschland dadurch, daß die Leute dort keine Probleme haben, den Feiertag zu heiligen und dabei einzukaufen.

Im Bistro waren die Gerichte typisch französisch mit Kreide auf Tafeln geschrieben. Der Kellner kam sofort, floß über vor Freundlichkeit, als er merkte, daß ich Deutsche bin, war er entschlossen, mir die gesamte französische Cuisine zu Füßen zu legen. Er zeigte auf einer Tafel auf »gigot-flageolets«, erklärte, dies sei das absolute Lieblingsgericht der Franzosen, nämlich Lamm mit Bohnen. Als weitere Spezialität empfahl er »steak frites«, dies sei Steak mit Fritten, ebenfalls ein typisch französisches Lieblingsgericht. Ich wollte nicht sagen, daß es so was sogar bei uns gibt, ich entdeckte »pommes de terre en robe des champs«, fragte, was das ist. »Ah, c'est aux pommes!« rief er begeistert. Angesteckt von seiner Begeisterung, nahm ich das. ›Pommes‹ sind Äpfel, ›pommes de terre‹ sind Kartoffeln, ›pommes de terre en robe des champs‹ heißt wörtlich ›Kartoffeln im Feldkleid‹. Ich wartete gespannt.

Der Kellner brachte sie mit dem Ruf: »Des pommes de terre en robe des champs! C'est aux pommes!« Überrascht stellte ich fest, daß es Kartoffeln in der Schale waren. Der Kellner strahlte mich erwartungsvoll an, ich tat, als hätte ich noch nie Pellkartoffeln gesehen, was ihn glücklich machte. Er erklärte »c'est aux pommes!« sei ein typisch französischer Ausdruck der Begeisterung, besonders passend in diesem Fall. Es waren also «Prima Pellkartoffeln«. Dazu gab es echt französische gesalzene Butter und Baguette, also auch ein typisch französisches Gericht. Sehr lecker.

Ich beobachtete die Franzosen um mich herum, sie hatten ständig ein Stück Brot in der Hand, um damit Salatblätter auf die Gabel zu stopfen, um die Sauce aufzustippen oder um es sinnlos zu kneten und zu zerbröseln.

Hinterher einen französischen Kaffee. Das war totale Urlaubsstimmung. Erst recht, als im Radio des Bistros ›Lost in France‹ lief. Ich war begeistert – bis die Stelle kam: »and

176

I looked out for a telephone, to tell you, Baby, I won't be home...«, Was heißt: »und ich suchte nach einem Telefon, um dir mitzuteilen, daß ich nicht zu Hause bin...« Ich seufzte, ich mußte Agnete anrufen.

Die zwei Plexi-Telefonzellen vor der Kirche waren so modern wie die Kackdose schräg dahinter. Es waren Telefonzellen, in denen man auch angerufen werden konnte, nur mußte ich erst Agnete die Nummer durchgeben. Auch hier eine Gebrauchanweisung an die Wand geklebt, schließlich gehört das Telefonieren in Telefonzellen zu jenen Tätigkeiten, bei denen jede Nation strikt auf kulturelle Einzigartigkeit achtet. Bei uns wirft man das Geld ein und wählt, was einem als die einzige Möglichkeit des Telefonierens erscheint, hier aber mußte man erst wählen, warten, ob sich jemand meldet, und dann das Geld einwerfen. Weiter entnahm ich der Gebrauchsanweisung, daß diese Telefonzellen nur mit Jetons funktionierten. So was gibt's bei uns auch nicht. Jetons gibt's auf der Post, und die hat am Sonntag zu. Für Frankreich-Neulinge wäre damit die Aktion erledigt gewesen, doch ich erinnerte mich, daß man Jetons auch in Bistros bekam. Leider wieder ohne Quittung! Sie kosteten zehn Francs, sahen aus wie Zehnfrancstücke, hatten aber in der Mitte ein Loch.

Zurück mit den Jetons, fand ich raus, daß bei Auslandsgesprächen in den ersten acht Ziffern nicht mehr als zwei Nullen enthalten sein dürfen, weshalb die Null vor der Ortsnetzvorwahl wegbleiben muß. Ich verhielt mich gebrauchsanleitungsgemäß und bekam Agnete tatsächlich an den Apparat, worauf es tackerte, als würde die Telefonmünze zersägt. »Hallo, hier ist Marion Manteuffel!«

»Endlich! Wie sieht sie aus? Wer ist sie?«

»Rufen Sie mich bitte zurück, ich kann keine Quittung für die Telefonmünzen bekommen.«

»Kenne ich die Person?«

»Schreiben Sie mit.« Stur diktierte ich ihr die für Rückrufe aus dem europäischen Ausland angegebene sechzehnstellige Nummer der Telefonzelle. Es tackerte zunehmend drohender, sie schaffte es knapp, ehe die Telefonmünze zersägt war.

Es ist seltsam: Man steht auf einem Marktplatz in der Fremde in irgendeiner Telefonzelle, und man wird angerufen. Es klingelte, ich nahm zögernd ab, ungläubig, ob es tatsächlich funktioniert: »Ja?«

»Wie sieht sie aus?«

»Sehr französisch. Der dunkle, leidenschaftliche Typ. Sie kam mit ihrem eigenen Jaguar.«

»Wie alt?«

»Schwer zu schätzen. Etwa zwanzig.«

»Zwanzig?! Daß er sich nicht schämt, ein so junges Gör zu verführen!«

»Nein, nein. Ich dachte, Sie wollten wissen, wie alt der Jaguar ist. Sie fuhr einen Oldtimer, so einen...«

»Ich wollte natürlich wissen, wie alt sie ist!«

Natürlich hatte ich das gewußt. Sie hielt mich tatsächlich für so blöd, wie ich tat. Ich wußte auch, daß sie hören wollte, daß die andere jünger ist. Wenn eine Nachfolgerin auch nur einen Tag jünger ist, kann keine Verlassene was dafür, daß sie verlassen wurde. Dann ist der dumme Mann schuld. Dann heißt es, Männer wollen jüngere Frauen, weil Männer besser sehen als denken können. Das alte Alibi. Deshalb ist es kränkender, wenn eine Nachfolgerin älter ist, da bleibt nur die Schlußfolgerung, daß die andere klüger, charmanter, sportlicher, herzenswärmer, tierliebender ist. »Sie hat das gleiche Alter wie Sie«, sagte ich gemein, »eher etwas älter.«

»Ist sie verheiratet?«

Was für eine Frage. »Sie sah aus wie mindestens zweimal, dreimal geschieden.«

Das gefiel ihr gar nicht. »Und weiter?«

»Ich weiß noch nicht, was zwischen den beiden ist, sie holte ihn ab, und sie fuhren weg.«

Sie meckerte, ich hätte das Paar nicht aus den Augen verlieren dürfen. Dann sagte sie, Michael diniere am Abend bestimmt mit dieser Person im Hotelrestaurant, weil es das beste Restaurant in der Gegend sei. Und außerdem sei das Diner mit der Halbpension gebucht. »Rufen Sie mich dann sofort wieder an!«

»Sofort wenn er sich mit ihr an den Tisch setzt, oder sofort wenn er mit ihr ins Bett geht?«

In diesem Punkt wollte sie sich nicht festlegen. »Egal was ist, heute abend, Punkt zehn! rufen Sie mich an zur Berichterstattung! Und jetzt fahren Sie sofort! mit dem Bus! nach Avignon und suchen dort das Paar!«

»Fabelhafte Idee«, sagte ich, »ich gehe sofort.« Und ging, und zwar ins Bett. Wozu in Avignon zwischen hunderttausend Touristen nach Michael und einer unbekannten typischen Französin suchen? Warum ihm hinterherlaufen, wenn er zum Diner zurückkommt?

Den Rückweg zum Hotel verband ich mit einem Schaufensterbummel. Beim Marktplatz gab es einen Laden mit dem großartigen Namen ›Magasin du Monde moderne‹. Das ›Kaufhaus der modernen Welt‹ präsentierte in drei Schaufenstern seltsam blaßfarbene Dinge, alles von der Sonne ausgebleicht. Die Schaufenster waren mit schmutzbeigegelblichem Stoff ausgelegt, auf dem Stoff klar abgegrenzte Flecken in Filzgrün, da hatten jahrelang Objekte mit dem fleckenförmigen Grundriß gestanden, ehe sie aus dem Kaufhaus der modernen Welt verschwanden. Das

Angebot umfaßte einen schmutzigbeigegelblichen Sonnen-
schirm, in dessen Falten Reste grün-roter Streifen zu erkennen waren, ein schmutzigbeigegelbliches Paket mit
Topfkratzern, an den lichtabgewandten Seiten war zu
sehen, daß diese Packung rot gewesen war, schmutzig-
beigegelbliche Scheuerpulver-Päckchen, einst blau, ein
delliges Gummientchen, dem längst die Luft durch den
morschen Körper entwichen war, eine Negerpuppe, die
farblich zur Asiatin mutiert war. Eigentlich war dieser
Laden eine touristische Sehenswürdigkeit, ein Mahnmal
der Vergänglichkeit alles Irdischen, eine Erinnerung, daß
jeder sterben muß, gebildete Menschen nennen so was
›Memento mori‹. Am besten erhalten von den Ausstellungs-
stücken waren zwei Mausefallen, eine mit Schnapp&Kill-
Mechanismus, die andere ein Gefängniszellenmodell, die
das Opfer bei lebendigem Leib präsentiert. Das brachte
mich auf die Frage, was eigentlich mit Michael geschehen
sollte, wäre er auf beziehungsbrecherischer Tat ertappt.
Schnapp und kill? Das wäre lässig, logisch, leider illegal.
Oder ihn nur schnappen und an anderer Stelle wieder
aussetzen? Wo er sein Unwesen weitertreiben würde? Das
war die tier- und männerliebende Variante, leider auch
die legale.
Auf dem Marktplatzkarree war noch ein Antiquitätenlädchen eine Besichtigung wert. Im Gegensatz zum Kaufhaus der modernen Welt wirkte hier alles unvergänglich.
Und da entdeckte ich, auf einem Samtkissen im Schaufenster, Manschettenknöpfe wie die von Großonkel
Friedrich-Julian, die mir beim Wohnungseinbruch geklaut
worden waren. Runde goldene Knöpfe mit grün emaillierten Kleeblättern drauf! Und noch ein Paar, genau wie
sie mir geklaut wurden, eckige, mit Rubinen Stück an
Stück besetzt! Keine einmaligen Einzelstücke, überlegte

ich nach dem Überraschungsschock. Und vermutlich wurden sie früher in Frankreich fabriziert. Anfang dieses Jahrhunderts, zu Zeiten meines flotten Großonkels kam alles, was elegant, was dandymäßig war, aus Frankreich. Realistisch betrachtet war's nicht so sensationell, hier meine geraubten Erbstücke wiederzusehen beziehungsweise Doppelgänger davon. Erst wollte ich reingehen und nach dem Preis fragen, dann dachte ich, was soll's? Wozu genau wissen, wie hoch der Verlust ist? Das macht nicht glücklicher. Im Gegenteil.

Immerhin war es tröstlich zu wissen, daß es für diesen Verlust gleichwertigen Ersatz gibt. Es war nur eine Preisfrage. Und davon abgesehen waren einige der anderen Schmuckstücke im Schaufenster auch sehr schön. Ganz objektiv sogar begehrenswerter als Manschettenknöpfe. Vergiß es, entschied ich.

Trotzdem war es ein merkwürdiges Gefühl, hier so von meiner Vergangenheit umgeben zu sein, meinen Ex-Erbstücken, meinem Ex-Lebensgefährten. Und ich weiß nicht, warum, auf dem Rückweg zum Hotel sah ich mir noch mal genau die Mausefallen an.

26. Kapitel

Wie erwartet wurde ich gegen Abend durch Gepinkel von nebenan geweckt. Dann setzte er sich auf den Balkon und schrieb wieder in sein kleines blaues Buch. Führte er Tagebuch über seine französischen Sexerlebnisse?

›Faire l'amour‹ heißt ›Liebe machen‹, sonst kannte ich nichts. Ich sah in meinem Wörterbuch nach, an unanständigen Variationen zu ›Liebe machen‹ war zwischen ›Fichtennadeln› und ›fidel/fideles Haus‹ nichts zu finden.

Unter B gab es ›Bumsmusik‹, was ›musique de bastringue‹ heißt. Das Wort davor war ›Bummelzug‹. Das nächste Wort schon ›Bund‹, französisch ›alliance‹. Dafür im folgenden so unverzichtbare Worte wie ›Burgflecken‹ – ›petit bourg‹. ›Burgfräulein‹ – ›châtelaine‹. ›Bürzel‹ – ›croupion‹. ›Butterdose‹ – ›beurrier‹. Und ›Butzenscheibe‹ – ›vitrail en culs de bouteille‹. – Das Wörterbuch war aus diesem Jahrhundert, sogar ziemlich neu.

Es ist ein nettes Spiel, Wörter, die nicht zusammenpassen, in Sätzen zu kombinieren. Wir hatten das im Studium in einem Kreativitätstraining geübt. »Ich dulde keine Bumsmusik in meinem Burgflecken, brüllte das Burgfräulein und warf die Butterdose durch die Butzenscheiben.« Solche Sätze braucht man natürlich selten. Eher: »Können Sie Bumsmusik mit Ihrem Bürzel erzeugen?« – »Pourriez-vous produire la musique de bastringue avec votre croupion?« Oder noch praktischer: Aus ›Bumsmusik‹ und ›Bund‹ ließe sich ›Bumsverhältnis‹ kombinieren: ›alliance de bastringue‹. Und daraus der überaus praktische Satz: »Vous êtes intéressés à une alliance de bastringue sans intérêt financiel?« – »Haben Sie Interesse an einem Bumsverhältnis ohne finanzielle Interessen?« So kommt man auch mit bescheidenem Wortschatz weit.

Allerdings war unwahrscheinlich, daß Michael französisches Beischlafvokabular in sein Heft schrieb. Michael macht's ohne Worte. Ich habe ihn nie gefragt, ob er irgendwelche Phantasien beim Bumsen hat, bei denen er nicht gestört werden will, jedenfalls ist er Anhänger des sprachlosen Beischlafs. Von der Sorte Männer gibt's sicher mehr als man befürchtet.

Er schrieb, lächelte versonnen, sah auf die Uhr. Ich machte mich ausgehfertig. Heute abend war der erste Auftritt meines samtroten Seidentuchs mit den glänzenden

Schmetterlingen. Indirekt hatte ich dieses Luxusobjekt wegen Michael gekauft, nach Michael, in einer Zeit der Minderwertigkeitsgefühle. Damals dachte ich, um je wieder einen Mann kennenzulernen, brauche ich so was. Bisher hatte ich nie die Gelegenheit gefunden, so was zu tragen, auch nie die Gelegenheit gesucht.

Die Frage war nun: Wie trägt man so ein Riesentuch? Auseinandergefaltet reichte es vom Busen bis zur Wade und zweimal um mich rum. Als schulterfreies kurzes Wickelkleid? Da ich nichts anderes zu tun hatte, probierte ich alles. Über die Hüfte geknotet als langer Rock? Oder auf dem Kopf zum Turban geschlungen? Über dem Busen geknotet, an der Taille gedreht und weiter unterm Bauchnabel? Wie ein Sarong über eine Schulter? Als Lendenschurz? Oder wie ein Tschador, nur einen Spalt frei für die Augen? Endlich entschied ich mich für die Variante ›Eleganz ohne Risiko‹, nämlich als Stola zu meinem Schwarzseidenen. Egal, daß er mich in diesem Kleid schon gesehen hatte, außer dem schwarzen Kleid des Zimmermädchens am Morgen hatte er im Lauf des Tages viele schwarze Kleider gesehen, ohne sie wahrzunehmen. So wie er jede Menge Frauen meines Alters mit mittelbraunen, mittellangen Haaren gesehen hatte.

Ich stylte meine Frisur auf extravagant. Dazu wirkte die kleine Cindy Crawford auf der Oberlippe nicht unsexy. Die Putzfrauenwarze auf der Stirn à la Maria-Rindfleisch-mit-Gemüse wollte ich als Marion Manteuffel nicht mehr. Aber ich klebte eine zweite kleine Warze wie eine Rokokodame über die Schläfe links. Falls ich noch eine eventuelle Rest-Ähnlichkeit mit Sibylle Eisendraht hatte, mit den zwei Warzen wäre Michael auf den ersten Blick überzeugt, daß ich eine andere bin. Wer solche Warzen hat, der hat sie schon immer.

Zum ersten Mal seit fast einem Jahr würde er mich wirklich wieder ansehen. Michael kannte mich als Kumpeltyp, als Frau, mit der man Pferdestehlen geht. Nun würde er mich kennenlernen als Frau, mit der man zum Pferderennen geht.

Viertel vor acht verließ er sein Zimmer. Ich beobachtete von meinem Fenster aus die Terrasse. Im Halbdunkel leuchtete auf jedem Tisch ein Lämpchen mit provenzalischem Lampenschirmchen. Die Hälfte der Tische war bereits besetzt mit eleganten Menschen. Der oberste der Oberkellner, der allen Gästen den Platz zuteilte, führte unter Verbeugungen drei extra-elegante Paare zum Tisch in der Mitte. Dann tauchte Michael auf. Auch er hatte sich in ein Jackett geworfen, der oberste der Oberkellner führte ihn zu einem Zwei-Personen-Tisch hinten an der Mauer. Und dann war sofort klar, daß Michael überhaupt niemanden erwartete, denn der oberste der Oberkellner winkte einen Unterkellner herbei, und der räumte das zweite Gedeck ab, das auf dem Tisch war.

Also los. Ich drapierte meine Stola in Ausgehposition. Ich ging runter, wartete vorn an der Terrassentür, bis der oberste der Oberkellner herbeieilte, sagte entschlossen: »Rendez-vous avec Monsieur Graf, chambre dix-huit, c'est la table là, Monsieur«, zeigte dabei diskret zu Michael rüber.

Der oberste der Oberkellner schritt zu Michaels Tisch, rückte dort den freien Stuhl zurecht, und schon saß ich bei ihm. Mit einer Bemerkung, die als »Unterkellner kommt sofort, schönen Abend noch« zu übersetzen war, war der oberste der Oberkellner verschwunden.

»Das muß ein Irrtum sein, Monsieur«, rief ich ihm hinterher, und in meiner Stimme war ein Zittern. Selbst wenn es der oberste der Oberkellner gehört hätte, hätte er es nicht verstanden, ein Angestellter in seiner gehobenen Position sprach nur Französisch.

Verlegen sagte ich zu Michael, ohne ihn anzusehen: »Das ist ein Irrtum. Ich störe Sie, Sie erwarten jemanden. Ich bin allein hier. Entschuldigung, Sie sind sicher Franzose?«

»Keine Panik«, lächelte Michael charmant und ließ die Speisekarte sinken. »Ich bin auch allein hier und spreche auch Deutsch.« Wobei er wohlgefällig meine Luxusstola taxierte.

Ganz ruhig bleiben.

Ein weiterer Kellner brachte ein Gedeck für mich, drei verschiedene Gläser und die Speisekarte.

»Was können Sie mir empfehlen?« fragte ich Michael. Das Zittern in meiner Stimme war schon fast weg.

Er war begeistert, den Berater spielen zu dürfen. Er betrachtete die Speisekarte, als sei er Spezialist für Gourmet-Französisch. Weltmännisch fragte er: »Lieben Sie Artischocken?«

Gerade noch erraten, daß ›artichaut‹ ›Artischocke‹ ist.

»Was gibt es sonst?« fragte ich tückisch.

Er löste seine Sprachprobleme schlau: »Der Kenner nimmt hier das Tagesmenü.« Und klappte mir diese Seite auf.

Beim Menü hatte man die Wahl zwischen jeweils drei Vorspeisen, drei Zwischenspeisen und drei Hauptspeisen. Er empfahl für den Anfang eine langweilige Bouillon, da mache man nichts falsch. Als nächstes, weil es wahrscheinlich wieder das einzige war, was er erkannte, ›Scampi grillés‹, gegrillte Scampi. Als Hauptgericht riet er zu ›Tournedos‹, sprach es aus als ›Tornados‹, als wären es Wirbelstürme, es sind jedoch Rinderfilets. Der Name ist zusammengesetzt aus ›tourner‹ wie ›drehen‹ und ›dos‹ wie

›Rücken‹, und so wird's auch gesprochen. Ich sagte, daß ich gern Wirbelstürme esse.

Worauf er die Weinkarte studierte und mit Kennermiene bemerkte, daß der französische Wein anders sei als der deutsche. Besonders der Bordeaux, kein Vergleich. Letztes Jahr noch konnte er Rotwein nur durch die Farbe von Weißwein unterscheiden. Er wählte einen Bordeaux, der irgendein Château im Namen führte. Ich wollte nur Mineralwasser.

»Welches Mineralwasser bevorzugen Sie?« fragte er vornehm.

»Bei Mineralwasser nehme ich immer die Hausmarke, da macht man nichts falsch«, antwortete ich genauso vornehm.

Nachdem die Bestellung erledigt war, war die Frage, über was redet man nun? Erstmal abwarten, in meiner Rolle war Zurückhaltung angemessen. Mein Herz klopfte wieder aufgeregt, zur Beruhigung beobachtete ich die anderen Leute. Am nächsten Tisch in meiner Blickrichtung ein Ehepaar mit einem etwa zehnjährigen Jungen, er betrachtete seine Eltern mit Haß, als wären sie Gefängniswächter. Andererseits schienen die Eltern zu zittern, ihr Sohn würde sie wegen Kindesmißhandlung anzeigen, falls er etwas serviert bekäme, was ihm nicht paßt. Aus ihren Gesprächen hörte man, daß der Sohn grundsätzlich nichts Rotes ißt, als einzige Ausnahme erlaube er Rotes aus Tomaten, speziell Ketchup. Die Mutter, die perfekt französisch sprach, diskutierte mit dem Kellner die Farbgebung der gesamten Speisekarte durch. Solchen Service gibt's bei McDonalds nicht. Wir mußten ewig warten.

Am Tisch gegenüber zwei Engländerinnen, eine schwärmte, daß der Koch ihres Lieblingsrestaurants in Paris mit ihr seine neuen Ideen des Gemüsearrangierens beredet hätte.

186

Die andere schwärmte, daß sie vom teuersten Hotel in Argentinien alljährlich zum Geburtstag eine Glückwunschkarte bekäme.

Ich merkte, daß mich Michael von der Seite musterte. Jede Wette, daß ich für seinen Geschmack zu schlank war.

»Sie erinnern mich an jemand«, sagte er.

»Das hat man mir schon öfter gesagt«, lächelte ich.

»Sie wohnen hier im Hotel?« fragte er.

»Nein, ich kam nur zum Essen.«

Er zögerte. »Ich dachte, ich kenne Sie vom letzten Jahr. Es ist sehr angenehm hier, ich verbringe seit einigen Jahren hier den Sommer.«

Mit einem Schlag war mein Herzklopfen weg. Dieser Lügner! Dieser Angeber! Lügen kann ich auch! Es lügt sich sogar besonders leicht, wenn man weiß, was der andere nicht weiß! »Wie schön für Sie«, sagte ich herzlich, »wie ich Sie beneide! Ich würde auch viel lieber in einem so schlichten Landgasthaus wohnen! Leider muß ich meiner Familie wegen ständig in die Hiltons. Sie müssen verstehen, meine Familie hat größere Hilton-Beteiligungen.« Ich seufzte: »Kennen Sie das Hilton in Tokio?«

»Müßte ich kennen«, log er verblüfft.

»Finden Sie nicht auch, daß es strenggenommen nicht mehr dem Standard entspricht, den man von einem Hilton erwartet? Wir sollten es abstoßen.«

»Ja«, sagte er vage. »Wohnen Sie in Avignon auch im Hilton?«

Vorsicht. Keine Ahnung, ob es da ein Hilton gibt. »Hier bei Avignon hat meine Familie einen größeren Ferienwohnsitz. Zur Zeit bin ich mit meiner uralten Tante hier, sie ist gebrechlich, ich begleite sie auf Reisen. Sie hat heute abend eine Besprechung mit einem ihrer Finanzberater, deshalb konnte ich allein weg.«

Wie interessiert er mich nun ansah!

Und dann fragte er: »Sie sind nicht gebunden? Nicht verheiratet oder so?«

»Nicht verheiratet oder so.«

»Jetzt weiß ich, an wen Sie mich erinnern!«

Ich zwang mich, ihm ins Gesicht zu sehen.

»An ein Mädchen aus meiner Schulzeit. Auch aus sehr reichem Haus, auch sehr schlank und dunkelhaarig. Sie hatte auch so aparte Punkte im Gesicht wie Sie. Sie wurde sofort nach dem Abitur weggeheiratet.«

»Ihr Leben hat nicht am Tag ihrer Heirat aufgehört, was macht sie heute?«

»Keine Ahnung.« Er sagte es echt desinteressiert, dann schaltete er seine Mimik auf echt interessiert um. »Und was machen Sie?«

»Wie gesagt, ich kümmere mich um meine Tante. Ich bin sozusagen Tantenpflegerin. Die Geldgeschichten meiner Tante langweilen mich entsetzlich, aber manchmal muß ich dabeisein, schließlich bin ich Alleinerbin.«

»Alleinerbin – ein schöner Beruf«. Michael setzte sich aufrechter. »Darf ich Sie zu einem Glas Wein einladen?«

Ich lächelte begeistert. Er hatte es geglaubt. Damit war der schwierigste Part meiner Rolle geschafft. Jetzt konnte ich meine neue Identität nach Herzenslust ausbauen. Michael war ahnungslos, und ahnungslos würde er bleiben. »Sehr freundlich, ein Glas Wein nehme ich gern von Ihnen an«, sagte ich, ganz wohlerzogene Alleinerbin.

Als er den Bordeaux bekam, studierte er das Etikett, als sei es ein Strafzettel, und blickte streng, als er den Probeschluck zu sich nahm und dann den Wein akzeptierte.

Das Mineralwasser kam in einer geriffelten Flasche mit einem geriffelt geschliffenen Glasstöpsel. Die Flasche war so vornehm, daß sie kein Etikett hatte.

Dann wurde die Bouillon serviert. Michael legte seine Hand auf meine, als ich nach dem Löffel griff: »Vorsicht, diese Fleischbrühe ist heiß.«

Jeder andere Mensch hätte gesagt: »Glauben Sie, das weiß ich nicht, Sie Idiot? Nehmen Sie Ihre Pfote von meiner Hand!« – Ich kannte Michael, ich ahnte, was kommen mußte, also sagte ich: »Sie sieht gar nicht so heiß aus, sie dampft nicht.«

Damit hatte er sein Stichwort. »Brühe mit Fettaugen ist immer heißer, als sie aussieht, man täuscht sich, eben weil sie nicht dampft. Die Fettschicht obendrauf verhindert das Dampfen.«

Nie wird man so geliebt, als wenn man Menschen die Gelegenheit gibt, sich als Schlaumeier zu erweisen. »Wie außerordentlich interessant.« Ich konnte es mir nicht verkneifen, anzufügen: »Ist es nicht oft im Leben so, daß man nur das erkennt, was man kennt?«

Er prostete mir zu, ohne zu ahnen, was ich meinte. »Wenn ich mich vorstellen darf«, sagte er, »mein Name ist Graf, Michael.«

»Graf Michael!« rief ich, »dann kennen Sie den Grafen von Avignon!«

»Sie haben mich falsch verstanden. Andersrum ist es richtig – Michael Graf.«

»Ich heiße Marion Manteuffel, ebenfalls ohne Adelsprädikat, meine liberalen Vorfahren haben den traditionellen Adelstitel der Manteuffels in der bürgerlichen Revolution abgelegt.«

Er glaubte alles. »Ich habe noch keine Ahnenforschung betrieben, möglicherweise ist meine Familie mit der Tennisspielerin verwandt.«

»Sind Sie Physiker?« machte ich weiter, »was Sie gerade erzählten, läßt auf naturwissenschaftliche Bildung schließen.« – Physiker wäre er gern geworden, nur war ihm leider das Studium zu anstrengend.

»Ich habe mich der Vermögensberatung zugewandt.«

»Auch sehr lukrativ. Wenn ich bedenke, was meine Tante bezahlt!«

»Ja, ja«, sagte er gierig.

Ich erinnere mich noch genau an das Essen, an die komplizierten Dekorationen aus Tomatenpartikeln, Kräuterschnipseln und Saucentröpfchen neben den zu Spiralen gedrehten Scampi, und die geschnitzten Kartöffelchen und streichholzdünnen Böhnchen, die es zu den Filetstückchen gab, dazu hörte ich Michaels Geschichten und traute meinen Ohren kaum. Er erzählte die Beziehung zwischen sich und Agnete mit vertauschten Rollen! Agnete war es angeblich, die ihn unbedingt heiraten wollte. Und weshalb? Wegen seines!! Geldes! Wegen seines!!! beträchtlichen Familienvermögens! Ich konnte nur sagen: »Unglaublich!«

Worauf er noch eins draufsetzte und jammerte, er wünsche sich zwar sehnlichst ein Kind, um einen Erben fürs Familienvermögen zu haben, aber da er nun die wahren Interessen seiner heiratswütigen Bekannten entdeckt habe, schrecke er zurück. »Ich soll sie heiraten, ihr mein gesamtes Vermögen überschreiben, nur damit sie mich im Fall einer Schwangerschaft als Vater des Kindes anerkennt.«

»Unglaublich!« Ich war knapp davor, mich mit Agnete zu solidarisieren. »Hat Ihre Bekannte kein Geld? Was ist sie von Beruf?«

Er winkte ab. »Sie ist Wassermann mit Aszendent Fisch und Skorpion. Das sagt alles.«

Er hielt Astrologie immer für Weiberhumbug; um seine Lügengeschichten zu begründen, kam er mir astrologisch!

Man kann sich darüber streiten, ob die Sterne lügen oder nicht lügen, sonnenklar war, daß Michael log.

Er, ganz cool: »Es liegt derzeit ein Eheangebot von ihr vor, welches jedoch in der vorliegenden Form nicht akzeptabel ist.«

»Und was machen Sie nun?« fragte ich mit übermenschlicher Beherrschung.

»Ich warte in aller Ruhe auf bessere Angebote.« Er lächelte.

»Ich habe ein Paket geschnürt.«

»Ein Paket geschnürt?« Das Paket, das er aus Agnetes Wohnung mitgenommen hatte?

Belehrendes Lächeln. »›Ein Paket schnüren‹, das ist ein Fachausdruck aus meiner Finanzwelt, gemeint ist damit, daß ich einen Katalog meiner Forderungen zusammengestellt habe. Über die muß diskutiert werden. Wenn ich Vater werden soll, kann ich ohne entsprechende Gegenleistung nicht die Verantwortung für ein Kind übernehmen.«

Sperma meistbietend abzugeben! Großartig, was er aus dem bißchen, was er zu bieten hatte, rausholte.

Da kam ein Kellner und überreichte Michael auf einem Tablett ein Handy: »Pour Monsieur.«

Michael griff lässig zu dem Ding, sagte lässig: »Oui, Graf.« Agnete war es eindeutig nicht, denn er lachte ins Telefon: »Ich habe dir nicht zuviel versprochen.« Und: »Du kannst noch mehr von mir bekommen.« Und: »Du gehst kein Risiko ein.« Dann: »Ich komme morgen zu dir, Treffpunkt wie gehabt, dann gehen wir, und hinterher gibt's die pikanten Sachen.« Er verabschiedete sich zärtlich: »Au revoir.« Während er das Telefon aufs Tablett zurücklegte, erklärte er: »Meine kleine französische Freundin.« Und es war klar, daß er sich großartig fühlte.

»Ebenfalls eine Heiratskandidatin?«

»Ich befürchte, bei meiner kleinen französischen Freundin fehlt der Hintergrund. Meine Devise ist: ›Gleich und gleich gesellt sich gern.‹« Er sah mich plötzlich innig an: »Eine Frau wie Sie wäre eher die passende für mich.«

Mir blieb die Luft weg. In den zwei Jahren, in denen wir ein Paar waren, ist er einem Heiratsantrag nie so nahe gewesen. »Sie kennen mein Sternkreiszeichen doch gar nicht, und was meine Aszendenten betrifft ...«

»...das hat man im Gefühl. Ich sehe, aus welchen Kreisen Sie kommen.«

Ich starrte auf die Mauer neben uns. Auf einem Efeublatt krabbelten zwei Käfer, gelb-schwarz-provenzalisch gemustert. Der eine Käfer krabbelte wild auf den andern drauf, eindeutig in der Absicht, neue Käfer zu machen. Darauf hatte der andere Käfer absolut null Bock oder speziell keinen Bock, mit diesem Käfer neue Käfer zu machen, der Käfer krabbelte beharrlich weiter, der obere rutschte runter, der untere Käfer verschwand unterm Blatt. Vielleicht um dort mit einem anderen Käfer Käfer zu machen. Der verlassene Käfer krabbelte hirnlos auf dem Blatt hin und her. Da kam von einem höheren Efeublatt der nächste Käfer, krabbelte freudig auf den verlassenen Käfer zu, worauf der verlassene Käfer aufgeregt mit den Flügeln klapperte und wegflog. Der neue verlassene Käfer krabbelte hirnlos auf dem Blatt hin und her. Überall auf dieser Welt spielt sich ständig dasselbe ab.

Ich hatte genug von Michaels Lügenmärchen, und es war kurz vor zehn: »Ich muß zurück zu meinen Kreisen.«

»Bleiben Sie doch noch, Marion.«

»Unmöglich, Herr Graf.«

»Kann ich Sie wiedersehen? Darf ich Sie anrufen?«

»Sie haben morgen bereits eine Verabredung.«

Aufgeregt sagte er: »Meine französische Freundin ist eine

reine Geschäftsbeziehung, mit ihr treffe ich mich am Nachmittag. Kommen Sie morgen abend her?«

»Ich weiß nicht, ob es möglich ist.« Ich mimte Nachdenken, sagte schließlich: »Meine Tante könnte morgen abend mit ihrem Housekeeper essen.«

Er nickte beeindruckt. »Kann ich Sie nach Hause begleiten? ›Schönes Fräulein, darf ich's wagen, Arm und Geleit Ihnen anzutragen?‹ Das ist aus dem Faust.«

Sollte ich sagen, ich hätte gedacht, es sei aus der Fernsehserie ›Reich und schön‹, damit er sich noch gebildeter fühlen konnte? »Danke, nicht nötig. Unser Anwesen ist gleich hinter dem Marktplatz, hinter der alten Mauer mit dem großen Tor.« Ich hatte davon mehrere gesehen, er durfte sich das Anwesen selbst aussuchen, als dessen Erbin er mich sehen wollte. Ich erklärte, daß ich es jetzt sehr eilig hätte, meine gebrechliche Tante erwartete mich Punkt zehn, und winkte einen Kellner zum Zahlen herbei. Michael machte keinen Versuch, mich davon abzuhalten. Dabei wäre es für Agnete praktischer gewesen, wenn er mich eingeladen hätte, mein Essen auch gleich auf ihre Rechnung hätte schreiben lassen. Die berühmten drei Worte, die kaum ein Mann über die Lippen bringt, die Worte »ich bezahle alles«, sagte er natürlich nicht.

Der Kellner hatte den Nerv, auch Michaels Essen auf meine Rechnung schreiben zu wollen, Michael wehrte ab, als hätte ich die Absicht gehabt, ihn einzuladen: »Nein, das ist nicht nötig. Mein Essen geht auf die Zimmerrechnung, es ist Halbpension gebucht. Und den Wein, Marion, übernehme ich.« Sehr großzügig, er hatte ihn auch fast allein getrunken.

Ich gab massig Trinkgeld, was Michael mehr als den Kellner beeindruckte.

Dann dankte ich Michael für die wunderbare Unterhaltung

und dankte im Geist Agnete für das wunderbare Abendessen. Und flatterte mit meiner Schmetterlingsstola davon, zum Marktplatz zur Telefonzelle.

Meine gebrechliche Tante war sofort am Apparat: »Wissen Sie endlich was Konkretes? Ich bin mittlerweile überzeugt, daß es keine Französin sein kann.«

»Bitte rufen Sie zurück, wieder die gleiche Telefonzelle.«

»Er spricht doch kaum Französisch. Was soll er denn mit einer Französin?«

»Ich habe nicht so viele Telefonmünzen. Und möglicherweise gibt es eine Französin, die Deutsch spricht.«

»Reden Sie keinen Unsinn«, fegte sie mich an. Dann rief sie: »Ich habe Ihre Nummer nicht mehr! Erzählen Sie ganz schnell.«

»Speichern Sie die Nummer in Ihr Telefon, Sie werden mich bestimmt nochmal anrufen müssen.«

»Ich weiß nicht, wie man Nummern speichert, ich verstehe die Gebrauchsanweisung nicht, das kann nur mein Mann«, jammerte sie.

Ist es nicht wahnsinnig, wie klug Männer sind? Man muß sich als Frau nur blöd genug anstellen! Ich diktierte ihr wieder stur die Nummer. Die Aktion gab mir Zeit zu überlegen, was ich ihr eigentlich erzählen wollte.

Sie rief dann zurück, und ich erzählte, ich hätte Michael in Gesellschaft einer einwandfrei deutsch sprechenden Frau im Hotelrestaurant beobachtet, unauffällig hätte ich am Nebentisch gesessen und gehört, daß sie sich morgen wieder treffen wollten. Nein, es sei nicht die Frau gewesen, die er nachmittags getroffen hätte. Ja, wieder eine andere, nein, nicht blond, die Frau dieses Abends sei nicht eindeutig jünger, aber eindeutig hübscher gewesen, teurer angezogen, größerer Brilli. »Wenn Sie mich fragen, mindestens drei Karat«, sagte ich, obwohl sie das nicht gefragt hatte.

»Was machte er nach dem Essen mit ihr?«

»Sie saßen noch im Restaurant, als ich gehen mußte. Sie wollten ja unbedingt, daß ich Sie um zehn anrufe.«

»Gehen Sie sofort zurück!« Sie legte auf, ohne Aufwiedersehen.

Sehr launisch, die Madame Agnete. Mal wollte sie dies, dann wieder das Gegenteil.

Auf dem Marktplatz war noch jede Menge Betrieb, und es war noch früh genug, um Gisela anzurufen. Auch Gisela rief mich zurück. Wieder war ich begeistert, in der Fremde vor einer Telefonzelle zu stehen, und es klingelt, und es ist für mich. Ein Gefühl, da könnte ich süchtig danach werden.

Zuerst wollte Gisela meinen genauen Aufenthaltsort wissen, sie tat, als sei la chambre de la femme de chambre de la chambre dix-huit der letzte Ort, an dem man mich lebendig gesehen haben würde. Dann mußte ich alles genau berichten.

Ich erzählte, daß Michael mir fast einen Heiratsantrag gemacht hatte. Gisela tat, als sei das nicht sensationell: »Er hat eben geglaubt, du seist die Seele, die ihn spontan versteht, ihm wesensverwandt ist, alle seine Wünsche erfüllt. Dabei hast du ihn nur endlich durchschaut. Daran sieht man, daß die berühmte Liebe auf den ersten Blick völlig überbewertet ist. Das beste Mittel gegen Liebe auf den ersten Blick ist ein zweiter Blick. Du hättest schon früher die Augen aufmachen können.«

Ich lauschte gern Giselas Belehrungen, sie gingen auf ihre Telefonrechnung. Als sie endlich genug recht gehabt hatte, fragte ich: »Hat jemand für mich angerufen, der Leonard heißt?«

»Nein.«

»Falls ein Leonard anruft, laß dir seine Telefonnummer geben. Ich hab's vergessen.«

Dies machte den detaillierten Bericht von der Fahrt nach Avignon an Gisela erforderlich. Von meinem Zugbegleiter war sie begeistert: Die Ausgleichende Gerechtigkeit in der Erscheinungsform eines künftigen Gymnasialstudienrats, der bewiesen hatte, daß er bereit war, wirklich was für mich zu tun!

Ich mußte ihre Hoffnungen bändigen: »Versprich mir, Gisela, wenn er anruft, führ dich nicht auf, als sei er mein Erlöser.«

Gisela versprach, im Ereignisfall sämtliche Zurückhaltung zu wahren, zu der sie fähig sei. Und ich sagte vorsichtshalber zweimal, daß er wahrscheinlich gar nicht anruft, sondern darauf wartet, daß man sich zufällig im Hamlet wiedertrifft. Sie solle sich keine dramatischen Hoffnungen machen, ich täte es auch nicht.

Ich schlich ins Hotel zurück. Von meinem Guckloch aus sah ich Michael noch unten sitzen, bei Digestif und Kaffee, er blätterte im Schein des Tischlämpchens in seinem blauen Buch. Hatte er darin Agnetes Ehevertrags-Angebot notiert? Und das Gegengebot seiner kleinen Französin? Sollte ich auch in die Liste der Bieterinnen einsteigen?

Auf jeden Fall würde ich noch einige Tage in diesem schönen Hotel bleiben, auf Agnetes Rechnung. Und Michael einen Strich machen durch seine Rechnung.

Da fiel mir ein: ›Rechnung‹ heißt ›la douloureuse‹, wörtlich übersetzt ›die Schmerzhafte‹.

27. Kapitel. 20. August

Man wird ahnen, was mich am nächsten Morgen weckte: Gepinkel, fünf Meter von meinem Ohr entfernt, die Holztür zwischen uns war kein Lärmschutz, nur Sichtschutz. Es war ein Gefühl wie ganz am Anfang unserer Beziehung: Zuerst ist es einem peinlich, vom anderen bei solchen Aktivitäten beobachtet und belauscht zu werden. Dann ist man glücklich darüber, sich so nah zu sein. Und irgendwann geht's einem als zu viel Nähe auf die Nerven. Je länger eine Beziehung, desto mehr Situationen, in denen man lieber allein wäre. Zuerst wäre man lieber wieder allein in den Situationen, die sich immer wiederholen – und was wiederholt sich häufiger als Pinkeln? Ich hatte reichlich Zeit, solchen Philosophien nachzuhängen. Michael ging frühstücken, anschließend begab er sich mit seinem Buch auf den Balkon, er hatte auch Zettel dabei, auf denen er was berechnete.

In Situationen, die außergewöhnlich und unbekannt sind, ist man weniger gern allein. Zum Beispiel im Urlaub. Wären Michael und ich noch zusammen, was würden wir jetzt tun? Am Pool liegen? Stadt besichtigen? Was auch immer, wir würden uns miteinander langweilen. Das war nicht immer so, aber so wäre es jetzt. Seit er Agnetes Statustrophäe geworden war, war mit dem Mann nichts mehr anzufangen. Konnte man ihn wieder normalisieren? Ich klebte meine Warzen an, eine auf die Oberlippe, eine an der Schläfe links, als es an meine Tür klopfte. Ich erschrak fürchterlich, dachte, es sei Michael, doch der saß unverändert auf dem Balkon. Es war ein Junge vom Hotel, er überreichte mir einen Zettel und blieb an der Tür stehen, bis ich ihm Trinkgeld gab. Auf dem Zettel stand: »10 Uhr 45. Mann Teufel sofort Madame Docteur rufen.«

197

Ich notierte auf meinem Spesenblock: 5 Francs Trinkgeld um 10 Uhr 47 für Erhalt Ihres Befehls. Und begab mich zur Telefonzelle.

»Was war gestern abend noch?!«

»Nichts. Als ich zurückkam, war das Paar verschwunden.«

»Haben Sie heute nacht verdächtige Geräusche aus seinem Zimmer gehört?«

»Nein.« Blöde Frage. Sie mußte doch wissen, daß Michael zu den lautlosen Bumsern gehört.

»Hören Sie«, sagte sie in Habt-Acht-Ton, »ich habe einen entscheidenden Hinweis! Das fragliche Flittchen hat mit an Sicherheit grenzender Wahrscheinlichkeit einen abgebrochenen Fingernagel!«

Fünf Tage hatte sie also gebraucht, bis sie endlich ihre Gläser selbst spülte.

»Es muß der Nagel eines Zeigefingers sein.«

Schön, wie sorgfältig sie beobachtete. »Zeigefinger links oder Zeigefinger rechts?«

Das wußte sie nicht. »Ich fand einen abgebrochenen Fingernagel in einem meiner guten Kristallgläser. Diese Person hat, kurz ehe Herr Graf wegfuhr –« Es klackerte, Ende des Zehnfrancjetons. Wie lange würde es dauern, bis sie kapierte, daß sie mich zurückrufen mußte?

Es dauerte, ich wartete, es klingelte: »Hören Sie!«

»Ich höre.«

»Diese Person hat, kurz ehe Herr Graf wegfuhr, mit ihm in der Wohnung eine Orgie gefeiert!«

Niemand hat so viel Phantasie wie die Eifersüchtigen. Eifersüchtige erleben mehr.

»Ich bin sicher, daß diese Person ihm hinterhergefahren ist. Und hören Sie! Ich bezahle Sie nicht fürs Nichtstun! Wenn Sie mir nicht sofort einen deutlichen Beweis liefern, sind Sie gefeuert!«

»Was wollen Sie als Beweis? Noch einen abgebrochenen Fingernagel?«

Sie fand das nicht komisch. »Ich brauche mindestens ein Foto von dem fraglichen Flittchen!«

»Soll's mit Herrn Graf im Bett sein?«

Da wollte sie sich wieder nicht festlegen. Nur darauf, daß sie mich ohne Beweise feuern würde. Untertänig versprach ich, mich sofort auf die Suche nach einem fraglichen Flittchen mit einem abgebrochenen Fingernagel zu machen.

Ich dachte nicht daran, Michael zu verfolgen. Wie auch? Warum auch? Ob seine kleine Französin seine Liebschaft war, konnte ich heute abend bei einem edlen Menü rausfinden. Zuerst würde ich Agnetes Bedürfnisse befriedigen. Es war klar, wie die Frau auszusehen hatte, die Agnete überzeugen würde. Schließlich bekam Agnete immer, was sie wollte. Eine Rothaarige mußte her.

28. Kapitel

Um 12 Uhr 30 verließ Michael das Hotel. Er ging durch den Garten zum Parkplatz. Ich schlich ihm hinterher, sah ihm hinterher, er rauschte ab in Richtung Avignon. Nun konnte ich mich frei bewegen im Hotel.

Wo eine Rothaarige finden, die mit Michael nackt oder so ähnlich fotografiert werden könnte? Mein Auftrag verlangte es, daß ich mir einen schönen Nachmittag am Pool machte.

Mit meinem alten Bikini begab ich mich zu den glücklichen Menschen, die es sich leisten konnten, ihren Urlaub in einem Luxushotel zu verbringen. Ich plazierte mich auf einer Liege und prüfte Gast für Gast. Die Nächstliegenden waren ein uninteressantes Ehepaar, das sich anmuffelte. Sie sah ständig um sich, lauerte auf Unterhaltung, er döste, ein Handy auf seinem Bauch. Das Handy war bauchgerecht gebogen, sonst wäre es runtergerutscht.

Als nächstes ein Mann von etwa vierzig mit einer, die höchstens zwanzig war. Sie sah aus wie einst Brigitte Bardot, so blond, so schmollend. Er las die Financial Times, sie hatte einen Kopfhörer auf und zwischen den Beinen einen Gameboy. Obwohl sie auf den Bildschirm starrte, wirkte sie endlos angeödet. Keine Frage, sie hätte statt des Gameboys lieber einen richtigen Boy zum Spielen gehabt.

Gegenüber zwei schicke Männer mit schicker Figur in schicken Badehosen.

Vor ihnen, auf der Kante des Pools, posierten zwei Frauen. Die eine, Kurzgeschorene, fummelte an den Haaren der anderen, Langhaarigen, als sei sie frisiersüchtig. Die Langhaarige ließ das Gefummel über sich ergehen, verzog auch keine Miene, als die andere ihr die Zunge in den Mund schob. Die beiden schienen den Männern hinter sich die Chance zu suggerieren, sich als Lesbenbekehrer zu profilieren. Eine Masche, die viele Männer anmacht. Vorausgesetzt, die Männer sind nicht schwul.

Das nächste Paar war ein Mann jenseits der Midlife-crisis und wieder eine halb so alte Schönheit, die sich ihrer Ersatzbefriedigung hingab und ihm die Pickel auf dem Rücken ausquetschte. Besonders ergiebige Pickel präsentierte sie ihm zur Ansicht. Er schob jedesmal die Sonnenbrille hoch, um seine ausgequetschten Pickel zu betrachten.

Eine Liege weiter eine Blondine. Sie schien mit der Welt und mit sich zufrieden. Außer ihrem Tanga trug sie nur vier Blättchen von einem Lorbeerbusch als Sonnenschutz, je ein Blättchen pro Auge und Brustwarze. Ihr Busen war guter Durchschnitt, nicht aufsehenerregend, ein Blick war genug. Sie war die am wenigsten beachtete Frau am Pool. Ich überlegte, wie ich mit ihr ins Gespräch kommen könnte, sie wäre eventuell eine Kandidatin. Ich könnte Agnete erzählen, sie sei letzte Woche noch rothaarig gewesen, hätte sich extra für den Urlaub mit Michael blondieren lassen.

Da nahte der akademische Kellner, um mir mindestens eine Cola im Champagnerkübel anzudrehen. Er wurde von dem Männerpaar gestoppt. Beide beschwerten sich, sie hätten ewig auf ihn warten müssen, um sich zu beschweren. Es gebe keine Gratis-Frotteeschuhe, was grundsätzlich selbstverständlich sei bei einem Hotel dieser Kategorie. Im Savoy in London gebe es Gratis-Frotteeschuhe, und man brauche unbedingt welche, weil man sich entsetzlich vor Fußpilz ekle. Zweitens sei die Parfümierung der Hotel-Seife und des Hotel-Shampoos unerträglich weibisch, ob das Hotel auch mal an männliche Gäste denken wolle? Der Kellner eilte weg, um das Management über diese Männerdiskriminierung zu informieren, und kam nicht wieder.

Die Oben-nur-Blättchen-Blondine bewegte sich nun, sie spreizte ihre Zehen weit, um auch zwischen den Zehen braun zu werden. Sonst geschah nichts.

Eins der merkwürdigsten Wörter, das ich auf Französisch kannte, tauchte aus den Tiefen meines Gedächtnisses auf: ›Le transatlantique‹ – ›der Liegestuhl‹. Wurden erst auf den transatlantischen Luxusdampfern die Liegestühle erfunden? Was haben die Leute im Urlaub gemacht, ehe es Mode wurde, braun zu werden?

Nach etwa einer Viertelstunde klingelte etwas neben ihrer Liege, es war ein Handy, sie nahm es, sagte nur ein einziges Wort. Dann drehte sie sich auf den Bauch. Hatte sie einen Telefondienst, der sie daran erinnerte, daß es Zeit war, die Fußsohlen zu bräunen?

Um was zu tun, wechselte ich auf einen transatlantique an der anderen Ecke des Pools. Dort ein Paar mit Kind, das Kind war etwa fünf, völlig nackt, ein Mädchen. Es waren Deutsche, das war an ihren Büchern zu erkennen: Sie hielt ein Buch über die Erweiterung des kindlichen Bewußtseins auf dem Bauch, er einen Kunstband über die Darstellung von Wundern in der mittelalterlichen Malerei. Beide lasen nicht, beide beobachteten ihr Kind am Rand des Pools.

Das Mädchen beobachtete ein etwas größeres, vielleicht sechsjähriges Mädchen im Pool, das einen rosa Bikini trug und eine Barbie-Nixe badete. Die Nixe hatte einen perlmuttbunten beweglichen Schwanz und gelb-grün-blau gestreifte Haare. Dieses Mädchen war Französin, schrie: »Maman! Maman!« Worauf Maman herbeieilte. Das Mädchen schrie einiges, ich verstand, daß die Barbie-Nixe laut Gebrauchsanweisung verpflichtet sei, im Wasser die Haarfarbe zu ändern, dies aber kein bißchen täte. Maman eilte weg, eilte mit einer Barbie-Schachtel wieder her, las allen am Pool die Gebrauchsanweisung vor, man stellte fest, daß die Veränderung der Haarfarbe nur mit warmem Wasser zu bewerkstelligen sei. Man erinnerte sich, daß es in den Umkleidekabinen warmes Wasser gab, und begab sich dorthin.

Bei ihrer Rückkehr hielt das Kind eine nun rosahaarige Barbie-Nixe triumphierend in die Höhe, hielt sie lange in Richtung des deutschen Kindes, dessen Gesicht ein fassungsloses Staunen war. Die Nixe wurde wieder im kalten Wasser des Pools ausgesetzt, worauf die Haare gelb-grün-blau gesträhnt wurden. Der deutsche Mann mit dem Kunstband über mittelalterliche Wunder schüttelte ungläubig den Kopf.

Die Barbie-Nixe wurde aus dem Wasser genommen, von Maman mit niedlichen Barbie-Lockenwicklern bestückt und am Rand des Pools unter eine batteriebetriebene Barbie-Trockenhaube gesetzt. Die Haare wurden wieder rosa. Dem deutschen Kind lief das Wasser im Mund zusammen. Das französische guckte stolz. Das deutsche stürzte aufheulend zu seiner Mama. Die sagte sehr laut: »Lukrezia, mit so was spielt man nicht. Du hast eine viel schönere Puppe, die eine Puppenkünstlerin für dich persönlich geschaffen hat, nach deinem Ebenbild.« Sie holte aus ihrer Badetasche eine große Puppe, hielt sie so, daß sie jeder sehen konnte: Sie trug ein Baumwollkleid mit handgestickten Blümchen, war ganz aus Stoff gearbeitet, mit sorgfältig modelliertem Gesicht und echten Haaren, lockig und mittelblond wie die Haare von Lukrezia. »Das wird dir Spaß machen, mit der Puppe zu spielen.«

Das Kind nahm die Puppe, lief zum Pool und warf sie hinein. »Lukrezia! Deine Künstlerpuppe will nicht schwimmen!« Das stimmte nicht, die Puppe schwamm. Mit dem Gesicht nach unten trieb sie im Wasser. Lukrezia lachte wieder.

Ihre Mutter stand nun auch am Pool: »Deine Puppe ist hundertmal so teuer wie eine scheußliche Plastik-Barbie!«

Zum Glück verstand das französische Kind diese Beleidigung seiner Puppe nicht, es zeigte verachtungsvoll auf die Haare, die ihre Farbe nicht veränderten.

Ein am Unfallort vorbeischwimmender Hotelgast, der kein Deutsch verstand und keine Ahnung von Künstlerpuppen hatte, drückte die Puppe zur großen Erheiterung von Lukrezia mehrmals unter die Wasseroberfläche.

Es folgte eine aufgeregte Aktion vom deutschen Vater, um die teure Puppe vor dem völligen Aufweichen zu retten. Dann verschwanden die wütende Mama, Lukrezia und der durchnäßte Puppenklumpen, um oben im Zimmer

Trocknungsversuche mit dem Fön durchzuführen. Obwohl Lukrezia heulte: »Das wird mir gar keinen Spaß machen.«

Damit war wieder Ruhe am Pool.

Und da entdeckte ich, schräg hinter mir, meine Frau. Rotblond. Im goldenen Bikini. Obwohl sie auf einer Liege lag, trug sie plexitransparente Slipper mit goldenen Absätzen. Mehrere Goldketten um den Hals, um den Knöchel, diverse Ringe. Trug sie den Schmuck zum Baden, um zu beweisen, daß er wasserfest war und nichtrostend? Neben ihr pennte ein mindestens Fünfzigjähriger, verfressen, versoffen, ein Mann zum Vergessen. Ihre Figur war auch etwas zu üppig, die Kordeln am Bikini drückten sich ins Fleisch, aber der Mann neben ihr stand bestimmt nicht auf fettarme Kost.

Eine Zehntelsekunde sah sie zu mir, eine Frau wie ich, im schmucklosen Bikini war ihr keine zweite Zehntelsekunde wert. Sie fächelte sich gelangweilt mit Postkarten Kühlung zu, kramte gelangweilt in ihrer goldenen Tasche, fand einen goldenen Spiegel, prüfte weniger gelangweilt ihr Gesicht. Perfekt gepflegt. Allerdings sah durch jahrelanges Rösten in der Sonne ihr Hals lederartig und faltig aus wie der einer Schildkröte. Sie war etwas älter, als Frauen wie sie werden dürfen. Sie war genau die Frau für mich.

Bei meinem Kauf-Animationsjob hatte ich gelernt, daß einen die Leute umso sympathischer finden, je ähnlicher man gekleidet ist wie sie selbst. Um mich ihr als geschmacksverwandte Seele zu nähern, ging ich kurz rauf in mein Zimmer, drapierte mein Luxustuch über den Bikini mit Knoten auf der Schulter, die andere Schulter frei, und wieder auf der Hüfte geknotet, Hawaii-Look für Fortgeschrittene. Sie würde es vermutlich so tragen.

Als ich so gestylt an den Pool zurückkam, sah sie mir

interessiert entgegen, sie hatte den Blick, der die Konkurrenz abschätzt. Ich tat, als wollte ich an ihr vorbeigehen, als sehe ich sie zum ersten Mal, und sagte wie spontan: »Also, Ihr Bikini ist ein Traum!«

Sie bemühte sich, ihr Entzücken runterzuspielen. »Ach, der ist steinalt. So was können Sie jahrelang tragen. Ich trage all meine Sachen jahrelang.«

Der goldene Bikini hatte eine ähnliche Oberflächenbeschaffenheit wie ihre Haut. »Ja, tatsächlich!« rief ich, »Ihr Bikini ist aus Leder! Wahnsinnig schön!«

Nun war sie nicht mehr zu bremsen. Ja, der Bikini war aus exquisitem Leder. Ihre goldene Kosmetiktasche war aus exquisitem Leder. Gestern abend hatte sie im Restaurant ein klasse Kostüm getragen, ein nilgrünes Bustier, dazu einen Wickelrock, aus exquisitem Leder.

»Sie tragen gern Leder...«

»Wir haben eine Boutique im Ruhrgebiet, wir verkaufen nur Exquisit-Modelle in echt Leder.«

»Nun wird mir alles klar. Sie waren gestern abend die Dame im exquisiten Lederkostüm! Ich war mit einem Herrn dort, er sah dauernd zu Ihnen rüber, er schwärmte, Sie seien die Frau mit jenem Stil, wie man ihn nur selten findet. Haben Sie nicht gemerkt, daß er den ganzen Abend nur Augen für Sie hatte?«

»Welcher Herr war das?« Sie sah zu ihrem Dicken hinüber mit einem Hast-du-das-gehört-Blick. Der Dicke reagierte nicht.

Ich flüsterte ihr zu: »Auch wenn Sie gebunden sind, könnte es interessant für Sie sein, ihn kennenzulernen. Ich habe ihn gestern selbst zufällig kennengelernt, er ist allein hier, sehr vermögend, auf der Suche nach einer Frau, die sein Vermögen mit ihm teilt.«

»Hat er Sie abblitzen lassen?«

Diese Frau war ideal. Sie würde sich ohne zeitraubende Ziererei auf Michael stürzen. »Ich bin leider nicht sein Typ«, sagte ich, »er steht auf stilvolle Rothaarige.«
Sie lächelte voll Verständnis.
»Wir sind heute abend wieder im Restaurant verabredet. Bitte setzen Sie sich einfach zu uns, wir kennen uns ja nun, er heißt Michael Graf. Waren Sie schon mal in einem Hilton?«
»Warum?«
»Es wäre praktisch, wenn Sie sagen, daß wir uns in einem früheren Urlaub in einem Hilton kennengelernt haben.«
»Waren wir mal im Hilton?« Sie klopfte mit der Faust ihrem Dicken in die Seite. »Wir war'n doch in Nizza im Hilton. Oder war es in Cannes?«
Der Dicke brummte: »Wir waren in Berlin im Hilton. Sparwochenende.«
»Wunderbar, dann kennen wir uns aus dem Hilton Berlin. Bitte verraten Sie mir Ihren Namen, damit ich Ihnen Herrn Graf vorstellen kann.«
»Edeltraut Hulzbach. Meine Freunde nennen mich Miezi.«
»Und ich bin die Marion. Und Ihr Mann?«
»Wir sind nicht verheiratet. Er heißt Herbie. Seine Kinder von seiner Geschiedenen sind gegen unsere Heirat. Dabei sind wir seit fünfzehn Jahren zusammen. Meine Freundin sagte mir gleich, als ich Herbie kennenlernte, Miezi, du setzt jetzt die Pille ab, und dann wirst du schwanger, und dann heiratet er dich, leider hab ich nicht auf sie gehört. Ich habe mit ihm zusammen den Laden aufgebaut. Ich mußte mich für ihn krummlegen. Aber es zählt nur, was seine Kinder wollen.«
Ich wollte nicht näher informiert werden, was sie mit krummlegen meinte, der schlaffe Dicke wirkte nicht

wie ein Sexbesessener. Weitere Details ihres ehrenhaften Lebens würde man abends garantiert genug hören. »Wir sehen uns, so um acht im Restaurant.«

»Wir können erst nach acht kommen, heute kommt Fußball im deutschen Sportkanal, sein Verein spielt.«

»Hauptsache, ihr kommt.«

»Find ich klasse.«

Ich wunderte mich über den altertümlichen Ausdruck ›klasse‹, dachte dann, daß eine Frau, die ewig jung bleiben will, auch ewig die Ausdrücke ihrer Jugend benutzt. Solidarisch sagte ich: »Find ich auch klasse.«

Dann hatte ich noch ein Problem zu lösen: »Übrigens, ich wohne nicht hier im Hotel, ich wohne privat, ich war nur hier am Pool weil...« Ende meiner Kreativität. Es fiel mir einfach nichts ein. Peinlich...

»Das haben wir auch schon öfter gemacht«, sagte Edeltraut fröhlich, »man nimmt ein billiges Hotel, und tagsüber geht man an den Pool, vom teuersten am Ort. Wenn man da was konsumiert, interessiert es keinen Kellner, ob man da wohnt. Hauptsache, der Rubel rollt.«

»Ja, das ist die Hauptsache«, sagte ich voll Dankbarkeit für die Erklärung, die mir nie eingefallen wäre.

Worauf sie ihr Bikini-Top abnahm und ihren properen Busen vor meinen Augen eincremte. Sollte ich nun ihren klasse Busen loben? Sollte ich eine Beschreibung ihres Busens und ihrer nicht zu dunklen Brustwarzen an ihren Verehrer weitergeben? Ich sah leicht verlegen zu Boden, auf den Rasen, da lagen ihre Postkarten. Es war mehrmals dieselbe Karte, so eine viergeteilte: Hotel von vorn, Hotel von hinten, Pool, das fotogenste Zimmer. »Ich muß meiner Mutter schreiben«, fiel mir ein.

»Die Karten gibt's an der Rezeption. Ich schreibe immer Postkarten vom Hotel, die sind gratis. Hier, nimm eine.«

Sie schenkte mir sogar eine Briefmarke für die Karte an meine Mutter. Sie nahm sie aus einem klasse kleinen Briefmarkenetui aus exquisitem Leder. Ich dankte herzlich. Dann versicherten wir uns nochmal, wie sehr wir uns freuten, uns heute abend wiederzusehen. Ich verabschiedete mich auch von Herbie. Er reagierte nicht.

Da ich sonst nichts zu tun hatte, konnte ich den Nachmittag in Avignon verbringen. Ich ging in meine Kammer, zog meine Jeans an, schrieb die Karte an meine Mutter:
»Liebe Mutter,
mir geht es gut. In diesem Luxushotel mache ich Urlaub. Nur ganz vornehme Leute hier. Stell Dir vor, eine Cola kostet hier 18,– DM! Ich bekomme alles bezahlt. Ich verdiene sogar 750,– DM pro Tag!«
Stop. Was würde meine Mutter denken? Schreibe ich, was ich verdiene, denkt sie, ich hätte umgeschult auf Prostituierte. Das sehen Mütter nicht gern, wenn ihre Töchter mit Männern Geld verdienen. Lieber ist ihnen, wenn ihre Töchter ausgehalten werden. Würde ich aber schreiben, ein großzügiger Millionär finanziert mich hier, müßte ich beim nächsten Anruf berichten, daß ich dem Millionär keine längerfristige Investition wert gewesen sei. Würde sie glauben, ich könnte mir das Hotel von meinem eigenen Einkommen leisten? Nein, sie würde es nicht glauben. Wieviel Geld darf eine Frau verdienen, ohne ihren guten Ruf zu gefährden?
Statt der Gratis-Hotelkarte kaufte ich im ›Magasin du Monde moderne‹ eine braunbeigegelbliche Karte mit Stadtansicht von Avignon. Während ich auf den Bus wartete, schrieb ich:
»Liebe Mutter,
ich hatte die Gelegenheit, mit einer Freundin im Auto nach

Avignon mitzufahren. Wir wohnen in der Jugendherberge und können hier auch selbst kochen.«
So gehört es sich für ein anständiges Mädchen ohne Mann.

Vom Bus aus sah ich die berühmte Brücke, die in der Mitte der Rhône endet. Sie wurde so berühmt, weil jeder, der sie sieht, automatisch singt: »Sur le pont d'Avignon, on y danse, on y danse«, verbunden mit dem Gefühl, in der Schule was fürs Leben gelernt zu haben. Auch jetzt sah man auf der Brücke Menschen, die sich tänzelnd drehten. Bei längerem Hinsehen war zu erkennen, daß sie nicht tanzten, sie drehten sich mit ihren Videokameras im Kreis, um die Umgebung lückenlos zu dokumentieren.
Der Bus hielt vor der Stadtmauer, an den Stadttoren Schilder, daß die Innenstadt für Autoverkehr gesperrt ist. Alle Straßen waren randvoll mit Touristen, in solch einer Stadt ist jeder Tourist, der nicht demonstrativ eine berufliche Tätigkeit ausübt.
Und überall sah man Theaterplakate, es war die Zeit des Sommerfestivals, Truppen aus ganz Europa gastierten, gespielt wurde alles: Flachsinniges von alten französischen Komödienschreibern, Tiefsinniges von österreichischen Jungdichtern, eine Frauengruppe führte ein Stück gegen Tierversuche und Robbenjagd auf, eine Schwulengruppe Romeo und Julia nur von Männern gespielt, für Kinder gab es sogar ein Stück von Sartre als Puppentheater.
Und gespielt wurde überall. Beim Papstpalast sah ich eine Weile einer sehr professionellen Truppe zu, die in prachtvollen Rokokokostümen eine jener Komödien aufführte, wo jeder jeden betrügt. In dem Stück verkleidete sich zu diesem Zweck eine Kammerzofe als Hofdame, die Hofdame als Zigeunerin, der Knecht als Herr, der Herr schleicht sich in den Kleidern der Kammerzofe zur Zigeunerin – die

seine verkleidete Ehefrau ist –, findet bei ihr seinen Knecht vor, verkleidet als er selbst ... In Theaterstücken genügt ein anderes Kleid, eine andere Perücke, und schon erkennt keiner den andern. Ist es im wirklichen Leben wirklich anders?

Ich hatte keine Zeit, bis zum Schluß zuzusehen, man weiß ja, wie das endet: Am Schluß sind die Paare happy, die sich neu finden, weil alle neuen Paare happy sind, und die Bösewichter müssen zur Strafe mit den alten Partnern verheiratet bleiben.

Zuerst mal mußte ich Geld wechseln und dann für meinen abendlichen Auftritt was Attraktives zum Anziehen besorgen. Als Alleinerbin muß man mehr als ein Kleid bieten.

In Avignon gibt es sämtliche Teuerboutiquen von Armani bis Versace, sämtliche in der mittleren Preislage von Benetton bis Stefanel und den Rest von C & A bis Woolworth. Vor allen Schaufenstern berechneten Touristen die Preise. War es hier billiger oder teurer? Eine Hessin zeigte auf ein T-Shirt, das gestreift war wie ein Tiger: »Ä Tiescher-Tiescheert käuf isch bei unserm C & A billischer!«

Vor einem Gucci-Laden mit Taschen und Gürteln sagte einer mit sächsischem Akzent: »Guddschi-Gram griesch isch in Hong-Gong ooch, gänse globen!«

Dann hörte ich eine Schwäbin: »I ward, bis i en Sängapur ben, do schmeißet se oihm den Kruscht henderher.«

Wenn man weltweit das gleiche kaufen kann, wird es egal, was man kauft, wichtig ist, daß man es möglichst billig und möglichst am anderen Ende der Welt gekauft hat.

Ich entschied mich für meine übliche Benetton-Preislage, für ein Stretchkleid mit breiten Trägern, die sich auf dem Rücken kreuzten. Es war das engste Kleid, das ich je getragen hatte. Zu Michaels Zeiten, mit Größe 42, hätte ich darin ausgesehen wie die Frau auf dem Vorher-Foto einer Schlankheitsmittelanzeige, nun war ich die Frau auf dem Nachher-Foto. Es sah toll aus, und so was gibt es auch in Hongkong, direkt neben dem Hilton dort. Das Kleid gab's in verschiedenen Farben. Zuerst wollte ich es in Schwarz, dann entschied ich mich für Rot; das Rot paßte genau zu meiner Stola. Und Rot ist nicht nur die Farbe der Liebe, Rot ist auch die Farbe der Rache. Dazu kaufte ich sehr sexy Riemchenpumps aus schwarzem Wildleder. ›Made in Singapore‹ stand auf der Sohle. Auch da gibt's ein Hilton.

Als ich einen indisch aussehenden Zeitungsverkäufer in einem Boss-T-Shirt sah, überlegte ich, was er seiner Mutter nach Hause schrieb... »Liebe Mutter, mir geht es gut. Ich verkaufe hier Zeitungen. Eine Zeitung kostet umgerechnet so viele Rupien, daß ihr davon einen ganzen Monat leben könntet. Und ich verkaufe jeden Tag mindestens 30 Zeitungen...« – Seine Mutter ist bestimmt stolz auf ihren erfolgreichen Sohn.

Rechts vom Papstpalast begann ein Labyrinth von Gassen, ich kam irgendwann zu einem Platz, auf dem ein Flohmarkt war und ringsum Antiquitätenlädchen. Das Flohmarkt-Angebot an originalverpackten Entsaftern, originalverpackten Eierkochern und Fondue-Sets inspirierte einen Mann zu Überlegungen, was aus den eigenen Kleinelektrogeräten geworden war. »Unser Eierkocher steht bei der Joghurt-Maschine im Keller«, erinnerte sich seine Frau. Ihr Mann maulte: »Dir schenk ich nochmal was zu Weihnachten.«

Auch die Fernsehleuchten und Rauchverzehrer aus den sechziger und siebziger Jahren weckten bei manchen Erinnerungen, bei keinem Kaufinteresse. Nur an einem Stand mit mittelalterlichen Nachttischlämpchen, deren Lampenfüße gußeiserne Dämonen waren, erwogen Leute die Verschönerung ihrer Wohnung durch ein derartiges Objekt.

Wenn man lang genug auf einem Trödelmarkt rumgelaufen ist, lang genug festgestellt hat, was man alles nicht kaufen will, bekommt man irgendwann Mitleid mit sich selbst und beschließt, auf Teufelkommraus was Kaufbares zu finden.

Eine vornehme Perlenkette war, was mir fehlte. Im Ramschkörbchen sah ich Perlenketten für umgerechnet eine Mark oder für fünf Mark. Auf Polstern festgesteckt Perlenketten für hundert Mark. In einer Vitrine lag eine für tausend Mark. Wann ist eine Perlenkette wieviel wert? Bei den weltweit gleichen Designerklamotten und Markenprodukten hat man nur Angst, das günstigste Sonderangebot zu verpassen, bei unbekannten Produkten hat man auch noch Angst, bei der Qualität übers Ohr gehauen zu werden. Schließlich kaufte ich eine Perlenkette, bei der der Händler schwor, sie sehe garantiert wie echt aus, das sehe man daran, daß jede Perle einzeln geknotet ist. Da sie nur zwanzig Mark kostete, glaubte ich es gern. Falls Michael fragen würde, ob sie echt ist, würde ich sagen, daß sie selbstverständlich unecht ist, wir Alleinerbinnen lassen echten Schmuck zu Hause im Safe. Bekanntlich war sogar die dicke Perlenkette, die Jackie Kennedy als Präsidentengattin immer trug, unecht. Wenn sogar Jackie Angst hatte, jemand würde sie im Weißen Haus überfallen, um ihr die Perlenkette vom Hals zu reißen – also mich würde nicht wundern, wenn sogar die dreireihige Perlenkette, die die Queen Tag und Nacht trägt, ein altes Stück von Woolworth ist.

Nach dieser Vervollkommnung meiner Alleinerbinnen-Aufmachung schlenderte ich entspannt ohne weitere Kaufabsicht weiter. In der Mitte des Platzes war der größte Stand, da wurden Theaterkostüme verkauft. Teils waren sie alt und kostbar, teils nur alt, es gab auch ganz neue Kostüme. Jeder, der nach Avignon kam und schnell eine Theatergruppe gründen wollte, fand hier das Richtige. Ballkleider von oben bis unten mit Federn beklebt, Tuntenkleider mit eingebauten Riesentitten, Kostüme für alte Hexen, junge Hexen, Weltraum-Hexen, Salon-Hexen, Outfits für Prinzessinnen jeder Art und sämtliche Royals. Und ein kompletter Zoo von Tierkostümen. Ein grauer Plüschanzug für einen Esel mit sehr eselsähnlichem Pappmascheekopf, Entsprechendes in Braun für ein Pferd, ein schwarzer Zottelanzug für einen Gorilla, dazu ein kastenförmiger Gorillakopf, schwarzweiß Geflecktes für eine Kuh, ein glänzender Lurex-Stretchanzug für einen Frosch, sogar ein Hasenkostüm.

Wieder eine Erinnerung an Michael, und was für eine. Natürlich war dieses Kostüm anders als Michaels brauner Anzug damals, es war ein richtiges Kostüm aus feinem Plüsch mit Reißverschluß auf dem Bauch und angenähter Kapuze. Die Ohren darauf waren satingefüttert und drahtverstärkt, man konnte sie, je nach Hasenlaune, hängend, stehend oder geknickt tragen. Dazu gehörte eine lange blaue Weste. Was bedeutete es, daß ich hier in Avignon ausgerechnet einem Hasenkostüm begegnete? Es war nur ein Zufall, entschied ich, nicht mal ein bemerkenswerter: Wo immer es Kostüme gibt für Prinzessinnen und Frösche, gibt es auch Hasen.

29. Kapitel

Um sechs war ich im Hotel zurück, schon vom Garten aus sah ich Michael auf seinem Balkon, er schrieb in sein Buch. Von meinem Fenster aus sah ich dann, daß er dabei sehr zufrieden lächelte. Schon kurz nach sieben fing er an, sich für den Abend vorzubereiten, und verbrauchte viel Wasser im Bad.

Viertel vor acht ging er runter, ich beobachtete, wie er vom obersten der Ober an den gleichen Tisch wie gestern geleitet wurde, wie er den Unterkellner davon abhielt, das zweite Gedeck abzuräumen, ich beobachtete, wie er den Eingang beobachtete und seine Krawatte zurechtruckelte. Ich ließ ihn zappeln, bis Viertel nach acht.

Er war echt entzückt, als ich vor ihm stand, in dem engen Fummel, mit eingezogenem Bauch. »Marion, Sie sehen hinreißend aus!«

»Vielen Dank, Herr Graf, hatten Sie einen angenehmen Tag?«

»Geschäftlich sehr erfolgreich, danke.«

Ich führte diese vornehme Konversation folgendermaßen fort: »Entschuldigen Sie bitte meine Verspätung, ich mußte im Anwesen meiner Tante einige Gebäudeschäden fotografieren, sie will einen Experten zu Rate ziehen. In diesen alten Gebäuden ist ständig was zu reparieren.« Und legte meinen Fotoapparat auf den Tisch.

»Wem sagen Sie das«, sagte er genauso affig und überreichte mir die Speisekarte.

Hungrig entschied ich mich ohne Übersetzungsversuche für die erste Vorspeise auf der Menükarte, das erste Mittelgericht und das erste Hauptgericht. Komme, was da wolle.

»Ich schließe mich Ihrer Wahl an«, sagte Michael. »Und darf ich Sie heute zum Essen einladen?« Er zögerte: »Oder sind Sie dazu zu emanzipiert?«

In diesem Fall hält er Emanzipation durchaus für wünschenswert. In unserer gleichberechtigten Beziehung gab's grundsätzlich getrennte Kasse, wenn wir essen gingen, meiner Emanzipation zuliebe. Oder ich durfte für ihn bezahlen, um meine Gleichberechtigung zu beweisen. »Herzlichen Dank, Herr Graf«, lächelte ich unemanzipiert.

Die Vorspeise entpuppte sich als hauchdünne, blutige Fleischscheiben, strahlenförmig angeordnet auf einem autoreifengroßen Teller, in der Mitte viele aus Melonen ausgeschnittene Kügelchen. Wir vermuteten, der Nahrungsmitteldekorateur wurde von einer Sonnenblume im Abendrot inspiriert.

Danach servierte man Makkaroni und Krebsfleischfrikassee, diesmal hatte sich der Dekorateur von einem mehrreihigen Kollier inspirieren lassen, die Makkaroni waren in konzentrischen Kreisen um das Frikassee gelegt. Außenrum, wie Rubine, Tomatenkügelchen. Acht grüne Spargelspitzen lagen paarweise gekreuzt auf dem Tellerrand oben, unten, links und rechts. Michael sagte, es erinnere ihn an eine Uhr, ich lobte seine großartige Fähigkeit, abstrakt zu denken. Michael bildet sich viel ein auf sein abstraktes Denkvermögen, und da ich das so intuitiv erkannt hatte, stieg mein Sympathiewert gigantisch.

Er prostete mir mit dem Chablis zu, den der Kellner zu Krebsfleisch empfohlen hatte, sah mir in die Augen: »Auf gute Nachbarschaft, Marion. Ich trage mich mit dem Gedanken, hier ebenfalls ein Anwesen zu erwerben, und dann ...«

Er ließ offen, was dann wäre, ich ließ fast das Glas fallen. Meinte er das ernst?

Wenn man ihn hörte, konnte man es glauben. Als immens erfolgreicher Vermögensberater sei er auch auf dem Immobiliensektor tätig, und er hätte ein phantastisches Angebot, hier Grundbesitz zu erwerben. Er arbeite lediglich noch die Finanzierung aus. Und er könne auch mich beziehungsweise meine Tante daran beteiligen ...

Aha. Er betrieb hier also irgendwelche Geschäfte, und nun versuchte er mir was zu verkaufen beziehungsweise meiner reichen Tante. »Sie wollen künftig nicht mehr in Deutschland tätig sein?«

»Mal da, mal dort«, sagte er großartig, »ich trage mich schon länger mit dem Gedanken, aus dieser Leistungsgesellschaft auszusteigen. Sobald meine Frau mich ausbezahlt hat ...« Er merkte, daß er was Falsches gesagt hatte. Er verbesserte sich: »Meine künftige Frau.« Er merkte, daß das noch fataler war, schüttelte den Kopf, als hätte ihm der Gedanke an sie die Sinne vernebelt: »Ich meine natürlich, wenn ich meine heiratswütige Bekannte ausbezahlt habe.« Nun hatte er den Dreh hingekriegt. Glaubte er.

»Warum sollten Sie Ihre Bekannte ausbezahlen? Wofür?«

»Männer müssen immer für Frauen bezahlen. Fragen Sie mich bitte nicht, warum. Sie wissen doch, wie Frauen sind, nicht mal das bißchen Sex vor der Ehe gibt's umsonst.«

Ich ließ die Tomatenrubine an den Makkaroni hin und her kullern.

»Sie können sich das alles gar nicht vorstellen, merke ich«, sagte er, »lassen Sie uns über was anderes reden.« Nun machte er weiter mit seinem Aussteigerlatein, wie er mit seinen Ideen von Landbesitz und Weingütern mühelos reich würde. Der winzige Haken: Um ein Projekt von solcher Dimension durchzuziehen, brauche er einen Sponsor. »Für Ihre Tante, mit ihrer hohen Steuerbelastung, wäre ein Negativwachstum ihres Kapitals besonders interessant.«

Es blitzte beim Eingang des Restaurants. Es war Edeltraut Hulzbach im goldenen Kostüm. Aus exquisitem Leder. Sie sah aus wie Elvis in Las Vegas. Und ihr Herbie in weißem Lederanzug, schwarzem Hemd und Goldkette sah aus wie ihr Bodyguard von der Mafia.

»Wer kommt denn da?!« rief ich und erzählte spontan auch Michael eine Story mit vertauschten Rollen, ich raunte ihm zu: »Die Dame im goldenen Kostüm ist Besitzerin eines Lederwarenimperiums im Ruhrgebiet. Steinreich. Der Mann an ihrer Seite ist ihr Lebensgefährte, man wundert sich, daß sie ihn noch aushält und sich nicht längst was Jüngeres, Knackigeres genommen hat.«

Edeltraut stand mit begeistertem Lächeln vor uns. Sie war die perfekte Mitspielerin: »Das ist ja klasse, daß wir uns hier wiedersehen! So klein ist die Welt!«

»Edeltraut! Und der Herbie!« Ich stand auf und küßte ihn auf die Hamsterbacken.

Es gefiel ihm, von einer Frau im Stretchkleid umarmt zu werden, er zog seinen Bauch ein, um mich gegen seine tieferliegenden Teile zu drücken.

Ich machte das Paar mit Herrn Graf bekannt. Edeltraut lächelte ihm aufmunternd zu, alle ihre Freunde würden sie Miezi nennen. Er starrte ihr ins Dekolleté, ihre goldene Jacke hatte nur einen Knopf an der Taille, drunter trug sie nichts.

Und sie war großartig. Als ich fragte: »Woher kennen wir uns? Es fällt mir im Moment nicht ein...«, sagte sie prompt: »Aus dem Hilton. War es das Hilton auf den Bermudas?«

»Wir waren in Berlin im Hilton«, brummte Herbie, es war das einzige, was er sicher wußte. Daß er sich an eine Begegnung mit mir nicht erinnerte, war kein Problem, das Michael erklärt werden mußte, so wie er aussah, war er häufiger total besoffen. Er überreichte zuerst Michael, dann mir eine Visitenkarte aus silbernem Nappaleder, eingeprägt:

Herbert K. Finkenwerder
* El Dorado * Exquisite Ledermoden.

Worauf Miezi aus einem goldenen Etui ihres goldenen Handtäschchens eine goldene Nappalederkarte zog:

Edeltraut M. Hulzbach
* El Dorado * Exquisite Ledermoden.

Sie gab nur Michael eine. Der war von der goldenen Visitenkarte natürlich beeindruckter als von der silbernen.

Ein Kellner brachte zwei Stühle für unsere Freunde, Herbie brauchte als Aperitif dringend ein Bier, Miezi ein Glas Champagner, was Herbie ›Nuttenbrause‹ nannte.

Michael und ich bekamen den Fleischgang unseres Menüs, Fleischbällchen und Kartoffelbällchen und Karottenbällchen und jeder acht Erbsen. Der Teller sah aus wie ein Murmelspiel. In den Fleischbällchen entdeckten wir je einen weißen Pilz, in den Kartoffelbällchen eine rote Käsefüllung, was war in den Erbsen? Ein Kaviarkörnchen? Es gelang mir, eine Erbse mit dem Messer zu halbieren. Es war die reine Substanz, eine stinknormale Erbse.

Herbie erteilte dem Kellner eine Lektion seines Humors: »Schönen Gruß an Ihren Koch, meine Mami hat gesagt, mit dem Essen spielt man nicht.« Der Kellner verstand, wenn Herbie den Mund aufmachte, nur Bier und brachte das nächste. Miezi bestellte das gleiche, was wir hatten, Herbie wollte kein Menü, sondern Steak.

Was sonst geschah: Miezi machte sich ohne Geschwindigkeitsbegrenzung an Michael ran, mit Gekicher, neckischem Anfassen, bewundernden Augen.

Michael brachte die Vorstellung, eine Alleinerbin und die Besitzerin eines Lederwarenimperiums mit seinem Charme umwerfen zu können, auf Hochtouren. Er bestellte eine Flasche Champagner, als Miezi ihm gestattete, sie zu duzen. Er griff nach meiner Hand: »Marion, wenn ich dich auch duzen darf, lade ich dich zum Essen ein. Abgemacht?«

Er hatte mich bereits eingeladen – natürlich sollte auch Miezi hören, welch großzügiger Mensch Michael war. Und ich war sehr gern bereit, Michael zu duzen – ich bin es so gewohnt.

Herbie trank mit Bier aufs Du und legte seine Pfote auf meinen Schenkel, ich tat, als wäre ich nicht abgeneigt, um Miezi und Michael nicht zu stören. Beide strahlten entzückt, als ich sie fotografierte. Wie es sich gehört, wurden dann auch Fotos von Miezi und Herbie gemacht, von Herbie und mir, und – sehr merkwürdig – von Michael und mir.

»Das war nur zur Einstimmung«, sagte ich, »nachher mache ich noch viel schönere Fotos.« Miezi freute sich schon. Michael auch. Wir stießen mit Champagner darauf an. Herbie trank nur Bier, weil er nur dem deutschen Reinheitsgebot vertraute, und redete auf mich ein, als müßte er morgen ein Schweigegelübde ablegen.

Als ich fragte, wie ihm Avignon gefällt, erklärte er, daß er auf keinen Fall nach Avignon fahren würde.

Weil da 1. die Räuber von ganz Frankreich darauf warteten, ihm und Miezi die Goldketten abzureißen, ihr die Handtasche von der Schulter und ihm das Portemonnaie aus der Hose zu schneiden, dabei machte er entsprechend abschneidende Fingerbewegungen vor meinem Busen.

Weil 2. sein Sohn aus erster Ehe vor Jahren in Avignon war und mit seiner erstklassigen Videokamera wirklich alles gefilmt hatte. »Die Videokamera meines Sohns hat ein erstklassiges Zoom, damit kann man Bereiche filmen, die sonst der Öffentlichkeit nicht zugänglich sind. Er hat von seinem Auto aus alles gezoomt, das sind Aufnahmen, sagt mein Sohn, so was bekommt man sonst nie zu sehen.« Also war es besser, sich Avignon in Ruhe zu Hause anzuschauen. Was Herbie eigentlich schon vor dem

Urlaub machen wollte, aber leider keine Zeit dazu gehabt hatte.

3. haßte Herbie die Touristenhorden, die mit Bussen nach Avignon kamen, Bustouristen waren Billigheimer. Seine Welt war hier im Hotel am Pool.

4. würde Miezi in Avignon einkaufen wollen, und er müßte dann zahlen. Und das sei das allerletzte, was ihm in den Sinn käme, bei Frauen über dreißig wurden die Instandhaltungskosten ständig höher und die Rendite ständig geringer. »Frauen sind wie Autos, ab einem gewissen Alter lohnen sich Reparaturen nicht mehr, da schafft man sich kostengünstiger was Neues an. Und überhaupt: Warum heiraten, wenn man leasen kann?«

Ich ließ ihn quatschen, ich war froh, daß er keinerlei Informationen über mein Leben wollte. Eindeutig gehörte Herbie zu jenen Männern, die nie auf die Idee kommen, eine Frau nach ihrem Beruf zu fragen, weil sie überzeugt sind, daß Frauen sowieso immer vom Geld der Männer leben, entweder als fleißige Nutte oder als faule Hausfrau oder als geschiedene Ehefrau. Man kennt solche Männer zur Genüge. Ich lauschte Richtung Miezi.

Sie schwärmte von ihren Jugendtagen, als die Männer, zwei an jedem Finger! ihr zu Füßen lagen und sie auf Händen trugen.

Michael schmeichelte: »Miezi, du steckst jedes junge Mädel in die Tasche.«

»Aber weißt du, Michi, eine Frau in meiner Position braucht ihre Sicherheit, ich wäre lieber verheiratet, verstehst du?«

Michael, der nur ›Luxuslederwarenimperiumsbesitzerin‹ verstand, quoll über vor Verständnis. Auch er habe das Herumvagabundieren so unvorstellbar satt, und Erstrebenswerteres als Eheglück könne er sich nicht vorstellen.

Als er hörte, daß Miezi keine Kinder hatte, hörten wir, daß auch er nie Kinder gewollt habe, unverantwortlich, in diese überbevölkerte Welt Kinder zu setzen, und man könne sein Vermögen viel schöner selbst verjubeln.

Das fand auch Miezi.

Auch als er tönte: »Ich bin ein sehr altmodischer Mensch, für mich ist Treue das Allerwichtigste«, konnte Miezi nur zustimmen, auch für sie war Treue das Allerwichtigste.

Das Gesäusel der beiden wurde vom Dessert unterbrochen.

Herbie schaufelte die mosaikartig gesprenkelte Eistorte mit der mehrfarbigen Fruchtsauce in sich rein, beherrschte sich, nicht auch den Teller abzulecken, und verkündete: »Jetzt hab ich die nötige Bettschwere.«

Miezi kicherte zu Michael: »Wer schläft, sündigt nicht, wer aber erst sündigt, schläft besser.«

Man beschloß, einen Spaziergang zu machen. Nicht weit, nur in den Garten. Miezis Parfüm übertrumpfte mühelos sämtliche Blumen und Kräuterbeete. Da Herbie torkelte, endete für ihn der Spaziergang bereits auf der ersten Bank.

Ich lockte Michael und Miezi weiter unter die rosenumrankten Wandelgänge. Beide glotzten froh in die Kamera. Klick. Michael riß eine Rose ab, schenkte sie Miezi. Klick. »Klasse Rose«, sagte Miezi. Sie sah innig auf die Rose, Michael innig auf Miezi. Viel zu harmlos.

Sie blieb leider auch cool, als eine klasse Spinne über die Bank lief.

»Miezi, zeig dich mal von deiner anderen Seite«, drängte ich, »von der leidenschaftlichen.«

Sie nahm die Rose in den Mund, carmenmäßig. Nutzloses Foto. »Würdest du erlauben, Miezi, daß dir Michael die Rose in dein Dekolleté steckt?«

Beide waren von diesem Garniervorschlag begeistert. Sie

quietschte, als er mit dem Rosenstiel an ihrem Busen rumfummelte. »Du siehst aus wie eine Märchenprinzessin, Miezi«, sagte Michael.

»Und Michael ist dein Frosch«, sagte ich, »also bitte ein entsprechender Kuß.«

Zuerst zierten sie sich, führten Nasenspitze an Nasenspitze Kußimitationen vor. Sie hielt die Hände vorm Bauch, er hatte seine Hände in der Hosentasche. So kam keine Leidenschaft auf. »Denkt mal an was Unmoralisches.«

Miezi kicherte: »Ich weiß einen klasse Kalenderspruch: ›Im Urlaub lieber Fremdenverkehr als gar keiner.‹«

»So ist's recht«, lobte ich sie. »Und befrei mal Michael von seiner Krawatte.«

Da Michael Krawatten haßt, war er sehr einverstanden. Ein Mann, der seine Krawatte ablegt, sollte auch sein Jackett ausziehen, fanden wir.

Am Ende des Rosengangs standen zwei Bänke, auf einer konnte man die Klamotten deponieren, auf der anderen das Paar arrangieren. »Rückt enger zusammen«, befahl ich so lange, bis Miezi bei Michael auf dem Schoß saß. »So ist's klasse!« Klick. Ein schönes Bild, ihre Jacke offen bis zu den Brustwarzen, sein Hemd offen bis zu den Brustwarzen. Ich wollte mehr: »Mach ihm alle Hemdknöpfe auf, laß alle seine Gefühle raus.«

Die beiden blickten mich an wie eifrige Schüler. »Miezi, ich muß dich was fragen, würdest du einen Mann wie Michael heiraten?«

Verblüffte Augen, wie auf frischer Tat ertappt. Klick, gutes Foto. »Klar, das wär doch klasse.«

»Sehr schön. Und du Michael, würdest du eine Frau wie Miezi heiraten?«

»Mein Leben lang habe ich auf eine Frau wie Miezi gewartet!«

»Dann darfst du sie auch küssen.«

Nun klappte es. Michael nagte an den Lippen der Luxuslederwarenimperiumsbesitzerin, an ihren Öhrchen, machte ihr am Hals einen Knutschfleck, um sein Besitztum zu markieren. Miezi demonstrierte, daß ihr keine Sextechnik unbekannt war. Sie leckte mit spitzer Zunge seine Brustwarzen, ich fotografierte. Dann zog sie ihm das Hemd ganz aus. Die zwei führten sich auf, als wären sie die Stars eines Pornos und ich die Regisseurin. Mehr konnte Agnete für ihr Geld nicht verlangen. Jetzt kniete Michael vor Miezi, hatte den Arm bis zum Ellenbogen unter ihrem Ledermini, schnupperte an ihrem klasse parfümierten Bauch. Die Idylle wurde jäh unterbrochen, auf der Bildfläche erschien Herbie.

»Herbie, geh bitte aus dem Bild«, rief ich heiter.

»Herr Graf und ich werden heiraten!« rief Miezi, wobei sie Michaels Kopf auf ihrem Schoß kraulte.

»Kommt nicht in Frage!« brüllte Herbie, »du kommst jetzt sofort mit, du besoffenes Luder!«

Michael rief: »Herbie! Ich verbiete dir, in diesem Ton mit meiner zukünftigen Gattin zu sprechen!«

»Da hörst du's! Ich hab dir immer gesagt, wenn du mich nicht heiratest, tut's ein anderer!«

»Kommt nicht in Frage. Du weißt doch überhaupt nicht, ob dieser Fatzke für dich aufkommen kann.«

»Nur die Liebe zählt, Herbie! Und was ich dir schon seit Jahren sagen wollte: Du bist auch ein älteres Auslaufmodell. Ich habe auch Anspruch auf ein Nachfolgemodell. Dein Verfallsdatum ist auch überschritten.«

Michael tätschelte zustimmend Miezis Po.

Das war zuviel für Herbie. »Nehmen Sie die Hände weg von meiner Frau!« fauchte er Michael an.

Der tat's.

»Ich bin nicht deine Frau«, sagte Miezi und zog Michaels Hand wieder an ihren Po.

»Edeltraut, sei vernünftig, du kennst den Mann gar nicht.«

»Er will mich heiraten, alles andere ist egal.«

»Ich will dich auch heiraten, Edeltraut.«

»Davon hab ich in den letzten fünfzehn Jahren nichts mitbekommen.«

»Ich hab dir hundertmal gesagt, eines Tages werden wir heiraten.«

»Falls du nicht vorher stirbst und mich deine geldgierigen Kinder aus der Wohnung jagen.« Sie sah Michael an, er war ihr Retter vor einer Zukunft ohne Altersversorgung.

Die Situation war schrecklich, es konnte nicht mehr lange dauern, bis Michael kapierte, daß Miezi nur Herbies Angestellte war und vermutlich nach Feierabend noch bei Herbie als Putzfrau arbeiten mußte, um sich ihren Schlafplatz zu verdienen. Michael würde Miezi sofort auf dieser Bank sitzenlassen. Das durfte man Miezi nicht antun.

»Sei nicht so grausam, Miezi«, sagte ich, »Herbie hat dir vor Zeugen einen offiziellen Heiratsantrag gemacht. Stell dich nicht so an, du mußt nur ja sagen, stimmt's, Herbie?«

»Stimmt, sie muß ja sagen«, sprach Herbie, der nur mitbekommen hatte, daß Miezi im Unrecht sein sollte und er im Recht.

Miezi schwieg mißtrauisch.

Michael grinste sinnlos.

»Die Sache ist klar«, sagte ich cool, »Miezi, du bestellst das Aufgebot für eure Hochzeit, und jetzt legen wir gemeinsam den Hochzeitstermin fest, und zwar sofort.«

»Wir sollen jetzt einen Hochzeitstermin festlegen? Wie denn?« fragte Miezi verdattert.

»Ich habe selbstverständlich einen Terminplaner bei mir«, sagte Michael, ging zu seinem Jackett, holte einen Terminplaner raus und übernahm, immer noch mit nacktem Oberkörper, expertenmäßig die Terminplanung. »Das Aufgebot muß vier Wochen aushängen, in sechs Wochen ist alles leicht zu regeln, also wäre dir Ende September, Freitag der 28., recht?«

»Wen soll ich nun heiraten?« fragte Miezi ängstlich.

»Du heiratest Herbie am 28. September«, sagte ich, »und Herbie kann zur Trauung den weißen Lederanzug tragen, den er jetzt trägt, es ist gar nicht nötig, extra fürs Standesamt was Neues zu kaufen.«

»Genau«, sagte Herbie.

»Und du, Miezi, bist du nun auch bereit, Herbie zu heiraten?«

»Ja«, sagte sie leise, als hätte sie Angst, sie würde sich aus diesem Traum wecken, wenn sie's laut sagt.

»Nicht so schüchtern, sonst glaubt dir Herbie nicht, daß du es ernst meinst.«

»Klar heirate ich ihn«, sagte sie noch leiser, »ich meine Herbert Finkenwerder.«

»Und wer heiratet mich?« maulte Michael. Zog sich aber ohne weitere Nachfragen wieder an.

Herbie beendete die Situation mit der ihm eigenen Kreativität: »Darauf gießen wir jetzt einen in der Hotelbar.«

Ich hakte mich bei Herbie unter, sagte, ich sei seine Bräutigamführerin. Was Michael auf die Idee brachte, Miezi seinen Arm anzubieten, wenn sie schon seine Hand verschmähe. Er sang sogar: »Wir winden dir den Jungfernkranz aus veilchenblauer Seide«, dann wußte er den Text nicht weiter, sang nur noch »la la la la«, sagte dann: »Das ist aus einer Oper.«

Miezi fing auch an zu singen: »Er gehört zu mir, wie mein Name an der Tür«, von Marianne Rosenberg.

Herbie sang die nächste Zeile vom »Jungfernkranz«:

»Wir führen dich zu Spiel und Tanz, hinaus auf grüne Heide.«

Ich sang mit Miezi: »Und ich weiß, er bleibt hier, nie vergeß ich unsern ersten Tag. Oh la la, la la la.« So stolperten wir durcheinander singend den Rosenpfad zurück in die Hotelbar.

Weiterer Champagner floß sofort. Michael beglückwünschte Herbie zu seinem erfolgreichen Heiratsantrag. Herbie ließ sich sein Bier dem Anlaß gemäß im Champagnerglas servieren und sagte, er bezahle alles. Worauf Michael kumpelhaft bemerkte: »Man muß investieren. Früher oder später zahlt es sich aus.«

Miezi zog mich beiseite: »Ich weiß, daß alles nicht wahr ist«, flüsterte sie. »Egal, es war der schönste Abend meines Lebens. Wie der Michi mir einen Heiratsantrag gemacht hat und der Herbie getobt hat und mir auch einen Heiratsantrag gemacht hat!«

»Es ist wahr, und den Rest mußt du wahr machen.«

Sie schüttelte die von Michael zerwühlten rotgoldenen Haare. »Meine Mutter sagte: ›Man muß die Ehe schmieden, solang der Bräutigam heiß ist.‹ Herbie, der ist schon lang nicht mehr heiß. Morgen ist alles nicht mehr wahr.«

»Vergiß die Sprüche deiner Mutter. Such dir ein neues Sprichwort, zum Beispiel: ›Rente gut, alles gut.‹«

Sie schwieg träumerisch vor sich hin. Ich wollte gehen, nur bestand die Gefahr, daß Michael mich zu meinem erbtantlichen Anwesen geleiten wollte. Nun kam Miezi auf die Idee, die klasse Freundschaft zwischen uns morgen mit einem gemeinsamen Spaziergang zu krönen, wir einigten uns darauf, uns um 18 Uhr an der Rezeption zu treffen.

Dann mußte ich Miezi ins Untergeschoß auf die Toilette begleiten, weil Freundinnen immer gemeinsam für kleine Mädchen gehen.

Da war Miezi wieder total gesprächig, sogar in der Klokabine redete sie ohne Pause weiter. Also, sie fand das Leben klasse und alle Menschen unheimlich lieb, besonders mich. Als sie rauskam, küßte sie mich dankbar.

»Keine Ursache, so schwierig ist es nicht, geheiratet zu werden!« sagte ich.

Damit Michael mich nicht begleiten konnte, erklärte ich Miezi, daß ich mich nun ›auf Französisch‹ verabschiede, und das bedeutet, daß man geht, ohne sich zu verabschieden. Heimlich würde ich das Hotel verlassen und nicht mit ihr zurück in die Bar gehen. Sie solle Michael sagen, ich sei schon weg. Das Brautpaar könnte ja Michael ins Bettchen geleiten.

Das fand Miezi klasse. Sie umarmte mich innig zum Abschied: »Das war mein schönstes Ferienerlebnis. Schade nur, daß wir kein Video davon haben.«

30. Kapitel. 21. August

Der Champagner war gut gewesen, mein Kopf am nächsten Morgen klar. Als Michael frühstücken ging, fuhr ich mit dem Bus nach Avignon. Gleich hinterm ersten Stadttor war ein Fotoschnellservice. Ich bestellte je zwei Abzüge, einmal für Agnete, einmal für Miezi.

Eineinhalb Stunden später hatte ich die wunderschönsten Beziehungsbruch-Beweisfotos: Michael grapscht Miezi an den Busen, den Hintern, den Bauch. Miezi grapscht Michael an den Busen, den Hintern, den Reißverschluß. Klasse. Frohgemut begab ich mich zum Postamt, um Agnete anzurufen.

Das Postamt von Avignon ist ein Palast unter den Postämtern. Genauer gesagt, eine Kathedrale mit neogotischer

Schalterhalle, zwischen deren Bögen Wandgemälde das Leben früherer Briefträger darstellen. Da schreitet er, einen Brief in ausgestreckter Hand, über den Acker, dem erwartungsvoll blickenden Bauern am Pflug und dem erwartungsvollen Ackergaul entgegen. Oder Briefträger, umringt von der weiblichen Dorfbevölkerung, und auf jedem Gesicht die Frage: Wer bekommt den Brief, den er emporhält? Die verschämt Blickende mit dem sauber geschrubbten Gesicht links außen? Oder die Verhärmte mit Kind an der Brust und zweien an der geflickten Schürze? Ist er für die Dicke im bestickten Kleid, die reich und eitel guckt? Oder für die Ärmste von allen, die ihren Sohn beschützend umklammert? Ist es die Hiobsbotschaft oder der Brief, der alles ändert? Das waren aufregende Zeiten, als Briefe noch Briefe waren, nicht nur Kontoauszüge und Reklame.

Nach diesem Kunstgenuß stellte ich fest, daß man sich auf dem Postamt sogar ohne eigene Kosten anrufen lassen konnte. Ich gab der Dame am Telefonschalter Agnetes Nummer, sie schickte mich in eine Kabine, ich durfte mithören, wie sie Agnete in rasantem Französisch erklärte, wenn Madame einverstanden sei, ein Ferngespräch vom Hauptpostamt in Avignon zu bezahlen, würden die Kosten automatisch auf ihre Telefonrechnung geschrieben, zuzüglich Extragebühren für diesen Service. Agnete machte zu allem oui, oui, oui.

»Wunschgemäß habe ich sie fotografiert«, fing ich an, »die Fotos sind sehr gut geworden. Die neue Freundin von Herrn Graf ist gestern abend aufgetaucht, sie ist sehr fotogen.«

»Haben Sie die beiden ertappt?!«

»Es gelang mir, mich in ihr Vertrauen zu schleichen. Ich durfte mit ihrer Erlaubnis ihr Verhältnis dokumentieren.«

»Was soll das heißen?«

»Schwer zu beschreiben, man muß es mit eigenen Augen gesehen haben. Also wenn Sie mich fragen, mit den ersten beiden Damen hatte er nichts ... verglichen mit dieser! Hier, auf einem Foto schiebt er zum Beispiel ihren goldenen Lederrock hoch, ganz exquisites Leder, kann ich Ihnen sagen. Und hier leckt sie an seiner Brust, es war dunkel, ich mußte natürlich blitzen. Ah ja, und hier kniet Herr Graf vor ihr und erfreut sich an ihrer Brust. Sie trägt keinen BH, hat sie wirklich nicht nötig. Klasse Busen. Hier hat sie ihre Hand auf seinem Haar, sie hat tiefrot lackierte Nägel, leider sieht man nicht, daß sie links einen abgebrochenen Nagel am Zeigefinger hat.«

Agnete stöhnte: »Das ist sie. Wer ist sie?«

»Mit Sicherheit niemand aus Ihrem Bekanntenkreis. Sie kommt aus dem Ruhrgebiet. Sie heißt Edeltraut Finkenwerder, wohnt in Zimmer 25, ein Doppelzimmer, sie hat es raffinierterweise auf Herrn und Frau Finkenwerder gebucht, können Sie alles nachkontrollieren. Schade, daß ich keine Videoaufnahmen mit Ton machen konnte.«

»Wieso?«

»Dann hätten Sie hören können, wie Herr Graf sie mit Heiratsanträgen überschüttete.«

Agnete fragte widerwillig: »Wo haben sich die beiden so aufgeführt?«

»Im Hotelgarten. Bis die Hotelleitung jemand mit der Bitte um Diskretion schickte. Herr Graf war gestern sehr leidenschaftlich, das erschien der Hotelleitung für eine Gartenveranstaltung unangemessen.«

Agnete stöhnte angemessen.

»Dann gingen sie ins Zimmer von ihr. Ohne mich, da wollten sie nicht fotografiert werden.«

»Das ist unglaublich!«

»Ich werde Ihnen sofort die Fotos schicken.«

»Das dauert viel zu lange. Faxen Sie die Fotos vom Postamt in meine Praxis.«

»Sehr gern. Sie sollten allerdings darauf achten, daß keine Sprechstundenhilfe und kein Kollege die Fotos sieht, Sie wissen ja, was die Leute so denken.«

Agnete wollte die Fotos nun doch nicht in die Praxis gefaxt haben, sondern per schnellstmöglicher Post. Weiter befahl sie, daß ich dem Flittchen unmißverständlich deutlich machen müsse, daß Agnete die älteren Besitzansprüche hätte, daß Agnete die einzig wahre Frau für Michael sei, daß jede, die Agnete ins Gehege käme, eine Nutte sei, et cetera. Ich solle schnellstmöglich mit diesem Miststück ein Gespräch unter vier Augen führen, koste es, was es wolle.

»Ich werde an das Gewissen der beiden appellieren. Es wird nicht einfach sein«, sagte ich. »Frau Finkenwerder und Herr Graf sind Opfer ihrer Leidenschaften.«

Die Leidenschaften anderer beeindruckten Agnete nicht.

»Für diese Aufgabe werden Sie fürstlich bezahlt. Ich erwarte heute abend von Ihnen einen abschließenden Bericht. Ich bezahle nur im Erfolgsfall. Andernfalls sehen Sie keinen Pfennig von mir!«

»Was wollen Sie von Frau Finkenwerder? Eine notariell bestätigte Verzichtserklärung?«

»Sie muß verschwinden.« Damit war für Agnete das Gespräch beendet.

Erst solche Mühe, eine Frau wie Miezi zu finden, und nun sollte sie sofort wieder verschwinden. Typisch Agnete. Und statt mir eine Prämie für exakte Wunscherfüllung zu zahlen, drohte sie, überhaupt nichts zu bezahlen. Na warte!

Ich konnte sie auch erpressen, ich würde nur weiterarbeiten, wenn sie mir sofort das restliche Honorar überwies. Seit vier Tagen schuftete ich hier, also schuldete sie mir bereits über 1000 Mark.

Knallhart ging ich zu einem Schalter. ›Affaires étrangères‹ stand darüber, was eigentlich heißt: ›Fremde Affären‹, aber Geldüberweisungen aus dem Ausland bedeutet. Ich mußte mich informieren, wie das ging. Vor mir am Schalter zwei englische Schuljungs, die gegen Unterschriften und Ausweiskontrolle umgerechnet etwa fünfzig Mark ausbezahlt bekamen. Vor Aufregung und Glück schrieben beide ihre Namen falsch, bekamen das Geld dann trotzdem. Wann war ich das letzte Mal wegen fünfzig Mark so glücklich?

Es fiel mir nicht ein, dafür was anderes: Ich konnte Agnete nicht erpressen, denn um Geld ausbezahlt zu bekommen, braucht man einen Personalausweis. Und ich hatte keinen, keinen auf den Namen Marion Manteuffel oder Maria Nüapadpakruam, nur einen auf Sibylle Eisendraht...

Zunächst blieb mir leider nichts übrig, als die Fotos per Super-Expreß-Over-Night-Gebühr-bezahlt-Empfänger an Agnete zu schicken. Ich schickte ihr nicht alle Fotos, oh nein, nur die, auf denen Miezi klasse aussah.

Dann rief ich Gisela an.

»Er hat nicht angerufen«, sagte sie als erstes.

»Wer?«

»Tu nicht so. Dein Zugbegleiter.«

»Ich sagte doch, er wird nicht anrufen. Außerdem komme ich bald zurück. Vielleicht fahre ich schon morgen, vielleicht übermorgen.«

»Und sonst?«

Ich wollte Gisela nicht den Triumph gönnen, meinen Abstieg von der hochbezahlten Detektivin zur ums Honorar geprellten Dummfrau zu bereden. Ich gab mich geheimnisvoll: »Alles steht kurz vor dem Ende. Vor der Auflösung. Mehr kann ich im Moment nicht sagen.«

»Ruf mich wieder an, wenn du den Durchblick hast«, sagte

Gisela unbeeindruckt. »Ruf mich auf jeden Fall an, ehe du zurückfährst.«

Ich versprach es. Dann ging ich auf die Haupteinkaufsstraße, den platanenbeschatteten Cours Jean-Jaurès, setzte mich in ein Café und gönnte mir zur Beruhigung einen Pastis. Okay, wenn dieser Leonard nicht angerufen hatte, dann eben nicht. Außerdem war erst Dienstag. Er konnte sich ausrechnen, daß ich noch nicht zurück war. Außerdem könnte ich hier noch einige Tage Urlaub machen. Nach vollbrachter Tat ...

Aus einer Boutique gegenüber schallte es:
»I was lost in France,
In the street a band was playing
and the crowd all danced,
couldn't catch, what they were saying.
When I looked out he was standing there ...«

Automatisch übersetzte ich: »Auf der Straße spielte eine Band, und alle tanzten. Ich verstand nicht, um was es ging. Und dann sah ich ihn dort stehen ...«

Und da sah ich Michael. Beschwingten Schritts mit schwingendem Aktenköfferchen kam er auf der anderen Seite die Platanenallee rauf. Er sah mich nicht, er sah nur geradeaus, er hatte ein Ziel.

Der Kellner hatte den Pastis bereits kassiert. Sobald Michael an mir vorbei war, rannte ich auf die andere Straßenseite, folgte ihm im Abstand von zwanzig Metern. Es war nicht einfach, ihn im Auge zu behalten, da überall Fußgängerzone war, liefen die Leute kreuz und quer, um die Preise in den Läden auf der linken Straßenseite mit den Preisen auf der rechten Straßenseite zu vergleichen. Außerdem trug Michael Jeans und ein weißes T-Shirt, etwa die Hälfte der Passanten trugen Jeans und helle T-Shirts. Wenigstens mußte ich nicht aufpassen, daß er mich an der Kleidung erkannte, glücklicherweise trug ich ebenfalls Jeans und ein weißes T-Shirt.

Vor dem Papstpalast bog er ab ins Gassenlabyrinth, auch hier Leute in Massen, ich mußte ihm dicht folgen, damit er keine Chance hatte, ungesehen um eine Ecke zu verschwinden. Er fühlte sich überhaupt nicht beobachtet, einmal bohrte er ausführlich in der Nase, als würden die anderen Menschen, nur weil er sie nicht kennt, auch nicht existieren.

Plötzlich waren wir auf diesem Trödelmarkt. Ich stellte fest, daß etwa acht Gassen auf diesen Platz führten, sah mich um, versuchte rauszufinden, aus welcher Richtung ich gestern gekommen war, und als ich dieses überflüssige Problem geklärt hatte, hatte ich ein echtes Problem: Michael war im Gewühl verschwunden. Spurlos.

Reihe für Reihe suchte ich die Trödelstände ab, gab schließlich alle Vorsicht auf, falls Michael mich sah, würde ich erzählen, ich suchte für meine Tante ein Riechfläschen mit Designer-Etikett. Oder für die Putzfrau meiner Tante ein edles Schmuckstück. Doch er sah mich nicht, ich sah ihn nicht.

Ich lief rum, schielte nach den Leuten, ohne Lust, den Trödelkram anzusehen, nur am Stand mit den Theaterkostümen guckte ich, ob das Hasenkostüm mit der blauen Weste noch da war. Es war noch da. Hasen waren nicht gefragt. Der Frosch war verkauft.

Schließlich suchte ich die Antiklädchen rings um den Platz ab. Hier gab es die besseren Sachen, die es wert waren, vor Grapschhänden, Staub, Regen geschützt zu werden: Kein angeknacktes Plastik, sondern Holz mit echten Wurmlöchern, keine zerkratzten Teflonpfannen, sondern zerbeulte Kupferkessel mit echter Patina, Schmuck mit größeren Brillis und Edelsteinen, Goldrahmen ohne abgeplatzte Ecken. Und da sah ich in einem gepflegten, mit mattschwarzem Stoff ausgelegten Schaufenster untereinanderhängend drei Bilder, kolorierte Stiche, die mir bekannt waren. Genau die gleichen, wie ich sie von Onkel Friedrich-Julian hatte, bis sie mir geraubt wurden. Die antiken Pornografiken.

Beim obersten Bild zählte man unwillkürlich die Beine, um festzustellen, wie viele Personen mitwirken. Ich wußte es, es war Sex im Sechserpack: Ein Mann, der über einer Frau kniet und den Hintern einer vor ihm knienden Frau betrachtet und gleichzeitig von einer hinter ihm knienden »liebkost« wird, so wäre das gemäße Biedermeierwort, die wiederum von einem hinter ihrem Hintern knienden Mann, und er von einer unter ihm liegenden Frau liebkost wird. Zwei Männer für vier Frauen – ich hatte mal zu Michael gesagt, das sei keine Kombination, die einen aufregenden Abend verspricht. Michael hatte mich belehrt, daß ich das falsch sehe, er sehe vier Frauen für zwei Männer, das sei eine sehr gute Kombination. Jedenfalls hatte ich diese Bumskolonne betitelt: ›Das Anal-Vertikale, das in die Annalen der Kunst nicht einging.‹

Darunter hing das sogenannte ›Vaginal-Diagonale‹, darauf waren vier von Kopf bis Strumpfband nackte Damen, die wie eine auf den Kopf gestellte Balletttruppe ihre bestrumpften und beschuhten Beine gegen den gerüschten Betthimmel spreizten, abwechselnd von vorn und von Hintern zu sehen. Zwei hosenlose Herren standen links und rechts von dieser Szene untätig, jeweils exakt seitlich gemalt zwecks günstigster Darstellung ihres Penis, der war lang wie ein Damenbein von Knie bis Knöchel, und sogar dicker als eine Damenwade. Es zeigt die Kunst der alten Maler, daß die absurde Größe, in der sie die Pimmel malen, trotzdem ganz natürlich wirkt. Frauen damals, die ihr Wissen über männliche Anatomie aus solchen Gemälden hatten, standen vor dem Nichts, wenn sie die realen Verhältnisse kennenlernten.

Das dritte Bild war vergleichsweise sehr harmlos, eine nackte Göttin reitet durch die Wolken auf einem Phallus, so groß und aufgezäumt wie ein Pferd. Und der Phallus hat Engelsflügel.

Als ich diese Bilder sah, wiedersah, war ich wieder platt vor Staunen, dann dachte ich wieder nach: Ein Stich ist kein Einzelstück, genausowenig wie Manschettenknöpfe. Üblicherweise gab es von jedem Stich tausend Drucke, mindestens einige hundert. Und meine waren auch nicht in diese Passepartouts gerahmt. Und sicherlich stammten die Drucke aus Frankreich, sie waren aus jener Zeit, als La France noch gleichbedeutend war mit l'amour. Deshalb hießen Kondome auch ›Pariser‹ oder auf Englisch ›French Letters‹.

Und überhaupt, abgesehen vom Geldwert war mir der Verlust dieser Werke egal. Wo hängt man so was auf? Wer hängt so was auf? Schwule würden sich an den Frauen stören. Blieben nur heterosexuelle Analerotiker und Analerotikerinnen. In einem dieser echt seriösen Fernsehberichte wurde letztes Jahr gemeldet, Analsex sei stubenrein geworden, also fernsehfähig, denn es gebe zunehmend mehr Frauen, die sich nun nach Oralsex auch für Analsex begeisterten. Der neue Trend hänge damit zusammen, daß es immer mehr Männer vorziehen, schwul zu leben, denn was die Möglichkeiten sexueller Freuden angehe, da könne jeder Mann von Natur aus einem Mann mehr Befriedigungsmöglichkeiten bieten als eine Frau. Und ganz ohne Angst vor Alimentenzahlungen und Versorgungsansprüchen. Frauen, die Männern auch Analsex bieten, hätten begriffen, daß sie mehr bieten müßten, um sexuell konkurrenzfähig zu bleiben. Dann wurde gezeigt, was Frauen mit Gummipimmeln und Gummihandschuhen alles machen können, um ihm eine Freude zu bereiten.

Gut, vielleicht würde auch eine Frau, die ihre Zielgruppe erweitern wollte, sich so was über den Futon hängen. Über Geschmack muß man nicht streiten. Das größte Sexualorgan des Menschen ist bekanntlich das Gehirn, sogar bei Männern.

Ich mußte mir eingestehen, daß all diese Überlegungen nur ein Vorwand waren, um meine eigentlichen Gedanken zu verdrängen: War es Zufall oder Schicksal oder war's symbolisch, daß ich hier so geballt meiner Vergangenheit begegnete? Alles, was ich mal besessen hatte, inklusive Michael, war hier. Warum? Damit mir klar wurde, daß ich das alles nicht mehr haben wollte?

Im Schaufenster öffnete sich der schwarze Vorhang hinter der Auslage wie der Vorhang eines Kasperletheaters. Eine Frauenhand, bestückt mit drei antiken Ringen, kam aus dem Vorhang, versuchte, ein samtbezogenes Kästchen, in dem was größeres Goldenes lag, zwischen den anderen Kästchen in der Auslage zu plazieren. Das Kästchen paßte nicht dahin, wo sie wollte, die Hand schob mehrere Kästchen hin und her, dann öffnete die Hand den Vorhang ganz, und ich sah die Frau ganz – es war die dunkelhaarige typische Französin, mit der Michael gestern weggefahren war. Kein Zweifel: Seine kleine französische Freundin. Sie merkte, daß ich sie anstarrte, ich sah weg, betrachtete angestrengt das Kästchen, das sie nun hinstellte. In dem Kästchen war ein goldenes Zigarettenetui mit grün emaillierten Kleeblättern. Dasselbe...

Es hatte keinen Sinn, die Wahrheit zu verdrängen: Es war kein Zufall.

31. Kapitel

Wie konnte Michael es wagen, meine Erbschaft zu klauen?!
Hatte er es tatsächlich getan? Ich fuhr zurück, ging in das
Antiklädchen auf dem Marktplatz, ließ mir von dem netten
Ladenbesitzer die Manschettenknöpfe aus dem Schaufenster zeigen. Wortreich erklärte er, warum sie so teuer
seien und daß er sie noch nicht lange hätte. Es waren nicht
die gleichen, wie sie mir geklaut worden waren, es waren
dieselben.
Betäubt vor Wut ging ich ins Hotel. Er saß schon auf
seinem Balkon, notierte in seinem Buch, zufriedener denn
je. Sofort zur Polizei gehen? Lächelnd würde ich ihm
hinterherwinken, wenn er vom Menü weg in Handschellen
abgeführt wurde. Für seine Verhaftung müßte ich lediglich der Gendarmerie klarmachen, daß ich die umgestylte,
umgefärbte Ex-Lebensgefährtin des Diebs bin, auf seine
Spur gekommen im geheimen Auftrag seiner derzeitigen
Bettgefährtin, die glaubt, daß ich einen anderen Namen
habe als im Hotel gemeldet, und nicht weiß, daß ich in
meinem Personalausweis wieder anders heiße, als sie
glaubt ... und das alles auf Französisch ... Hätte ich Glück,
würde ich in ein Krankenhaus eingewiesen mit der
Diagnose Sonnenstich, wahrscheinlicher allerdings in eine
Irrenanstalt – heißt umgangssprachlich ›maison jaune‹,
übersetzt: ›gelbes Haus‹; daß mir dieses unverzichtbare
Wort sofort einfiel, war sicher auch kein Zufall.
Die Antiquitätenhändlerin in Avignon und den netten
Händler hier anzeigen, wegen Verkaufs gestohlener
Waren? Wie beweisen, daß es gestohlene Sachen waren,
noch dazu meine Sachen? Es waren keine Einmaligkeiten,
keine registrierten Kronjuwelen und Museumsschätze.
Falls die französischen Händler Michaels Komplizen waren,

hatten sie bestimmt ein Alibi. Waren sie nicht seine Komplizen, war das erst recht kein Beweis. Die einzige Möglichkeit: zurückklauen.

Ich sah die Schlagzeile der Bildzeitung vor mir: Deutsche Psychologin bei Einbruch in Frankreich gefaßt – sie glaubt, sie sei eine andere...

Der Verbrecher nebenan duschte. Es war fast sechs, Zeit zum verabredeten Spaziergang mit unseren neuen Freunden. Ich hatte keine Lust, keinen Nerv, aber mein Honorar stand auf dem Spiel. Agnete hatte befohlen, daß Miezi verschwindet. Oder sollte ich den Job hinwerfen und mich ganz um Michael kümmern? Was war wichtiger: Mein Honorar und die Rache an Agnete? Oder Rache an Michael? Ich wollte alles.

Ich verließ das Hotel durch den Seitenausgang, kam kurz nach sechs durch den Haupteingang rein. Michael wartete bereits in der provenzalischen Sofaecke, sprang begeistert auf, es fehlte nur noch ein Handkuß. »Du siehst aus, als hättest du einen schönen Tag gehabt«, säuselte er umwerfend charmant.

Darauf ich: »Oh danke, ich hatte Besorgungen in Avignon zu erledigen.«

Darauf er: »Ich war auch in Avignon, wo warst du?«

»Ich war für meine Tante auf der Post und dann auf dem Trödelmarkt hinterm Papstpalast.«

»Ich war auch beim Trödelmarkt! Ich hatte dort geschäftlich zu tun.«

Ich mußte auf den Boden sehen, um ihn nicht sofort zu erwürgen.

»Schade, daß wir uns nicht getroffen haben, wir hätten meine geschäftlichen Erfolge feiern können.«

Sein Glück, daß Miezi die Treppe runterkam. In einem Outfit, das alles vergessen ließ. Cognacbraunes Wildleder,

der gleiche Farbton wie ihre Haut, sie sah aus wie nackt, nur mit Goldnieten garniert. Das Kleid bestand aus kompliziert aneinandergenieteten Lederfellen, hatte an Busen, Bauch, Hüften strategisch interessante Schlitze und Löcher, sogar mich überkam der Wunsch, überall hinzufassen und festzustellen, was ist Leder, was ist Haut? Abgesehen von ihren superhohen Sandalettchen und ihrem schillernden Make-up hätte Miezi in einen Porno gepaßt, der unter schicken Neandertalern spielt.

»Miezi!« rief Michael und hatte sofort seine Pfoten in einem Schlitz.

Herbie sah in einem schwarzen Lederanzug aus wie ein Altrocker. Er versuchte Michaels Begrüßungsknutscherei zu imitieren, ich hielt meine Hände auf seinen Schultern und damit ihn auf Distanz, deshalb traute er sich nicht, was sich Michael traute.

Aber auch Miezi wirkte etwas gehemmt, zupfte an ihren Lederfellen rum, tat, als müsse sie sich an gestern abend erinnern, dann rief sie viel zu laut: »Hast du die Fotos?«

»Ich hatte keine Zeit«, log ich.

»Ooocchhh, ich hab mich so auf die Fotos gefreut.«

»Mein Gott, hatten wir gestern einen in der Krone«, brummte Herbie. Beide taten, als sei gestern alles nur ein Spaß gewesen und Herbies Heiratsantrag ein Witz im Suff. Miezi hatte recht gehabt: Heute sollte alles nicht mehr wahr sein.

Ich mußte Genaueres wissen. »Ich geh mal runter für kleine Mädchen, gehst du mit, Miezi?«

Klar ging sie mit. Auf diesem Weg lassen wir Frauen uns nie im Stich. Unten überprüfte sie sofort ihr Make-up, als hätte sie sich seit Tagen nicht mehr im Spiegel gesehen.

»Wie lange wollt ihr eigentlich hier bleiben?« fragte ich.

»Wir haben bis Montag Urlaub. Wir fahren Sonntag.«

Unmöglich. So lange durften sie nicht bleiben. »Und was ist mit euren Heiratsplänen?«

»War nur Quatsch gestern.« Ihre Mimik, ihre Gestik konzentrierte sich auf ihren Lidschatten, ihre Stimme klang enttäuscht.

»Wer sagt das? Du oder Herbie?«

»Er.« Dann fügte sie tapfer hinzu: »Ich auch.«

»Wie schön. Dann darf sich Michael also noch Hoffnungen machen.«

»Das war doch auch nur ein Witz.«

»Nein. Ehe du kamst, sagte er mir, daß du genau die Frau bist, von der er immer geträumt hat. Du hast gemerkt, wie er sofort wieder auf dich abgefahren ist.« Ich sah Miezi im Spiegel in die Augen: »Michael hat gesagt, wenn du ihm einen Heiratsantrag machen würdest, er würde sofort ja sagen. Er hat natürlich Angst, daß du ihm wegen Herbie einen Korb gibst.«

»Ich ihm einen Heiratsantrag machen? Das geht doch gar nicht!«

»Warum nicht? Wenn Herbie dich nicht heiraten will?«

»Ich kenn den Michael doch nicht. Und im Grunde sind Herbie und ich sowieso zusammen. Aber wenn er mich nicht heiratet, muß er mir endlich ein richtiges Gehalt zahlen. In jedem andern Laden würde ich das Dreifache verdienen. Überall sonst bekomme ich als Fachverkäuferin jede Menge Provision.«

Ich sah ihr wieder via Spiegel in die Augen: »Tust du mir einen Gefallen?«

Sie fummelte an ihren Mundwinkeln rum.

»Du machst Michael einen Heiratsantrag, er nimmt ihn an, und dann lehnst du ab.«

»Warum sollte ich so was Blödes tun?«

Ich wußte den einzigen Grund, der ihr plausibel erschien:

»Wenn du Michaels Heiratsantrag ablehnst, habe ich wieder Chancen bei ihm.«

»Aha. Da liegt der Hase im Pfeffer.« Sie sagte es ernst. Da hörte der Spaß auf. »Warum sollte ich Michael nicht heiraten, wenn er mich unbedingt will?« Ihn einfach mir überlassen, das wollte sie nicht.

»Ich glaube, er hat leider doch kein Geld. Er sagte mir, er könnte dich nicht finanzieren.«

Sie sah mich treuherzig an. »Weißt du, wenn dir ein Mann sagt, heirate mich und du brauchst nie wieder zu arbeiten, heißt das nur, daß du nie wieder für deine Arbeit bezahlt wirst. Ich war mein Leben lang berufstätig, obwohl die Hausfrauen alle tratschten, ich würde von Herbie ausgehalten. Daß ich mein Geld hart verdient habe, wollten die nicht hören. Wenn ich bei Herbie aufhöre und anderswo arbeite, verdiene ich mehr, dann wird's schon für uns beide reichen, für Michi und mich.« Wieder war Hoffnung in ihrer Stimme.

»Aber ich habe Michael erzählt, daß du sehr reich bist.«

Sie drehte den Wasserhahn auf und drehte ihn ebenso plötzlich wieder zu. Sie hatte es kapiert. Sie wußte, daß ihre Chancen für allemal vorbei waren. Daß ihr Traum von einer Blitzhochzeit mit einem fremden Herrn Grafen eben nur ihr Traum gewesen war. Sie sah mich wütend an, jetzt war ich ihre Feindin: Ich hatte behauptet, daß sie Michaels Heiratsantrag meiner Lüge verdankte, nicht ihrem Sex-Appeal. Sie sagte aggressiv: »Glaubst du etwa, daß ihr zusammenpaßt? Auf mich wirkst du wie eine Emanze. Gleich als du mir erzählt hast, wie du Michael kennengelernt hast, daß du als Frau allein in ein teures Restaurant gegangen bist, dachte ich, daß du eine Emanze bist. Der Herbie hat dich noch in Schutz genommen, der meinte, du könntest so 'ne Jet-Set-Nutte sein. Nein, du bist so 'ne Emanze, die dic Männer nur verarscht. Du glaubst, nur weil du so reich bist, kannst du jeden Mann haben.«

Ich mußte retten, was zu retten war, verhindern, daß sie Michael erzählte, ich hätte gesagt ... »Du sollst es nicht umsonst machen«, sagte ich, »wenn du es machst, bekommst du die Fotos.« Ich holte die Foto-Tüte mit den Abzügen für Miezi aus meiner Handtasche.

»Du hast sie also doch!«

»Ich wollte nicht, daß Herbie sie sieht.«

Das konnte sie dann gut verstehen, sie fiel vor Entzücken fast in Ekstase. »Wahnsinn, wenn ich das den Leuten zeige!« Ihre Augen strahlten, sie hielt den Beweis in Händen, welch Klassefrau sie war, wer es nicht glauben wollte, da waren diese Fotos: Die Klassefrau Miezi, bekniet und begrapscht vom tollen Herrn Graf.

Hartherzig nahm ich ihr die Fotos weg: »Also, wenn du ihm heute abend noch einen Heiratsantrag machst, und wenn er ihn annimmt, dann lehnst du ab, dann bekommst du die Fotos.« Ich steckte sie in meine Handtasche und ging.

Wie benommen stolperte sie hinter mir die Treppe hoch. »Ich versprech dir alles, Marion, aber bitte laß mir die Fotos!«

Die Herren hatten unterdessen festgestellt, daß ideales Wanderwetter sei, warm und sonnig nämlich, und es wehte auch ein ziemlicher Wind, der berühmte Mistral der Provence, sie hatten deshalb beschlossen, einfach ins Blaue hinein ins Grüne zu spazieren, was auf die Zypressenallee hinterm Hotel rauslief.

Dort stand eine Informationstafel mit viel französischem Text vom Tourismusbüro. Wir fanden raus, daß ein Weg zu einem Turm führte, den Philippe le Bel erbaut hatte. »Philipp der Schöne lebte von 1268 bis 1314«, übersetzte Michael.

»War einer der Sponsoren der Stadt«, erklärte Herbie.

Miezi startete Überlegungen, wie schön ein Mann ist, wenn man ihn den Schönen nennt. Einerseits schöner als Herbie, andererseits nicht schöner als Michael. Miezi sagte entschieden, noch schöner wäre tuntig. Und sowieso seien früher die Männer vorteilhafter angezogen gewesen, sie hätte Bilder gesehen aus dem Mittelalter, da hätten alle Männer Leggings getragen, und wenn ein Mann seinen knackigen Arsch zeigt, das sei kein Vergleich mit den heutigen Hintern in schlabbrigen Anzughosen. »Außerdem ist dieser schöne Philipp schon mit sechsundvierzig gestorben«, sagte Miezi, »mit sechsundvierzig kann jeder in Schönheit sterben.«

Ein anderer Weg führte zu einer Höhle, in der im sechsten Jahrhundert eine Einsiedlerin namens Casarea gelebt hätte. Damit konnte Herbie nichts anfangen: »Wurde sie nur so berühmt, weil sie allein in einer Höhle gewohnt hat?«

Michael vermutete es. »Im Mittelalter wurde man für so was schon berühmt.«

Herbie hatte im Fernsehen einen Mann gesehen, der hatte auch jahrelang in einer Höhle gelebt, und nun trat er in allen Talk-Shows auf und erzählte, wie er rohe Spinnen gegessen hatte und weichgekochte Schlangen. Der Mann hatte entsetzlich ungepflegt ausgesehen. Und die Höhle dieser Frau Casarea war bestimmt auch ein verschlamptes Loch, also gingen wir einfach nur die Allee hügelwärts.

Es ergab sich bald, daß Miezi und Michael vorausgingen. Herbie sagte: »So hab ich die zwei im Blick.«

Die meisten Menschen reagieren immer gleich, was gestern bei Herbie gewirkt hatte, würde auch heute wirken. Die träge Masse Herbie hatte eine Gemeinsamkeit mit Agnete: Die Kraft, die sie in Bewegung brachte, war Eifersucht.

Obwohl Michael ziemlich schnell ging, widerlegte Miezi alle Gerüchte, auf Stöckelschuhen könne man nicht wandern, munter wie ein Hund mit doppelt so vielen Schritten wie er lief sie neben ihm her. Nach ein paar Minuten waren sie außer Hörweite.

Herbie sagte kein Wort zu gestern abend. Er erläuterte seine Geschäftserfolgsstrategie, nämlich Ledermode hochpreisig und exquisit. Und das sähe man seinen Modellen an, da könne sich die Kundin drauf verlassen. Und wie wichtig es sei, Rabatt zu geben. Wer zum zweitenmal bei ihm kauft, bekommt zehn Prozent Rabatt, gute Kunden sogar zwanzig Prozent Rabatt. Und je reicher die Kunden, desto schärfer auf Rabatte. Bei ärmlichen Kunden genüge es anzudeuten, daß sie sich das nicht leisten könnten, dann kauften sie, um zu beweisen, daß sie das Geld hätten, reiche Kunden dagegen wollten beweisen, daß sie nicht umsonst reich geworden sind. Solche Beobachtungen hatte ich bei meinem Kauf-Animationsjob auch gemacht. Davon erzählte ich aber nichts. Ich nickte nur zustimmend, als er erklärte, wieviel psychologisches Geschick der Verkauf exquisiter Ledermoden erfordert. Weiter schwärmte Herbie, welch großartige Verkäuferin Miezi sei, stolz sagte er: »Sie hat ein Händchen dafür, kann man nicht abstreiten.«

»Sie hat auch ein Händchen für Michael«, sagte ich, »kannst du auch nicht abstreiten.« Falls Herbie es noch nicht gesehen hatte, sah er es jetzt: Miezi hielt Michaels Hand oder Michael Miezis Händchen, das war aus der Entfernung nicht zu erkennen.

»Das gefällt mir nicht«, brummte Herbie, »die Gegend hier. Wir sind nur wegen des Hotels hier. Frankreich an sich ist uninteressant, das ist abgegrast.«

Das Gras wuchs prächtig ringsum, der Wind schaukelte die Halme. »Wieso?« fragte ich.

»Aus Ägypten haben wir einen Kamelschädel mitgebracht, der war total von der Sonne gebleicht und ganz sauber, konnten wir mitnehmen, wie er war. Im Sommer haben wir den Kamelschädel immer im Schaufenster, bißchen Sand drumrum und eine Palme dazu, die ist auf Hydrokultur. Superdekoration ist das.«

»Kann ich mir vorstellen.«

»Und aus der Türkei haben wir einen kleinen Grabstein mitgebracht, mit so kyrillischen Buchstaben drauf, der kommt im Herbst ins Fenster, paar bunte Blätter dazu, auch sehr dekorativ.«

Das konnte ich mir auch vorstellen. »Sieh mal, Herbie, die beiden sind da vorn bei einem Feldweg abgebogen, da scheint's abwärts zu gehen, oder haben die sich ins Gras gelegt?« Jedenfalls waren sie außer Sichtweite.

»Jetzt reicht's aber«, schnaufte Herbie.

Ich begann das Eisen zu schmieden. »Ich spür es deutlich, aus den beiden wird ein Paar. Dir ist das ja nur recht, Miezi hat mir vorher gesagt, daß dein Heiratsantrag nicht ernst gemeint war.«

»Ich war total besoffen«, sagte Herbie, als sei er sonst nie total besoffen.

»Und Michael hat mir gesagt, daß er immer noch total verrückt ist nach deiner Miezi.«

»Der war auch total besoffen.«

»Zur Verlobung schenke ich den beiden die Fotos, die ich gestern gemacht habe, ich hab Miezi nicht gesagt, daß sie schon fertig sind, soll eine Überraschung werden. Nur du darfst sie jetzt schon sehen.«

»Gehn mich nichts an, die Fotos«, schnaufte er, blieb aber stehen. Ich blätterte ihm die restlichen Fotos aus dem Packen für Agnete vor, die Fotos, die ich ihr nicht geschickt hatte, weil Miezi darauf weniger schön, zu verknutscht und zu verrucht aussah. »Klasse Fotos«, ich wies Herbie mehrmals auf besondere Details hin, zum Beispiel auf Miezis Hand zwischen Michaels Beinen oder umgekehrt. »Was soll der Quatsch.« Herbie riß mir die Fotos aus der Hand und zerriß sie. Pingelig riß er sie erst in der Mitte durch, dann quer.

Ich stand daneben und schrie:»Was soll der Quatsch, das sind meine Fotos! Du bist gemein, Herbie!« und dachte: Du Trottel, ich habe noch eine Serie Abzüge. Und ich habe den Film...

Herbie warf die Schnipsel um sich wie ein Sämann, der Wind wehte sie die Allee runter, in den Straßengraben, in die Felder.

»Ich habe die Fotos bezahlt!«

Er griff sich an seinen Hosengürtel, machte ihn auf! Wollte er mich mit dem Gürtel auspeitschen? Oder vor mir die Hosen runterlassen, um mich in die Flucht zu schlagen? Er zog hinter dem Gürtel einen an Schlaufen befestigten Geldbeutel raus aus exquisitem Leder, suchte drin rum, gab mir einen deutschen Zehnmarkschein: »Mehr haben die nicht gekostet!« Er drehte sich um, stapfte zum Hotel zurück.

Ich grinste ihm eine Weile hinterher, ging dann auch zurück. Er würde zum Abendessen wieder auftauchen, Herbie war nicht der Typ, der sich ein Abendessen durch die Lappen gehen läßt.

Ganz wie erwartet sah ich gegen acht von meinem Fenster aus Miezi und Herbie im Restaurant Platz nehmen. Herbie muffelte kilometerweit vor sich hin. Miezi zupfte an ihren Lederfellen rum, bis Michael kam, dann zupfte sie ein bißchen an Michael rum. Dann verglichen alle ihre Uhren, Miezi und Michael redeten auf Herbie ein, er hatte mich zuletzt gesehen, was hatte er mir angetan? Hatte er gestanden, meine Fotos zerfetzt zu haben? Bestimmt wurde er jetzt beschuldigt, mich beleidigt und vertrieben zu haben. Es ist schön, Leute zu beobachten, die auf einen warten, es gibt einem das Gefühl, wichtig zu sein.

Als sie die Vorspeise mit schlechtem Gewissen ohne mich verzehrt hatten, kam ich endlich und wurde umso dankbarer begrüßt. Besonders von Herbie. Er griff nach meiner Hand, versuchte sie zu zerquetschen, röchelte: »Verzeihste mir?«

Ich sagte nur: »Aua.«

Miezi, mit ängstlichem Gesicht, formte mit ihrem Lippenstiftmund lautlos das Wort: Fotos?

Ich signalisierte mit Fingerzeichen zurück: Null Problem, alles okay! und klopfte auf meine Handtasche.

Sie lächelte. Als täte sie es mir zuliebe, flirtete sie nun mit Michael. Sie sah ihm in die Augen, als wären seine Augen Saugnäpfe.

Michael nahm Miezis Hand, zog sie an seinen Mund und küßte Miezi auf die tomatenroten Nägel, Fingernägelchen für Fingernägelchen. Sehr hübsch.

Herbie bekundete demonstratives Desinteresse an diesem Flirtkurs für Fortgeschrittene. Er entdeckte am Tisch schräg hinter sich das Paar, das ich gestern am Pool gesehen hatte, den Bilderbuch-Manager mit seiner sündhaft jungen Brigitte Bardot, die Gameboy gespielt hatte. Sie trug ein hauchdünnes Kleidchen im Unterwäsche-Look.

»Ich sollte mich auch nach einer umsehen, die altersmäßig zu mir paßt«, brummte Herbie in ihre Richtung.

Miezi sagte frech: »Die hat sogar beim Essen den Walkman auf den Ohren. Praktisch, da muß sie das Geschwätz ihres Alten nicht hören.« Verächtlich fügte sie hinzu: »Typen wie die besitzen höchstens eine Secondhand-Lederjacke.«

»Du hast einen köstlichen Humor«, säuselte Michael. »Weißt du eigentlich, wie die französische Nationalhymne heißt?« Und ehe sie was sagte, sagte er: »Das ist die Mayonnaise.« Michael lachte, als hätte Miezi diese Dummheit von sich gegeben. Für Männer ist es so einfach, humorvoll zu sein, es genügt, wenn sie die Frauen für blöd halten. Und Frauen, die sich weigern, sich selbst für blöd zu halten, haben eben keinen Humor.

Miezi nahm eine der Hummerscheren, die ums Fischgericht dekoriert waren, und zwickte Michael damit in die Nase. Da lachte sie herzlich, obwohl das Michael nicht so gefiel.

Herbie betrachtete angeekelt seine Pasta à la Sepia, es waren mit Tintenfischblut violettschwarz gefärbte Nudeln. »So was eß ich nicht mal geschenkt!« Er schob mir den Teller rüber.

Ich verzichtete dankend auf sein Geschenk.

Miezi sagte: »Biete sie deiner Dürren drüben an.« Und schäkerte zu Michael: »Ich bin für fett, aber nett und adrett im Bett.«

Dafür war Michael auch.

Herbie starrte wieder zur Bardot rüber. Sie schob schmollend den gehäckselten Salat auf ihrem Teller hin und her. Herbies Gegaffe erwiderte sie mit vielfältigem Stirnrunzeln. Dann sagte sie laut zu ihrem Bilderbuch-Liebhaber: »Ich will in die Disco heute.«

Er, ganz Liebhaber von Welt, in einem keinen Widerspruch gewohnten Tonfall: »Nein. Ich will heute früh ins Bett.«

Herbie grinste zustimmend.

»Es sind Ferien«, sagte die Bardot laut. »Ich bin schließlich sechzehn!«

Herbie grinste, als wäre sie seine Sechzehnjährige.

Der Bilderbuch-Liebhaber: »Nein. Und dabei bleibt es.

Ich habe dir heute mittag dieses Kleid gekauft, und dafür hast du versprochen ...«

Und da rief sie laut durchs Restaurant: »Du kannst doch allein schlafen, PAPA!«

Als enttarnter Papa sah er viel älter aus, kniff den Mund zusammen. Auch Herbie guckte verkniffen.

Dafür grinste Miezi: »Falls deine fabelhaften Söhne wenigstens im Bett was zustande bringen, was Hand und Fuß hat, kannst du als Opa mit deiner Enkelin hier Urlaub machen.«

»Schrei hier nicht rum«, zischte der Papa. »Meinetwegen bis elf.«

Schon schmollte die Bardot wieder: »Alle anderen dürfen länger bleiben. Ich will auch was von meinen Ferien haben, PAPA! Ich nehm dein Handy mit und ruf dich an. Ehrenwort, PAPA!«

»Halb zwölf, mein letztes Wort.«

»Dann geh ich aber sofort, sonst lohnt es sich überhaupt nicht.«

Sie hatte plötzlich ein Handy, tippte rasant eine Nummer ein, rief: »Hey, Guillaume, ich kann hier weg. Warte vorm Fatal Attraction auf mich. Bis gleich, mon petit.«

»Ich fahr dich hin«, sagte der Papa schwach.

»Bloß nicht, ich ruf mir ein Taxi. Du brachst deinen Schönheitsschlaf, ruhe sanft!« Weg war sie.

Herbie sah nicht mehr zu dem Bilderbuch-Papa rüber.

Und dann kam's. Miezi sagte: »Michael, wenn ich dir jetzt im Spaß einen Heiratsantrag machen würde ...«

»Ich würde ihn annehmen, im Ernst.« Michael sagte es feierlich.

»Jetzt reicht's endgültig!« Herbie ging.

Miezi lächelte glückselig. Dann sah sie mich an, als wüßte sie nun nicht mehr weiter.

»Wartet bitte mit eurer Hochzeitsplanung, bis ich zurück bin.« Ich ging, wohin Herbie gegangen war.

Natürlich in die Bar, er hatte schon ein Bier vor sich. Er spulte eine Schimpftirade ab auf die Welt, speziell auf die Franzosen, die ihm auf den Esprit gingen, deren Menüs ihm kreuzweise zum Hals raushingen, deren Bier gefärbte Limonade war, die es wagten, für ihre Autobahnen, auf denen man nur kriechen durfte, astronomische Gebühren abzuzocken, auf Michael diesen Lackaffen, auf Miezi, die diesem Lackaffen auf den Leim ging, dabei wußte Miezi genau, daß er seinen Laden dichtmachen müßte ohne sie, der Urlaub sei ihm versaut, nur noch ein Ziel hätte er, so schnell wie möglich nach Hause ...
Ich war so verständnisvoll. »Du darfst dir das nicht länger bieten lassen, Herbie. Du sagst Miezi jetzt, daß ihr sofort zurückfahrt, um das Aufgebot für eure Hochzeit zu bestellen. Dann ist Schluß mit dem Theater hier.«
»Genau.«
»Herbie, jetzt ist Tempo angesagt, wir gehen jetzt zur Rezeption und sagen, daß ihr sofort abreist.«
»Genau«, sagte Herbie. »Aber die restlichen Tage, die wir gebucht haben, bezahle ich nicht. Bringst du das diesen Franzosen bei?«
Ich brachte es ihnen bei. »Finkenwerders müssen sofort abreisen, wegen einer dringenden Hochzeit«, sagte ich der Dame an der Rezeption. Der war alles egal, ihr Computer addierte sämtliche bisherigen Kosten, Herbie warf einen Blick auf die Rechnung, seine Kreditkarte hin, unterschrieb. »Höchste Zeit, daß wir diese Räuberhöhle verlassen.« Dann kleinlauter: »Kannst du Miezi beibringen, daß ich im Zimmer warte, sie soll zum Packen kommen, in einer Stunde fahren wir.«

»Abgemacht. Ich sag ihr auch das mit der Hochzeit. Und wenn du mir versprichst, daß es dabei bleibt ... Herbie ... du hast zwar die Fotos zerrissen, aber ich besitze noch die Negative ...«

»ach so ...«

»wenn du mir versprichst, daß ihr im September heiratet, bekommst du nachher die Negative.«

Er haute mir auf die Schulter, als wolle er mich mit einem Schlag vernichten. »Versprochen!«

Miezi und Michael schäkerten nicht, als ich an den Tisch zurückkam, ohne Publikum schien es nicht zu klappen.

»Ich soll dir von Herbie ausrichten, daß ihr heute abend wegfahrt. Er hat's furchtbar eilig, das Aufgebot zu bestellen. Also pack deine und seine Koffer. Falls du ihn heiraten willst.«

Miezi machte den Mund auf, sagte nichts. Dann endlich: »Das ist ja klasse, wie wir das hinbekommen haben!«

Michael blickte nicht durch, er reagierte überhaupt nicht.

Miezi sah plötzlich zwanzig Jahre jünger aus. »Ihr dürft unser Dessert mitessen.« Sie sprang auf und tätschelte Michael den Kopf: »Die Marion ist auch eine Klassefrau, ehrlich.«

So bekamen Michael und ich vier Desserts, als der Kellner mit dem Dessertwagen kam. Wir wählten zwei Charlotte aux poires, was köstliche Birnensahnentorte ist, je einmal Mousse au chocolat und Sorbet de pistache, Pistazieneis. Wir aßen fast schweigend, wir sprachen nur über die Desserts. Heimlich sonnte ich mich in meiner guten Tat als Ehe-Animateurin: Miezi würde verheiratet viel glücklicher sein und Herbie nicht unglücklicher.

Michael sinnierte über die entgangene Besitzerin des

Luxuslederwarenimperiums oder über seine verbrecheri-
schen Machenschaften.

Ich sinnierte über Michael. Am Nachmittag hatte ich ihn
heißblütig erwürgen wollen, nun war meine Wut kalt. In
kaltem Blut würde ich mich rächen, daß er es nie vergessen
würde.

Kurz vor elf hüpfte Miezi herbei. Sie war reisefertig
kostümiert, als Indianerin, mit Lederhosen und fransen-
besetztem und perlenbesticktem Lederhemd. »Alles schon
im Mercedes«, jubilierte sie.

»Wo ist dein Bräutigam?«

»Auch im Mercedes. Wir fahren abwechselnd die Nacht
durch, dann schaffen wir es morgen früh aufs Standesamt,
um das Aufgebot zu bestellen!«

Sie hakte sich bei mir unter, als wir sie zum Mercedes
begleiteten. Ich drückte ihr den Umschlag mit den Fotos
in die Hand, blitzschnell verschwanden sie in der Brusttasche ihres Indianerwamses. Sie küßte mich: »Danke für
alles. Du bist klasse.«

»Keine Ursache. Ich ruf mal an, ob alles geklappt hat.«

Herbie arrangierte das exquisite Ledergepäck im Kofferraum. Weder Miezi noch Michael sahen, daß ich ihm nicht
nur die Hand zum Abschied reichte, sondern auch die Film-
negativstreifen. Er kniff mich verschwörerisch in den Arm.
Dann zerdrehte er die Filmstreifen in seinen Händen, daß
sie knirschten, ließ sie auf den Boden fallen, kickte sie vor
einen Autoreifen. »Wird sofort vernichtet.« Er stieß mich
verschwörerisch mit dem Ellbogen an die Brust: »Du kannst
dich auf mein Versprechen verlassen.« Seine Platzhirsch-
Ehre als Alleinbesitzer von Miezi war wiederhergestellt.

Für Michael hob er zum Abschied nur kurz die Hand, er
machte ein Siegeszeichen.

Als der Mercedes wegfuhr, waren die zerknüllten Negative schon vom Mistral verweht.

Das Brautpaar war kaum um die Ecke, da quietschten Bremsen, sie kamen im Rückwärtsgang zurück. Ich hielt die Luft an. Unpassenderweise reimte sich der Gedanke in meinem Kopf: Ist mein Honorar schon wieder in Gefahr? Miezi ließ das Fenster runter: »Vergeßt nicht, wenn ihr bei uns in der Gegend seid, ihr bekommt 30 Prozent Rabatt!«

»Ich werde es nie vergessen«, sagte ich und atmete aus.

Nun war Michael dran.

32. Kapitel

Das künftige Ehepaar war endgültig um die Ecke. Da spürte ich Michaels Hand auf meiner Schulter, seinen Zeigefinger an meinem Hals. Er bewegte ihn hin und her. Ein fabelhafter erotischer Trick, funktioniert allerdings nur, wenn der Befummelte in den Fummler verknallt ist. Funktioniert nie, wenn der Befummelte weiß, daß der Fummler den Familienschmuck geklaut hat.

»Ist das ein Versuch, dich über den Verlust von Miezi wegzutrösten?« Ich schob meine Hand unter seine, hielt zärtlich seinen Finger fest, um das Geschabe am Hals nicht länger ertragen zu müssen.

Er dachte natürlich, ich wolle noch mehr seiner Liebkosungen, zog mich an sich: »Die war mir zu neureich. Und zu aufgetakelt.«

»Aber ihren Heiratsantrag hättest du angenommen.«

Er seufzte. »Heutzutage, wo die Frauen so emanzipiert sind, daß sie den Männern sogar die Jobs wegnehmen, spricht nichts dagegen, daß sie einem Mann unter die Arme greifen. Jahrhundertelang haben Frauen Männer ausgebeutet, jetzt geht's auch umgekehrt.«

Das war seine Rechtfertigung für alles, für jedes Verbrechen! Ich sagte nur: »Ich dachte, du bist reich.«

»Ich spreche selbstverständlich von Herbie. Soll er sie haben, er hat lange genug für sie gearbeitet. In deinen und in meinen Kreisen ist das sowieso anders, da gibt's nur eins: Geld heiratet Geld. Oder würdest du auch einen unvermögenden Mann heiraten?«

Wie erhofft, antwortete ich: »Ja, wenn er der Richtige ist. Es zählen nur die inneren Werte.« Ich spürte, wie er Luft holte, sich aufblähte, wollte er mir zeigen, daß er bis zum Platzen angefüllt war mit inneren Werten? Die wichtigere Frage war: Wie lange konnte ich mich beherrschen, ehe ich ihn anbrüllte, ohrfeigte, erwürgte, kastrierte? Nicht mehr lange. »Ich muß nach Hause, meine Tante wartet.«

»Es ist erst halb zwölf! Wir können noch was trinken, ich lade dich ein.«

Der Gedanke, daß Agnete mich jetzt dafür bezahlte, daß Michael sich an mich ranmachte, heiterte mich auf. »Trotzdem, ich muß meine Tante auf jeden Fall anrufen. Sie kann sonst nicht einschlafen, alte Leute sind so.« Ich sagte, ich würde schnell von einer ruhigen Telefonzelle draußen anrufen, er solle in der Hotelbar auf mich warten. Da dies seinen Wünschen entsprach, tat er es ohne Widerspruch. Ich rannte zum Marktplatz.

Wie der Engel der Verkündigung sagte ich zu Agnete: »Ich habe eine frohe Botschaft für Sie.«

Sie war hellwach, sie war sogar in der Lage, sofort zurückzurufen.

»Ich hatte mit Frau Finkenwerder, die Herr Graf ›meine Miezi‹ zu nennen pflegte, ein äußerst ernsthaftes Gespräch.

Ich habe sie davon überzeugt, daß sie Herrn Graf unglücklich machen würde, daß Herr Graf von einer Frau das erwartet, was Sie zu bieten haben ...«

»Ja«, stimmte Agnete zu, »ja, ja.«

»Ich habe auch Herrn Graf überzeugt, daß Frau Finkenwerder nur eine Eintagsfliege für ihn sein kann.«

»Ja, ja, ja, eine Eintagsfliege.«

»Miezi Finkenwerder hat sich aufgrund meiner Beratung entschieden, einen anderen zu heiraten.«

»Sie hatte einen anderen zur Auswahl?« Agnete war sofort neidisch.

Ich würgte ihr noch eins rein: »Eine Frau wie Miezi Finkenwerder hat immer freie Auswahl. Doch nun ist sie abgefahren. Mitten in der Nacht. Rufen Sie im Hotel an, wenn Sie's nachkontrollieren wollen, Zimmer 25 ist vor einer halben Stunde frei geworden. Und morgen müßten Sie die Fotos bekommen.«

Statt zu sagen: Großartige Arbeit haben Sie geleistet! und: Wären Sie einverstanden, wenn ich Ihr Honorar auf 1000 Mark pro Tag erhöhe? oder wenigstens: Klasse!, sagte Agnete: »Dann fahren Sie auch heute nacht zurück.«

»Wie bitte?«

»Ich brauche Sie jetzt nicht mehr.«

»Ah.« Mehr fiel mir nicht ein.

»Ich habe jetzt selbst einen Plan. Ich habe mich mit einer Bekannten beredet, ich werde jetzt gleich mit Herrn Graf telefonieren, nachdem dieses Flittchen verschwunden ist. Und Ihnen angenehme Heimreise.«

»Ich kann nicht heute nacht zurückfahren. Sie müssen mich mindestens morgen noch bezahlen.«

»Darüber reden wir, wenn ich zurück bin.«

»Sie meinen, wenn ich zurück bin.«

»Natürlich meine ich, wenn ich zurück bin!«

Es schwante mir Fürchterliches, es kam noch fürchterlicher ...

»Ich werde morgen persönlich nach Avignon fliegen.«

Das waren ihre letzten Worte.

33. Kapitel

Er wartete mit einer Flasche Champagner. Er hatte noch einiges vor heute nacht. »Wie geht's deiner Tante?«

»Sie hat mich mit ihren Reiseplänen genervt.«

Natürlich interessierte Michael das nicht. Er überreichte mir ein Glas. »Jetzt können wir auf uns zwei allein anstoßen.«

Außer uns war nur der Barkeeper da, der uns mit französischen Chansons aus seiner Anlage beschallte und mich mißbilligend anstarrte: Was hat eine Frau in einer Bar zu suchen, wenn der Barkeeper Feierabend machen will!

Sein Ärger war überflüssig, ich wollte nicht bleiben, ich hörte im Geist schon das Telefon in Michaels Zimmer klingeln.

»Wie ist eigentlich dein Hotelzimmer hier? So wie im Hilton?«

Er sprang sofort drauf an: »Du solltest es unbedingt sehen. Wir nehmen den Champagner mit.«

Der Barkeeper verstand plötzlich Deutsch, brachte sofort die Rechnung zum Unterschreiben, drückte mir sogar dankbar ein Schälchen mit Salzmandeln in die Hand und machte das Licht in der Bar aus.

Da ich Michaels Zimmer bereits von meinem Zimmermädchenauftritt kannte, sah ich mich nur kurz um, setzte mich in einen Sessel und sagte arriviert desinteressiert: »Das Mobiliar ist besser als in den meisten Hiltons.«

»Find ich auch«, sagte er ebenso hiltonerfahren. Er nahm das kleine blaue Buch vom Tisch und legte es weg, auf den Nachttisch.

»Ist das dein Tagebuch?«

»So ähnlich, es steht das Wichtigste über mein Leben drin.«

»Steht drin, was für dich bei einer Frau am wichtigsten ist?«

»Ich bin anders als die konventionellen Männer, für mich sind Aussehen und Alter sekundär, das wichtigste ist, daß eine Frau was auf'm Kasten hat.«

Hörte sich großartig an, als meine er damit Intelligenz. Nur wußte ich, daß Michael tief in seinem Herzen glaubt, eine Frau an seiner Seite brauche keine Intelligenz, seine Intelligenz sei ausreichend für zwei. Jeder Mann glaubt das. Ich machte auf extrablöd: »Was auf'm Kasten haben? Du meinst, sie muß einen großen Busen haben? Mit Miezi kann ich nicht mithalten.«

Er stellte sich hinter meinen Sessel, beugte sich über mich, um meinen Busen mal aus dieser Perspektive zu prüfen. »Miezis Busen war mir etwas zu prall. So eine Molkerei vor der Hütte stößt mich ab«, verkündete er. Die Vorzüge meines Busens waren ihm keine weitere Bemerkung wert. Er war schon wieder bei seinem Lieblingsthema: »Ich will endlich aussteigen aus diesem unmenschlichen Leistungs- streß der Konsumgesellschaft. Ich will mich hier nieder- lassen, ein schlichtes, sinnvolles Leben führen, da brauche ich eine Frau, die zu meinem Leben paßt, sie müßte nur etwas Geld einbringen, aus Paritätsgründen.« Er ging dabei vorm Fenster auf und ab, sah strahlend hinaus, als würde sich auf seinem Gesicht die strahlende Zukunft, die da draußen auf ihn wartet, widerspiegeln.

Warum rief Agnete nicht an?

»Darf's noch ein Schlückchen Champagner sein?« Er goß nach, er knipste das Hauptlicht aus, die Schummerstehlampe an. Da endlich klingelte das Telefon.

Ich mimte die erschrockene Jungfer. »Huch, das wird doch nicht meine Tante sein?«

Michael lachte. »Hast du ihr angekündigt, daß du mitgehst auf mein Zimmer? Will sie vorher meine Bonität überprüfen?«

Er nahm ab. »Ja bitte?« Schon an seinem Gesicht sah ich, es war Agnete. Ungnädig fragte er: »Wie kommst du auf die Idee, mich mitten in der Nacht anzurufen! Es hat alles keinen Zweck, solange du auf deiner Position beharrst.« Sie redete, er unterbrach sie: »Ich will mir das nicht alles nochmal anhören. In der vorliegenden Form ist dein Angebot eines Ehevertrags nicht akzeptabel für mich.« Er zwinkerte mir zu.

Weiteres Gerede von Agnete.

Dann er in höchster Empörung: »Was ist das für eine neue Idee?! Ich soll dir zuerst das Kind machen, und wenn ich mich als Vater bewährt habe, kommt eine Heirat in Betracht? Während der Bewährungszeit bekomme ich ein Gehalt als Haushaltshilfe? Dein Steuerberater und dein Vater sind übergeschnappt! Merkt es euch endlich: Ich bin kein Zuchtbulle, den man mieten kann!«

Ich drapierte mich aufs Bett, kratzte mich graziös am Knie, er grinste mir aufmunternd zu und wurde noch unverschämter zu Agnete: »Da kannst du warten bis zu den Wechseljahren!«

Aufschrei von ihr, hörbar bis zu mir.

»Wenn du Angst hast, enterbt zu werden, dann laß dich von deinem Papa schwängern. Inzucht ist bekanntlich Familiensache!«

Wieder Gerede von ihr.

Dann er eisig. »Ich werde dich nicht abholen. Im Gegenteil, wenn du kommst, reise ich ab.«

Ich kratzte mich lasziv am Oberschenkel.

Sie konnte es nicht fassen, sie redete ewig.

»Nutze deinen Urlaub lieber, um weiter an deinen Ehebedingungen zu feilen. Oder du emanzipierst dich endlich von Papa und Steuerberater und bestimmst selbst über dein Geld. Alt genug bist du dazu! Schöne Nacht noch!«

Großartig lächelte er mich an, dieser Kämpfer für die Emanzipation. Er setzte sich neben mich aufs Bett. »Die hätten wir los!«

»Du als Zuchtbulle, das kann ich mir gar nicht vorstellen«, lächelte ich sanft. Angemessener wäre ein Vergleich aus dem Pflanzenreich: Michael als schlappes Blümlein, der weibliche Part das emsig tätige, saugende Bienlein. Bestimmt hatte er auch Agnete beizubringen versucht, daß Fellatio die Lieblingsbeschäftigung emanzipierter Frauen wäre, aber wenn Agnete ein Kind wollte, konnte er ihr so nicht kommen.

»Mit dir wäre das bestimmt anders.« Er legte seinen Arm auf meinen Bauch, beugte sich zu mir runter, sah mir in die Augen, was sehr erotisch sein kann, wenn man verliebt ist, aber nervig, wenn man's nicht ist. Er hielt sich nicht lange mit Augenkontakt auf, er schob sich weiter nach oben. Es war zu befürchten, daß er mir als nächstes erklären würde, was Emanzipation ist.

»Wie ist deine Bekannte so im Bett?« fragte ich nervös. Es war ein gutes Ablenkungsmanöver, die Erinnerung an Sex mit Agnete hatte eine enterotisierende Wirkung, er machte »pfff«. Was bedeuten konnte, daß die Luft raus ist oder daß er auf Agnete im Bett pfeift. Hier mußte ich nachhaken. »Erzähl mir, wie ist sie so?«

»Sie lärmt.«

»Sie lärmt?«

»Sie stöhnt krampfig und gibt obszöne Vokabeln von sich. Hat sie in Emma oder in Cosmopolitan gelesen, daß das die Männer scharf macht, oder daß sie als Frau ihre Sexualität zum Ausdruck bringen soll – kein Mensch versteht, was die Frauen eigentlich wollen. Mich jedenfalls törnt's ab. Außerdem kann ich nicht ausstehen, daß sie nackt schläft, das ist wie eine ständige Aufforderung, meine unehelichen Pflichten zu erledigen. Das ist nicht mein Ding.« Er legte sich neben mich, rutschte noch etwas weiter nach oben, mein Gesicht war schon in seiner Bauchnabelhöhe, näherte sich seinem Ding.

»Ziemlich heiß hier.« Das Wetter ist das A und O jeder Konversation.

»Ich kann das Fenster zumachen und die Klimaanlage an.«

»Mit Klimaanlage wär's sicher kühler.« An diesem Höhepunkt der Vorspiel-Konversation läutete das Telefon.

»Da ist sie schon wieder!« Stockwütend stand Michael auf, ging zum Tisch, riß den Hörer ans Ohr.

Agnete hatte in der Zwischenzeit vermutlich ein, zwei Cognacs nachgegossen und zerfloß nun vor Selbstmitleid, bis zum Bett war ihr Schluchzen zu hören.

»Was ist jetzt?« blaffte Michael. Sie schluchzte und schwatzte ihren Teil, darauf Michael: »Ich kann das Hotel problemlos selbst bezahlen. Oh ja, meine Geschäfte gehen glänzend. Morgen bekomme ich wieder eine größere Zahlung, oh ja. Auch ich habe durchaus eine Mitgift zu bieten. Bild dir bloß nichts ein. Nichts ist schlimmer als Emanzen wie du, die keine Gefühle mehr haben, die nur ihr Geld sehen!« Wie ein wutspeiender Drache an der Leine ging er mit dem Hörer auf und ab.

Ich tat, als hörte ich nicht auf Teufelkommraus zu, griff

nach meinem Champagnerglas auf dem Nachttischchen. Und warf dabei Michaels blaues Buch runter.

Ich kann heute nicht mehr sagen, ob ich es absichtlich runterwarf, um nachzusehen, was er da ständig notierte, oder aus Versehen, jedenfalls fiel es aufgeschlagen vors Bett, was Michael, der auf der anderen Seite telefonierte, nicht sehen konnte. Das Buch öffnete sich, wo es häufig aufgeschlagen worden war, auf der Seite war eine Liste.

In der ersten Zeile in der ersten Spalte stand: »Goldenes Etui, Goldstempel 18 Karat, Gewicht 60 Gramm, ca. 1890 Frankreich.« In der Spalte daneben, sehr klein geschrieben: »Schätzpreis von Dr. Schwalm, München: 4500,– DM.« In der letzten Spalte stand: »15.000,– FF«, das Datum von heute und ein Name: »Véronique Montevolte«.

In der zweiten Zeile der Liste: »Manschettenknöpfe mit Rubinen, 585 Goldstempel, ca. 1900, Preis 2000,– DM.«

In der dritten Zeile: »Manschettenknöpfe, Platin mit Brillanten, Brillantgewicht 0,8 Karat, Altschliff, Preis 3800,– DM, 12 000,– FF, Monsieur Thierry Procope.« Datum vom Samstag, 18. August.

Ich hörte Michael: »Du willst morgen kommen, weil du da die fruchtbarsten Tage des Jahres hast?! Sagt dir das deine Kosmetikerin? Oder brauchst du das Kind auf Befehl deines Steuerberaters bis zu einer bestimmten Frist? Ach, du hast nun auch einen Fruchtbarkeitsberater!«

Mit zitternder Hand blätterte ich eine Seite zurück: »Erotika-Lithografien, ca. 1850, mit Echtheits-Expertise Dr. Schwalm, München, Schätzpreis 10 000,– DM.«

»Es gibt noch viel mehr reiche Töchter! Und alle, alle wollen Mütter werden! Das Höchstgebot bekommt den Zuschlag.« Damit knallte er auf.

Es gelang mir, ihm entgegenzulächeln.

»Oh, da liegt ja mein Buch«, sagte er.

»Oh, da liegt ja dein Buch«, sagte ich. Dann: »Es ist besser, wenn ich jetzt gehe, ich sehe es dir an, sie hat dir die Stimmung verdorben.«

»Nein, bleib hier. Ich fühle mich topfit.« Nun legte er das Buch in die Nachttischschublade. Er wollte mich aufs Bett zurückdrücken, ich stand auf.

»Plötzlich ist alles so unromantisch«, seufzte ich sensibel.

»Sie verdirbt einem immer die Stimmung«, sagte Michael düster, »sie hat überhaupt kein Einfühlungsvermögen. Du bist da ganz anders, das spüre ich.«

Ich mußte weg. Aber vorher mußte ich noch was erledigen.

»Darf ich kurz deine Toilette benutzen?«

»Gerne auch länger.«

Wie humorig. Ich ließ viel Wasser rauschen, als ich den Riegel zu meiner Kammer aufschob. Von meiner Seite war verriegelt, die Tür blieb also zu, ich hängte über den aufgeschobenen Riegel ein Handtuch.

Ein Abschied nach einem Toilettenbesuch ist meist etwas förmlich, auch Michael erschien es unpassend, mich vor der Toilettentür abzuknutschen, er machte Angebote, mich nach Hause zu begleiten.

»Ach du«, sagte ich mühsam zärtlich, »du bist so müde, und du bist hoffentlich nicht von mir enttäuscht, wenn ich emanzipiert genug bin, um allein nach Hause zu gehen.«

Er gähnte, um mir vorzuführen, wie echt müde er war. Er versprach, sich keine Sorgen zu machen, daß ich allein nach Hause fände, wenn ich ihm verspreche, morgen abend den Abschluß seiner bedeutenden Geschäfte bei einem Menü zu feiern und anschließend den Abend stimmungsvoll ausklingen zu lassen.

»Ich verspreche dir, wir sehen uns morgen wieder. Ich laß dich nicht allein.« Nicht mit den Beweisen deines Verbrechens.

Ich klapperte die Treppe runter, klapperte aus dem Hotel, schlich zurück. Ich machte kein Licht in meiner Kammer, Michael sollte gar nicht auf die Idee kommen, daß auf der anderen Seite seines Badezimmers jemand wohnte. Nun, nachdem meinen Plänen Tür und Riegel geöffnet waren.

34. Kapitel. 22. August

»Schönen guten Morgen, Frau Doktor Matthias, hier ist Marion Manteuffel, ich möchte Ihnen ein Angebot machen.«

»Wo sind Sie?« rief Agnete hektisch. »Warum rufen Sie mich morgens um acht an?« Sie war aber hellwach.

»In der üblichen Telefonzelle. Um Ihnen ein Angebot zu machen. Sie beabsichtigten, heute zu kommen, allerdings war Herr Graf entschieden dagegen ...«

»Ich habe vor zwei Stunden, heute früh um sechs, die Fotos bekommen. Das ist ein Skandal! Ich kann nie wieder in dieses Hotel, was sollen die Leute von mir denken! Ich bezahle alles, und er verlustiert sich dort öffentlich mit einer Nutte in ordinärster Lederaufmachung! Ich rufe jetzt sofort im Hotel an und kündige die Zimmer. Ich bezahle keinen Tag länger.«

»Ich sagte Ihnen bereits, Frau Finkenwerder ist abgereist, das Thema ist erledigt, die kommt nicht wieder!«

»Ich sagte Ihnen bereits, daß Sie auch zu verschwinden haben, und zwar sofort!«

»Frau Doktor Matthias, als Sie heute nacht bei Herrn Graf anriefen, war ich bei ihm im Zimmer.«

»Sie lügen!«

»Sie haben nun einen Fruchtbarkeitsberater, Sie haben zur Zeit die fruchtbarsten Tage des Jahres. Stimmt's?«

»Das geht Sie überhaupt nichts an!« Sie hatte aufgelegt.
Ich investierte einen weiteren Telefonjeton. »Ich habe noch eine wichtige Information für Sie. Nachdem Frau Finkenwerder abgereist war, gestand mir Herr Graf, die Unterredung mit mir hätte ihm die Augen geöffnet, wer die Frau ist, mit der er seine Zukunft gestalten will, wer die Frau ist, die ihn wirklich versteht ... diese Frau bin ich.«

»Wer?«

»Ich.«

»Sie? Sie machen dumme Witze!«

»Was bezahlen Sie mir dafür, daß ich nicht mit ihm ins Bett gehe?«

»Ich habe Sie nicht richtig verstanden.«

»Was bezahlen Sie mir dafür, daß ich nicht mit ihm ins Bett gehe?«

»Wofür soll ich Sie bezahlen?«

»Daß ich mit ihm nicht ins Bett gehe.«

»Sie machen dumme Witze. Herr Graf teilt nicht mit einer Putzfrau das Bett.«

»Herr Graf, nennen wir ihn der Einfachheit halber Michael, kennt mich nicht als Putzfrau, sondern als gleichberechtigte Partnerin.«

Meine hoheitsvollen Worte beeindruckten sie nicht, obwohl es die reine Wahrheit war. »Putzfrau bleibt Putzfrau«, sagte sie schnippisch.

Noch hoheitsvoller sprach ich: »Bisher ist nichts Ernsthaftes zwischen uns gelaufen, aber für heute nacht kann ich beim besten Willen nicht garantieren. Michael möchte ein Baby mit mir haben.«

»Ich werde Sie anzeigen!«

»Wegen was?« Ich war total cool. »Ich kann Kinder in die Welt setzen, wann ich will und von wem ich will. Das ist mein bürgerliches Grundrecht. Und ein Mann hat bei der Wahl seiner Kindsmutter ebenfalls die im Gesetzbuch garantierte freie Auswahl. Sie wissen ja, Michael ist auf der Suche nach einer Frau, die ihn heiratet, ohne Ehevertrag.«

»Sie...!« zischte sie.

»Ich habe Sie nicht richtig verstanden.«

Da hängte sie auf.

Ich ließ ihr Zeit, sich zu beruhigen beziehungsweise sich über die tiefere Bedeutung meines Angebots klarzuwerden, und sich noch mehr aufzuregen. Es dauerte Minuten, bis es in der Telefonzelle bimmelte. »Hören Sie, ich bezahle Ihnen das ausstehende Honorar, wenn Sie sofort zurückfahren und sich verpflichten, niemandem zu erzählen, daß Herr Graf...«

Ich ging nicht darauf ein. »Ich kann mein Angebot allenfalls etwas modifizieren, damit es für Sie attraktiver wird.«

»Wie?«

»Was bezahlen Sie für eine Nacht mit Michael?«

»Ich verstehe Sie wieder nicht!«

»Was bezahlen Sie, damit Sie eine Nacht mit Michael verbringen können?«

»Bezahlen? Ich? Wem?«

»Mir. Damit Sie eine Nacht mit Michael verbringen können. Machen wir uns nichts vor, Michael ist derzeit nicht daran interessiert, mit Ihnen das Bett zu teilen. Sie sind sehr daran interessiert.«

»Sie wissen ja nicht, wovon Sie reden! Es geht mir nicht um das Sexuelle. Es geht um ein Baby, verstehen Sie? Die Kassen übernehmen heute nur noch die Kosten für eine künstliche Befruchtung, wenn man den Nachweis erbringen kann, sich um eine natürliche Befruchtung bemüht zu haben. Ich würde alles für ein Baby geben.«

»Also fünftausend Mark für eine Nacht mit allem Drum und Dran.«

»Fünftausend Mark! Sie sind ordinär!«

»Sie haben nur im Erfolgsfall zu zahlen, wenn Michael bereit ist, mit ihnen jene Tätigkeit auszuüben, die Mutter Natur zur Erzeugung eines Babys voraussetzt – ist das angemessen formuliert?«

»Wie soll dies gehen?«

»Ich werde das arrangieren. Um wieviel Uhr können Sie in Avignon sein?«

Sie schaltete um auf Gejammer: »Ich wollte eigentlich 12 Uhr 30 fliegen, dann wäre ich um 14 Uhr 10 angekommen, ich muß den Flug jetzt absagen, unter diesen Umständen kann ich mich nicht mehr im Hotel sehen lassen, was sollen die Leute denken!«

»Sie bringen die fünftausend Mark Sonderprovision mit und mein restliches Honorar plus Spesen. Alles in bar. Um 14 Uhr 10 hole ich Sie am Flughafen ab.«

»Ich weiß nicht so recht.«

»14 Uhr 10. Auf Wiedersehen.«

35. Kapitel

Noch sechs Stunden. Erst ging ich in die Bäckerei, zeigte stumm auf schinkengefüllte Croissants. Die Verkäuferin stellte eine unverständliche Frage. Ich gab ihr keine Chance, mir ihre Mandeltörtchen anzudrehen, zeigte stumm auf die Croissants, hob zwei Finger in die Höhe, legte Geld hin, sie mußte die Croissants rausrücken. Köstlich. Leider ohne Kaffee, das Bistro war noch geschlossen.

Zurück im Hotel pennte ich ein Stündchen auf Vorrat. Es würde eine aufregende Nacht werden.

Um zehn, während Michael unten ausführlich frühstückte, schob ich auf meiner Türseite den Riegel zum Bad auf, ging zu seinem Bett, dem Schauplatz künftiger dramatischer Geschehnisse. Das kleine blaue Buch lag noch in der Nachttischschublade, alles, was mir gestohlen worden war, hier war es aufgeschrieben. Mit Preisangaben, die ich mir nie hätte träumen lassen. Nun erst begriff ich, daß Michael für die wertvolleren Stücke zu Hause bei diesem Dr. Schwalm hatte Expertisen machen lassen.

Zitternd sah ich die Liste durch. In der letzten Spalte stand mehrmals »Vorauszahlung«, darunter hatte er den Restbetrag notiert und das Datum vom 22. August. Heute würde er den Rest kassieren.

Am Ende der Liste war alles addiert: 32 000 Mark!

Eine Seite weiter stand sogar die volle Adresse dieser Antiquitätenhändlerin Madame Montevolte aus Avignon, darunter zwei weitere Adressen aus Avignon, dann dieser Thierry Procope hier aus dem Vorort. Einen eindeutigeren Beweis, daß er mir alles geklaut hatte, konnte es nicht geben! Ich schwor mir: Dieses kleine Buch bringt dich an den Galgen!

Wenn ich es aber jetzt mitnahm, würde er mich als letzte Besucherin in seinem Zimmer verdächtigen. Und erstmal würde er ewig danach suchen und meinen Zeitplan durchkreuzen. Ich mußte das Buch haben, doch ich würde es auch heute abend bekommen.

Um elf verließ Michael das Hotel. Nun konnte ich auch Kaffee trinken, und nun war das Café auf dem Marktplatz geöffnet.

Mit frischer Kraft rief ich danach aus meiner Telefonzelle Gisela an. Sie rief zurück, um ohne Telefonjeton-Zeitdruck umfassend informiert zu werden. Ich erzählte ihr alles, auch meinen Plan mit Agnete.

Gisela rief abwechselnd: »Nicht zu glauben!« und »Hab ich mir schon immer gedacht!« Abwechselnd: »Das mußt du machen!« und »Willst du das wirklich machen?«

»Wenn alles klappt, verschwinde ich heute nacht aus dem Hotel und fahre mit dem nächsten Zug zurück. Morgen früh muß ich auf jeden Fall hier weg sein. Falls dieser Leonard noch anruft ...«

»Leonard hat gestern noch angerufen.«

»Warum sagst du das nicht gleich?«

»Du redest die ganze Zeit. Also, er hat angerufen. Ich hab ihm gesagt, daß du mich anrufst, ehe du zurückfährst.«

»Sonst nichts?«

»Wir haben sehr nett miteinander geplaudert, und ich sagte ihm, er kann jederzeit wieder anrufen.«

»Wenn er wieder anruft, sag ihm, er soll dir seine Telefonnummer geben«

»Die hab ich natürlich.«

Ich verzichtete darauf, Gisela zu fragen, warum sie so wichtige Informationen nicht ungefragt rausrückt, und schrieb mir Leonards Nummer auf. »Du siehst, es klappt doch alles«, sagte ich zum Abschied.

»Halt, noch was«, rief Gisela, »weißt du überhaupt, wie er mit Nachnamen heißt?«

»Nein.«

»Dachte ich mir. Er heißt Leonard Simonis.«

»Weißt du noch mehr?«

»Sein Vater ist Chemie-Professor hier an der Uni. Und er hat zwei Schwestern. Und er kann kochen, klavierspielen, sogar Walzer tanzen. Er gehörte lange zur Theatergruppe der Uni. Nächstes Jahr wird er mit seiner Doktorarbeit fertig sein.«

»Gib's zu, du hast ihn ausgefragt wie eine Heiratsvermittlerin.«

»Das ist gar keine schlechte Praxis. Es ist ein Irrtum zu

glauben, man könnte jedes künftige Problem nur mit Liebe aus der Welt schaffen. Man muß sich vorher informieren, welche Chancen eine Liebe hat.«

»Gibt es was, was du über ihn nicht weißt? Ißt seine Mutter auch Mon Chéri?«

»Seine Mutter ist Psychologin. Der Prof, bei dem du Diplom gemacht hast, ist ein alter Freund von ihr. Du wirst dich mit seiner Mutter gut verstehen. Ich glaube, daß sie Leonard genauso erzogen hat wie ihre Töchter, jedenfalls scheint er ein sehr normales Verhältnis zu Frauen zu haben. Anders als dieser Michael.«

»Warum fühlt sich dann Michael als der Größte, und Leonard als Versager?«

»Je kleiner ein Geist, desto schneller ist er mit seinen Fähigkeiten zufrieden. Gilt auch fürs Herz. Solltest du als Psychologin wissen.«

Da fiel mir nichts mehr ein.

Gisela fiel noch was ein. »Dein Kollege Volkmar von Vororten hat auch angerufen. Ich soll dich schön grüßen. Er hat mir erzählt, daß er dringend einen Job braucht, seine Filmtätigkeiten laufen momentan nicht so. Leider hatte ich nichts für ihn. Volkmar ist ja sehr reizend ...«

»Volkmar ist auch Hobby-Heiratsvermittler, ihr müßt euch unbedingt kennenlernen. Mach dir keine Sorgen um ihn, ich tu's auch nicht. Der findet immer irgendwas.«

Leonards Telefonnummer zu haben war, als hätte ich ein neues Ziel. Alles andere erschien mir plötzlich irgendwie nicht mehr so schwierig. Leider konnte ich ihn nicht sofort anrufen, jetzt am Mittag aus dem Ausland, das wäre zu aufwendig, zu aufdringlich, zu erwartungsvoll. Besonders, nachdem sich Gisela so aufgeführt hatte. Viele Männer flüchten, wenn sie sich von Beziehungshyänen gejagt fühlen. Aber morgen abend, von zu Hause ...

Dann fuhr ich mit dem Bus zur Stadtmauer in Avignon, stieg um in den Bus zum Flughafen, bis ich mich dort zum richtigen Terminal durchgefragt hatte, war die Maschine aus München schon im Landeanflug. Aus dem Gedudel, mit dem die Wartenden beschallt wurden, hörte ich:
»I knew, I shouldn't, but I didn't care.
I was lost in France...
And I looked out for a telephone
to tell you, baby...«
»...Ich wußte, daß ich es nicht tun sollte, aber es war mir egal. Ich war verloren in Frankreich. Und ich suchte nach einem Telefon, um dir zu sagen...« Ich konnte mich nicht mehr beherrschen, und sah auch ein Telefon und rief nochmal Gisela an: »Falls dieser Leonard wieder anruft, sag ihm, morgen abend bin ich zurück.«
»Endlich hast du begriffen, um was es geht«, sagte Gisela, »lieber glücklich verheiratet als glücklich geschieden.«
»Wo ist da der Witz?«
»Das ist kein Witz, das ist die Wahrheit.«

36. Kapitel

Sie schaffte es, meine Nerven bis aufs letzte zu strapazieren, sie kam als letzte aus der Maschine. Geleitet von einem schönen Mann in Uniform, der auf einem vergoldeten Kofferroller zwei Koffer schob, sich mit Verbeugung von Frau Doktor Matthias verabschiedete.
»Da sind Sie ja«, begrüßte Agnete mich, als hätte sie mich herbestellt und nicht umgekehrt. »Wir können sofort gehen, ich nehme mein Gepäck immer mit in die Maschine, weil das Flughafenpersonal nicht in der Lage ist, meine Koffer ordentlich zu behandeln. Die Lufthansa mußte mir

schon Koffer ersetzen. Dieser Ärger für mich, bis die Schadensersatzklage durch war!« Sie trug einen beigen Seidenanzug, etwas demonstrativ Dezentes, das auf der Brusttasche eingestickte YSL war erst auf einen Meter Entfernung erkennbar. Dafür roch sie fünf Meter weit nach Parfüm.

Sie ging voraus wie die Königin von Avignon, die endlich zurückgekehrt ist, sehnsüchtig von ihrem Fußvolk erwartet. Ich mußte den Kofferroller schieben, sie hatte ihn einfach stehengelassen. Sie schritt zum Taxistand.

»Einen Moment«, rief ich ihr hinterher, »wir fahren nicht direkt zum Hotel. Und wir fahren nicht mit diesem Taxifahrer, sondern dort mit dieser Taxifahrerin.« Und ging zu einem Taxi hinten in der Schlange, an dessen Steuer eine junge Frau saß.

»Warum das?«

Die Taxifahrerin blickte ebenfalls irritiert, als ich ihr erklärte, wir hätten »un petit problème spécial«, und zwar ein Frauenproblem, und wir benötigten dringend »un coiffeur exceptionnel«.

Die Taxifahrerin betrachtete im Rückspiegel erstaunt Agnetes tadellos coiffierte Lockenmähne, und auch meine simple Frisur schien ihr kein dringendes Frauenproblem zu sein, ratlos rief sie ihre Zentrale an.

Sofort begann eine Expertenrunde von Taxifahrerinnen über Funk zu diskutieren, welcher Coiffeur exceptionnel sei. Eine, die besonders viel zu sagen wußte, wurde von unserer Fahrerin abgebügelt: »Diese Madames wollen keine angeklebten Rastazöpfchen wie deine Tochter, cette salope!« ›Salope‹ heißt ›Schlampe‹.

Die Diskussion endete mit einem Anruf bei einem Friseur, der nach einigem Palaver bereit war, uns zu empfangen. Die Fahrerin war nie bei ihm gewesen, weil er ihr viel zu teuer war, aber ihre Freundin, die das Geld nur so aus dem Fenster warf, die ging selbstverständlich zu Monsieur César. Also keine Frage, dieser Coiffeur war der Coiffeur der Coiffeure von Avignon.

Nachdem das geklärt war, fragte Agnete: »Was soll das überhaupt?«

»Es sind Vorbereitungen erforderlich, damit unser Michael mit Ihnen eine Liebesnacht absolviert.«

Ihre curaçaoblauen Augen blitzten wütend.

»Sie müssen sich etwas verändern, nichts darf Michael an Sie erinnern.« Welch Vergnügen, ihr das zu sagen.

Ihre curaçaoblauen Augen blitzten noch wütender.

»Haben Sie auch normale Kontaktlinsen?«

»Hören Sie, was geht Sie das an?!«

»Es wird zwar dunkel sein heute nacht, trotzdem sollten Sie Kontaktlinsen tragen, die nicht so leuchtblau sind.«

»Ich könnte die Kontaktlinsen rausnehmen, dann habe ich eine ähnliche Augenfarbe wie Sie, aber dann sehe ich alles unscharf.«

»Wenn man nicht klar sieht, wird man bekanntlich am schnellsten schwanger.«

»Ich frage mich, wo das hinführen soll«, maulte Agnete.

»Das Ziel ist Ihnen bekannt. Allerdings müssen wir zunächst Grundsätzliches klären«, ich übergab ihr meine Abrechnung, inklusive Tageshonorar von morgen, und meine Spesenabrechnung mit allen Ausgaben, inklusive Fahrpreis für eine legale Rückfahrkarte. Ihr Bahn-Card-Ticket hatte ich beigelegt, sollte sie bei ihrem Reisebüro selbst auf Rückerstattung klagen. »Zweitausend Mark Vorschuß sind abgezogen«, ich zeigte die entsprechende Position in der Abrechnung, »ehe Sie mir nicht das restliche Geld geben, kann ich nicht weiterarbeiten, leider.«

»Ich habe das Geld nicht hier.«

Ganz cool bleiben. »Dann, leider…«

»Es ist im Koffer, hinten. Übrigens, wenn wir über so private Dinge reden, können wir uns auch duzen.«

Das könnte dir so passen! Wenn die Herrschaft der Putzfrau das Du anbietet, dann nur, um den Preis zu drücken. Ich winkte zur Taxifahrerin nach vorn: »S'il vous plaît, arrêtez un moment«, und sagte was von Gepäck. Ich dachte, die Fahrerin würde bei der nächsten Gelegenheit halten, sie machte eine Vollbremsung, fuhr knapp nicht in den Straßengraben, rannte raus, riß den Kofferraum auf. Da mußte Agnete sich wohl oder übel rausbequemen.

Die Taxifahrerin zündete sich eine Zigarette an und betrachtete ihr Taxi. Ich betrachtete die Landschaft. Agnete kramte im Koffer.

Unten am Flußufer war ein Campingplatz, in der Mittagshitze waren Frauen beim Kochen und Wäscheaufhängen. Männer waren nicht zu sehen. Vielleicht war's ein Campingplatz nur für Frauen? Ich schielte zu Agnete, sie zählte Geld. Dann überreichte sie mir etliche Scheine, es waren ein Tausender und drei Fünfhunderter dabei. »Zähl nach, der Rest ist Trinkgeld.«

Ich zählte zweimal nach, der Rest waren 18 Mark. »Danke, damit wäre das erledigt. Und ich find's auch gut, wenn wir uns duzen.«

Wir stiegen wieder ins Taxi, ich steckte das Geld ins Seitenfach meiner Handtasche.

Als wäre nichts gewesen, begann Agnete mich über die Schönheiten der hiesigen Landschaft zu informieren. »Diese Wolken! Sehen sie nicht aus wie Wattebäusche? Und diese Sonnenblumen! Wie ein Gemälde von van Gogh!«

Als würden die Dinge dadurch schöner, daß sie wie etwas

anderes aussehen. Sie schwärmte weiter: »Wie ich diese Sonnenblumen liebe! Wunderbar, wie sie ihre Blüten nach der Sonne drehen! Ich wußte sogar mal, wie sie auf Französisch heißen.«

»›Tournesol‹ heißen sie, weil sie sich nach der Sonne drehen.«

Sie sah mich erstaunt an. Sie durfte sich selbst eine Erklärung ausdenken, warum ihre Ex-Putzfrau wußte, was Sonnenblume auf Französisch heißt, ich sagte nur: »Und den Rest, das Sonderhonorar, wie vereinbart.«

»Wie vereinbart, nur im Erfolgsfall«, sagte Agnete. »Bitte sprich jetzt nicht dauernd über Geld. Ich habe das Geld dabei, und den Rest der Spesen übernehme ich selbstverständlich auch.«

Na prima. Agnete gehörte offenbar zu jenen, die sich endlos winden, bis sie endlich bezahlen, was sie zu bezahlen haben, und hinterher tun sie, als sei ihnen Geld egal.

Als wir beim vom Taxifahrerinnen-Gremium erwählten Friseur eintrafen, bestand unsere Fahrerin darauf, uns persönlich dem Maître César zu übergeben. Sie wollte sehen, wie's in dem Salon aussieht, und nun konnte sie erzählen, auch sie sei schon im Salon César gewesen.

Monsieur César sah nicht aus wie ein Starcoiffeur, er hatte eine Glatze. Ohne Erklärung, warum, erklärte ich ihm, er solle Agnetes Haare im gleichen Farbton wie meine färben und dann Agnetes Haare genau wie meine schneiden. Beim Erklären halfen mir die Parolen der Französischen Revolution weiter: ›Egalité et fraternité‹, Gleichheit und Brüderlichkeit. – Man konnte sich darauf verlassen, daß es auch im Französischen das Wort ›Schwesterlichkeit‹ nicht gibt, tatsächlich verstand der Maître sofort.

Er befand: Egalité der Couleur – kein Problem. Egalité der Façon – absolut unmöglich! Mit Gesten des tiefsten Bedauerns verdeutlichte der Maître, daß frisch geschnittene Haare völlig anders aussähen als meine, die offensichtlich bedauerlicherweise länger nicht geschnitten worden seien. Er betrachtete meine Frisur mit Mitleid.

Agnete guckte zustimmend, als der Maître an meinen Haaren rummäkelte. Okay, sollte er meine Haare eben auch etwas schneiden, und dann die von Madame exactement comme ça.

Dies war nun wieder kein Problem, überhaupt waren damit alle Probleme gelöst. Der Maître schnitt mir eine ausgewählte, kurze Strähne am Nacken ab, legte sie in ein Porzellanschälchen, darauf wurde Agnete von einer Assistentin in ein Hinterzimmer abgeführt.

Mich ließ man ohne Illustrierte warten. Schließlich kam eine Shampooneuse, die auf meinem Kopf rumdrückte, als knete sie Teig, anschließend zog sie die übliche Show ab, um mir eine Haarkur aufzunötigen. Sie war überrascht, daß ich begeistert einer garantiert besonders teuren Haar-Reanimation zustimmte. Bezahlte alles Agnete.

Je teurer eine Haarkur, desto länger muß man bekanntlich warten. Während ich also auf die Wiederbelebung meiner Haare wartete, fiel mir ein, daß ich was Wichtiges vergessen hatte. Ich kramte in meiner Handtasche, fand das Päckchen mit Cindy Crawford's Top-Secret, bat die Shampooneuse, den Maître zu holen, überreichte ihm zwei Warzen und das Fläschchen mit dem Kleber, zeigte ihm die Positionen an der Oberlippe und an der Schläfe, wo sie bei Madame im Hinterzimmer anzukleben seien.

Kein Problem, schon war er damit weg.

Zwei Schreie von Agnete aus dem Hinterzimmer.

Ich holte mir eine Illustrierte, eine der teuren, die man

sich selbst nie kauft, das Heft hatte das Thema Dessous-moden. Zuerst Bodys und Bustiers im Romantik-Look à la Rokoko, die Busen wie Kugeln nach oben gequetscht. Dann unschuldiger Wäsche-Look und flachgequetschte Busen. Oder die Brüste aneinandergequetscht, daß sich ein gerader Spalt ergibt, dieser Spardosen-Look. Oder windschnittig gestylt, jeder Busen wie eine Zitronenpresse. Dieses Busenstyling gehörte zu Bodys aus schwarzem, gummiartigem Material mit klobigen Schnallen im Perverso-Look für die Domina und Fetischistenbraut. Im Text stand: »Die Vielfalt der Dessousmode trägt der Tatsache Rechnung, daß die moderne Frau in ihren Entscheidungen völlig frei ist.«

Mein Lieblingsmodell war ein Body ganz aus Spitze, im eleganten Romantik-Look, ich überlegte, ob ich mir so was kaufen sollte, als Agnete von Maître und Assistentin herbeigeführt wurde. Sie wurde neben mich gesetzt, das Handtuch wurde ihr vom Kopf genommen, als würde eine Statue enthüllt. Es war eine Enthüllung: Agnete lockenlos, mittelscheitelig und kackmausbraun.

»Das paßt nicht zu meinem Typ!« rief sie entsetzt.

»Das merkt dein Typ im Dunkeln nicht.«

»Und diese Schönheitspflästerchen, die wirken so auf-gesetzt! Champagner, nüchtern überlebe ich das nicht!«

Das brauchte ich nicht zu übersetzen, der Maître schickte sofort seine Assistentin nach Champagner.

Sie hatten ihr auch die Augenbrauen gefärbt, aber Agnetes Brauen waren viel dünner als meine, was der Maître nun problematisierte. Ob ich wünsche, daß er Madame zusätz-liche Augenbrauen tätowiere? Kein Problem, mit seiner technique spéciale hielte das zwei Jahre.

Ich sah zu Agnete, sie reagierte nicht, weil sie es nicht kapiert hatte, sie saß da, die Hand vor Augen. Gnädig entschied ich, das sei nicht nötig, es müßte nur eine einzige Nacht halten.

Das sei nicht unmöglich, aber nicht perfekt, ob ich einverstanden sei, daß man ihr eine Färbung auf die Haut auftrage, die zwei, drei Wochen halte? Meinetwegen, damit war ich einverstanden.

Es ist erstaunlich, wie Augenbrauen ein Gesicht verändern. Mit zwei dicken Strichen wird aus Mona Lisa eine Frida Kahlo. Und es sah nicht so schlecht aus an Agnete. Aber sie war nun ein ganz anderer Typ.

Bis die Assistentin mit zwei Gläsern Champagner kam, waren Agnetes Haare hinten bereits so kurz wie meine. Der Meister gewährte Agnete einen Schluck, dann riß er ihren Kopf an den Schläfenhaaren hoch und schnitt weiter. Rechts. Links. Oben.

Ich genoß das Schauspiel und prostete ihr zu.

Es dauerte, bis der Maître verkündete, nun sei die Basis für Agnetes Coifurre kreiert, nun würde meine korrigiert. Er vollendete sein Œuvre, indem er abwechselnd an Agnete und mir schnippelte. Dann wurden unsere Haare hinten volumig gefönt, seitlich anliegend, hinter den Ohren nach vorn.

Ich fand, daß es an Agnete gut aussah, bei mir seltsam. Agnete fand, daß es bei mir toll aussah, bei ihr entsetzlich. Der Maître fand sowohl als auch formidable.

Agnete beruhigte sich selbst, daß eine Kurzhaarfrisur im Sommer praktischer sei, und sie hätte schon immer mal ihren Typ verändern wollen, und sowieso sei es nur eine Tönung, voll rauswaschbar, vor allem würde sie so niemand im Hotel erkennen. Sie unterschrieb den American-Express-Beleg ohne hinzusehen.

Wieder war einer meiner Wünsche wahr geworden. Der Wunsch, Agnete die Haare abzuschneiden.

Nun ist es mit den Wünschen so: Nicht jeder Wunsch muß lange gehegt werden, damit er in Erfüllung geht, auch ein Wunsch, der eben erst aufgetaucht ist, kann sofort in Erfüllung gehen. Wenn man's geschickt angeht.

»Du kennst dich aus in Avignon«, sagte ich zu Agnete, »wo kauft man hier die besten Dessous?«

»In der Rue Joseph-Vernet ist das exklusivste Geschäft.«

Ich griff Agnetes Kofferroller und startete zur Rue Joseph-Vernet. »Wir brauchen einen Body.«

»Ich habe genug dabei.«

»Wir brauchen beide den gleichen. Du mußt nicht nur oben aussehen wie ich, auch unten. Wenn Michael den gleichen Body sieht, wird er auch den Körper für den gleichen halten.«

»Ist das deine Meinung von Michael speziell oder von Männern im allgemeinen?« Sie sagte es zickig, als müßte sie bedauern, daß nie ein Mann meinen Körper als unverwechselbar gepriesen hatte.

»Glaubst du, daß er die Häkchen an einem Body aufbekommt, im Dunkeln?«

Sie überlegte keine Sekunde: »Niemals.«

»Na also. Ich brauche den Body, damit er mir nicht zu nahe kommt, sondern dir. Als Schutzbekleidung.«

Nachdem Agnete hatte zugeben müssen, daß ihre Erfahrungen mit Männern im Umgang mit Bodys nicht anders waren als meine, schwieg sie vor sich hin.

Erst in dem exklusiven Wäschegeschäft lebte sie wieder auf. Sie zeigte mir, wie man Verkäuferinnen auf Trab bringt. Sie sprach wie selbstverständlich Deutsch, man schickte eine deutsche Verkäuferin, die mit französischem Akzent sprach.

Die Bodys hingen nicht zur Ansicht rum, sie waren in Schachteln verpackt, Agnete ließ eine nach der anderen öffnen. Die Verkäuferin war bemüht, sich in Agnetes Sexleben einzufühlen: »Ältere Männer bevorzugen Weiß, weil es unschuldig, unerfahren und anspruchslos wirkt.«

Agnete interessierte sich nicht für Farben, sie studierte die Etiketten mit der Materialzusammensetzung, als ginge es um Risiken und Nebenwirkungen von Medikamenten.

»Fünfzehn Prozent Rayon«, sagte sie bei einem, der mir gut gefiel, ein Todesurteil. Die Verkäuferin beeilte sich, diese Zumutung wegzupacken.

Als nächstes ein schwarzer von La Perla mit getupftem Tülleinsatz. »La Perla ist immer gut«, befand Agnete.

»Und Schwarz paßt immer«, pflichtete ihr die Verkäuferin bei, ließ aber offen, ob Schwarz zu allen Klamotten oder zu allen Männern paßt. Es erübrigten sich jedoch weitere Diskussionen um dieses Teil, da es nur in meiner Größe vorrätig war, nicht in der von Agnete.

»Darf es etwas ganz Feines von Dior sein?«

Agnete zögerte. »Die Schnittführung bei Dior hat mich bei den letzten Kollektionen enttäuscht.«

Die Verkäuferin bat Agnete, einen Blick auf die völlig neue Diorlinie zu werfen, und ging weitere Schachteln holen.

Ich flüsterte Agnete zu, daß in unserem Bodyfall andere Kriterien zu berücksichtigen seien: Für den Fall, daß Michael über mich herfallen würde, wäre es zu meiner Schwangerschaftsverhütung notwendig, daß der Body im Schritt breit geschnitten ist, also nicht zur Seite geschoben werden konnte, und mit diesen Haken und Ösen geschlossen wird, die besonders schwer zu öffnen sind. Oben sollte er möglichst bis zum Hals geschlossen sein, damit Michael nicht auf die Idee kam, ihn über die Schultern runterzuschieben. Also vor allem: Zugeknöpft und zugehakt.

Agnete kapierte.

Die Verkäuferin kam, Agnete erklärte die neuen Kriterien:

»Es muß geschnitten sein wie das La-Perla-Modell mit dem Leopardendruck aus der letzten Kollektion.«

Klare Worte für die Verkäuferin: »Sie meinen das Modell mit den kurzen, angeschnittenen Ärmeln. Das ist allerdings ein ausgesprochener Winterbody.«

»Man kann einen Winterbody auch im Sommer tragen, wenn's für einen guten Zweck ist«, sagte ich.

Die Verkäuferin nahm alle ihre Schachteln wieder weg und brachte andere. Alles endete mit der Entscheidung für einen schwarzen Spitzentraum aus 70 Prozent Seide, 25 Prozent Baumwolle und 5 Prozent Lycra. Das Spitzenmuster war am Busen verdichtet, man konnte den Body auch als tolles Top in der Öffentlichkeit tragen. Unten ein gerader Beinabschluß, der zunächst bieder, doch, als ich ihn anprobierte, sehr sexy aussah. Auf dem Rücken, von Hals bis Po, Knöpfchen an Knöpfchen in Schlaufen – kein Mensch konnte an einem Abend alle Knöpfchen öffnen, man mußte das Ding wie einen Pullover über den Kopf anziehen, mit aller Kraft runterziehen, den hinteren Teil des Bodys zwischen den Beinen nach vorn zerren und dann versuchen, zu den Ösen am hinteren Teil parallel liegende Häkchen am vorderen Teil zu finden. Die waren unter einer Spitzenkante versteckt. Die ideale Verpackung, ohne Bedienungsanleitung kaum zu öffnen.

Es stellte sich heraus, daß dieses Modell in Agnetes Größe 42 und in meiner Größe 38 nicht in Schwarz vorrätig war, nur in Kardinalviolett. Ich fand die Farbe angemessen, schließlich waren wir in einer erzkatholischen Gegend, und aus Agnetes Sicht der Dinge diente alles einem höheren Zweck. Agnete war gegen Kardinalviolett, zu geschmacklos. Dann fiel ihr ein, daß sie keine Blondine mehr war, für Brünette fand sie es akzeptabel.

Als ich sagte, daß ich den Body abends beim Essen mit

Michael als Top tragen würde, weil ich nichts dabeihatte, was ich über diesem hochgeschlossenen Body tragen konnte, befand Agnete pikiert, das sei zu gewagt. Um meinen Busen mehr zu verhüllen, bestand sie darauf, daß ich ein kardinalviolettes, durchsichtiges Hemdchen aus Chiffon darüber trug. Da sie es bezahlte, tat ich ihr gern den Gefallen. Sie kaufte mir sogar als weitere Schutzbekleidung einen kardinalvioletten Strumpfhalter und edle Strümpfe mit Spitzenrand.

Und nachdem ich festgestellt hatte, daß ich keinen dazu passenden Rock dabeihatte, und nur in Body, Chiffonhemdchen und Strumpfhalter schlecht ins Restaurant konnte, ließ sie einen hocheleganten schwarzen Wickelrock aus Seidenplissee springen. Nicht mein üblicher Stil, aber nicht übel.

»Ab und zu muß man sich verändern«, sagte Agnete, als wäre alles ihre Idee gewesen. »Brauchen wir sonst was?«

»Wir haben alles, was wir an Arbeitskleidung brauchen.«

Agnete befahl der Verkäuferin, ein Taxi zu besorgen. Man überschlug sich, ihre Wünsche zu erfüllen.

Der Taxifahrer fuhr eine Taxiroute durch die Innenstadt, und wieder kamen wir, von wieder einer anderen Seite, am Trödelmarkt vorbei.

»Können Sie einen Moment halten?« rief ich. »Ich muß was nachsehen, es ist wichtig!« Wir näherten uns einem Zebrastreifen, eine Touristengruppe überquerte ihn gerade, der Fahrer trat aufs Gas, preschte durch die Gruppe, hielt hinter dem Zebrastreifen. In Frankreich müssen Autofahrer nicht vorm Zebrastreifen halten, deshalb glauben die Franzosen, es sei verboten, vorm Zebrastreifen zu halten.

Da drüben war der Laden. Ja, es war die Adresse, die Michael in sein Buch eingetragen hatte: Hausnummer 12,

›Place du doigt de Dieu‹, auf deutsch heißt das ›Finger-Gottes-Platz‹, sehr passend. Und an der Ladentür entdeckte ich ihren Namen, Véronique Montevolte. Ich sah ins Schaufenster, da hingen nur noch zwei von den Biedermeierpornos. Es fehlte das Anal-Vertikale. Schon verkauft? Merkwürdig, was manche Leute kaufen. Auf jeden Fall war höchste Eile angesagt.

Das Taxi hatte mittlerweile auf der anderen Seite des Platzes mitten auf einem Zebrastreifen geparkt. Ich ging quer über den Trödelmarkt zurück, vorbei am Stand mit den Theaterkostümen. Das Hasenkostüm war nicht mehr zu sehen. Ich ging sogar nochmal zurück, nochmal den Stand entlang, es war wirklich weg. Merkwürdig, was manche Leute kaufen.

»Alles klar«, sagte ich, als ich wieder ins Taxi stieg. »Nichts hält uns mehr zurück.«

»Michael kann was erleben!« sagte Agnete, »dem werd ich's zeigen!«

»Mögen deine Wünsche wahr werden«, sagte ich.

37. Kapitel

Agnete zeigte mir weiterhin, wie die Dame von Welt reist. Das Problem, ihre Koffer in meine Kammer zu bringen, ohne vom Hotelpersonal aufgehalten zu werden und plötzlich Michael gegenüberzustehen, löste sie lässig: Sie ließ vom Taxifahrer einen Hotelangestellten holen und befahl dem, ihre Koffer ins Zimmermädchenzimmer zu bringen.

Wir schlichen über den Seiteneingang hoch. Agnete tat, als sei sie heimgekehrt, sie könne sich gar nicht mehr erinnern, wie oft sie schon hier war. Sie pries die Kammer: »Diese unverdorbene Schlichtheit dieses Raums! Dieses

Empfinden für das Wesentliche!« Wie Königin Marie Antoinette, die Armut amüsant fand. Marie Antoinette wurde dafür geköpft, ich finde, zu Recht.

»Leise«, zischte ich, »wenn er da ist, kann er dich hören.« Es war halb sieben, ich sah rüber zu Michaels Balkon, da war er nicht. Ich hielt das Ohr lange an die Badezimmertür, nichts. Aufgeregt schob ich probehalber den Riegel auf unserer Seite auf, die Tür öffnete sich nicht. Jemand, er?, hatte auf seiner Seite den Riegel wieder zugeschoben. Aha. Egal.

»Sobald er kommt, gehe ich mit ihm ins Restaurant«, erklärte ich Agnete, die die Tüten und Schachteln ausgepackt hatte und die Größe ihres Bodys mit meinem verglich, wobei sie meinen in die Breite zog und ihren in die Länge. »Du wartest hier.«

»Und was esse ich?«

Daran hatte ich nicht gedacht. Wird man nicht leichter mit leerem Magen schwanger? Vielleicht schlecht, wenn der Magen knurrt. »Wenn wir unten beim Essen sitzen, kannst du ins Bistro auf dem Markt gehen. Bleib auf keinen Fall lang. Ich empfehle ›pommes de terre en robe des champs‹, sind prima Pellkartoffeln.«

»Kommt nicht in Frage. Ich will das Gourmet-Menü vom Restaurant.«

»Das geht nicht. Auch wenn er dich nicht erkennt – zwei Frauen mit gleicher Frisur und gleichen Warzen im Restaurant könnten ihn auf abwegige Gedanken bringen.«

»Ich werde mir die Speisekarte bringen lassen und auf dem Zimmer speisen.«

»Das geht?« Wäre ich so schlau gewesen, hätte ich mir das Frühstück aufs Zimmer kommen lassen. Warum sagt einem das keiner?

»Natürlich. Und wann soll ich den Body tragen?«

»Ich werde mir Mühe geben, daß es möglichst früh ist. Wenn du mich mit Michael zurückkommen hörst, mußt du dich fertigmachen. Sobald er entsprechend vorbereitet ist, werde ich in sein Bad gehen, diese Tür aufmachen, und wir tauschen die Seiten.«

»Und wenn er was merkt?«

»Was man sich nicht vorstellen kann, kann man nicht merken. Nur mußt du unbedingt auf deine Sexkonversation verzichten.«

»Woher weißt du das?«

»Hat er mir erzählt. Du hältst den Mund und läßt ihn machen.«

»Und dann?«

»Sobald er gekommen ist, gehst du, und ich komm wieder.«

»Das ist alles? Und wenn es über mich kommt? Wenn ich unbedingt was sagen muß?!«

»Dann sag einfach nur ›wutsch‹.«

»›Wutsch‹? Wann sagt man denn ›wutsch‹?«

Es war mir eingefallen, weil es das einzige war, was Michael je bei unseren geselligen Zusammenseins gesagt hatte. Außer »aua«, das bringt er manchmal als Orgasmusvollzugsbestätigung. »Wenn er in dich reinkommt, kannst du ›wutsch‹ sagen. Oder wenn er sich sonstwie bewegt, ›wutsch‹. Er hat mir verraten, daß ihm das als akustische Unterstützung vollauf genügt.«

»Wutsch«, wiederholte sie verständnislos.

»Am besten, du übst in der Wartezeit. Und wenn er mehr als einmal kann ...«

»Hältst du das für möglich?«

»Dann geh ich wieder, und du kommst wieder, bis er kommt, dann komm ich wieder.«

»Verstanden.« Das gefiel ihr. »Das ist die Sache wert.«

Nebenan wurde die Zimmertür aufgeschlossen.
»Er ist gekommen«, flüsterten wir gleichzeitig.
Ich zog meinen Body an, sprühte Agnetes Parfüm drauf, um ihren Geruch anzunehmen, es war von Lancôme, es hieß ›Trésor‹.

38. Kapitel

Ich klopfte an Michaels Tür.
Wie in einer amerikanischen Fernsehserie sagte er: »Marion, wie ich mich freue, dich zu sehen. Oh, du siehst zauberhaft aus, Marion!«
Er umarmte mich, und ich spürte es von den Haarspitzen bis zu den Fußsohlen: Er ließ mich kalt. Ich sagte meinen Text auf: »Ich hab gespürt, daß du zurück bist, daß du wieder in meiner Nähe bist. Ich war heute nachmittag extra für dich beim Friseur.« So spricht die Verliebte.
»Und ich hab dir extra was mitgebracht.« Auf dem Tisch lag eine abgerupfte Rose, er überreichte sie mir.
Hoffentlich küßt er mich nicht, dachte ich. »Das wäre doch nicht nötig gewesen«, dankte ich artig und hielt die Rose vor die Nase, damit er mich nicht küssen konnte. »Hättest du was dagegen, wenn wir gleich essen gehen?«
»Ich bin total dafür. Dann haben wir hinterher den ganzen Abend vor uns. Ich muß nur schnell was wegräumen.«
Er nahm einen großen braunen Umschlag aus seinem Aktenkoffer, zog den Vorhang beiseite. Hinter dem Vorhang, in die Wand eingelassen, war ein Safe. Er drückte auf Tasten, es piepste mehrmals, er legte den Umschlag in den Safe, drückte die Tür zu, es piepste.
»Was ist das?« Als würde es mich nicht interessieren, fummelte ich dabei an der Rose rum.

»Das mußt du aus deinen Hiltons kennen, das ist ein Zimmersafe.«

Ich starrte mit geheuchelter Gleichgültigkeit auf den Safe.

»Der muß nachträglich eingebaut worden sein, in diesem alten Gebäude hier.«

»Natürlich. Das hier ist kein modernes Hilton-Silo. Aber der Safe ist ganz modern, besonders sicher. Man gibt eine achtstellige persönliche Geheimzahl ein.«

»Und wenn du den Schlüssel verlierst?«

»Man braucht keine Schlüssel dazu, man gibt nur die Geheimzahl ein.«

»Und wenn du die Geheimzahl vergißt?«

»Ich vergesse meine Geheimzahl nie. Falls ein Gast seine Geheimzahl vergißt, kommt eine Abordnung vom Hotel, der Chef, ein Techniker und ein sonstiger Würdenträger, und die können mit Kombischlüssel gemeinsam den Safe öffnen, hier unten sind Schlüssellöcher am Safe. Das muß so sein, auch für den Fall eines Stromausfalls. Legst du deinen Schmuck im Hilton nie in den Safe?«

Gefährliche Fragen umgeht man am besten, indem man Gegenfragen stellt: »Hast du auch dein Buch mit deinen Erkenntnissen in den Safe gelegt?«

Er lachte: »Soll ich das tun? Du hast recht, was drinsteht, ist nicht für die Öffentlichkeit bestimmt.«

Nein, das Beweismaterial war nicht im Safe. »Bitte, laß uns schnell gehen, damit wir bald wiederkommen können. Wenn du erlaubst, laß ich die Rose solange hier.« Ich warf sie mit lieblichem Lächeln aufs Bett und ging zur Tür.

Er folgte mir sofort.

Ich erinnere mich nicht mehr, wie das Essen an diesem Abend dekoriert war, ich war total im Streß, so zu tun, als bereite ich mich seelisch auf die erste Nacht mit Michael vor.

Er erzählte verheißungsvoll, vor dem Urlaub sei er ständig zu müde gewesen, doch nun hätte er sich prächtig erholt, auch der Abschluß seiner fabelhaften Geschäfte gebe ihm viel Kraft. Nun könnte er sich ganz seinen Zukunftsplänen widmen, endlich alles in Ruhe durchdenken. Bedeutungsschwanger sagte er: »Auch der Multimilliardär Bill Gates trägt sich zur Zeit mit dem Gedanken auszusteigen.«

»Müßiggang ist aller Philosophie Anfang«, sagte ich, das war immer einer von Michaels Lieblingssprüchen.

Er sah mich verblüfft an: »Woher kennst du diese Lebensweisheit? Die ist von meinem Lieblingsphilosophen, von Nietzsche!«

»Ach, Nietzsche«, machte ich auf ahnungslos, »das wußte ich natürlich nicht. Las ich es neulich in Reader's Digest oder als Reklamespruch auf einer Müsli-Packung?«

Er ergriff meine Hand: »Du bist meine geistesverwandte Seele.«

Wie träumerisch fragte ich: »Und welche Geschäfte hast du heute abgeschlossen?« Mit welcher Lügengeschichte würde er verbrämen, daß er den Erbschmuck seiner Ex-Freundin gestohlen und verscherbelt hatte?

»Ein einmaliges Geschäft. Man muß heutzutage flexibel sein, darf sich nicht auf einen Beruf festlegen. Ich bin Generalist.« Dabei fuhr er mit einem Finger die Halskante meines Bodys entlang, vom Nacken bis zum Kehlkopf. Ich dachte an die typische Handbewegung eines Henkers, die zeigt, wo der Kopf abgetrennt werden soll. Es schauderte mich.

Er sprach weiter: »Da ich meine momentane Beziehung beenden will, suche ich eine Partnerin für meine Zukunft. Ich habe mich entschlossen, ohne die Unterstützung meiner Familie von vorn anzufangen. Ich kann ein gewisses Eigenkapital einbringen ...«

»Und wenn deine heiratswütige Bekannte auf deine Forderungen eingeht?«

»Ich sagte dir, bei der dreht sich alles nur ums Geld, die ist mir zu emanzipiert. Mit dir wäre alles viel schöner, Marion. Ich merke, daß du mich so selbstverständlich verstehst, meine Ideen so intuitiv spürst. Wir gehören zusammen. Du mußt unbedingt mit deiner Tante reden und sie fragen...« Er schien von seiner Liebeserklärung so überwältigt, daß er nicht weitersprechen konnte.

»Ob sie erlaubt, daß ich dich heirate?« Man kann sehr cool mit einem Mann über eine mögliche Ehe reden, wenn man ihn nicht heiraten will, stellte ich fest.

»Es geht doch nicht nur ums Heiraten. Wenn du deine reiche Tante überzeugst, daß sie mein Projekt unterstützt, dann müßtest du dir nie mehr Sorgen um dein Geld machen, und wir wären glücklich bis an unser Ende.«

»Ich versteh dich. Du sagst ja, daß es in Zeiten der Emanzipation zulässig ist, wenn auch ein Mann heiratet, um versorgt zu sein. Aber ich möchte nicht, daß du mich nur wegen des Geldes meiner Tante heiratest und dich in der Ehe in deiner Freiheit beschränkt fühlst. Wir werden einen Weg finden, daß sie mir mein Erbe vorher auszahlt, und dann bekommst du mein Geld. Ganz ohne Verträge. Wir brauchen keine Verträge, wir verstehen uns im Herzen.«

Ich sah ihn an. War er nun zufrieden? Konnte eine Frau noch dümmer mit ihrem Geld umgehen?

Da küßte er mich auf den Mund: »Marion, du bist die Traumfrau.«

Ich dachte lächelnd an die Zukunft. In weniger als einer Stunde würde ich aus der Nachttischschublade das blaue Buch nehmen, mit den unwiderlegbaren Beweisen für seinen Diebstahl. Dann konnte ich bei uns zur Polizei gehen, meine Sachen zurückbekommen oder das Geld. Allerdings, bis die Anzeige zur Verhandlung kommt, hätte er einen Teil des Gelds ausgegeben oder verschwinden lassen, und falls er in den Knast kam, würde es mit dem Zurückzahlen dauern ... Und sollte ich ihn tatsächlich in den Knast bringen? Wenn man um Liebe betrogen wird, ist es nicht strafbar. Ist Geld wirklich so viel bedeutender?

Hatte er mildernde Umstände verdient? War es der zufallsbedingte Fehltritt eines charmanten Mannes, dem unsere Gesellschaft nicht die Möglichkeiten bietet, die er verdient hat? Er würde vor Gericht sagen, daß Frauen jahrtausendelang Männer ausgebeutet haben und heutzutage den Männern sogar die Jobs wegnehmen, und er sei ein Opfer der Emanzipation. Man würde mir sagen, ich als Psychologin hätte wissen müssen, daß Männer, die Angst vor Frauen haben, ihre Angst in Aggression umwandeln. Ich hätte die Aggression abbauen müssen. Stattdessen hatte ich, wenn Michael auf Quotenfrauen schimpfte, die ihm Jobs wegnehmen, gesagt, daß auf jede Quotenfrau immer noch hundert Quotenmänner kommen. Auf jede Frau, die sich angeblich nach oben geschlafen hat, kommen unzählige Männer, die in hochbezahlten Positionen nur pennen. Die Männer werden auch nicht eingestellt für das, was sie im Kopf haben, sondern für das, was zwischen ihren Beinen baumelt. Man würde mir vorwerfen, ich hätte Michaels Probleme nicht ernst genommen, seine Argumente ins Lächerliche gezogen, ich hätte ihn in den Frauenhaß getrieben.

Außerdem ist Frauenhaß ganz normales Verhalten, das ist ganz was anderes als Ausländerhaß, diese Einstellung findet jeder unvorstellbar unmoralisch, aber Frauenhaß tut keinem weh; solange die Frau nicht verprügelt wird, ist alles okay. Am Ende würde ich verurteilt als Hauptschuldige. Ich hörte auf zu lächeln.

Michael fragte besorgt: »Was denkst du?«

Meine Antwort war ehrlich: »Es wird nicht so einfach sein, an das Geld ranzukommen.«

»Das wirst du schaffen«, sagte er glücklich, »und außerdem spiele ich Lotto!« Er sagte es, als wäre Lottospielen ein Beruf, mindestens eine Rentenversicherung. Er spielt seit Jahren Lotto, auch so ein michaeltypischer Versuch, reich zu werden. Er spielt jede Woche die gleichen Zahlen, da geht er auf Nummer Sicher, sagt er, da läßt er dem Zufall keine Chance.

»Spielst du immer noch die gleichen Zahlen?« fragte ich und merkte nicht, daß das ein Fehler war.

»Woher weißt du, daß ich immer die gleichen Zahlen spiele?«

»... Ich habe es gefühlt.« Und schnell noch eine Lügengeschichte: »Und ich dachte an einen steinreichen Onkel, der immer die gleichen Zahlen spielt. Sogar nachdem er mit diesen Zahlen bereits Unsummen gewonnen hat.«

»Genau so muß man es auch machen«, sagte Michael, als hätte er je mehr als vierzig Mark gewonnen. »Es ist eine Tatsache, daß jeder Mensch seine persönlichen Glückszahlen hat.«

»Was sind deine persönlichen Glückszahlen?« – Plötzlich hatte ich eine grandiose Idee, eine völlig neue Perspektive.

»Verrate ich dir nicht, mein Liebling.«

Da wußte ich schon die Antwort, ich lächelte noch liebevoller: »Warum nicht, mein Liebling?«

»Weil ich sie in den Safe eingegeben habe, und wenn man alle seine Geheimnisse preisgibt, belastet das das Vertrauensverhältnis.«

»Du bist klug wie ...«, ich bremste mich. Ich sagte nicht: »... klug wie Albert Einstein«, meine Gedanken schafften gerade noch die Kurve: »... klug wie eine Ratte.«

»Wie eine Ratte?«

»Ratten sind instinktiv intelligent. Nicht nur anerzogen oder angelernt.«

Er hielt es für ein Kompliment. »Es ist mir fast unheimlich, wie gut du mich kennst.«

Oh ja, ich kannte sogar seine Lottozahlen. Seit wir uns kannten, war die erste seiner persönlichen Glückszahlen der Intelligenzquotient von Albert Einstein: 173, nach Michaels Überzeugung auch sein eigener Intelligenzquotient. Seine Mutter hatte bezeugt, ihr Sohn sei laut Kindergarten-Intelligenztest klug wie Albert Einstein, und ich hatte Michael das Buch gezeigt, in dem stand, Einsteins IQ sei 173. Seine zweite Glückszahl war 184, Michaels Größe. Damit war im objektiven Zahlenvergleich Michael Graf sogar größer als Albert Einstein. Die dritte war Michaels Schuhgröße: 45. Ja, die Natur hatte es bestimmt, daß er auf großem Fuß lebte. Dann sein Geburtstag: 31. Er hielt es für typisch für sich, daß er an dem Tag geboren war mit der höchsten Zahl, die ein Monat zu bieten hat.

Schrieb man diese Zahlen hintereinander und teilte sie lottogemäß auf: 17 3 18 4 45 31, hatte man Michaels persönliche Glückszahlen. Heute nacht würden es seine persönlichen Unglückszahlen werden.

»Hast du noch einen Wunsch?« fragte er nach dem Dessert.

»Nur einen einzigen, laß uns bald gehen, ich kann's kaum erwarten.«

»Wir tun alles, was du willst«, sagte er zärtlich, »gehn wir sofort, der Kellner schreibt sowieso alles auf die Rechnung.«

Die Frau, die die Rechnung bezahlte, mußte nicht mehr lange warten.

39. Kapitel

Ich wollte es so schnell wie möglich hinter mich bringen. Ich zog das Chiffonhemdchen über den Kopf, öffnete den einzigen Knopf am Wickelrock, er fiel zu Boden, und da stand ich im kardinalvioletten Body mit kardinalvioletten Strapsen und Spitzenrand-Strümpfen. So aufgebrezelt hatte er mich nie, noch nie gesehen. Mehr als diese Dessous-Modenschau war als Erotikangebot meinerseits nicht erwünscht und seinerseits nicht nötig.

»Oh la la la«, sagte er sehr französisch, »bleib da stehen, du siehst herrlich aus. Der Wein, den ich bereitgestellt habe, paßt farblich zu deiner Unterwäsche.« Ich blieb da stehen. Er holte aus dem Bad eine Flasche Rotwein und zwei Gläser, öffnete die Flasche, wobei er mich mit Frauenkennerschaft betrachtete, roch mit Weinkennerschaft am Korken, trank, runzelte die Stirn: »Der Wein ist etwas herb, probier mal.«

Ich nippte nur, ich mußte einen klaren Kopf behalten. Je mehr er trank, desto besser. »Dein Wein ist hervorragend, genial gewählt.«

Er trank wieder einen großen Schluck, lächelte mich noch dämlicher an als ich ihn: »Ja, jetzt ist er gut, deine Lippen haben ihn süß gemacht.«

Meiner Treu! Wo hatte er dieses Konversationsteil aufgeschnappt?! Um nicht mehr davon ertragen zu müssen, knöpfte ich schnell sein Hemd auf. Den Rest besorgte er dankenswerterweise selbst.

Ich legte mich aufs Bett. Er, nur noch bekleidet mit blauweißgestreiften Boxershorts, legte sich neben mich. Dann ging's los. Er quetschte die Tüllspitze über meinem Busen. »Du bist die Frau meiner schärfsten Träume«, ächzte er, »du bist weiblich und wild.«

»Hast du Kondome?« ächzte ich zurück.

»Warum?« Er zupfte am Strumpfhalter herum, schob ein Strapsband beiseite, beknutschte das freigelegte Stück Schenkel. »Nimmst du nicht die Pille oder die Spirale?«

»Bis ich dich traf, hab ich wie eine Nonne gelebt.«

»Und ich habe noch nie ein Kondom benutzt.«

Und warum hatte er mir zum Abschied Kondome geschenkt? Als Basisausstattung zur Umschulung auf Nutte oder was? Er schnappte einen der vier Strapse auf, als öffne er eine Bierdose. »Ich finde Strapse unheimlich sexy. Ein Mädchen, das Strapse trägt, kann nicht prüde sein.«

»Meine Tante verlangt, daß eine Dame im Restaurant Strümpfe trägt. So gehört es sich, sagt sie. Und sie verlangt, daß ein Mann Kondom trägt.«

»Ein Kondom tragen«, sagte er nachdenklich, als sei es eine seltsame Redewendung wie zum Beispiel ›jemanden ins Bockshorn jagen‹, ein Spruch, dessen Sinn man nicht versteht. Dann sagte er: »Bei mir kannst du sicher sein, meine Bekannte war Ärztin.«

»Und wenn ich schwanger werde?«

»Dann heirate ich dich sofort. Versprochen.« Er tätschelte meinen Body den Bauch hinunter, schob einen Finger in Schamhaarhöhe in den Body rein. Er schob seinen Finger weiter nach unten, wackelte mit dem Finger herum. Damit waren seine klitoralen Vorspielvariationen ausgeschöpft, er zog seinen Finger wieder aus dem Body raus. Er begann von außen den Body zwischen meinen Beinen zu reiben. Er preßte sich an mich, um mich von der Dringlichkeit seines Anliegens zu überzeugen.

»Im Kellergeschoß bei der Herrentoilette habe ich einen Kondomautomaten gesehen, bitte hol welche.«

»Ich weiß überhaupt nicht, wie das geht mit Kondom. Und Frauen, die Angst haben, schwanger zu werden, machen es bekanntlich eben anders.« Mehr wütend als zärtlich flüsterte er: »Meine Schöne, wozu hast du deinen schönen Mund? So emanzipiert bist du hoffentlich.«

»Bitte besorg die Kondome, wir werden gemeinsam die Gebrauchsanweisung durcharbeiten.« Ich küßte ihn, zwecks Motivierung, auf den Hals.

»Bist du immer so schwierig im Bett?«

»Nur beim ersten Mal. Versprochen.«

»Na gut. Damit du siehst, daß ich alles für dich tue.« Er zog sich an, ich beobachtete ihn mit krampfhaftem Lächeln. Dann stellte er fest, daß er vermutlich nicht genug Kleingeld hatte. »Was kosten Kondome überhaupt? Sind die nicht wahnsinnig teuer?«

Ich gab ihm aus meiner Handtasche sämtliche Francsstücke, genug für den Monatsbedarf eines Karnickels.

»Hoffentlich sieht mich keiner an diesem Automaten. Was sollen die Leute denken?« klagte er an der Tür.

Als ich seinen ersten Schritt auf der Holztreppe hörte, war ich schon beim Safe. Außen klebte eine Gebrauchsanweisung: Zum Öffnen zuerst Taste A drücken, dann die achtstellige Geheimzahl eingeben. Als er eine Etage tiefer war, hatte ich schon den Intelligenzquotienten von Einstein und Michaels Körpergröße eingetippt. 1 7 3 1 8 4. Jetzt seine Schuhgröße 45. Damit waren alle Felder des Displays gefüllt. Es piepste.

Ich ging zitternd zurück zur Tür, nichts zu hören. Ich zog am Griff des Safes, er öffnete sich.

Es war ein Aschenbecher drin mit Aufdruck vom Hotel, ein silberner Flaschenuntersetzer und zwei der geschliffenen Glastöpsel, die im Restaurant so dekorativ auf den Mineralwasserflaschen stecken. Unter dem Aschenbecher lag der braune Umschlag, drei Zentimeter dick. Darunter ein weißer Umschlag, nicht so dick. Beide waren zugeklebt.

Ich drückte kurz auf die Umschläge, Inhalt: Geld. Kein Zweifel.

Aus dem Treppenhaus nichts zu hören. Was würde Michael sagen, wenn er mich jetzt ertappt? So was macht eine Dame nicht!? Oh, welch ein Irrtum. Ehrlich, es ist ein unbeschreiblich weibliches Gefühl, wenn man einen Safe ausräumt und dabei einen Spitzenbody trägt.

Als ich die Safetür wieder zudrückte, schloß sie nicht. Hektisch las ich auf der Gebrauchsanweisung, daß nun Taste C zu drücken sei. Falls man nicht die Zahlenkombination ändern wollte, dann war Taste A zu drücken, und danach tippte man die neuen Zahlen ein. Es kam mir eine nette Idee.

Ich drückte Taste A. Da nun die Zeit gekommen war, die Dinge wieder ins rechte Verhältnis zu rücken, tippte ich als erste neue Zahl eine realistische Schätzung von Michaels IQ ein. In den Büchern zur Intelligenzforschung steht, daß ein IQ unter 90 ›lernbehindert‹ bedeutet, 90 bis 110 ist normaler Durchschnitt, Abiturienten haben im allgemeinen einen IQ von 120 bis 130. Ich erinnerte mich genau, daß immerhin 12 Prozent der Bevölkerung einen IQ über 120 haben. Großzügig gab ich Michael sogar 125. Als nächstes die Größe von Einstein, körperlich war er ein kleiner Mann, sagen wir 169. Dann meine Schuhgröße 39, um auch was von mir einzubringen. Nach erfolgter Zahleneingabe drückte ich vorschriftsmäßig Taste C. Es piepste. Der Safe war geschlossen.

Ich zog den Vorhang wieder über den Safe, steckte die Umschläge ins Seitenfach meiner Handtasche neben das Geldbündel von Agnete, schob die Tasche weit unters Bett, hüpfte ins Bett und lachte. Und streckte die Zunge raus. Genau wie Einstein auf dem berühmten Foto.

Michael kam zurück wie von einer heldenhaften Expedition.

Er hatte eine Dreierpackung Kondome. Darauf stand auch in Deutsch: »Natürliches Gefühl, natürliche Farbe, natürlicher Geruch, natürlicher Geschmack – Natur total.« Michael riß eins der Päckchen auf, roch an dem Kondom, rümpfte die Nase: »Ich versteh nicht, was Frauen daran finden!« Dann rollte er es auseinander, auch noch falsch rum, ließ es schnappen. »Ich muß es erst dehnen, sonst paßt es nie.«

Damit war dieses Kondom schon nicht mehr zu gebrauchen. Er stellte sich mit Absicht so blöd an. Ich sagte nur: »Zieh dich aus, eh du es anziehst.«

Er legte sich, wieder in seinen Boxershorts, neben mich. »Jetzt klappt's bei mir garantiert nicht mehr«, maulte er anklagend, »das kann ich auch zu Hause haben.«

Ich mußte was Albernes sagen, um nicht vor Lachen zu platzen, ich deutete in Agnetes Richtung und deklamierte: »Warum in die Ferne schweifen, sieh, die Pute liegt so nah!«

Den Scherz kapierte er natürlich überhaupt nicht: »Was soll das?«

»Fiel mir gerade so ein. Habe ich neulich auf einer Packung mit gefrorenen Putenschnitzeln gelesen.« Dann räusperte ich mich, um anzukündigen, daß ich jetzt wieder ganz ernst wäre, und sagte ganz ernst: »Also, weil du's bist, lassen wir's. Weil du's bist, ohne.«

Sofort bekam er wieder Auftrieb. »Bei euch Frauen muß man immer erst einen Widerstand überwinden, ihr Biester.«

Vor lauter Freude über meinen Raubzug war ich so aufgekratzt, daß ich nur noch in Sprüchen sprechen konnte: »›Die Liebe gewährt in einem Augenblick, was Mühe in Jahren nicht erreicht‹ – hat Prinzessin Diana gesagt.« In Wahrheit war's mindestens von Goethe. Michael gab

ein zustimmendes »Hmm« von sich. Ich zog ihn am Ohr, flüsterte: »Ich wollte nur prüfen, ob du es für mich mit Kondom tätest. Können wir dann bitte weitermachen?«
»Ich tu alles für dich.« Jetzt preßte er sich wieder stolzgeschwellt gegen mich, dabei öffnete er noch drei Dosen Bier, also die restlichen Strumpfhalterknöpfe. »Und falls du schwanger wirst, ist deine Tante garantiert begeistert. Das Kind wäre für sie wie ein Enkelkind. Dann gibt sie dir bestimmt dein Erbe sofort. Da spart sie nämlich wahnsinnig Erbschaftssteuer!« Von diesem Steuersparmodell beflügelt, fummelte er auf meinem Rücken rum, an der endlosen, arbeitsintensiven Knöpfchenleiste, öffnete oben ein Knöpfchen, unten eins, in der Mitte eins, dann kapitulierte er. Er suchte nun den Verschluß des Strumpfhalters, einen unter Rüschen versteckten Clip. Nicht mal den fand er. Er drehte den Strumpfhalter hin und her. Er gab es auf, seine Energie für diesen strategisch unbedeutenden Verschluß zu verschwenden. Nun zerrte er vorn an den Häkchen vom Body. Natürlich klappte das nicht, um eine Häkchenleiste zu öffnen, muß man Haken und Ösen gegeneinanderschieben, nicht auseinanderziehen. »Bist du eine komplizierte Frau!« stöhnte er, »kannst du mir nicht helfen? Ich bin kein Handwerksbursche.«
Ich setzte mich lachend auf, öffnete mit einer Hand den Strumpfhalter, legte ihm das Ding neckisch über die Augen. »Ach du, ich bin so aufgeregt, ich muß mal, bei der Gelegenheit werde ich für dich meine Verpackung öffnen. Mach dir schöne Gedanken, bis ich zurückkomme. Und bitte, mach das Licht aus, das ist romantischer.«
Diesen Beitrag zur Romantik leistete er, er nahm den Strumpfhalter von den Augen und knipste das Lämpchen auf dem Nachttisch aus.
»Ich mach dafür die Vorhänge auf, dann haben wir

das Mondlicht und die Lichter vom Garten unten. Die schönste Schmusebeleuchtung der Welt.« Ich merkte, daß er meinen Hintern betrachtete, während ich die Vorhänge aufzog. Nun kam genug Dämmerlicht ins Zimmer, um sich ohne Beleuchtung zurechtzufinden. Im Halbdunkeln tastete ich unters Bett: »Wo ist meine Handtasche, ich brauche was ...«

»Du hast doch nicht etwa deine Tage?« Es klang ängstlich, davor ekelt er sich.

»Keine Sorge, so was würde ich einem Mann nie zumuten. Wenn ich meine Tage habe, ziehe ich mich völlig aus dem öffentlichen Leben zurück.«

Dann schloß ich die Tür im Bad sorgfältig hinter mir zu, drückte auf die Wasserspülung, riegelte die Tür zur Kammer vor mir auf.

Auf meinem Bett lag Agnete im Body und pennte. Das Zimmer war nicht wiederzuerkennen. Neben ihr stand ein Serviertisch, darauf reichlich Teller, Gläser. Das andere Tischchen war mit einer provenzalischen Tischdecke verschönert, auf dem Tisch weitere Teller, eine Champagnerflasche, ein Tischlämpchen, sogar ein Blumenstrauß war gebracht worden. Vor dem Waschbecken war ein provenzalischer Paravent aufgestellt worden. Das mußte man Agnete lassen, sie hatte die Gabe, sich auch in bescheidener Umgebung standesgemäß einzurichten. Wie Königin Marie Antoinette. Ich rüttelte an ihrer Schulter: »Du bist dran!«

»Das hat aber gedauert«, sagte sie sofort hellwach.

»Er ist jetzt fix und fertig zum Einsatz, beeil dich. Du mußt ihm die Haken vom Body aufmachen.«

»Klar.« Sie stand schon neben mir. Durch den gleichen augenbetäubenden Body, die gleiche Frisur fiel gar nicht mehr auf, daß sie einige Zentimeter größer war als ich und zwei Kleidergrößen üppiger. Schon gar nicht, wenn man uns nicht gleichzeitig sah. In eine Situation, beziehungsweise Position, in der ihre Knubbelknie in seiner Augenhöhe wären, würde sich Michael nie begeben. Und tief im Herzen würde er Agnete, die prall gefüllte Mogelpackung, erotischer finden als meine Idealfigur. Das war gut so, denn wer was Besseres bekommt als erwartet, fragt nie, warum.

»Du drückst jetzt nochmal die Klospülung, dann gehst du zu ihm ins Bett. Es ist ziemlich dunkel in seinem Zimmer, aber du kennst dich aus. Denk an das Wichtigste: Halt den Mund.«

»Höchstens ›wutsch‹.«

»Und wenn er fertig ist ...«

»Das weiß ich.«

»Schönen Abend noch.« Ich schob hinter Agnete den Riegel zu, ließ mich direkt hinter der Tür auf den Boden plumpsen, griff nach meiner Handtasche.

Ich riß den braunen Umschlag auf, das Papier war dick und zerfetzte. Nichts als Geld drin. Meine Hände zitterten. Alles französisches Geld, Tausendfrancsscheine, bei dreißig hörte ich auf zu zählen. Riß den weißen Umschlag auf. Was war drin? Nichts als Tausendmarkscheine. Fünfundzwanzig Stück. Ich mußte mich zwingen, etwas zu denken. Keine Frage: Michael hatte gute Arbeit geleistet. Sehr gute. Nie hätte ich es geschafft, Onkel Friedrich-Julians Sammlung so teuer zu verscherbeln. Da hatte er sich wirklich viel Mühe gegeben.

Ich hatte auch gute Arbeit geleistet. Ich beschloß, das blaue Buch nicht zu klauen. Wozu auch? Die Liste der Dinge, die er mir geklaut hatte, durfte er behalten zur ewigen Erinnerung an das, was ihm geklaut wurde. Für mich wäre das Buch nur Ballast, würde eventuell irgendwann zum Beweisstück, daß ich irgendwas mit der Sache zu tun hatte. Völlig unnötig. Jetzt waren wir quitt.

Ich lauschte nach drüben. Nichts zu hören. Ich wußte, was ich nicht verpaßte. Ich erinnerte mich an Michaels unrhythmische, seitwärts stoßende Bewegungen, ruckartig, drehend, als ob man eine knallheiße Glühbirne aus einer Fassung schraubt. Wenn man Sex nicht mit den Augen der Liebe sieht, sieht man's eben so.

Plötzlich ging die Wasserspülung, und es kratzte an der Tür. Ich schob den Riegel auf, Agnete kam ins Zimmer, den Body hochgeschoben bis über den Bauchnabel, unten hatte sie dezenterweise ein Handtuch umgewickelt. »Er ist ein toller Liebhaber!« flüsterte sie begeistert.

»Freut mich.« Wieder hatte sich eine Grunderkenntnis der Psychologie bewahrheitet: Dieselbe Person, Sache, Erfahrung wird von Menschen mit verschiedener Interessenlage verschieden beurteilt.

»Er war wahnsinnig leidenschaftlich. Es war himmlisch«, seufzte Agnete und warf sich aufs Bett.

Die Wasserspülung plätscherte noch heftig. Agnete griff unters Kopfkissen, gab mir einen Umschlag. »Dein Erfolgshonorar, hast du dir verdient.«

Schon wieder Geld. Sogar freiwillig! Der Umschlag war nicht zugeklebt, mühelos zu erkennen: fünf Tausender. Meine Handtasche hatte sich in den letzten Stunden in einen Geldtransporter verwandelt. »Vielen Dank, das ist auch himmlisch.«

»Übrigens«, sagte Agnete – und ich dachte, jetzt verlangt sie die Quittung für ihre Steuer –, während du beim Essen warst, wurde ein Brief für dich abgegeben. Der Hotelboy hat ihn gebracht, er liegt auf dem Tisch.«

Auf dem Umschlag stand:

Madame Marion Manteuffel
Chambre de la femme de chambre à chambre 18

Ich kannte die Handschrift nicht. Mit rotem Kuli in

anderer Schrift war Datum und Uhrzeit dazugeschrieben: 22.8. 20⁰⁰. Der Brief konnte nur von Gisela sein. In dem Brief stand:

Liebe Sibylle,

würdest Du Dich noch einmal im Leben auf einen magischen Moment einlassen? Bitte komm, ich warte auf Dich ab Mitternacht zu jeder vollen Stunde an Deiner Telefonzelle.

Du hast mir gesagt, wer nicht zu hoffen wagt, dem wird das Unverhoffte nie begegnen.

Hoffnungsvoll Dein Leonard

Die Wasserspülung hatte aufgehört.

»Das verstehe ich nicht«, sagte ich fassungslos. Ich ging ins Bad, drehte die Dusche auf, um durch mehr Wassergeplätscher Zeit zu gewinnen, las den Brief wieder. Dann steckte ich ihn zwischen die Geldumschläge. »Das ist himmlisch«, sagte ich fassungslos.

»Was ist jetzt?« fragte Agnete ungeduldig.

»Halte dich bereit, ich werde dafür sorgen, daß du schnell wieder zum Einsatz kommst.«

Sie guckte erfreut.

»Und das zweite Mal spendier ich dir als Gratiszugabe.«

Noch erfreuter verriegelte sie die Tür hinter mir. Ich spritzte in der Dusche Wasser über meine Beine.

»Du bist ja wieder so zugeknöpft«, sagte Michael, als ich mich neben ihn legte, und er lachte über seinen Scherz.

»War es schön für dich?« erkundigte ich mich.

Er brummte sehr zufrieden: »Ich bin so gut drauf, ich kann gleich wieder.« Er drückte sich an mich. »Und wie war es für dich?« fragte er lobheischend.

Ich dachte an Leonard. »Das ist die Nacht der Nächte. Ich

habe das Gefühl, daß es sogar noch schöner wird, heute nacht.«

»Der zweite Orgasmus ist immer besser, dauert auch länger.«

Sollte das Aufklärungsunterricht sein oder eine technische Ablaufstudie oder postkoitale Konversation? Was quatscht man üblicherweise noch so in dieser Situation?

»Schade, daß ich nicht rauche«, sagte ich, »die Zigarette danach soll das Beste daran sein.«

Er betastete meine Schenkel. »Du bist ganz naß.«

»Ich hab mich gewaschen. Ich war ganz naß von dir.«

»Das kommt, weil ich so lange auf eine Frau wie dich gewartet habe. Ich habe dir all meine Ersparnisse gegeben.«

Ich kannte diesen Scherz, mit seinen ›Ersparnissen‹ meinte er sein kostbares Sperma. Er ahnte nicht, warum ich so furchtbar herzlich darüber lachte, er ahnte nicht, wie recht er hatte.

Hochzufrieden sagte er: »Geben macht seliger als nehmen.«

»Oh danke, wie lieb von dir.« Was nun? Ich sah zum Fenster, es war eine schöne Mondnacht, wie spät war es? Vor Mitternacht? Nach Mitternacht?

Michael begann die Spitze an meinem Body durch Herumgestochere am Bauchnabel zu gefährden. Um das grausame Spiel abzukürzen, flüsterte ich: »Soll ich mich wieder für dich öffnen?« Ich ließ ihn nicht antworten: »Warte, ich bin schon wieder so aufgeregt, ich komme gleich wieder.«

Und wieder rüber zu Agnete.

»Ihr Auftritt, Madame. Er ist soweit.«

Wutsch, war sie weg.

Ich hörte nicht, was nebenan geschah. Ich las nochmal Leonards Brief. Unglaublich.

Ich zählte nochmal das Geld von Michael. Auch unglaublich. Es waren fünftausend Mark mehr, als er auf der Liste addiert hatte. Sollte ich ihm die zurückerstatten? Ich entschied, wie Michael entschieden hätte: Nein. Geld spielt keine Rolle, solange es nicht dein eigenes ist. Und man soll sich an nichts klammern. Ich gab ihm die Gelegenheit, sich von seinem Geld zu emanzipieren. Mit Knutschmund küßte ich die Umschläge und fühlte mich noch unbeschreiblicher weiblich.

Auf der Ablage über dem Waschbecken lag Agnetes Cartieruhr. Kurz vor zwölf war's. Ich sammelte mein Zeug ein, packte meine Klamotten in die Reisetasche – bis auf das rote Stretchkleid und meine Schmetterlingsstola, das würde ich für den Rest der Nacht tragen.

Ich ließ mir die letzten Schritte meiner Planung durch den Kopf gehen und schloß schon die Zimmertür auf, nachher mußte alles schnell gehen. Ich lauschte nach nebenan – war's Einbildung, oder hörte ich ein leises Wutsch?

Der arme Michael, wie peinlich für ihn, wenn der Safe durch Hotelchef und Hotelangestellte geöffnet wurde, und die sahen darin den geklauten Aschenbecher, den Silberuntersetzer und die geklauten Kristallstöpsel. Der Ärmste, müßte er dann feststellen, daß die Früchte seines Raubs geraubt waren! Der Allerärmste, er würde es niemand sagen können!! Keine Beweise für nichts, keiner würde ihm glauben. Bis er nach verzweifelten stundenlangen Versuchen, die neue Zahlenkombination rauszufinden, das Hotel bitten würde, den Safe zu öffnen, gab es auf den Tasten längst keine Fingerabdrücke mehr von mir. Meine Fingerabdrücke waren sowieso egal – wer würde mich je verdächtigen? Alles perfekt paletti.

Bis die Klospülung rauschte und Agnete an die Tür pochte, war ich mit Packen fertig.

»Er ist wieder gekommen, ich bin wiedergekommen, du gehst wieder«, kicherte sie aufgekratzt. »Ich bin okay, er ist k. o.«

»Dann bringe ich die Aktion jetzt zum Abschluß.« Ohne weitere Wasserverschwendung ging ich rüber. Er lag auf dem Rücken mit geschlossenen Augen, er schnarchte fast. Oder sprach er sein heiteres Nachtgebet? Vater, der du bist im Himmel, behüte mich und meinen Pimmel ...

Er dachte, ich würde mich wieder zu ihm legen, an ihm rumfummeln wollen, ich suchte aber unter der Bettdecke nur den Strumpfhalter und die Strümpfe und zog mich auf der Bettkante an. Schläfrig umarmte er mich, tappte zwischen meine Beine.

»Müde bin ich, geh zur Ruh, mache meine Häklein zu«, sagte ich und schob seine Hand weg. »Michael, mein Geliebter, ich muß jetzt gehen, leider.«

»Warum?« schnaufte er, ohne die Augen aufzumachen.

»Gleich schlägt's Mitternacht«, flüsterte ich wie eine Märchenprinzessin, die Punkt zwölf zu Hause sein muß. »Mach dir keine Sorgen, ich kann allein gehen, hier gibt's ja keine Räuber. Schlaf schön. Du hast es dir verdient.«

»Melde dich morgen mittag«, schnaufte er. »Ich werde die ganze Zeit an dich denken.«

Wenn er morgen merkt, daß sein Geld weg ist, wird er nicht mehr an mich denken, bis er denkt, daß ich mit seinem Geld weg bin, dann bin ich längst weg. Dann wird er mich suchen. Um die Suche möglichst spannend für ihn zu machen, schrieb ich auf das Hotel-Notizblöckchen, das beim Telefon lag: »Ruf doch mal an! Deine Marion.« Und die Nummer meiner Telefonzelle, ohne Auslandsvorwahl natürlich. Ich schrieb mit sehr verschnörkelter Schrift und malte ein Herzchen drumrum. Schade, daß ich nie erfahren würde, wen er ans Telefon bekam und wie lange es dauerte, bis er begriff, daß nicht der Gutsverwalter meiner Tante oder ihre Köchin am Telefon waren, sondern Passanten vom Marktplatz, denen das Geklingel in der Telefonzelle auf den Nerv ging. Spaß muß sein.

Die Rose lag schlapp auf dem Tisch, ich nahm sie mit, damit er mich nicht für undankbar hielt. Wenn Männer Gefühle zeigen, soll man sie nicht verletzen. »Adieu, vergiß mich nie«, flüsterte ich an der Tür, klackerte die Treppe runter, zog die Schuhe aus, wartete, schlich zurück in unser Frauengemach.

»Huch«, sagte Agnete zu laut, »warum kommst du durch diese Tür rein?«

»Weil ich mich offiziell von Michael verabschiedet habe. Diese Nacht ist zu Ende. Jedenfalls für ihn.«

Agnete lag nackt im Bett, hielt die Decke überm Busen, als sie sich aufrichtete. »Wenn ich das zu Hause erzähle! Die lachen sich kaputt! Wie ich das hingekriegt habe!«

»Und was passiert, wenn es ihm jemand weitererzählt?«

»Geschieht ihm recht.«

»Er kann dich anzeigen wegen Vergewaltigung. Mindestens wegen Beischlaferschleichung.«

»Gibt's so was bei einem Mann?«

»Wenn einem Mann solches Unrecht widerfährt, versteht die Justiz keinen Spaß. Und wenn du jetzt schwanger wirst, kann er als Kindsvater auf Unterhalt für sich klagen. Und wenn er dir nachweist, daß du dir den Beischlaf arglistig erschlichen hast, kann er dir das Sorgerecht fürs Kind entziehen, wegen moralisch nicht korrektem Verhalten.«

Auf Agnetes Gesicht nun echte Sorge: »Stimmt, ich muß aufpassen. Ich kenne einige, die würden begeistert rumtratschen. Wenn er mich wegen Vergewaltigung anzeigt, nicht auszudenken, was die Leute denken würden. Besser, man hält den Mund.«

Vom Marktplatz her bimmelte eine Glocke, viermal. Schade, es war schon zwölf.

Agnete fragte: »Hat er jetzt mit mir oder mit dir die Nacht verbracht? Er hat gesagt, ich sei die tollste Frau aller Zeiten! – Ich habe natürlich nur ›wutsch‹ gesagt.«

»Er hat vermutlich mich vorher gemeint und dich während.« Meinetwegen konnte Agnete alles Lob für sexuelle Leistungen für sich allein verbuchen. Ich zog hinter dem neuaufgestellten Paravent den Body aus. Mußte ich diese Klamotten nun zurückgeben, war es leihweise zur Verfügung gestellte Arbeitskleidung? Eigentlich schade.

»Ich meine, kann es sein, daß er sich von einer Putzfrau angezogen fühlt? Das ist nicht das Niveau, das man von einem Mann mit seiner Intelligenz erwartet.«

Ich murmelte nur »wutsch« und ließ den Body in meine Reisetasche fallen. Den Rock und das Chiffonhemd und die Strümpfe hinterher. Sie wollte bestimmt nichts, was eine Putzfrau getragen hatte.

»Es war die aufregendste, tollste Nacht meines Lebens«, fing Agnete wieder an, »jetzt frage ich mich, ob dieser Mann eigentlich zu mir paßt. Ich dachte, der Mann hätte Geschmack, kaum ist er weg, knutscht er herum mit einem Flittchen. In goldener Ledermontur! Wo gibt's denn so was?!«

»Vermutlich nicht bei Jil Sander«, sagte ich nur.

Agnete schnaubte verächtlich. »Vorgestern ein Flittchen, gestern eine Putzfrau! Der geht doch mit jeder ins Bett!«

Wahrscheinlich fiel ihr auf, daß sie dabei nicht so gut wie erwünscht wegkam, sie schwieg mit wütendem Gesicht. Dann sagte sie: »Ich frage mich wirklich, was ich an ihm finden soll. Was ich je an ihm gefunden habe?«

Nun hatte sie ihren Willen durchgesetzt, nun konnte sie drüber nachdenken, ob's das war, was sie wollte.

»Von mir wird er nie erfahren, was in dieser Nacht geschah. Da kannst du sicher sein. Schon aus eigenem Interesse. Er würde mich auch anzeigen.«

»Dich? Wegen was?«

»Wegen Beihilfe zur Vergewaltigung, zum Beispiel. Und jetzt werde ich verschwinden.«

»Wohin gehst du mitten in der Nacht?«

»In dem Bett kann nur eine schlafen, und mein Auftrag ist erfüllt. Und du mußt morgen früh verschwinden. Morgen wird er mich beziehungsweise dich überall suchen, und wenn er dich sieht, bist du geliefert. Am besten, du verschwindest vor zehn, solange er noch schläft.«

»Ja«, gähnte sie, »dann bin ich nachmittags wieder in München, dann gehe ich gleich zum Friseur, zu einem, wo man mich nicht kennt. Der Flughafenfriseur soll gut sein.« Sie nahm aus ihrer Handtasche vorm Bett ein silbernes Etuichen mit angeklemmtem Ministift, im Etuichen war ein Blöckchen, auf das schrieb sie was, riß den Zettel ab, gab ihn mir: »Bitte gib das an der Rezeption ab, damit man um halb acht mein Frühstück bringt und um acht mein Gepäck holt und ein Taxi für mich da ist.«

»Sehr wohl, Madame.«

Sie reichte mir das Etui und den Stift. »Und schreib mir deine Telefonnummer zu Hause auf, ich glaube, ich habe sie verlegt.«

Meine Telefonnummer zu Hause konnte ich ihr nicht geben. Ich versuchte, mich an meine Putzfrauenbiografie zu erinnern. »Ich hab dir ja gesagt, ich bin nur über meine angeheiratete Bekannte, über die Frau, die mit dem Cousin meines geschiedenen Mannes verheiratet war, telefonisch zu erreichen.«

»Dann schreib mir ihre Nummer auf.«

Nun war ich für sie wieder die Putzfrau, die nicht mal

Telefon hatte. Ich schrieb die Privatnummer von Gisela auf, falls Agnete noch je was von mir wollte, Gisela würde ihr schon was erzählen.

Ich war fertig, drapierte über dem roten Stretchkleid meinen Schmetterlingsschal.

Sie sah mich bewundernd an, als ich ihr die Hand zum Abschied reichte. »Hast du dieses Tuch von Hermes?«

»Nein«, sagte ich putzfrauenmäßig, »ich hab es selbst gekauft. Mach's gut. Mögen all deine Wünsche in Erfüllung gehen.«

Und sie sagte zum Abschied: »Es war eine angenehme Zusammenarbeit.«

Damit verließ ich für alle Zeit das Hotel aux Vieux Jardins. Draußen dutzendweise Sterne am Himmel.

Eines will ich hier noch sagen: Immer wieder hört man, Männer würden viel bezahlen, um mit den Ehefrauen anderer ins Bett zu gehen. Ich kann aus eigener Erfahrung sagen: Frauen zahlen besser, und man muß dafür nichts tun, nur mit ihren Männern nicht ins Bett gehen.

40. Kapitel. 23. August und viel später

Wie ein metergroßer Schmetterling wehte mein Schal im Mistral. Es war zwanzig nach zwölf, als ich auf den Marktplatz kam. Die Laternen dort strahlten in diesem orangeroten Licht, typisch für französische Straßenlaternen. Nirgendwo war jemand zu sehen. Hinter den geschlossenen Rolläden des Bistros war noch Licht und Musik. Ein Mann kam aus einer Seitengasse, er hatte einen Hund dabei. Es war nicht Leonard.

Mein Herz klopfte, ich tastete nach meinen Geld-

umschlägen und dem Brief von Leonard, ich mußte mich
vergewissern, daß alles nicht geträumt war. Die Musik
kam doch nicht aus dem Bistro, sie wurde deutlicher, je
näher ich der Telefonzelle kam, sie dudelte aus der
Klodose dahinter. Es war eine Instrumentalversion, den
Text kannte ich auswendig:
»I was lost in France,
in the fields the birds were singing,
I was lost in France,
and the day was just beginning.
I just stood there in the morning rain,
I had a feeling I can't explain,
I was lost in France ...
... in love ...«

Da schob sich die Tür der Klodose auf, und heraus kam,
lichtumstrahlt, ich traute meinen Augen nicht ... ein Hase.
In seinen Pfoten trug er Rosen in allen Rosenfarben.
Es war Leonard in dem Hasenkostüm vom Trödelmarkt!
Er trug auch die blaue Weste, die zu dem Kostüm gehörte,
und sah so würdevoll aus und elegant wie das Kaninchen
aus Alice im Wunderland. Die Kapuze mit den satin-
gefütterten Plüschohren ließ sein Gesicht frei, er hatte sich
einige Schnurrhaare neben die Nase gemalt.
»Sibylle! Du bist schon da!« rief er, »ich habe gerade mein
Make-up aufgefrischt.«
»Leonard! Warum bist du hier? Und warum als Hase?«
»Ich wollte mich interessant machen. Du hast mir erzählt,
daß Liebe am Anfang einen magischen Moment braucht.«
Er überreichte mir den Rosenstrauß und drückte seine
Hasennase gegen meine.
Er roch nicht wie ein Hase. Er roch überhaupt nicht fremd-
artig, ich weiß nicht, warum ich das befürchtet hatte, er war

ganz anders, als ich gedacht hatte. Wir küßten uns, als hätten wir Ewigkeiten darauf gewartet. Die Rosen rutschten auf den Boden. Als er mich umarmte, spürte ich genau, wo sein Körper meinen berührte, und ich drückte mich an ihn, um mehr von ihm zu spüren. »Woher wußtest du, daß ich hier bin?«

»Deine Kollegin Gisela sagte, daß du gern noch einige Tage hierbleiben würdest und nichts dagegen hättest, mich wiederzusehen. Also kam ich heute morgen hier an, ging durch Avignon, entdeckte auf einem Trödelmarkt dieses Hasenkostüm und dachte, das ist ein Wink des Schicksals, daß es magische Momente nicht nur einmal im Leben gibt.«

»Ich hatte das Hasenkostüm auch gesehen.«

»Und was hast du gedacht?«

Ich lachte. »Ich wollte mich nie wieder mit einem Hasen einlassen.«

»Und was denkst du jetzt?« Er stupste mit seiner Hasennase gegen mein Ohr.

Es überkam mich ein Glücksgefühl, wie ich es seit Jahren nicht mehr erlebt hatte. »Man verliebt sich immer in die Leute, die einen zum Lachen bringen.«

Wir saßen auf der Bank bei der Telefonzelle und küßten uns und redeten bis zwei.

Leonard sagte: »Zuerst war es nur ein unbestimmtes Gefühl, das mich dazu trieb, mit dir im Zug nach Avignon zu fahren. Als du mir dann erzählt hast, was du machst, dachte ich, mit einer Frau, die so witzig ist, die sich so verändern kann, wird es nie langweilig. Und nun habe ich mich ein bißchen verkleidet, um dir zu zeigen, daß ich mich auch verändern kann.«

»Warum willst du dich verändern?«

»Man muß sich immer verändern, wenn man einen neuen Anfang machen will.«

Dann wanderten wir Hand in Hand mit Reisetasche und Rosen zur alten Brücke nach Avignon. Man muß auf dieser Brücke nicht unbedingt »Sur le pont d'Avignon« singen, man kann auch singen:

»I was lost in France!

And a million stars were glowing!

Ula la la, ula la la, dance!«

Und wenn man auf der Brücke von Avignon während der Theaterfestspiele mit einem Hasen tanzt, ist das völlig normal. Die Leute sagten: »Guck mal, da tanzt ein Hase!« Und alle freuten sich.

Wir redeten und redeten nicht nur, bis um halb fünf die Sonne aufging. Das muß man erlebt haben, wenn die Sonne über Avignon aufgeht! Dann bummelten wir zum Papstpalast, saßen dort auf den Stufen und redeten, bis die Cafés aufmachten. Nach dem üppigsten Frühstück, das ich je in Frankreich bekommen hatte, gingen wir zum Bahnhof, holten Leonards Sachen aus dem Schließfach.

Auf dem Bahnhofsvorplatz lagerten die Discover-Europe-Kids, sangen begeistert das Lied, das aus einem Recorder brüllte – nein, nicht ›Lost in France‹, sie sangen: »Wem Gott will rechte Gunst erweisen, den schickt er in die weite Welt ...«

Wenn man es nicht eilig hat, ist es logisch, sich Zeit zu lassen. Wir blieben über eine Woche in Avignon. In einem sehr schönen, sehr alten Hotel. Um vor Michael sicher zu sein, der mich bestimmt auch in Avignon suchte, tarnten wir uns als einheimisches Liebespaar, gingen eng umschlungen durch die Stadt – jeder ein Baguette unterm Arm.

311

Außerdem ließ ich mich am Freitag bei Maître César endlich wieder auf Blondine zurückstylen, wofür ich vom Maître sehr gelobt wurde. »Das schönste, was uns die Chemie geschenkt hat, sind die Blondinen«, sagte er mit dem berühmten französischen Charme. Ich lobte ihn auch sehr, meine Kurzhaarfrisur in Blond war die beste Frisur, die ich je hatte. Außerdem kaufte ich mir ein zauberhaftes weißes Kleid und weiße Schuhe. Leonard war entzückt von meiner Verwandlungsfähigkeit. Ich war entzückt von seiner beständigen Zuneigung.

Noch während wir in Avignon waren, rief ich aus Neugier Miezi im exquisiten Ledermodeladen an. Begeisterungs-schreie, als ich mich als die Marion aus Avignon meldete. Ja, das Aufgebot war bestellt, ja, die Hochzeit würde wie geplant am 28. September stattfinden, nein, es würde doch keine kleine Hochzeit werden nur mit den Kindern aus Herbies erster Ehe, eher eine mittelgroße Hochzeit, ja, eventuell sogar eine ganz große mit allen Freunden und Kunden, dann würde sie selbstverständlich auch mich einladen. Michael nicht, das würde Herbie nicht erlauben. Das größte Problem war ihr Brautkleid. Der September ist nun mal die schwierigste Zeit für richtige Kleidung, würde es noch warm sein oder schon kalt? Die unwägbaren Wetter-verhältnisse hatten es erfordert, daß sie sich was Neues bestellt hatte, ein Kleid mit Jacke, das man mit oder ohne Jacke tragen konnte. »Das kann man jahrelang zu allen Gelegenheiten tragen«, sagte Miezi, »weißes Wildleder wird nie altmodisch.« Sie sprach nur über die Hochzeit, über was soll eine Braut sonst auch reden? Sie hatte vergessen, daß sie keine Adresse von mir hatte, und das war gut so.

Was unsere Rückreise betrifft: Es gibt keine schönere Art zu reisen als zu zweit in einem Schlafwagenbett erster Klasse.

Der Einfachheit halber muß ich etwas vorgreifen: Kaum war Agnete zurück, rief sie bei Gisela an, um mir ausrichten zu lassen, ich könne sofort als Putzfrau bei ihr weiterarbeiten, meine erste Aufgabe sei es, Michaels sämtlichen Krempel in den Keller zu schaffen. Ihre Wohnung würde er nicht mehr betreten. Gisela sagte ihr nicht, daß meine Rolle als Putzfrau beendet war, sie sagte nur, ich sei derzeit familiär unabkömmlich, wenn Frau Doktor es wünsche, könne sie jemand anderen empfehlen. Als ich damals Gisela aus Avignon anrief und sie von Agnetes Anruf erzählte, beschlossen wir, Volkmar zu Agnete zu schicken.

Volkmar schaffte bei Agnete innerhalb weniger Stunden den Aufstieg vom Putzmann zum Privatsekretär. Agnete präsentierte sich ihm als eindeutig Schwangere: Ein Test hatte es bewiesen! Volkmar meldete sie sofort bei der schicksten Schwangerschaftsvorbereitungsgruppe der Szeneria an, außerdem sofort in der schicksten Entbindungsklinik, die auch Unterwasserentbindungen im Angebot hatte. Das Ungeborene meldete er wegen der bekannt langen Wartezeiten sofort im Europäischen Diplomatenkindergarten an. Er ließ Prospekte aller Designer kommen, die Umstandsmoden kreieren, und aller Designer, die Babymoden kreieren.
Agnete, die mal wieder nicht wußte, was sie wollte, einen Sohn, was imagemäßig mehr hermacht, oder eine Tochter, was klamottenmäßig mehr hermacht, wurde von Volkmar beruhigt, denn Volkmar entdeckte die Kollektionen im Mutter-Baby-Look. Diverse Modemacher boten für Mutter

und Baby Klamotten an, in gleicher Farbe, gleichen Materialien, gleichem Schnitt, die Modelle waren wahlweise mit Rock für die Mamis von Girls oder mit Hose für die Mamis von Boys lieferbar. Damit war dieses Problem sehr zufriedenstellend gelöst.

Volkmar organisierte alles im großen Stil, wie er schon immer alles organisieren wollte. Er ließ sofort das Schloß an der Wohnungstür austauschen, das Klingelschild mit Michaels Namen entfernen, gab ein Schild ohne Michaels Namen in Auftrag. Er schaffte es, Agnetes Leasingvertrag für den Jaguar, mit dem Michael unterwegs war, zu kündigen und auf Michael umschreiben zu lassen. Er trug Michaels Krempel nicht in den Keller, sondern ließ alles von einer Spedition abholen und zu Michaels Eltern bringen. »Wir wollen diese Leiche nicht mal im Keller haben«, entschied er. Agnete war begeistert.

Michael kam eine Woche nach Agnete zurück, so lange hatte er nach mir und meinem Geld gesucht, und bekam die Wohnungstür nicht auf. Volkmar öffnete ihm, überreichte ihm diplomatisch den neuen Leasingvertrag des Jaguars, den er nun selbst zu bezahlen hatte, nahm ihm einige unwichtige Schlüssel ab, die Michael am Schlüsselbund hatte, und informierte ihn über den Verbleib seiner Habseligkeiten. Agnete bekam er gar nicht mehr zu sehen. Volkmar erzählte mir später, Michael sei so baff gewesen, daß er kein einziges Wort von sich gab, er stand nur da wie ein kaputter Computer.

Von Michael fehlte dann monatelang jede Spur. Es suchte auch niemand nach ihm. Als ich Volkmar einmal im Hamlet a. D. traf, erzählte ich ihm unter dem Siegel der Verschwiegenheit, die Person, die ich in Frankreich beschattet hätte, sei ein Betrüger gewesen, und ich hätte für seine Entlarvung eine hohe Belohnung bekommen. Mehr erzählte ich nicht. Kein Wort mehr über Michael. Umso mehr über Leonard.

Volkmar erzählte mir, der Vater von Agnetes Kind sei eine hochstehende Persönlichkeit des öffentlich-rechtlichen Lebens, mehr verrate sie niemand. Und Agnete hätte die volle Unterstützung ihrer Familie: Die Dauergebäck-Dynastie war froh, daß sich Agnetes Kinderwunsch erfüllte, ohne daß sie einen unnötigen Ehemann durchfütterte.

Einige Bekannte seien trotz Dementis überzeugt, daß Volkmar der Kindsvater sei, auch Michael glaube das. Egal, wer vermutet wurde, es war sehr imageschädigend für Michael, daß sofort nach seinem Abgang der nächste und tauglichere Zuchtbulle in Agnetes Bett auftauchte.

Volkmar trat nun offiziell als Agnetes Schwangerschaftsbegleiter auf. Sein Gehalt sei sehr motivierend, erzählte er zufrieden. Und sein Job sei ausbaufähig zum Alleinerziehenden-Assistenten. Wenn das Kind da wäre, würde das natürlich mehr Arbeit für ihn bedeuten, natürlich auch mehr Geld. Dafür konnte Agnete weiterhin in ihrem streßfreien Klinikjob noch viel mehr verdienen.

Agnete triumphierte auf der ganzen Linie. Ihre Freundin Corinna, stellte sich heraus, war gar nicht schwanger, ihr zu enges Hochzeitskostüm hatte einen anderen Grund gehabt: Corinna hatte es nicht geschafft, bis zur Hochzeit soviel abzunehmen, wie sie wollte, und hatte diese Peinlichkeit mit einer erfundenen Schwangerschaft kaschiert. Agnete war echt schwanger und blieb schwanger.

Als sie im vierten Monat war, war man sich einig, daß eine Hochschwangere permanente Betreuung braucht, und

Volkmar zog sich für unbestimmte Zeit ganz aus dem flauen Filmgeschäft zurück und zog ganz zu Agnete.

Dadurch bekamen wir Volkmars schöne Wohnung. Es ist wunderbar, eine Wohnung einrichten zu können, ohne auf jede Mark achten zu müssen. Als unser neues Traumbett geliefert wurde, dachte ich dankbar an Michael.
Und wir konnten uns leisten, Studenten zu bezahlen, die beim Umzug halfen. Es war ein Samstagnachmittag, als wir in meiner alten Wohnung auf einen Umzugshelfer warteten, den Gisela schicken wollte. Die alten Küchenschränke von IKEA sollten runter zum Sperrmüll und das alte Bett erst recht. Leonard schraubte im Flur die Lampe ab, ich räumte im Zimmer, als es klingelte. Leonard öffnete: »Schön, daß Sie da sind, kommen Sie bitte ins Schlafzimmer.«
»Ist Sibylle hier?«
Ich erkannte sofort seine Stimme: Michael. »Das ist der falsche Mann!« rief ich.
Michael machte bei meinem Anblick auf freudigste Überraschung. »Sibylle, wie schlank du geworden bist! Du siehst toll aus. Lange nicht gesehen. Wie geht's denn so?«
Ich sagte: »Danke.«, »Auch lange nicht gesehen.«, »Ganz ausgezeichnet.« Und: »Was führt dich her?«
»Ich bin damals vielleicht etwas plötzlich aus der Wohnung und so verschwunden. Ich meine, wir sollten mal miteinander reden.« Dabei machte er unaufgefordert die Wohnungstür hinter sich zu. »Ich dachte, daß ich vielleicht auch einiges nicht ganz richtig gesehen habe.« Zerknirscht blickte er mich an. Er hielt das für seinen Dackelblick, der bei Frauen gut ankommt.
»Meinetwegen kannst du bleiben, wie du bist«, lächelte ich.
Er gab seinen Dackelblick auf.

316

Leonard hatte sich in die Küche verdrückt, klapperte viel, um zu demonstrieren, daß er überhaupt nicht lauschte.

»Manchmal im Leben ist es am besten, wenn man plötzlich und spurlos verschwindet«, sagte ich.

Michael sah in Richtung Küche, flüsterte: »Hast du einen Neuen?«

»Nicht nur das, ich habe einen Besseren«, sagte ich laut und machte ihm die Tür wieder auf. Lachend rief ich ihm hinterher: »Bitte melde dich nie wieder.«

Damit ging er aus meinem Leben.

Neulich habe ich gehört, daß er sich jetzt an Damenbinden-Katharina, die Alleinerbin der Reinigungsunternehmenskette, rangemacht hat. Er soll ihr erzählt haben, daß er einst sehr vermögend gewesen sei, doch eine Betrügerin, der er den Himmel auf Erden und sogar ein Baby versprochen hätte, habe ihm alles geraubt. Nun müsse er auf die Erbschaft seiner Eltern warten. Katharina zerfloß vor Verständnis, schließlich wartet auch sie auf die Erbschaft ihrer Eltern. Allerdings erfreuen sich Katharinas Eltern ebenso wie Michaels Eltern guter Gesundheit.

Immerhin hat Katharina jetzt ein Comeback geschafft. Über Volkmars bedeutenden Filmproducer wurde sie Identifikationsfigur in einem Werbespot für Abflußreiniger. Demnächst werden wir Katharina in allen Fernsehprogrammen bewundern müssen. Sie darf sagen: »Damit wird mein Abfluß an allen kritischen Stellen sauber.«

Und dann hat sich noch was getan: Letzten Monat stellte Gisela fest, daß sie gar nicht dicker geworden ist beziehungsweise daß daran nicht die Mon Chéris schuld sind, sondern ihr Chéri, Christian. Sie ist auch schwanger. Das bedeutet, daß ich jetzt verstärkt in die Agentur einsteige, bis Gisela aus dem Gröbsten raus ist, wie lange das dauert, kann man natürlich nicht planen. Vielleicht mache ich mich auch mit einer eigenen Agentur selbständig, schließlich habe ich das Startkapital. Eine Agentur, die Feste aller Art organisiert, ist mein Wunschtraum. Wir haben in der Agentur jetzt bereits zwei Zauberer und zwei Geburtstagsfeen im Einsatz und einen Geburtstagshasen.

Letzten Samstag war Leonard wieder in seinem Hasenkostüm auf einer Kinderparty, hat eine Mohrrübentorte ausgeliefert, eine der Hasengeschichten von Beatrix Potter vorgelesen, die Kleinen waren begeistert. Bis Leonard seine Doktorarbeit fertig hat und die Lehrerstelle bekommt, haben wir noch viele Auftritte für ihn. Man denke nur an Ostern!

Es ist alles okay.
Wir sind sehr glücklich.
Sicher gehen auch meine nächsten drei Wünsche
in Erfüllung.

ENDE